Narratori

CLAUDIO CALABRESE

Il buio della quiete

SOLFERINO

SOLFERINO
www.solferinolibri.it

ISBN 978-88-282-1674-2
Prima edizione: luglio 2025

Agli ultimi *di questa ingiusta società*

«La vita non è mai facile.
C'è del lavoro da fare e degli obblighi da soddisfare:
obblighi verso la verità, la giustizia e la libertà.»

John F. Kennedy

«Cerca di non diventare un uomo di successo, bensì un uomo di valore.»

Albert Einstein

1

Spiazzo antistante il castello Svevo di Bari
6 settembre 2017, ore 23:45

La serata volgeva al termine, ma c'era qualcosa nell'aria che Giada non riusciva a decifrare.

«Ehi, tesoro, tutto okay?» le chiese Sara, interdetta.

La figlia dell'ispettore restituì all'amica uno sguardo distratto. Prima di rispondere diede alcune occhiate intorno.

«Sì... sì certo. Tutto okay» si sforzò di sorriderle.

Il passaggio di una volante della squadra Mobile che procedeva a passo d'uomo, in perlustrazione, con sirene e lampeggianti spenti, attirò per pochi istanti l'attenzione delle due ragazze.

«È più forte di te, quando vedi un'auto della polizia non riesci a fare a meno di estraniarti» osservò Sara divertita, facendole l'occhiolino.

Giada non andò oltre un gesto del capo. Non era quella la ragione della sua distrazione, ma le faceva comodo che l'amica lo pensasse. Le avrebbe risparmiato inutili spiegazioni, che anche volendo non avrebbe saputo fornirle.

Si era trattato soltanto di una strana sensazione. Improvvisa quanto fugace, priva di una reale giustificazione.

«Che dici, ce la beviamo un'ultima birretta?» suggerì Sara, facendole lo sguardo a cuoricino.

Giada tentennò. Lanciò un'occhiata verso l'Arco Basso, uno dei più conosciuti ingressi per Bari vecchia, noto ai locali e ai tantissimi turisti per via delle «signore delle orecchiette», e rispose. «Ma sì, facciamoci un'ultima birretta.»

Scrollando le spalle lasciò che Sara si occupasse di andare a comprare le due Peroni nella pizzeria poco distante dal muretto perimetrale del castello Svevo, dov'erano rimaste sedute dopo aver salutato gli altri amici della comitiva, alcuni minuti prima.

«Allora, come vanno le cose con Mario?» chiese Sara, porgendole la Peroni. «Prima, con gli altri, ho preferito non sbilanciarmi con le domande. Temevo ti desse fastidio» aggiunse la ragazza, incerta.

Il pensiero di Mario restituì a Giada il buonumore d'inizio serata.

«Ormai... ho paura di essere innamorata persa.»

«Wow! Non sei contenta?» Sara toccò la Peroni dell'amica con la sua, per un brindisi. «Tuo padre che ne dice?»

Giada le sorrise con gli occhi.

«A volte ho l'impressione che Mario piaccia più a lui che a me» scherzò.

«Davvero? Dai, non ci credo.»

«No, sul serio.»

Sara rimase in silenzio, incuriosita.

«Il fatto è che Mario, in passato, lo ha aiutato in una vicenda molto delicata in cui è rimasta coinvolta Barbara, la compagna di mio padre,» rispose Giada, omettendo i dettagli «e da allora gliene è grato e lo resterà a vita. Lui è uno che non dimentica. Nel bene, e nel male.»

L'ultima frase della figlia dell'ispettore echeggiò come un monito sinistro.

«Visto quello che si dice di lui non ho difficoltà a crederti» commentò Sara, dando un altro sorso alla sua Peroni. «Ma sei davvero convinta di voler seguire le sue orme? Lo sai che non è un lavoro semplice. E soprattutto...»

«Non per tutti» l'interruppe Giada. «A dire il vero me lo ha sbattuto in faccia più volte» aggiunse, ripensando ai tanti, serrati confronti verbali con suo padre.

«Perché ti vuole bene.»

«Senza dubbio. Ma la vita è mia, e sono solo io a decidere cos'è meglio per me.»

L'amarezza che affiorava dalle parole di Giada era palese.

«È successo qualcosa tra voi, per caso?» chiese Sara, prudente. Sapeva che il rapporto dell'amica con l'ispettore Pantaleo non era sempre stato dei più semplici. "Due caratteri tanto simili non potranno mai andare d'accordo sino in fondo" pensò ingollando l'ultimo sorso di birra.

«Non è con lui che mi sono scontrata l'altro giorno. Alla fine con mio padre ci capiamo sempre.»

Sara cedette a una strana smorfia. Le parole dell'amica l'avevano toccata in profondità.

«Quindi è con tua madre che...» cercò di suggerire, a bassa voce.

Tutt'intorno, nel frattempo, era scesa una calma dal malinconico sapore autunnale.

«Già. Lei non accetterà mai la mia scelta di diventare un'ispettrice della Omicidi.»

Sara temporeggiò prima di rispondere.

«Devi sforzarti di capirla. Per una madre non dev'essere semplice accettare una decisione del genere... Soprattutto in una città come Bari. Tu hai ragione, e io sono d'accordo con te, ma non mi sento di darle completamente torto.»

«Neppure io» sospirò Giada, rassegnata. «Ma non cambierò idea per nessun motivo. Né per lei né per nessun altro. Mi spiace.»

La profonda tristezza che affiorava dalle parole di Giada indusse Sara a non replicare. Entrambe rimasero mute ad ascoltare i pochi suoni della città che si addormentava, ciascuna immersa nei suoi pensieri più intimi.

Quando si salutarono, Giada avvertì ancora quella strana sensazione. Più profonda, più intensa.

La figlia dell'ispettore attraversò a passo spedito l'Arco Basso della Città vecchia, dirigendosi verso casa.

Era distante soltanto poche centinaia di metri.

Sua madre, senza dubbio, l'aspettava ancora in piedi come ogni volta che lei usciva senza dirle a che ora sarebbe rientrata.

Giunta ai piedi della breve rampa di scale che conduceva al loro pianerottolo, si accorse che la porta era soltanto accostata.

Una luce fioca filtrava dall'interno dell'appartamento.

Nessun suono né rumore.

Il silenzio della notte aveva ingurgitato l'intero isolato.

D'istinto Giada arrestò il passo. Ripensò alla strana sensazione avvertita poco prima e si sentì raggelare.

Salì in fretta i pochi gradini e poggiò la mano sulla porta socchiusa.

Il cuore le batteva in gola all'impazzata.

La scena le ricordava troppo ciò che era accaduto nell'abitazione di Luigi Basile, soltanto pochi mesi prima.

Le mani iniziarono a sudarle.

Spinse leggermente la porta verso l'interno, aprendosi la visuale sul soggiorno.

Sembrava vuoto, non c'era nessuno.

Altri brividi le corsero incontrollati lungo la schiena. Gelidi come lame di coltello.

Giada strinse i pugni e iniziò a chiamare sottovoce.

«Mamma... ci sei?»

Nessuna risposta.

«Mamma... mamma, ci sei?» insisté, calcando il tono.

Deglutì a fatica la poca saliva che le impastava la bocca.

Per un attimo pensò di chiamare suo padre. Conoscendolo si sarebbe fiondato da lei nel giro di pochi minuti. Ma un attimo dopo ci ripensò.

"Se voglio essere una poliziotta devo iniziare a pensare e a comportarmi come tale" si disse tra i denti.

È questo che mi ripete sempre mio padre. Ora è venuto il momento di dimostrare a lui, e a me innanzitutto, che ne sono capace. E che posso essere una vera sbirra.

Nel frattempo avanzava a piccoli passi verso la camera da letto, continuando a chiamare con maggiore insistenza sua madre.

Se lei non era in casa, per chissà quale motivo, e qualcun altro era penetrato di nascosto nel loro appartamento, lei gli avrebbe fatto vedere chi era la figlia dell'ispettore Pantaleo.

Passate in rassegna la cucina e le due camere da letto, le restava da ispezionare soltanto il bagno. La porta era chiusa, e da sotto filtrava luce. Giada abbassò lentamente la maniglia.

La scena che le si parò davanti la lasciò senza fiato.

Atterrita, priva di forze.

Qualunque cosa fosse accaduta da quel momento in avanti, Giada Pantaleo non avrebbe dimenticato l'orrore del fermo immagine impressosi in un attimo nella sua mente.

Mai più, per il resto della vita che l'attendeva.

2

Bari
Ottobre 2010

Con il trascorrere dei mesi il ricordo di sua madre non si era cancellato, ma affievolito sì.

Più di quanto Sara avesse immaginato.

Il volto della mamma sofferente, segnata dall'incurabile male, si era in fretta sbiadito nella sua mente come un capo colorato lasciato troppo tempo in ammollo.

I tanti ricordi della persona che l'aveva messa al mondo, sedici anni prima, avevano via via perso nitidezza, intensità. Sfilacciandosi come tessuti di abiti consunti.

Nella memoria di Sara adesso non c'era più incertezza né confusione. Al contrario, un rigoroso ordine di priorità.

Erano nate nuove prospettive, e altrettanto nuovi equilibri interiori si erano sostituiti a quelli che l'avevano traghettata in serenità dalla pubertà sin nel cuore più profondo della sua adolescenza. Lo avevano fatto con tale leggerezza che la sedicenne non avvertiva più come un problema ciò che da settimane stava accadendo.

Tutto era nato e cresciuto in maniera così spontanea, e naturale, che Sara non provava meraviglia né smarrimento per la nuova, entusiasmante vita alla quale senza quasi accorgersene si stava irrimediabilmente consegnando.

Ansiosa e speranzosa di vivere il resto della sua esistenza con l'unico uomo che le aveva fatto battere il cuore per davvero.

Lui e soltanto *Lui*.

Nuove emozioni, sensazioni mai provate, oltre a proiezioni future inimmaginabili sino a qualche mese prima, avevano occupato in fretta, con inarrestabile prepotenza, ogni suo pensiero.

Al punto che l'unico problema nella sua vita di adolescente assai più matura della sua età era rappresentato dagli altri. Da tutti coloro – quasi chiunque – che non avrebbero mai potuto né saputo comprendere e accettare ciò che significava per Sara quella nuova dimensione.

Eppure, nell'angolo più profondo e nascosto del suo animo quella pulsione aveva sempre albergato. Proprio lì, accanto al suo io più segreto e inconfessabile. Crescendo via via più potente e irrefrenabile, di giorno in giorno.

Un'emozione a tratti animalesca.

L'unica differenza rispetto al passato era che adesso lei lo sapeva con certezza, e riusciva ad ammetterlo anzitutto a se stessa. Al punto che quel trasporto verso un uomo ben più grande di lei era giunto addirittura a manifestarsi in alcune occasioni.

Affiorando prepotente dalla palude buia e senza fondo in cui le sue sensazioni più inconfessabili erano prima nate e poi esplose.

Quando sua madre, che il cancro aveva strappato con violenza circa sette mesi prima a lei e a suo padre, aveva d'istinto presagito il peggio, la sua unica figlia non aveva battuto ciglio. Lei, morente, non aveva potuto far altro che lanciarle ripetuti moniti con i suoi occhi silenziosi. Ma Sara s'era ben guardata dal rassicurarla.

Sapeva che avrebbe avuto contro tutto e tutti, ma ciò che era certa sarebbe accaduto da quel momento in avanti non rappresentava per lei un problema.

L'unica cosa che per Sara contava, adesso che la sua adorata madre non faceva più parte della sua esistenza, era il futuro che l'attendeva.

Sempre e soltanto insieme a *Lui*.

3

Campagna di Monopoli (Bari)
4 giugno 2008, ore 21:37

L'appuntamento era fissato per le ventuno e trenta in punto.

Gigia conosceva bene il luogo dell'incontro: una masseria fatiscente sperduta tra le campagne dimenticate alle porte di Monopoli. In quel casolare nascosto e diroccato c'era stata altre volte insieme al suo giovane fidanzato.

Anzi, per la precisione, era lì che con lui aveva perso la verginità soltanto pochi mesi prima.

Era successo a poche settimane dal suo diciottesimo compleanno, quando il giovane l'aveva convinta a concederglisi sino in fondo, e senza più veti di alcun tipo, per la prima volta.

Certo, il luogo di quell'evento tanto delicato e speciale non aveva rappresentato il massimo, per nessuno dei due, ma per Gigia la cosa più importante era stata che lui l'avesse presa con dolcezza, senza farle troppo male.

Il fatto che la masseria fosse lontana da qualunque abitazione, e quindi al riparo da occhi e da orecchie indiscreti, l'aveva senza dubbio aiutata a sentirsi più a suo agio, con la giusta emozione del momento. Pronta a donarsi in tutto e per tutto.

Lui era un ragazzo parecchio dotato, e questo a volte comportava che le sue partner accusassero un po' di dolore nel momento in cui, in preda alla massima eccitazione, le penetrava con decisione. Ma con Gigia era riuscito a essere più dolce e delicato, lasciandole assaporare il piacere a dovere, sino in fondo.

Nonostante la sua giovane età, lui sembrava parecchio esperto. Tanto che nessuna si era mai lamentata delle notevoli dimensioni del suo membro. Che, per inciso, un paio di anni prima era stata la ragione per la quale le coetanee che lo avevano frequentato a livelli più intimi, o che avevano avuto con lui incontri assai ravvicinati seppure non per rapporti completi, lo avevano con malizia soprannominato «Bick».

Un affettuoso quanto ambiguo nomignolo, proveniente dalla fusione delle due parole inglesi *big* e *dick*, e dal significato inequivocabile: «grosso cazzo».

E lui, Bick, sin dal principio si era sentito orgoglioso. Era un epiteto parecchio lusinghiero per un giovane uomo ormai lanciato alla conquista del mondo femminile, e con il trascorrere del tempo, di compagna in compagna, aveva finito per sostituire del tutto il suo vero nome. Gli trasmetteva un senso di onnipotenza sul mondo femminile del quale il diciottenne sentiva di avere un irrefrenabile bisogno.

Giorno dopo giorno.

Ma nella vita piena e variegata di Bick non c'erano soltanto apprezzamenti e lunghi amplessi amorosi.

La sfrontatezza e la sicurezza di sé che gli amici e le ragazze gli riconoscevano nascondevano un lato oscuro con il quale il giovane era da sempre costretto a convivere. Una zona buia del suo animo in cui, in realtà, era la strisciante incertezza nel suo approccio con le donne a predominare. Un pesante punto debole, del quale nessuno si era ancora accorto, e che avrebbe presto spinto Bick a dover fare i conti con il suo io più nascosto.

Che gli fosse piaciuto o meno.

Senza più escamotage o fraintendimenti.

L'ennesimo incontro con Gigia sarebbe stato il suo primo, vero momento di confronto con il buio putrido che da sempre albergava dentro di lui.

4

Bari – Città vecchia
7 settembre 2017, ore 00:13

Per un attimo Giada aveva avuto l'impressione di svenire.

La visione di sua madre nuda, accasciata a gambe aperte nella vasca da bagno, con il capo adagiato sul bordo, vicino ai rubinetti, e con il sangue che dalla nuca le era colato giù, lungo la schiena, sino a formare sotto il bacino una larga pozzanghera color rosso porpora e dall'odore acidulo e penetrante, sulle prime l'aveva lasciata senza fiato.

Incapace di reagire.

Dopo l'iniziale smarrimento le si era avvicinata, lentamente, evitando di muovere il suo corpo dalla posizione in cui si trovava.

Qualcosa le suggeriva che potesse non trattarsi di un fatale incidente domestico.

Aveva per prima cosa cercato di capire se la madre avesse ancora un minimo di pulsazioni. Presumeva che la sua fosse soltanto una vana speranza, ma doveva tentare.

Come l'istinto le suggeriva, e come l'assenza di battiti le confermava, sua madre purtroppo era morta. Non c'era più alcuna possibilità di salvarla, o di farle ripartire il cuore. Il pallore della pelle le fece capire che era rimasto fermo troppo a lungo.

La giovane laureanda in Legge non sapeva dire quando Ada avesse smesso di respirare, ma senza dubbio la sua morte non doveva risalire a molte ore prima, visto che lei l'aveva vista viva e vegeta al momento di uscire di casa, intorno alle venti.

Era giunto il momento di chiamare suo padre, l'ispettore Pantaleo. Lui avrebbe saputo cosa fare.

Assurdo a dirsi, ma proprio a spese della donna che le aveva donato la vita Giada avrebbe appreso altre importanti lezioni sulla professione di poliziotto.

Il cellulare s'illuminò d'improvviso.

Non era ancora scoccata la mezzanotte e mezza quando aveva iniziato a squillare e a vibrare sull'ampio comodino dell'ispettore: un tavolinetto in legno massello più grande di quello della compagna, perché lo sbirro della Omicidi barese ci accumulava qualsiasi cosa.

Andrea guardò il display e balzò d'istinto seduto sul letto.

«Pronto, Giada?» rispose, con tono deciso.

Barbara si era svegliata ai primi squilli e ora, ancora più sorpresa di lui, si sforzava di non farsi divorare dall'ansia. Perché la figlia dell'ispettore lo stava chiamando a quell'ora tarda della notte?

«Papà...»

La voce tremula di Giada anticipava le lacrime che presto avrebbero rotto gli argini del suo sguardo, rimasto a fissare troppo a lungo il corpo esanime della madre.

«Ch'è successo? Dove sei?» chiese lui, irrobustendo la voce.

Pochi istanti d'interminabile silenzio.

Gli occhi di Barbara restavano fissi in quelli di Andrea.

L'ispettore sentiva l'adrenalina entrare rapidamente in circolo.

Si stava preparando al peggio e all'azione.

«Dimmi dove cazzo sei, per piacere! Stai bene?» aggiunse Pantaleo, iniziando a infilarsi i pantaloni mentre manteneva bloccato lo smartphone tra la mandibola e la spalla.

«Sono a casa... sto bene. Non sono io che...»

Giada non riuscì ad aggiungere altro. Gli occhi erano ormai colmi di lacrime e la vista si era fatta annebbiata e confusa.

In quel momento nella mente dell'ispettore fu tutto chiaro.

«Resta lì, sto arrivando» le intimò, chiudendo in fretta la telefonata.

Un attimo dopo, chiamò il centralino della questura, ordinando d'inviare subito un paio di volanti all'indirizzo di sua figlia.

Qualunque cosa stesse succedendo, avere dei colleghi del padre presenti sul posto l'avrebbe fatta sentire più tranquilla.

E non soltanto lei.

5

Bari
Settembre 2011

Scoprendo di essere incinta Sara si era sentita smarrita. Non tanto per la circostanza in sé, che pure possedeva un'indubbia e non trascurabile valenza, quanto piuttosto per le conseguenze che avrebbe comportato nella sua vita.

E non soltanto nella sua.

Il primo passo era informare suo padre.

Il quale non avrebbe fatto altro che considerarla il degno epilogo della situazione sentimentale della figlia, nonché dei suoi trascorsi sessuali dei quali era sempre stato al corrente.

Sara, dal canto suo, era altrettanto certa che suo padre, pur non poco colpito da quell'inattesa e per lei piacevole novità, dopo una prima fase d'impreparazione avrebbe saputo dimostrarle tutta la sua comprensione.

Sara rappresentava per lui un tesoro dal valore inestimabile, che niente e nessuno, neppure la più ostica delle evenienze, avrebbe potuto mettere in discussione.

Sino a quando papà Mirko avesse avuto la forza di starle accanto, tutto ciò che la riguardava avrebbe finito per coinvolgere e includere anche lui.

In maniera più o meno diretta poco importava.

Soprattutto ora, dopo la straziante morte dell'ancora giovane padrona di casa.

Lo sapeva bene Sara, tanto quanto il suo amatissimo genitore.

Entrambi avrebbero concordato che la gravidanza venisse portata a termine nella maniera più serena possibile. Certo, si sarebbero rese necessarie delle scelte inevitabili, in caso di una gravidanza a rischio, ma alla fine tutto sarebbe andato per il meglio. Rendendo quella nuova vita l'ulteriore, indistruttibile collante tra la giovane donna e suo padre.

I veri ostacoli sarebbero stati piuttosto rappresentati dagli altri. Da tutti coloro, cioè, che non facendo parte della famiglia Altieri non sarebbero stati in grado di comprendere, e soprattutto di accettare, quello stravolgimento emotivo, in positivo, delle esistenze di Sara e del suo amato genitore. Lei e lui sarebbero stati più forti di tutto e di tutti. Delle malelingue e di coloro che avevano sempre invidiato la serenità degli Altieri.

Mirko e sua figlia avrebbero affrontato con forza e convinzione qualunque avversità, consapevoli che il futuro, insieme al nascituro, sarebbe appartenuto a loro.

E a loro soltanto.

Qualunque cosa fosse accaduta.

6

Bari – Città vecchia
7 settembre 2017, ore 00:36

Dopo avere allertato la centrale operativa e Lomonaco, mi ero diretto in fretta verso casa di Giada.

Avevo evitato di prendere la mia 2 Cavalli, convinto che ci avrei impiegato meno a raggiungerla di corsa come poi, infatti, era accaduto. Uno dei vantaggi di essere alto quasi due metri e di possedere la stazza e la potenza fisica di un grizzly è sempre stato quello di non avere mai incontrato ostacoli di alcun tipo al mio passaggio.

Soprattutto quando dall'espressione del mio volto s'intuiva che non ero disposto a perdere tempo.

Giunto davanti a casa di mia figlia mi sentii un po' più sollevato. Una decina di colleghi aveva provveduto a isolare, con tre delle volanti accorse sul posto, l'intera zona. L'avevano resa inaccessibile a curiosi, ficcanaso e giornalisti dei quotidiani locali ancora in giro per le strade della Città vecchia, a quell'ora tarda della notte, alla ricerca di qualche succoso scoop con cui riempire la prima pagina delle loro testate in uscita l'indomani mattina.

Nicola fu il primo a venirmi incontro. Si era catapultato giù dal letto dopo la mia telefonata, riuscendo addirittura a battermi sul tempo per un paio di minuti.

«Ue', Nico', allora?»

La sua espressione anticipava tutto quello che già presagivo.

«Non... non è un bello spettacolo, ispetto'.»

Sembrava quasi fosse colpa sua ciò che era accaduto.

«Lo so, non stiamo al cinema. Lei piuttosto dov'è? Come sta?»

Nicola cedette a quell'espressione d'imbarazzo che ormai conoscevo bene.

«È ancora dentro, immobile davanti a sua madre. Non ha voluto saperne di muoversi da lì. E noi... non ce la siamo sentita d'insistere. Aspettavamo lei. Per ogni evenienza, comunque, ho già avvisato il pubblico ministero di turno, i nostri della Scientifica e anche il dottor... Fanizzi.»

Nicola ebbe un istante d'indecisione, mentre io dentro mi compiacevo di lui.

Immaginavo a cosa si riferisse il suo tentennamento.

«Il dottore, a dire il vero, non era di turno stanotte, ma ho pensato che lei volesse fosse proprio lui a...»

«Bravo, Nico', hai pensato bene. Non a caso sei il mio braccio destro» gli risposi, continuando a studiare quel che accadeva tutt'intorno. «Ora dammi guanti e copriscarpe e andiamo da mia figlia. Seguimi.»

Lessi sul volto di Lomonaco il solito, istintivo accenno di gratitudine per le mie parole. Sapeva da anni dell'infinita stima che nutrivo per lui, eppure ogni volta che glielo testimoniavo sembrava fosse sempre la prima. Annuì, e mi fece strada in silenzio.

Altri miei colleghi, fermi sulla soglia, mi parlarono al volo con gli occhi.

Adesso per me veniva il peggio.

7

Campagna di Monopoli
4 giugno 2008, ore 21:44

Vedendola entrare nella masseria, con la sua minigonna da urlo e il toppino semitrasparente che le comprimeva i seni sino a farli sembrare ancora più grandi e sodi di quelli che la sua maturità sessuale le aveva donato, Bick si sentì d'improvviso eccitato. Come se fosse sul punto di penetrarla senza sosta, come aveva già fatto tante altre volte.

Quella sera, invece, gli eventi avrebbero seguito ben altro corso.

Tutto sarebbe stato molto, molto differente dal solito.

Le cose non sarebbero andate come Gigia credeva, e come Bick le aveva lasciato intendere a scuola pochi giorni prima, quando nella pausa tra l'ora d'italiano e quella di matematica le aveva proposto, con la spudorata sfacciataggine che lo contraddistingueva, l'ennesimo incontro nella masseria diroccata, lontana dal mondo.

Lei aveva apprezzato non poco gli intensi e ripetuti orgasmi che il giovane aveva saputo donarle.

Ma tra quelle mura lesionate e a tratti instabili il loro nuovo incontro non sarebbe trascorso nella continua rincorsa di un'irrefrenabile lussuria. Né tantomeno nella ricerca ingorda e incontenibile di nuovi amplessi dal marcato sapore giovanile.

Stavolta Bick avrebbe donato a Gigia qualcosa di ben altro tenore: la consapevolezza che ogni cosa, ogni circostanza nella vita poteva cambiare da un momento all'altro.

E, purtroppo, non sempre in meglio.

La sorpresa che attendeva una delle alunne più discusse e provocanti del liceo scientifico statale di Monopoli non sarebbe stata declinabile in alcun modo. Gigia non avrebbe potuto fare a meno di accettare il destino che di lì a poco l'attendeva.

Bick aveva portato a termine ogni singolo passaggio nei minimi dettagli. Così come il piano stabilito giorni prima aveva previsto.

Nulla era stato lasciato al caso.

Era giunto all'appuntamento oltre un'ora prima, così d'avere il tempo di sistemare per bene ogni cosa e di accendere le grosse candele delle quali i due giovani si servivano sempre. Il loro chiarore dolciastro era l'unica fonte di luce in grado di fendere, seppur soltanto in piccola parte e in un raggio assai limitato, il buio pesto che avvolgeva come uno spesso, impenetrabile mantello la fatiscente masseria.

Tutto era finalmente pronto e al suo posto.

Anche la ragazza si sentiva eccitata da morire, sebbene per tutt'altri motivi.

Forse più delle altre volte.

Mentre si avvicinava alla masseria avvertiva piccole gocce di piacere iniziare a bagnarle l'interno cosce, sin oltre le provocanti mutandine indossate per l'occasione.

Gigia non vedeva l'ora di essere presa. Smaniava dal sentire finalmente dentro di sé il grosso membro di Bick.

Adesso serviva solo che anche lei facesse la sua parte.

Quella della vittima, senza via d'uscita.

8

Bari
Maggio 2012

Katy era nata il ventiquattro maggio.

I primi energici vagiti e il viso fattosi roseo e paffuto già pochi minuti dopo l'uscita dal ventre materno avevano distratto l'intera équipe che l'aveva portata alla luce dal suo peso non indifferente di quattro chili e trecentocinquanta grammi.

Era stato soltanto grazie alla corporatura alta e slanciata di Sara, sua madre, giovanissima eppure così matura per la sua età, che Katy era potuta crescere tanto.

La gravidanza della ragazza, a dire il vero, non era stata delle più semplici per via di una serie di difficoltà che la ginecologa, dopo le prime ecografie di controllo, aveva preannunciato si sarebbero presentate nel corso dei successivi mesi di gestazione.

Tutto però, alla fine, era andato per il meglio. Il parto, pur assai delicato, era proceduto senza intoppi di sorta e la piccola Katy era nata bellissima e sana come sua madre circa diciotto anni prima di lei.

Quando Mirko Altieri l'aveva presa per la prima volta in braccio aveva provato un'emozione che neppure la nascita della sua amatissima Sara era riuscita a trasmettergli.

L'ancora aitante padre era rimasto basito dinanzi allo splendore emanato dalla nuova arrivata. Incapace di credere che la piccola fosse davvero lì, tra le sue braccia.

Neppure i momenti più felici della sua vita potevano paragonarsi a quello dell'inattesa nascita della dolce Katy. Tenendola in braccio il cuore del giovane nonno aveva iniziato a battere sempre più veloce, sino a fargli temere che il petto potesse esplodergli da un momento all'altro. La piccola piangeva e sorrideva, agitando le sue manine morbide in tutte le direzioni.

Lei era una bambina speciale e sarebbe sempre vissuta come tale. Perché più che unico era stato il desiderio di sua madre di farla venire al mondo, nonostante quanti avevano appreso la notizia della prematura gravidanza le avessero consigliato d'interromperla quando era ancora in tempo. Certi che, altrimenti, il suo futuro personale e professionale sarebbe naufragato in un mare di dolori e di difficoltà di ogni tipo.

Nessuno, in realtà, si era mai posto il dubbio se Sara fosse rimasta incinta per puro caso, per un banale errore nella contraccezione o, al contrario, per un irrefrenabile desiderio che soltanto sua madre, in punto di morte, aveva saputo cogliere e interpretare, sprofondando nell'impotente e agghiacciante consapevolezza che la figlia non avrebbe ascoltato i moniti di nessuno. Neppure lei, che l'aveva messa al mondo, avrebbe saputo spingerla a non perseguire un fine tanto inconcepibile come quello che Sara da anni aveva in mente. E del quale, ironia della sorte, per la maggior parte del tempo sua madre non si era mai accorta.

Perché era sempre stato l'io più incosciente della ragazza ad anelare a un obiettivo di vita tanto riprovevole.

9

Bari – Città vecchia
7 settembre 2017, ore 00:42

Entrando in soggiorno mi resi conto che tutto era in ordine.

Non c'erano mobili fuori posto, nulla che potesse far pensare all'ingresso di malintenzionati.

Alcuni dei miei colleghi si muovevano lentamente nella stanza, cercando di osservare, senza toccare, mobili e suppellettili.

Oltrepassai la zona della parete attrezzata, con davanti i due divani disposti a L e l'ampio tavolino in legno di ulivo. Notai in controluce sul parquet un piccolo avvallamento del diametro di una pallina da tennis. Non presentava raschi, né i segni lasciati da oggetti affilati o appuntiti.

Lomonaco, un paio di passi più in là, aveva uno sguardo perplesso. A tratti stupito. Non capiva perché temporeggiassi ancora nel raggiungere mia figlia.

Dalla mia posizione riuscivo a intravederla di spalle, anche se solo in parte, oltre l'altra porta del soggiorno e il piccolo disimpegno. Saperla adesso a portata di sguardo, al sicuro, sana e salva, mi dava la forza di mantenere la mia freddezza di poliziotto: quella che mi spingeva a osservare l'abitazione di mia figlia e di sua madre come se fosse di persone a me estranee. Impiegare qualche manciata di secondi in più a raggiungerla non avrebbe fatto alcuna differenza, consentendomi una valutazione attenta dei luoghi nei quali mi trovavo. L'osservazione iniziale della scena di un possibile delitto è una delle cose fondamentali che un buon poliziotto della Omicidi deve effettuare prima ancora di conoscere ciò che è accaduto.

Continuai a guardare lentamente, in ogni direzione, cercando di capire se qualche particolare potesse essere considerato fuori posto. O in uno stato differente da quello in cui sarebbe stato ragionevole trovarlo.

Lomonaco, sempre più impaziente, mi suggeriva con lo sguardo di avvicinarmi a mia figlia.

Giada era lì che mi aspettava.

Accennai un sì con la testa, chiedendogli poi di fare uscire tutti i colleghi e di avvisare quelli della Scientifica, arrivati poco prima, di rimanere fuori. Avevo bisogno di restare solo con mia figlia prima di dare il via libera alle operazioni di routine.

Nicola non se lo fece ripetere.

Mentre lui impartiva ordini lasciai che il mio passo poco felpato annunciasse la mia presenza a Giada.

«Non riesco ancora a crederci...» sussurrò lei, restandomi di spalle, quando fu sicura di avermi vicino.

La voce confermava che le lacrime per sua madre erano soltanto agli inizi. Di sicuro avrebbero continuato a rigarle il viso ancora a lungo. L'onda d'urto del suo dolore m'investiva con incredibile potenza. Avvertivo bene dentro di me ciò che Giada stava provando. E non mi era mai accaduto prima.

Essendo più alto di lei riuscivo a scorgere bene in tutta la sua disarmante tristezza la sagoma senza vita di Ada.

Era nuda nella vasca da bagno, a pancia in su, con il sangue che le era colato giù, lungo la schiena, sino a formare un ampio ristagno sotto i glutei.

La nostra frequentazione, quando ancora eravamo molto giovani, era durata troppo poco perché io potessi innamorarmi di lei. Ma era bastata perché restasse incinta di Giada, cosa che avevo appreso soltanto molto tempo dopo.

Ada mi aveva spiegato che aveva scelto di non dirmelo quando, una sera di molti anni prima, vedendomi insieme a Katia – prima che lei morisse in quel dannato incidente – si era resa conto di quanto fossi innamorato di lei. Il modo in cui io e Katia ci guardavamo l'aveva convinta che non avrei accettato di buon grado di divenire il padre di quella bambina destinata a vedere la luce sette mesi più tardi.

Nulla di più sbagliato.

Per Katia provavo un amore infinito, è vero, ma questo nulla avrebbe comportato, nei confronti di quella che sarebbe poi divenuta la mia primogenita. Certo, se soltanto avessi appreso per tempo di lei tutto sarebbe stato diverso nella mia vita.

Le cose avrebbero seguito un altro corso.

Senza dubbio non avrei conosciuto Katia, quando ormai la mia frequentazione con Ada si era già interrotta da settimane, e con altrettanta matematica certezza non l'avrei neppure persa.

Ma prima di tutto, credo che non sarei mai diventato uno sbirro, un ispettore della Omicidi, dato che fu proprio la sua morte a spingermi a entrare nella polizia di Stato.

Il gesto di Ada era stato, in realtà, una scelta d'amore e di egoismo al tempo stesso, per il quale l'avevo perdonata nel momento in cui – quando Giada era ormai maggiorenne – avevo appreso la verità.

Scoprendo quale madre attenta e amorosa era sempre stata Ada per lei, non avrei mai potuto nutrire del rancore verso ciò che aveva deciso.

Per se stessa, e per me.

Forse perché, nel mio cuore, avevo sempre saputo che lei, a differenza mia, non mi aveva mai dimenticato.

E che soprattutto, a distanza di venticinque anni, nel profondo del suo animo continuava ad amarmi come in quelle settimane di tanto tempo prima.

10

Campagna di Monopoli
4 giugno 2008, ore 21:53

«Ciao, Bick» disse Gigia, per prima.

Si sentiva intimorita ed eccitata al tempo stesso.

Uno stato d'animo che non mutava di una virgola ogni volta che doveva incontrarsi con lui.

«Ciao...» rispose il giovane, a bassa voce, lasciandole intravedere uno strano ghigno.

Bick era così.

Riusciva a essere ambiguo e tenebroso come nessun altro. Era sempre stato proprio quel suo modo di fare, e di essere, che nel tempo lo aveva reso sempre più consapevole della sua innata capacità d'irretire con disarmante facilità le più belle ragazze. Che fossero sue vecchie amiche o nuove conoscenze poco importava.

«Vedo che hai sistemato tutto con la solita precisione. Un vero perfezionista» gli sorrise Gigia.

Bick non commentò. Si limitò a sorriderle e a farle cenno di avvicinarsi.

«Sei proprio un uomo da sposare» aggiunse la ragazza, accomodandoglisi accanto con evidente fare provocatorio. «Quasi quasi ci faccio un pensierino» insisté, facendo l'occhiolino.

In quel preciso istante dagli occhi di Bick svanì ogni luce. Un'espressione cupa gli oscurò il volto rischiarato dai riflessi luminosi delle candele.

«Che c'è? Che ho detto di tanto strano?» chiese Gigia, stranita, notando quel repentino cambio d'umore. Prima che lui potesse rispondere iniziò ad accarezzarlo con un sapiente movimento circolare, via via più energico, all'altezza della cerniera dei pantaloni. Nonostante la giovane età, Gigia sapeva il fatto suo in quanto a uomini e a disinibizione sotto le lenzuola.

Sin dall'età di quattordici anni si era creata un nome tra i ragazzi e le amiche sue coetanee per la sua irrefrenabile voglia di concedersi fisicamente, pur senza perdere la verginità, scevra da problemi o da finti pudori, a chiunque suscitasse il suo interesse. Magari anche solo con un semplice sguardo.

Provocare un ragazzo la eccitava come nient'altro al mondo. La faceva sentire potente, padrona della sua sessualità esplosiva. Vedere il membro di un uomo, e quello di Bick assai più degli altri, guadagnare turgore in pochi secondi come fosse un gonfiabile la faceva bagnare prima ancora che il suo rapporto con il fortunato di turno avesse inizio.

Ma Bick non era un ragazzo come gli altri.

Non lo era affatto.

«Che hai detto?» sibilò, bloccandole la mano con la sua.

La pressione delle sue dita su quelle assai più fragili della ragazza si fece in pochi secondi pari a quella di una tenaglia.

«Ehi, mi fai male! Ma... ma che cazzo ti prende?» protestò Gigia. Ritrasse la mano dolorante, massaggiandosela con l'altra. «Cercavo di farti godere un po', giusto per rompere il ghiaccio. Lo so che ti piace. Non volevo certo che mi fratturassi le dita! Ma che cazzo...» si lamentò infastidita.

Bick strinse gli occhi, guardando un punto fisso davanti a sé.

«Cosa ti fa pensare che ti sposerei?» chiese, con gli occhi persi nel vuoto.

«Ma sei serio?»

Il giovane non rispose.

Sospirò, senza degnarla di uno sguardo.

«Sono settimane che scopiamo come conigli, non capisco perché oggi tu voglia rovinare tutto. Mi sono vestita così... come una vera troia, solo per te, e tu mi fai male?»

Il risentimento di Gigia era palese.

«Scusami, hai ragione» disse Bick, tornando a guardarla.

Ma la luce che era andata via dai suoi occhi non si era più riaccesa.

«Dimmi la verità, provi qualcosa per me?» chiese, cambiando discorso, mentre la fissava.

Gigia non se l'aspettava.

Era preparata a tutto, tranne che a un affondo di quel tipo.

Adesso l'eccitazione dei primi minuti si era dissolta. Svanita con la rapidità di una bolla di sapone scoppiata.

«Perché mi fai questa domanda?» cercò di prendere tempo, arroccandosi sulla difensiva. Voleva essere sicura di ciò che gli avrebbe risposto.

Bick a volte era un tipo strano e imprevedibile, e quello era uno di quei momenti in cui nessuno avrebbe saputo dire che cosa avesse in mente. E soprattutto, come fosse meglio comportarsi per non essere colta in contropiede.

«E tu perché non mi rispondi?» la incalzò lui.

Il loro scambio di sguardi si era tramutato da gioco di seduzione in una sfida dai contorni inquietanti.

Gigia rimase in silenzio ancora qualche istante.

Una strisciante preoccupazione le aveva d'improvviso inondato il volto.

«Ecco... la verità è che tu mi piaci molto. Mi piace stare con te» ammise, abbassando lo sguardo intimidito. «Il sesso tra noi è fantastico, almeno per quanto mi riguarda. Credo che... piano piano... sì, insomma... come dire... dentro di me sia nato qualcosa in più.»

"Non mi ero sbagliato" pensò Bick, impassibile.

«Non voglio dire che dobbiamo stare insieme ufficialmente, a meno che non lo voglia anche tu, ma ammetto che mi piacerebbe. E molto» si sforzò di precisare Gigia, intimorita dall'aria di rimprovero che rabbuiava il volto di Bick. «Certo, da qui al matrimonio ce ne passa. Siamo ancora troppo giovani per quello, però...» cercò di scherzare azzardando un altro timido approccio.

Per un attimo le sembrò che il ragazzo si fosse distratto dai pensieri opprimenti che lo avevano portato a irrigidirsi.

Bick tornò a fissarla, le sorrise, dopodiché le indicò la zona dei pantaloni che Gigia si era presa cura di massaggiargli.

«Ora piegati e continua con ciò che sai fare meglio» le disse. Le sue parole, dal tono perentorio, andavano in tutt'altra direzione rispetto a quelle proferite dalla ragazza.

Lei, però, non sembrò preoccuparsene.

Ora voleva solo godere e farlo godere.

Al resto avrebbe pensato in un secondo momento.

Gigia sapeva che Bick amava comandare, quello che ignorava era che in alcune circostanze sapeva essere assai diverso dal ragazzo attraente che lei frequentava.

Sebbene ancora un po' interdetta, si sentì finalmente più sollevata. Aveva atteso con trepidante apprensione il suo nuovo via libera, e ora non intendeva rischiare di rovinare tutto per la seconda volta.

Il grosso membro di Bick era pronto al parossismo di piacere che lei, di lì a poco, gli avrebbe donato con sapiente maestria.

Gli abbassò la cerniera, lo prese dolcemente tra le labbra e ne divorò la consistenza in un attimo, apprezzando il calore esplosivo che emanava nella sua bocca.

Chiuse gli occhi e iniziò a fare ciò che le veniva naturale. Sentendo Bick ansimare sempre di più, non si preoccupò di capire che cosa il giovane stesse facendo mentre lei saliva e scendeva con la testa.

Quello, purtroppo, fu il suo ultimo errore.

Il più grave.

E il più imperdonabile.

11

Bari
Giugno 2015

Sara era più felice che mai.

Sua figlia Katy cresceva sempre più bella e vivace, orgoglio suo e del giovane nonno che l'accudiva per gran parte del tempo, soprattutto nelle ore in cui Sara era impegnata con le lezioni all'università e nei lunghi pomeriggi in cui preparava un esame dopo l'altro.

L'obiettivo della ragazza, condiviso con suo padre, era quello di laurearsi il prima possibile, senza però mai sottrarre tempo alla figlioletta e agli inevitabili impegni familiari.

Una volta discussa l'agognata tesi in Legge, Sara avrebbe tentato uno dei numerosi concorsi nella pubblica amministrazione cittadina, con l'unico fine di poter raggiungere un punto di ragionevole equilibrio tra il tempo da riservare al lavoro e quello da trascorrere con sua figlia e con suo padre.

Non le interessava altro.

Né, tantomeno, sentiva l'esigenza di avere un compagno con il quale svagarsi un po' nel pochissimo tempo libero che le restava.

L'assetto familiare che aveva raggiunto dopo la nascita di sua figlia era sufficiente a soddisfare ogni sua necessità.

Quando due anni prima si era iscritta alla facoltà di Giurisprudenza non si era preoccupata del fatto che le nuove conoscenze universitarie sarebbero state curiose non tanto della presenza di sua figlia, partorita in giovanissima età, quanto dell'assenza del padre di quest'ultima. La cui identità Sara si sarebbe sempre ben guardata dal rivelare, non tanto per pudore, quanto per una strategica e imprescindibile necessità. Nessuno avrebbe mai dovuto scoprire la verità.

Nessuno tranne suo padre Mirko, che non solo sapeva bene quanto accaduto, ma era stato sin dal primo momento consapevole e convinto complice del misfatto ordito dalla figlia.

Certo, aveva cercato in tutti i modi di spingerla a desistere, ma alla fine aveva dovuto cedere alla ferrea volontà di Sara, assecondando senza più remore ogni sua scelta.

Nessuno dei due aveva però previsto che un giorno, neanche tanto lontano, l'impronunciabile segreto che li legava sarebbe divenuto il motivo del loro allontanamento. In anticipo su quello che erano entrambi convinti la sorte avesse stabilito per loro, quando tutto era cominciato.

Oltre quattro anni prima.

12

Bari – Città vecchia
7 settembre 2017, ore 00:51

«La storia si ripete» disse Giada, con voce più ferma.

Mi spostai di lato così da poterla guardare in viso.

«Che intendi?» le chiesi, concentrando lo sguardo sul corpo di Ada e sul resto del bagno. Pensavo di averlo intuito, ma preferivo che fosse lei a spiegarmelo. Farlo l'avrebbe aiutata a riprendere fiato e anche, assurdo a dirsi, a sentirsi meno sola in un frangente tanto drammatico.

«Mi hai detto che hai deciso di diventare un poliziotto dopo la morte di Katia, o ricordo male?»

Un cenno del mio sguardo confermò.

«Bene. Adesso che mamma... non c'è più, anche io ho preso la mia decisione. In via definitiva. E non ci sarà niente, e nessuno, in grado di farmi cambiare idea. Te compreso, papà.»

Quando Giada mi chiamava così avvertivo sempre uno strisciante imbarazzo, che cercavo puntualmente di dissimulare in fretta.

Quella volta, invece, rimasi immobile a fissare mia figlia. Il suo dolore mi stringeva il cuore, mentre le sue parole, nonostante sapessi bene che cosa avrebbero significato, mi rendevano fiero di lei. Come mai prima di allora.

Provavo ammirazione per la forza d'animo che stava dimostrando. A me, ma innanzitutto a se stessa.

Giada aveva ragione: la storia si stava ripetendo.

Cambiavano solo i protagonisti.
Il leitmotiv restava identico.
Decisi che dovevo sfruttare il momento. Se mia figlia voleva diventare uno sbirro, e di sicuro un'ispettrice della Omicidi, era bene che cominciasse a farsi le ossa sul serio con il caso più delicato e gravoso che sarebbe mai potuto capitarle: il possibile omicidio di sua madre.
«Secondo te è stato un incidente?» le chiesi, freddo.
«La posizione potrebbe anche lasciarlo supporre.»
«Ne sei sicura?»
«Ho usato il condizionale, quindi no che non lo sono.»
"I dettagli... guarda i dettagli" le suggerii, fissandola in silenzio.
«C'è un particolare che credo lo possa escludere» aggiunse poco dopo, con voce decisa, indirizzando lo sguardo proprio dove lo avevo puntato io.
«E sarebbe?»
Giada si voltò di nuovo verso di me, scrutandomi.
Nei suoi occhi c'era rabbia. Quella fiamma potente di chi esigeva giustizia e verità. La stessa che, come lei, anch'io avevo conosciuto per la prima volta in giovane età, dopo la morte di Katia, e che non avevo più smesso di scorgere nei miei occhi ogni volta che mi guardavo allo specchio. Una rabbia che ancora animava ogni mia indagine.
«L'accappatoio» disse Giada, infine.
"Ottima osservazione" commentai fra me e me.
«Spiegami, ti ascolto.»
Cercai di restare impassibile. Non doveva sentirsi incoraggiata. Non ci sarei stato sempre io al suo fianco in altri luoghi di possibili delitti.
«È rimasto attaccato alla parete di fronte alla vasca. Piuttosto lontano.»
«E che vuol dire? Sarebbe bastato qualche passo per afferrarlo.»
Tentavo di derubricare la sua osservazione a una semplice distrazione della madre.

«Vero. Ma non c'è neppure il tappetino per asciugarsi i piedi, una volta che mamma fosse uscita dalla vasca.»

«Magari lo ha dimenticato» insinuai, velenoso. Ma soprattutto intenzionato a darle filo da torcere. Serviva che facessi l'avvocato del diavolo.

Giada aveva centrato alla perfezione ciò che dal primo momento non mi aveva convinto. Io, però, dovevo capire sino in fondo quanto lei riuscisse a restare fredda e lucida in un momento tanto doloroso. Volevo fosse certa di quello che il suo istinto le aveva suggerito. Anche se questo avesse significato scontrarsi con me pur di affermare con decisione il suo punto di vista.

«No. Passi per l'accappatoio, ma il tappetino dei piedi non lo dimentica mai nessuno. E comunque... non mia madre. So quel che dico» mi ribadì, con un tono che a lungo non avrei dimenticato.

Rimasi in silenzio.

«Tu non hai mai conosciuto mia madre» aggiunse, con una punta d'istintiva acrimonia.

«Hai ragione.»

«Nessuno, e mamma meno di chiunque altro al mondo, si spoglia per farsi un bagno, o una doccia, e non stende un tappetino per evitare d'inondare il pavimento una volta uscito.»

Mia figlia sarebbe diventata un'ottima poliziotta. Una cattura-cattivi che avrebbe dato filo da torcere a criminali di ogni tipo.

Mi limitai a un sì con il capo.

Per il momento avevo saputo tutto ciò che m'interessava del modo di reagire e di ragionare di Giada, ma anche di ciò che indipendentemente da lei non mi sarebbe sfuggito.

«Il medico legale saprà supportare tutto il tuo scetticismo» mi limitai a osservare.

Un'altra lacrima corse giù lungo la sua guancia illividita.

In mezzo alla sofferenza che la stava devastando affiorava un pizzico d'invisibile felicità. Io e Giada non ci eravamo mai capiti tanto bene come in quella sera.

«Non avrei saputo fare di meglio.»

I suoi occhi lucidi tornarono a tradire, ancora una volta, il tormento che la sconquassava dentro. Un'angoscia che da quel momento in avanti sarebbe divenuta la migliore motivazione per entrare nella squadra Omicidi della polizia di Stato.

«Andiamo. Lasciamo il campo ai miei. Sanno bene cosa fare. La morte di tua madre riceverà risposta. Qualunque essa sia, hai la mia parola.»

«Sì...» La voce le si strozzava in gola.

Cinsi mia figlia con un braccio e la spinsi delicatamente ad allontanarsi dal bagno.

Adesso potevo lasciare che i miei colleghi della Scientifica e il dottor Fanizzi, appena arrivato, facessero il loro lavoro.

13

Monopoli
Maggio 2009

Bick e Terry si erano conosciuti l'anno precedente, poco prima che il liceo chiudesse i battenti per le festività natalizie. Una festa alla quale erano entrambi stati portati da alcuni amici in comune era stata l'occasione perfetta per farli incontrare.

Tra loro era scoppiata subito un'intesa notevole.

Anzi, incredibile.

Bick era in tutto e per tutto il prototipo maschile che Terry da tempo cercava, soprattutto dopo aver saputo della sua dote nascosta; Terry, invece, che non si vergognava certo di mostrare tutta la sua bellezza e sfrontatezza di diciannovenne già parecchio esperta in materia di uomini, impersonificava la tipologia di ragazza dalla quale Bick era sempre stato attratto.

La chimica divampata in pochi giorni, come un fuoco inarginabile, tra i due diciannovenni li aveva convinti che il loro rapporto sarebbe stato dei più movimentati e piacevoli.

Sessualmente, ma non soltanto.

Se infatti da un lato Bick e Terry si lasciavano andare al sesso più sfrenato quasi tutti i giorni della settimana, prevalentemente di sera, prima di rientrare a casa dopo le loro uscite quotidiane, dall'altro trovavano volentieri anche il tempo per frequentarsi al di là dell'indubbia prerogativa fisica della loro relazione. Non disdegnavano di andare al cinema con altri amici e di frequentare pub e locali alla moda. Quasi sempre di sabato sera, quando l'orario di ritirata era assai più flessibile.

Entrambi erano maturandi dello stesso liceo di Monopoli dove, nei quattro anni precedenti, non avevano mai avuto modo di notarsi. Dopo la loro focosa conoscenza i mesi erano trascorsi tra continui piaceri sessuali e una vita più tranquilla, molto simile a quella di tanti loro coetanei che si frequentavano senza alcun vincolo affettivo. Quando, però, il sentimento di Terry nei confronti di Bick aveva iniziato a mutare, trasformandosi in qualcosa di ben più profondo, l'enorme intesa sessuale tra loro si era via via affievolita. Scaraventando Terry nella confusione di un sentimento mai provato prima, e catapultando al contempo Bick nella perversa consapevolezza che anche la relazione con la provocante e focosa diciannovenne avesse ormai i giorni contati.

E non soltanto quella.

14

Bari – Città vecchia
7 settembre 2017, ore 01:11

Quando fummo fuori dall'appartamento, Lomonaco si avvicinò timidamente a noi.

I colleghi della Scientifica avevano ormai preso possesso della scena, provvedendo a tutti i rilievi del caso, mentre il dottor Fanizzi aveva iniziato il suo attento esame del corpo di Ada.

«Hai bisogno di qualcosa?» chiese Lomonaco, come se cercasse di accarezzare con lo sguardo il viso stravolto di Giada.

Lei scosse il capo. Le lacrime premevano di nuovo prepotenti ai bordi dei suoi occhi. Si girò a fissare l'ingresso dell'appartamento, restando con le braccia incrociate all'altezza del petto. Non faceva freddo, nonostante l'ora tarda, ma era evidente che dentro di lei fosse esploso il gelo.

«La porta era aperta quando sono tornata...» disse, a bassa voce, senza voltarsi.

«Difficile ritenere che non se ne sia accorta, ma in ogni caso non credo sia quello il punto.»

«È stata uccisa» sentenziò Giada, atona.

«Diciamo che al momento mi risulta difficile pensare il contrario» mi limitai a confermare.

«Ultimamente mi sembrava felice...» aggiunse lei, con gli occhi sempre più lucidi.

Io e Lomonaco riuscivamo a stento a udire le sue parole.

«Potrebbe non essere un semplice dettaglio» osservai.

«Non ci sono segni di effrazione sulla porta né sulle finestre che si affacciano sul vicolo, quindi se... sì insomma, se non si è trattato di un incidente, e mi sembra ormai chiaro che non sarà difficile escluderlo, l'omicida potrebbe essere qualcuno che tua madre conosceva» chiarì Lomonaco, guardando mia figlia.

«O del quale non aveva motivo di preoccuparsi» intervenni.

«O entrambe le cose» puntualizzò Giada.

«Aspettiamo il rapporto dei colleghi della Scientifica, e soprattutto il resoconto del dottor Fanizzi. Lui saprà dirci cosa davvero è accaduto a tua madre. Al resto penseremo noi» dissi, fissando Giada. Poi mi rivolsi a Lomonaco: «Nico', resta ad aspettare il pubblico ministero e spiegagli tutto. Io e mia figlia torniamo a casa. Fatti dire da Fanizzi quando posso andare a parlargli, il prima possibile».

Lomonaco si limitò a un cenno del capo.

«Forza... andiamo» dissi, cingendo ancora Giada con un braccio.

Per quella sera poteva bastare. Era giunto il momento di staccare la spina e di tentare di dormirci un po' su, per quanto difficile potesse essere.

Sapevo che incamminarci verso casa, dove Barbara con il piccolo Marco ci aspettavano con ansia, avrebbe fatto bene a entrambi.

«Non l'hai mai amata, vero?» mi chiese Giada, quando eravamo ormai giunti all'altezza di piazza Ferrarese.

Capivo cosa cercasse di sapere, e lo comprendevo anche, ma non le avrei mai mentito.

Neppure in un momento simile.

«No... mi spiace.»

Giada fece spallucce.

«Lo sapevo, ma volevo esserne sicura.»

«Forse non ne ho avuto il tempo. Tua madre era una bellissima donna e una persona molto in gamba, lo sai meglio di me. E non lo dico solo perché...» Mi concessi qualche secondo di silenzioso rispetto. «Del resto, la scelta di non dirmi nulla della tua nascita, per quanto possa essere stata egoistica, dimostrava una capacità e una forza fuori dal comune.»

«Sì, lei era una guerriera. Come io lo sono sempre stata con lei.»

Non replicai, quelle parole erano troppo intime, personali: un mondo di non detti e di sottintesi dal quale era giusto che restassi fuori.

«So che lei non ha mai smesso di... amarmi. E questo mi ha sempre creato un po' d'imbarazzo quando la incontravo, devo ammetterlo. Sebbene già all'epoca fossi grande e grosso, a volte quando mi stava di fronte e mi fissava con quel suo sguardo sognatore riusciva a farmi sentire il diciannovenne timido e un po' impacciato che lei vedeva ancora in me, a dispetto dei tanti anni trascorsi.»

Giada piangeva in silenzio, un passo dopo l'altro.

Avvertivo il suo dolore, ma sapevo anche che le mie parole riuscivano, per certi versi, a rincuorarla un po'.

«È vero, non provavo lo stesso sentimento per lei, ma le ho sempre voluto un bene enorme, e ho nutrito nei suoi confronti una stima che non riusciresti mai a immaginare. Nonostante tutto quello che è successo da quando è sparita dalla mia vita.»

«Tu per lei... sei sempre stato il solo, papà.»

Non andai oltre un timido sì con la testa.

Abbozzai un sorriso, intenerito.

Ada era davvero una donna straordinaria.

Mia figlia non sarebbe stata quella che adesso conoscevo se non avesse avuto lei come madre.

«Credo che sapendo quanto ti volessi bene abbia sempre temuto di potermi ferire. Non so perché, ma in qualche modo ne era convinta.»

«Il che conferma quanto Ada fosse una donna unica, e speciale.»

«Lo era eccome.»

Giada si zittì di nuovo.

«Il fatto è... che l'ho capito troppo tardi» aggiunse, infine, con la voce rotta.

Riuscì appena a terminare la frase prima di scoppiare in un pianto a dirotto, spezzato da continui singhiozzi talmente forti da toglierle il respiro.

Il dolore era ormai deflagrato incontrollabile, sbriciolando ogni suo tentativo di arginarlo. Giada non era più in grado di forzare la sua razionalità a indirizzare tutta quella disperazione in una forma meno estrema, come le era riuscito sino a quel momento.

D'istinto l'avvolsi in un abbraccio, lasciando che la sua angoscia si consumasse lentamente sul mio petto, mentre il viso bagnato all'inverosimile elemosinava solo un po' di calore.

Disarmato da una notte crudele, non riuscii a reggere l'onda d'urto di tanta sofferenza. Iniziai a piangere con Giada, restando in religioso silenzio.

Il tempo, da sempre mio alleato, aveva stavolta deciso di fermarsi e di lasciarci sospesi nel limbo della sua indifferenza.

15

Facoltà di Giurisprudenza – Bari
16 ottobre 2015, ore 10:17

«Ciao» disse Sara, timida, rivolta alla ragazza intenta a leggere degli appunti seduta all'unico tavolino con ancora un posto libero. Teneva in mano il cappuccino appena preso dal bancone del bar, e appesa precariamente sulla spalla sinistra la tracolla della borsa dalla quale fuoriuscivano una serie di fogli stropicciati, ficcati dentro alla rinfusa. Era l'ora della pausa caffè di mezza mattinata, e il bar della facoltà, al solito, pullulava di studenti in cerca di un po' di svago dopo le pesanti ore di lezione.

L'intenso vociare rendeva difficile udire le parole del proprio interlocutore a poche decine di centimetri di distanza.

«Ciao» rispose Giada, alzando la voce e sorridendole.

«Ti va se mi siedo accanto a te a bere il mio cappuccino? Oggi c'è un tale delirio che per sedersi servirebbe prendere un bigliettino!» scherzò Sara, ricambiando il sorriso.

«Ma certo, ci mancherebbe. Dai su, siediti. Fai come se fossi a casa tua» replicò Giada, aiutandola a sistemarsi.

«Grazie mille, oggi non credevo di farcela» aggiunse l'altra, tirando un sospiro di sollievo. «Io sono Sara.»

«E io sono Giada. Piacere di conoscerti, Sara con il cappuccino.»

Si strinsero la mano, sorridendosi con gli occhi.

«A che anno sei?» chiese Giada.

«Ho appena iniziato il secondo, e tu?»
«Idem.»
«Questo vuol dire che potremmo seguire le lezioni insieme.»
«E magari anche studiare per preparare qualche esame. I più impegnativi, magari, che ne dici?»
Sara non nascose tutta la sua soddisfazione. Era così strano che la ragazza appena conosciuta avesse accettato di buon grado la sua proposta, addirittura rilanciando, che per un attimo si sentì smarrita.
«Dico che è stato un bene che qui oggi ci fosse questo delirio!» rispose, contenta.
Scoppiarono entrambe a ridere.
«Hai ragione, questo posto a volte è un inferno» osservò Giada, mentre Sara continuava a sorseggiare il suo cappuccino.
La scelta di quella bevanda aveva subito reso la nuova arrivata assai simpatica alla figlia dell'ispettore.
«Già... ma anche dall'inferno c'è sempre una via d'uscita» osservò Sara, con lo sguardo per un istante perso nel vuoto.
Giada si limitò ad annuire, interdetta.
Non era stata tanto la frase in sé a darle da pensare, quanto il tono e l'espressione del viso con cui l'altra l'aveva pronunciata.
La figlia di Pantaleo scosse il capo, decisa a non darvi peso più di tanto. Forse aveva attribuito a quelle parole, e al contesto in cui erano state pronunciate, una valenza che in realtà non possedevano.
Sara a pelle le piaceva. Aveva un viso pulito e genuino, e modi garbati da ragazza educata. Quando Giada aveva sollevato lo sguardo verso di lei, poco prima, aveva avvertito un istintivo feeling.
Anche lei, d'altro canto, aveva fatto un'ottima impressione a Sara. Innanzitutto perché era alta, dalle forme importanti e con un fascino da fotomodella che però cercava di dissimulare.

Giada sapeva di non passare inosservata, e si preoccupava di evitare che il suo comportamento incentivasse chi le orbitava intorno a concentrarsi sulla sua innegabile bellezza. E su quel fascino istintivo che, nonostante i suoi sforzi, non le riusciva di contenere più di tanto.

Le due ragazze insomma, belle e avvenenti entrambe, seppur con forme e peculiarità assai differenti, si erano subito piaciute.

Il loro fortuito incontro sarebbe stato il prodromo di un legame che le avrebbe unite sempre di più con il passare del tempo.

Almeno sino a quando il destino non avesse a suo modo deciso di sparigliare le carte nella vita di entrambe.

16

Campagna di Monopoli
12 maggio 2009, ore 21:42

Bick aveva dato appuntamento a Terry alle ventidue e un quarto in punto. Entrambi avevano detto ai rispettivi amici che sarebbero andati a una festa, a Bari (quindi parecchio lontano da Monopoli), della quale però si erano ben guardati dal fornire dettagli e indicazioni.

Il totale anonimato avrebbe reso assai più semplice per Bick porre in atto il perverso disegno che aveva in mente. Il luogo convenuto per l'appuntamento era lo stesso da dove, un anno prima, Gigia non era più rientrata a casa.

La polizia che aveva indagato sul caso l'aveva cercata ovunque: a Monopoli, nei dintorni, e ben oltre i confini cittadini e regionali. Purtroppo, però, non era mai riuscita a trovarla, né tantomeno a rinvenire il suo corpo o a sospettare alcunché su Bick o su qualche altro amico di Gigia, vista la fama di ragazza alquanto facile, sbarazzina e imprevedibile della diciottenne.

Era stata proprio questa ragione, unita alla sua maggiore età, a spingere gli inquirenti a non proseguire le sue ricerche oltre un certo periodo di tempo.

Persino sua madre, vedova da qualche anno, non si era meravigliata più di tanto che Gigia si fosse volatilizzata all'improvviso senza avvisarla, e senza più neppure darle segni di vita. Aveva denunciato la scomparsa dopo oltre due settimane che non la vedeva, pensando che se ne fosse semplicemente andata, per chissà quale ragione. I rapporti molto difficili tra lei e la figlia l'avevano portata a giustificare l'assai probabile voglia di Gigia di crearsi una vita autonoma, lontana da quel focolare familiare che, anche quando c'era ancora suo padre, non aveva mai percepito davvero come casa sua.

In più la relazione di Gigia con Bick era stata del tutto nascosta, basata soltanto su rapporti sessuali e poco più, e nessuno aveva mai sospettato che lei potesse avere un debole per lui.

Né, tantomeno, il contrario.

Anche questo aveva indotto gli inquirenti a indirizzare le loro ricerche altrove.

Comunque, la sera della sparizione di Gigia, Bick si era preoccupato di lasciare il suo cellulare a casa, impedendo che eventuali triangolazioni delle celle di attività della telefonia mobile potessero permettere di risalire a lui. E soprattutto, ai suoi spostamenti durante le ore nelle quali sembrava essere maturata la dipartita della liceale.

L'assenza di testimoni di qualunque tipo avrebbe fatto il resto, blindando il giovane in una condizione di totale insospettabilità.

Adesso Bick, a differenza della volta precedente, aveva ritenuto di non accendere troppe candele, limitandosi a sistemarne intorno soltanto alcune. Giusto quelle strettamente necessarie a renderlo visibile a Terry e, allo stesso tempo, a rendere nitide e provocanti le sinuose e prorompenti forme della ragazza agli occhi del giovane pervertito.

«Che ambientino carino» disse Terry, con sguardo ammiccante.

Quella era la prima volta che entrava nel covo di Bick, ma avvertiva già che una forte eccitazione la stava facendo bagnare.

Lui indossava un pantalone della tuta gonfio all'altezza

del pube, lasciando che il suo membro eretto e turgido si mostrasse in bella vista agli occhi della nuova arrivata.

«E non hai visto il resto» le sorrise lui, sardonico.

«Ti sbagli, tesoro. Lo vedo, lo vedo... Eccome se lo vedo! E mi piace da matti» disse Terry, avvicinandosi a lui per baciarlo e toccarlo sin dentro il pantalone della tuta. Sapeva che Bick amava essere provocato, e provocato ancora, con le mani e con la bocca.

«Stendiamoci qui» suggerì lui, indicando il giaciglio che aveva approntato. «Vedrai che staremo molto comodi, soprattutto quando mi cavalcherai come un'amazzone impazzita» aggiunse, abbandonandosi a un ghigno che lei stentò a riconoscere.

"Bick, sei davvero un maiale... Ma il tuo cazzo mi piace da morire!" pensò la ragazza, non facendo caso più di tanto a quella strana espressione.

«Come hai detto che mi volevi vedere?» gli chiese, spingendolo a stendersi così da sistemarsi a cavalcioni su di lui.

L'altro la osservò ammirato, lasciando che fosse lei a guidare il gioco. L'interno cosce di Terry grondava piacere.

La ragazza, eccitata al parossismo, non intendeva attendere un solo istante in più prima di essere penetrata. Fremeva per sentirsi riempire da Bick.

Con un rapido gesto della mano gli afferrò il grosso membro e lo guidò con la padronanza dell'esperienza sino all'imbocco del suo piacere, facilitata dal non avere indossato le mutandine.

Quando lo sentì affondare dentro di sé chiuse gli occhi e iniziò a godersi la cavalcata che tanto aveva atteso.

Si piegò per baciarlo in bocca. Voleva sentire il suo sapore e annusare l'odore di maschio che la sua pella profumata emanava. Era certa che, come al solito, fossero solo agli inizi del loro lungo amplesso.

A quella posizione così goduriosa ne sarebbero seguite altre anche assai migliori, e più perverse, se d'un tratto Bick, dopo esserle venuto dentro senza avvisarla, non avesse afferrato il fazzoletto nascosto nello zaino che gli stava di fianco, impregnato di un liquido dall'odore forte e penetrante, e non l'avesse premuto con forza sulla faccia di Terry, che continuava a cavalcarlo a occhi chiusi. D'istinto lei accennò una reazione, ma in pochi istanti fu sopraffatta, costretta ad arrendersi alle forze che le venivano meno.

Perse i sensi senza neppure accorgersene. Con ancora la gonna indosso e i prorompenti seni fuori dalla camicetta attillatissima che indossava si adagiò su un lato, incosciente.

Bick si ricompose in fretta.

Iniziò a fissarla.

Anche quella ragazza si era innamorata di lui, o lo avrebbe fatto di lì a poco, e questo il giovane non poteva accettarlo.

Il suo futuro sarebbe andato in un'unica direzione, che non era condividere la sua vita con Terry, o con chi per lei.

No di certo.

Lui voleva una donna matura al suo fianco.

Una donna dalla personalità forte in grado di guidarlo al meglio attraverso le acque sempre agitate della vita.

Bick si mise seduto sulle ginocchia e iniziò ad accarezzare i seni sodi di Terry.

Più e più volte.

Il suo volto si era fatto angelico.

Pochi minuti dopo la mano del giovane scese verso il pube della ragazza.

Le alzò la gonna e si accorse che il frutto del suo piacere che poco prima si era riversato dentro di lei, senza che Terry riuscisse ad avvertirlo obnubilata dal godimento che la inondava, stava colando lentamente fuori dal suo interno cosce.

Per qualche istante Bick fu sul punto di provare persino rammarico, se non proprio pentimento, per ciò che aveva appena fatto. Ma, soprattutto, per quello che di lì a poco si apprestava a compiere.

Lo schema era rimasto lo stesso della volta precedente. Rapido, essenziale e molto, molto efficace.

Un piano che non avrebbe lasciato tracce di alcun tipo.

Scoprire che fine avessero fatto le due ragazze sarebbe stato impossibile per chiunque.

Alzando lo sguardo verso la porta d'ingresso Bick capì che era giunto il momento di chiudere la partita.

Non poteva aspettare oltre, né crogiolarsi in piaceri effimeri privi della benché minima prospettiva.

Terry avrebbe presto raggiunto Gigia.

Con il corpo, ma prima ancora con la sua anima.

17

Questura di Bari
7 settembre 2017, ore 07:33

Giada dormiva profondamente nella stanza degli ospiti quando uscii di casa. Barbara e io le eravamo rimasti accanto sino a notte inoltrata, consapevoli che la stanchezza e il dolore alla fine l'avrebbero prima sfinita, e poi sopraffatta.

Accogliendo il suggerimento di Barbara, Giada aveva accettato di prendere un sedativo, così da riuscire a dormire meglio e più a lungo. I funerali della madre si sarebbero tenuti soltanto dopo che il quadro autoptico della sua morte fosse stato chiarito nei minimi dettagli. Mia figlia avrebbe avuto tutto il tempo per recuperare le forze, la lucidità.

Giunsi in ufficio al mattino molto presto.

Avevo bisogno di chiarirmi le idee sull'accaduto e, per quanto fosse ancora prematuro, di azzardare le prime ipotesi sulle possibili ragioni della morte di Ada. Partendo da un basilare presupposto: se la mia ex era stata assassinata, molto probabilmente il colpevole era qualcuno che lei conosceva. Nel caso, sarei dovuto partire da lì nelle mie indagini.

Quando squillò il telefono, intorno alle sette e trentacinque, ero quasi certo che si trattasse del dottor Fanizzi. Non avendo potuto comunicarmi, ore prima, le conclusioni del suo primo esame sul corpo della madre di mia figlia, di sicuro immaginava volessi essere messo al corrente di tutto, il prima possibile.

Fanizzi era molto mattiniero, forse anche più di me, ma soprattutto sapeva chi era la vittima e l'importanza che rivestiva nella mia vita. Come, ancor di più, in quella di mia figlia. Sapeva che quasi certamente sarei arrivato in ufficio prima del solito.

Risposi dopo i primi due squilli.

«Pronto?»

«Salve, ispettore... mi perdoni per l'orario, e per il disturbo» disse una voce calda, femminile, che mi spiazzò. «Mi chiamo Alessandra Carmini, e sono una cara amica di Ada Raisi. È stata lei a darmi il suo numero. So che... sì, insomma, vi conoscete bene» sembrò sorridere.

Le parole della donna, pronunciate senza alcuna pesantezza, mi catapultarono per alcuni istanti in una profonda confusione.

«Sì, esatto. Perdoni la domanda, da quanto non vede Ada?»

Percepii un certo stupore all'altro capo del telefono.

Questa volta ero stato io a coglierla in contropiede.

«Non saprei... L'ho sentita ieri mattina, a dire il vero, ma non la vedo da qualche giorno. Per la precisione da martedì scorso. Perché, cos'è successo?»

Fui sul punto di mentire, ma poi ci ripensai.

Quella donna che non conoscevo, e che non avevo mai sentito nominare da Ada, forse avrebbe potuto essermi di aiuto nella mia indagine.

«Purtroppo... Ada è stata trovata morta ieri sera nel suo appartamento.»

Non le fornii volutamente altri dettagli, ma lasciai il campo aperto a tutte le possibili ipotesi.

A cominciare da quella di omicidio.

«Oh, mio Dio... non è possibile... L'altro giorno stava benissimo. Era solare come non la vedevo da tempo...»

La voce della donna si ruppe per l'emozione.

Fui quasi sicuro che si stesse sforzando di non piangere.

«Mi scusi, ispettore,» riprese a fatica «posso sapere com'è successo?»

«Non lo sappiamo ancora, ma presto lo scopriremo. È stata Giada, che come immagino lei sappia è figlia mia e di...»

«Sì, sì... certo» m'interruppe.

«Purtroppo è stata lei a trovare Ada senza vita, rientrando a casa verso mezzanotte.»

«Mi creda... io... io non ho parole.»

«Posso intuire. Non è stato facile per nessuno di noi. Ma mi dica, perché mi ha chiamato?»

La donna rimase in silenzio.

Immaginai cercasse di fare mente locale sul motivo della sua telefonata. Lo shock della morte di Ada sembrava essere stato parecchio forte anche per lei.

«Ecco... sì, la chiamavo per via di Adelaide, mia figlia di diciassette anni. Una settimana fa io e lei abbiamo avuto una brutta litigata, dopodiché Ade è andata via di casa e non è più rientrata. Non è la prima volta che accade, a essere sincera, ma in passato sapevo sempre, e comunque, dove potesse essere. E con chi. Magari da un'amica o da un'altra. Questa volta invece no. Forse perché...»

La donna s'interruppe.

Ebbi la sensazione che non volesse dirmi tutto ciò che sapeva.

«Perché?» la pressai.

«No... niente... pensavo che questa volta... è possibile che sia volata qualche parola di troppo, ecco. Tutto qui.»

D'improvviso avvertii una strana sensazione.

Ma soprattutto, venni assalito da una serie di dubbi.

E se il probabile omicidio di Ada fosse stato in qualche modo legato alla sparizione della figlia della Carmini?

Forse non era un caso che la mia ex avesse insistito nel volerle dare il mio numero.

E se l'omicida fosse qualcuno che Ada e la Carmini conoscevano, e che per qualche ragione aveva prima fatto sparire la figlia della donna e poi ucciso Ada?

Con la mente iniziai a vagare per anfratti ancora inesplorati.

Le mie potevano essere semplici congetture, o persino pindarici voli di fantasia, frutto di paranoie causate dal fatto che Ada era una persona a me molto vicina, ma poteva anche esserci del vero in ciò che avevo ipotizzato. Magari molto più di quanto immaginassi. Sapevo che separare l'aspetto emotivo da quello professionale per me era possibile: lo avevo dimostrato a me stesso scoprendo chi aveva assassinato i miei genitori. Il rischio di commettere passi falsi per un eccessivo coinvolgimento in una delle due vicende attuali era quasi inesistente.

Il protrarsi del mio silenzio mise in ansia la Carmini.

«Ispettore... ispettore Pantaleo... è ancora lì?»

«Sì, signora Carmini, sono qui.»

«Mi perdoni, è solo che non la sentivo più e così...»

Ripensando a come aveva glissato sulla ragione della lite con sua figlia, le mie perplessità e i miei dubbi aumentarono. Valutai in fretta pro e contro e decisi di soprassedere, evitando per il momento di chiederle maggiori spiegazioni.

«Trattandosi di una minore, immagino che abbia sporto denuncia per tempo.»

«Sì, certo. Due giorni dopo, quando ho perso di lei ogni traccia. Nessuno, tra i suoi amici e tra le persone che Adelaide frequentava ha saputo dirmi dove fosse andata. È per questo che presa dal panico, anzi dal terrore che le fosse successo qualcosa di brutto, ho deciso di rivolgermi alla polizia. Purtroppo ho perso mio marito anni fa e quindi ho dovuto vedermela da sola.»

«Presumo che a oggi non abbia ricevuto notizie dai miei colleghi.»

«Di fatto nessuna.»

Il tono della Carmini si era fatto greve e sinceramente preoccupato.

Adesso non mentiva.

«E così ha chiesto a Ada il mio numero.»

«In realtà, ispettore, ieri mattina è stata proprio Ada a insistere affinché prendessi il suo numero. Mi ha sempre parlato molto, e bene, di lei, quindi so che si occupa di problemi come dire... ben più seri. Non ritenevo di doverla disturbare. Ada, però, mi ha assicurata che avrebbe potuto darmi qualche informazione in più sulle indagini e così ho accettato. Tutto qui.»

Pensai che potesse non essere un caso che Ada avesse sentito l'amica, suggerendole di chiamarmi per la scomparsa di sua figlia, e la sera stessa fosse morta. Non era una congettura campata in aria. La tempistica dei due eventi restava un dato incontrovertibile.

Frutto di una coincidenza o meno prima o poi lo avrei scoperto.

«Capisco» risposi, lapidario.

«Io... ispettore, sono giorni che non dormo più. Non voglio pensare al peggio, ma Adelaide potrebbe essersi cacciata in qualche guaio. Qualche guaio serio. Se così fosse non... non po... non potrei mai... per... perdonar... melo.»

La voce della Carmini fu interrotta dai singhiozzi.

Me ne rimasi zitto qualche istante a riflettere, lasciando che riprendesse fiato.

«Mi ascolti: non appena possibile farò il punto della situazione con i miei colleghi, dopodiché la contatterò e le dirò se ci sono novità. Ritroveremo sua figlia, signora Carmini. Ha la mia parola.»

Sapevo di aver forzato la mano, visto che non avrei mai potuto vantare una simile certezza, ma era anche vero che la mia risposta non avrebbe potuto essere differente. Ora mi serviva tempo per capire e per fare il punto della situazione.

«La ringrazio, ispettore. La ringrazio di cuore. Ada aveva ragione su di lei...»

Colsi l'occasione al balzo.

La Carmini mi aveva detto di averla incontrata pochi giorni prima. Era quindi probabile che le avesse riferito qualche informazione in grado di rivelarsi utile per le mie indagini.

«Se non le spiace le rubo ancora qualche minuto, signora Carmini. Vorrei farle alcune domande su Ada. Spero non ci siano problemi.»

La donna non sapeva che, se anche ce ne fossero stati, per me non avrebbe fatto alcuna differenza. Come sempre ero intenzionato ad andare sino in fondo.

Lo dovevo a Ada, e lo dovevo a nostra figlia.

«No, ispettore, ma che problemi» replicò lei, secca. «Le dirò tutto ciò che so. È il minimo che io possa fare per...» La voce le si spezzò di nuovo. «Spero solo... di riuscire a esserle d'aiuto» aggiunse, incerta.

"Può scommetterci" pensai.

18

Bari
Luglio 2017

Sara non era una ragazza come le altre.

Questo Donato lo sapeva bene.

Anzi, lo aveva sempre saputo.

Dal primo istante in cui si erano conosciuti, circa un anno e mezzo prima, grazie ad alcuni amici comuni, lui aveva avvertito una sorta d'istintivo limite nel potersi interfacciare con lei. Se non nella forma della semplice e disinteressata compagnia.

Sara era senza dubbio una ragazza attraente, e anche molto sveglia e scaltra, ma il suo fascino proveniva da qualcosa che si annidava nel suo profondo. Qualcosa che Donato non era mai riuscito a inquadrare del tutto. E neppure a ravvisare in nessun'altra delle coetanee, o delle tante ragazze che il suo carattere intraprendente gli aveva permesso di approcciare con disinvoltura sin dagli anni dell'adolescenza.

In Sara c'era un qualcosa di misterioso che Donato aveva intravisto, e che l'avrebbe resa inarrivabile come compagna di vita per chiunque avesse nutrito tale aspirazione.

Per questo, Donato si era limitato a condividere con lei soltanto una sana amicizia, sebbene in lui albergasse, e crescesse con il passare del tempo, la sommessa speranza che quel rapporto potesse un giorno cambiare forma e consistenza.

Neppure quando aveva scoperto che Sara era madre di una splendida bambina di cinque anni, che amava più di se stessa, Donato era stato spinto a cambiare le sue istintive aspettative. Anzi, la scoperta dell'esistenza della piccola Katy aveva reso la precoce mamma ancora più attraente e affascinante agli occhi dello spregiudicato rubacuori. Soprattutto dato che, a quanto pareva, il padre della bambina non era presente nella vita di Sara. Una simile circostanza, ipotizzava Donato, con il passare del tempo avrebbe potuto rendere più facile un suo approccio di altro tipo.

Il giovane non aveva considerato che il cuore della ragazza fosse da anni impegnato. Al punto tale che qualora il loro rapporto si fosse discostato dal carattere amicale di sempre, non si sarebbe comunque mai trasformato in un sentimento d'amore. Al massimo, in un'intensa e crescente attrazione fisica.

Così era avvenuto. Entrambi, con il trascorrere del tempo, avevano avvertito un'affinità chimica che tutto lasciava presumere sarebbe prima o poi sfociata in qualcosa d'intenso.

Con la sola differenza che, in questo caso, per Sara la circostanza non avrebbe assunto alcuna valenza di natura sentimentale, mentre per Donato sarebbe stata il prodromo per qualcosa di ben più importante e profondo. E soprattutto duraturo. Un tipo di rapporto che il giovane non aveva mai vissuto prima con nessuna delle tante compagne, più o meno passeggere.

Quello che dopo tanti mesi d'intensa amicizia il destino avrebbe riservato a entrambi sarebbe stato il giusto epilogo delle reciproche aspirazioni. Nella comune consapevolezza che in amore tutto sarebbe sempre stato lecito.

Anche il peggio che un essere umano fosse stato in grado di provare, e di mettere in campo, pur di soddisfare il proprio piacere e i desideri più inconfessabili.

19

Spiaggia di Pane e Pomodoro – Bari
4 settembre 2017, ore 10:02

«Cioè, fammi capire» disse Giada, iniziando a togliersi la maglietta. Nonostante fosse ancora piuttosto presto, soprattutto per una città che non aveva mai fretta, in spiaggia c'era già una gran folla. Tanti i bagnanti in acqua, e ancor di più quelli che prendevano il sole distesi sui loro teli colorati, dalle forme e dai disegni più improbabili.

«Sino a qualche mese fa Donato era un tuo... *caro* amico, e ora invece te lo porteresti volentieri a letto?» continuò la figlia dell'ispettore, divertita.

E in fondo, anche un po' incredula.

«Non ho detto questo, ma... potrebbe non dispiacermi» ammiccò Sara, con un sorriso complice.

Sapeva che con Giada poteva confidarsi.

Anche se il suo più grande segreto, che le fosse piaciuto o meno, non avrebbe mai potuto confessarlo a nessuno.

Nemmeno a lei.

La figlia di Pantaleo era una persona discreta e assai riservata, soprattutto quando si trattava di questioni che non la riguardavano in prima persona, ma di *quel* particolare anche lei sarebbe dovuta restare all'oscuro.

Nel frattempo le due amiche erano rimaste in costume da bagno, sfoggiando i fisici mozzafiato di ventenni nel pieno del loro splendore.

I gruppetti di ragazzi sistemati intorno ai loro asciugamani non avevano potuto fare a meno di notarle, facendo ingelosire le amiche con le quali si accompagnavano.

«A me non è mai successo che un mio amico si trasformasse in un compagno. E nemmeno... in un trombamico. Se devo soltanto andarci a letto preferisco si tratti di qualcuno che poi non dovrò più rivedere. Se no sai che imbarazzo, quando poi esco con un altro?» osservò Giada, stendendosi supina sul suo telo da mare.

Sara non rispose.

Le parole dell'amica le avevano dato da pensare.

«Sì... hai ragione. A essere sincera temo che lui non sarebbe in grado di fermarsi a una, o a più scopate» osservò, cinica.

«Be', senza dubbio lui è parecchio coinvolto da te ultimamente.»

«Quindi te ne sei accorta?» chiese Sara.

«Diciamo che ho avuto quest'impressione in più di una occasione.»

«Eppure lui è pieno di ragazze. Di certo non gli mancano. E sono anche molto, molto carine, e ben più spregiudicate e disinibite di me» disse Sara, mettendosi a pancia in su.

Temendo possibili scottature aveva pensato bene di spalmarsi altra crema solare su busto, gambe e braccia, seguita a ruota da Giada.

«Evidentemente tu gli piaci per altro, che non è solo sesso» osservò la figlia di Pantaleo.

Sara incassò, pensierosa.

«Sai cosa trovo strano?» riprese Giada.

L'altra scosse il capo, consapevole che di lì a poco sarebbe corsa in acqua per il primo bagno della giornata. Il sole picchiava duro, e resistere asciutte per troppo tempo sarebbe stato un pericoloso azzardo per le loro pelli delicate.

«Che non sia per nulla intimorito, o quantomeno scoraggiato, dal fatto che tu sia già mamma. Devi ammettere che chiunque al posto suo lo sarebbe.»

«Già. Anzi, sembra quasi che la presenza di Katy mi renda ancora più attraente ai suoi occhi.»

Giada si limitò a confermare con il capo.

Non le sfuggì, però, la strana espressione comparsa sul volto dell'amica.

Intenzionata a farle qualche domanda un po' più personale, suggerì di andare in acqua. Lì sarebbero state al riparo dal sole, e da orecchie indiscrete.

«Posso farti una domanda? Sei libera di non rispondermi» la rassicurò Giada, immaginando che l'amica potesse irrigidirsi.

L'altra annuì, ma dentro di sé avvertì l'ansia crescere.

Qualcosa le diceva che Giada avrebbe voluto saperne di più del suo passato. Di quella fetta della sua giovinezza che lei custodiva gelosamente in un anfratto buio della sua coscienza.

«Non ti ho mai fatto troppe domande ma ormai ci conosciamo da un bel po', e credo di potermelo permettere: la piccola Katy è stata voluta o...» accennò Giada, preferendo evitare di terminare la frase.

«Volutissima» replicò Sara, lapidaria.

Il suo tono tranciante lasciava trasparire il disappunto.

«Scusami, non volevo essere invadente» commentò Giada, un po' mortificata, immergendosi in acqua sino al collo. L'insofferenza dell'amica, per quanto prevedibile, le era arrivata tutta e la cosa la metteva a disagio. Restò con il collo fuori dal pelo dell'acqua, guardandosi intorno con fare distratto.

Giada non amava granché bagnarsi i capelli, visto che il mare faceva perdere loro parte della lucentezza. Ma ora voleva rendersi meno visibile agli occhi dell'amica.

«No... perdonami tu. Mi spiace,» si affrettò ad aggiungere Sara «sono stata scortese. Ti chiedo scusa. È solo che quando si tratta di Katy, ecco... entro subito in modalità protezione» si sforzò di sorridere.

Giada accolse di buon grado le sue scuse, ancora un po' indecisa. Sapeva che ora avrebbe dovuto ritirarsi in buon ordine sul terreno della discrezione, ma decise di optare per la più impervia via dell'azzardo.

«Allora sono pronta a essere mandata a quel paese,» sorrise Giada, fingendosi imbarazzata «perché non posso non chiedermi: dov'è il padre di tua figlia, dato che non è stata il frutto di un... incidente?» Ripensava alla sua infanzia, e a quante volte si era interrogata, sfinendo di domande sua madre, sull'esistenza di suo padre e sul dove fosse, e con chi. Più lei cresceva in solitudine, con una mamma rigida e autorevole, che la spingeva ad andare avanti anche in assenza dell'altro genitore, più Giada si riempiva la testa di dubbi e di congetture che solo il tempo avrebbe chiarito.

Sara fece qualche giro su stessa, restando immersa in acqua sino ai seni sodi, dalla forma all'insù. Un po' si vergognava per quei dettagli del suo corpo dai quali tanti venivano attratti, anche quando non erano in così bella mostra, ma lei poteva fare poco o nulla perché si notassero di meno.

Madre natura glieli aveva generosamente donati e ora a lei, volente o nolente, toccava farne sfoggio.

«Ecco...» iniziò, pronta a fornire la solita versione dei fatti che aveva propinato a chiunque in passato avesse cercato di saperne di più di lei e della sua bambina. Ma d'improvviso un gran vociare agitato e confuso, proveniente dalla zona in cui avevano steso i teli da mare, attirò la loro attenzione.

Preoccupate dal nugolo di persone formatosi d'improvviso a poche decine di metri da dove si trovavano, uscirono in fretta dall'acqua e corsero verso l'area dove avevano lasciato i loro effetti personali. Ci misero poco a rendersi conto che i soliti borseggiatori, che continuavano a imperversare in lungo e in largo sulla spiaggia di Pane e Pomodoro, nonostante la sorveglianza fosse stata intensificata nell'ultimo mese e mezzo, avevano portato a segno il loro ennesimo, redditizio furto.

Lo zainetto di Sara, con il suo cellulare, il portafoglio pieno di soldi e i documenti, era sparito insieme al pantalone con i tasconi di Giada. Al cui interno, per sua fortuna, i ladri non avrebbero trovato granché. Da buona aspirante poliziotta Giada aveva preferito portare con sé in acqua, nella sua custodia colorata impermeabile, sia il borsellino con la patente e le poche banconote che aveva cambiato al bar, poco prima di arrivare in spiaggia, sia il suo smartphone. Senza dubbio la cosa più costosa e preziosa che avesse in quel momento.

Sara, al contrario, non era stata altrettanto attenta, consentendo alla delinquenza comune barese di colpire lei e quasi certamente anche altri ragazzi altrettanto distratti. Purtroppo non era il valore del suo cellulare, o i documenti e i soldi, che avrebbe rimpianto, quanto piuttosto svariati e inquietanti video amatoriali che da tempo custodiva sul suo telefono, in un file criptato assai poco accessibile a chiunque non avesse avuto familiarità con l'applicazione utilizzata per nasconderli. Al sicuro da occhi troppo curiosi e indiscreti.

Più volte si era detta che avrebbe fatto bene a fare un backup, ma per un motivo o per un altro aveva sempre rimandato. Adesso doveva solo augurarsi che chi le aveva rubato lo smartphone non riuscisse a impadronirsi anche di quei file, resettando il cellulare prima di accorgersi della loro esistenza.

Con quei video, infatti, Sara avrebbe potuto essere offesa, diffamata e ricattata.

E purtroppo per lei, non soltanto quello.

20

Questura di Bari
7 settembre 2017, ore 07:52

«Prima mi ha detto che Ada era serena quando vi siete viste, pochi giorni fa. Martedì scorso, se non ricordo male?» chiesi, intenzionato a saperne il più possibile degli ultimi giorni di vita della mia ex.

«Sì, ispettore, è così. Ci siamo date appuntamento in piazza Mercantile, davanti al bar Martinucci. Le piacevano tanto i pasticciotti leccesi.»

«Lo so» aggiunsi, ripensando ai tempi in cui la frequentavo. Io adoravo il cappuccino bollente con una spruzzata di polvere di cannella sopra, e un po' di latte di mandorla come dolcificante, e Ada amava i pasticciotti.

«Che cosa le ha detto?» chiesi, distogliendo la mente da quei malinconici ricordi.

«Innanzitutto, che finalmente si sentiva più tranquilla.»

«Perché prima, invece, come stava?»

«Ispettore... lei sa benissimo che Giada è sempre stata una ragazza molto forte, e problematica per certi aspetti. Negli anni prima di conoscerla, intendo. Per carità, non mi fraintenda...»

«Non si preoccupi, vada avanti. Ho capito cosa intende.» Capivo che non vi fosse alcuna malafede in quelle parole.

«Sino a quando non ha saputo della sua esistenza, e la verità su ciò che era accaduto tra lei e sua madre, Giada ha sempre avuto un rapporto conflittuale con Ada. Poi si sono rasserenate entrambe. Il loro rapporto è diventato molto meno problematico, e di maggiore complicità e comprensione. Non so se mi spiego.»

«Alla perfezione. Continui, la prego.»

«Ada ultimamente aveva iniziato a frequentare un altro uomo.»

«Un altro? In che senso, mi scusi?»

Percepii un po' d'imbarazzo all'altro capo della linea.

Forse la Carmini si era sbilanciata troppo.

«Ecco... Ada non era una che parlava molto dei suoi sentimenti e delle sue frequentazioni... amorose, per così dire, ma so con certezza che mesi fa ha frequentato un uomo un po'...»

La donna s'interruppe.

«Un po' cosa?» insistetti, lasciando che il mio tono da sbirro avesse il sopravvento. Cercai subito di recuperare. Non dovevo rischiare che la Carmini si chiudesse a riccio per timore di avermi rivelato troppo. «Non si preoccupi, può dirmi tutto. Tra me e Ada ormai c'era solo una bellissima amicizia. E un ottimo rapporto tra genitori della stessa figlia» cercai di tranquillizzarla.

«Sì, sì... certo, so anche questo. Ada me lo ripeteva spesso» riprese loquacità la Carmini, accennando quello che immaginai essere un sorriso. «Quell'uomo, come le dicevo, era alquanto... difficile. Geloso e anche un po' violento, sebbene soltanto a parole.»

"La gelosia di un ex instabile non sarebbe questione da poco, visto quello che è successo ieri sera" pensai, lasciando che la Carmini continuasse il suo racconto. "Di certo però dev'essere durata poco con questo tipo, visto che Giada non mi ha mai avvertito di alcun pericolo. Se ce ne fosse stato uno, o avesse avuto anche soltanto il sospetto che la madre corresse qualche rischio, mi avrebbe avvisato per tempo" considerai, continuando ad ascoltare la donna.

«Conoscendo Ada ero certa che non sarebbe durata a lungo, e infatti così è stato. Credo che sia finita mesi fa.»

«Ha mai saputo come si chiamasse quest'uomo?»

«Sì, ispettore. Il suo nome è Livio De Santis. So che abita dalle parti del faro, dopo il Cus, ma Ada non mi ha mai detto granché di lui. Eccetto quello che le ho appena riferito.»

«Va bene lo stesso, non si preoccupi.»

Annotai in fretta quel nome per puro scrupolo, ma in realtà non lo avrei più dimenticato. Se non dopo averlo escluso con certezza dall'elenco dei sospettati.

«Dopo questo De Santis, invece, mi pare di capire che sia tornato il sereno nella vita sentimentale di Ada» aggiunsi.

Giada la sera prima mi aveva lasciato intendere la stessa cosa.

Non poteva trattarsi di una semplice coincidenza.

«Sì, infatti. È così. Da qualche settimana Ada mi sembrava molto più rilassata. E anche allegra, a dire il vero, come non la vedevo da tempo. Ho capito subito che c'era qualcun altro nella sua vita, ma non so dirle chi fosse.»

«Mmm...»

"Questo lo scoprirò da solo" pensai.

«Pensa che De Santis possa c'entrare qualcosa con quello che le è successo?» azzardò la Carmini, avvertendo la mia perplessità.

«Al momento è presto per dirlo, ma è altrettanto certo che in questa fase non si possa escludere nulla. E nessuno, soprattutto.»

La donna incassò, silenziosa.

«Quindi Ada non le ha raccontato nient'altro su questa sua nuova... frequentazione?»

«Come le ho detto, Ada non era una chiacchierona in fatto di sentimenti. Parlava malvolentieri degli uomini... pochi a dire il vero, che frequentava. E di solito lo faceva solo quando la cosa si faceva più seria. Anzi, diciamo pure seria e basta.»

«Confermo, Ada era una persona molto riservata. Mi piaceva anche per questo» mi lasciai sfuggire, assalito da un'istintiva malinconia. Con il trascorrere delle ore cominciavo a familiarizzare con l'amara consapevolezza che non l'avrei più rivista. Che non ci avrei più parlato per sapere di Giada, e anche di lei, e la cosa mi provocava un magone che ebbi difficoltà a contenere.

La sua morte mi turbava dentro. Nel profondo del mio animo, e dei miei ricordi più cari.

«Posso immaginare...» sussurrò la Carmini.

Per il momento quella donna mi aveva confermato la sua utilità.

Grazie a lei adesso disponevo di un altro paio di tasselli da incastrare nel puzzle della morte di Ada, che prima o poi avrei ricostruito sino all'ultimo pezzo.

«Bene, signora Carmini. Mi è stata di grande aiuto. Restiamo d'intesa come le ho detto. Non appena saprò qualcosa di sua figlia Adelaide mi farò sentire. Nel frattempo, cerchi di stare tranquilla. Vedrà che si sistemerà tutto per il meglio. La saluto.»

«Grazie, ispettore. Grazie mille... Spero di sentirla presto.»

In quel momento qualcuno bussò alla porta.

E io ero certo di chi potesse trattarsi.

21

Questura di Bari
7 settembre 2017, ore 08:07

«Ispetto', posso?»

«Lomo', ma che me lo chiedi a fare ogni volta? Ti ho mai detto che non puoi?»

«E sì... cioè no, ispetto', non me lo ha mai detto, in effetti, però...»

«Però *c' cos'*?»*

«È un fatto di educazione, ispetto'.»

«Come il cappuccino fumante che hai in mano e che stai per poggiare qui sulla mia scrivania, giusto?»

Lomonaco era tanto prevedibile quanto fedele a stesso, come nessun altro.

Sarebbe cascato il mondo, ma a quell'ora del mattino mi avrebbe sempre portato il mio cappuccino bollente doppio.

«Ispetto', dopo ieri sera era il minimo. Anzi, a dire il vero...»

Lo fissai, interdetto.

Il suo sguardo un po' intimorito mi costrinse in fretta ad assumere un'espressione meno corrucciata.

«No... è che vorrei cercare di fare qualcosa per Giada. Vederla così mi ha fatto proprio male, mi creda.»

«Lo so, Nico'. Lo so. E lo sa bene pure mia figlia, fidati.»

* «Però che cosa?» in dialetto barese.

«Quando sono arrivato a casa sua e ho capito che cosa era successo per un attimo mi sono mancate le forze. Mi è sembrato di rivivere il dramma di mio figlio. E lei sa che quello non è stato uno scherzo.»

«No, per niente. E ricordo anche benissimo quanto Giada abbia cercato di starti vicina, per quello che ha potuto, mentre eri in fase di ripresa.»

«Ispetto', Giada per me è come una terza figlia. Mi deve credere. E per Clara è lo stesso, glielo garantisco. Pensi che stanotte voleva preparare a Giada la torta al cioccolato con la vaniglia che le piace tanto, così che al risveglio potesse fare colazione con quella. Poi però... ci siamo detti che forse non era il caso. O meglio, che era troppo presto. Magari tra qualche giorno...»

«Vabbe', se Clara era ancora sveglia poteva farla per me. Io non mi sarei fatto tanti problemi stamattina» lo provocai.

Immaginavo che l'avrei fatto piombare nell'imbarazzo più totale con la mia inattesa ironia.

«E sì, ispetto', ma mica potevo prevedere che lei sarebbe stato in animo di...» si sforzò di replicare Lomonaco, un po' a disagio.

Sapevo sempre quando e come sorprenderlo. E la cosa, anche in un momento delicato come quello, mi divertiva.

«Scusa, Nico', stai per caso dicendo che io sono insensibile?» lo incalzai.

«Nooo... ispetto', nel senso... cioè che...»

«Era per dire» lo anticipai, con aria sorniona, continuando a sorseggiare il mio cappuccino bollente.

Amavo metterlo in difficoltà, ma ancora di più mi piaceva il fatto che riuscisse sempre a prestare il fianco a un mio affondo di quel tipo.

Lomonaco mi aiutava come nessun altro a distrarmi dalle mie preoccupazioni e dai miei pensieri più pressanti.

«Ecco sì, appunto. Bravo!» esclamò.

Silenzio.

Lo fissai, minaccioso.

Volevo si sentisse in colpa per quel suo slancio confidenziale.

I nostri sguardi s'incrociarono come quelli di due pistoleri in attesa di fare fuoco, a decine di metri di distanza l'uno dall'altro.

D'improvviso abbozzai una smorfia divertita.

Lomonaco era rimasto con il fiato sospeso ad attendere una mia reazione.

«Vabbe', dai. Per questa volta...»

Vidi Nicola tirare un sospiro di sollievo, e sorridere sollevato.

Quell'uomo era la bontà fatta a persona.

«Be', adesso che ci siamo chiariti sulle future priorità delle preparazioni culinarie di tua moglie, dimmi quello che è successo stanotte quando sono andato via con Giada. Poi ti aggiorno io su chi mi ha telefonato poco fa.»

Un'incontenibile curiosità esplose sul volto di Lomonaco.

Sapeva che il suo aggiornamento restava prioritario, ma il dover restare in attesa delle mie novità lo mandava in fibrillazione.

22

Questura di Bari
7 settembre 2017, ore 08:18

Lomonaco aveva da poco iniziato il suo resoconto quando giunse, puntuale, l'attesa telefonata del dottor Fanizzi.

«Salve, ispettore, la disturbo?»

«Buongiorno a lei, dottore. Ero certo che mi avrebbe chiamato. Mi dica pure.»

«Non le chiedo come sta perché immagino che sarebbe fuori luogo, ma credo che quello che ho scoperto le sarà d'aiuto.»

«Non ho dubbi. L'ascolto.»

Lomonaco, nel frattempo, assisteva in religioso silenzio. Lui conosceva già ciò che il dottore mi avrebbe riferito.

«Le dico subito che per quello che mi riguarda la signora Ada Raisi è stata assassinata.»

Sebbene dentro di me ne fossi ormai certo, sentirmelo sbattere in faccia, senza più il beneficio di un minimo dubbio, fu meno indolore di quanto avessi immaginato. Non tanto per me, quanto per l'effetto che quell'acquisita certezza avrebbe avuto su mia figlia. E sulla sua stabilità emotiva.

«Diciamo che nutrivo pochi dubbi in merito.»

«Ebbene sì, ispettore. Comincio col dirle l'ora della sua morte, che ritengo si aggiri tra le ventuno e trenta e le ventitré. Chiarito ciò, le faccio subito presente che la signora Raisi ha una frattura non scomposta al femore sinistro.»

«Dovuta alla caduta nella vasca da bagno, presumo.»

«No, ispettore, non credo sia ascrivibile a una simile dinamica» replicò Fanizzi, convinto.

«Che vuol dire?»

«Glielo spiego subito. Vede, la frattura riportata dal femore sinistro presenta l'angolo concavo verso l'interno, e non verso l'esterno, come sarebbe stato ragionevole attendersi considerata la posizione nella quale la signora Raisi è stata ritrovata. In più, a conferma, ho riscontrato un ematoma di forma più o meno rettangolare, e un gonfiore sulla zona della frattura. Dettaglio che fa ipotizzare con esigui margini di dubbio l'impatto della parte anteriore del femore sinistro contro un oggetto duro, come potrebbe essere stata la suola di una scarpa. Il gonfiore sulla zona lesa non è troppo evidente perché la morte è intervenuta prima che l'organismo della vittima reagisse sino in fondo alla frattura.»

«Un urto tipo il calcio che si sferra praticando un'arte marziale?» chiesi, mentre nella mia mente prendeva forma la possibile dinamica dell'aggressione.

«Sì, esatto. È possibile. Anzi, lo reputo molto probabile, non essendoci superfici di taglio sull'epidermide della zona del femore colpita.»

La circostanza, nonostante tutto, non mi convinceva completamente.

Ada avrebbe dovuto restare in piedi, immobile, davanti alla vasca, così da darle le spalle, in attesa che il suo assassino la colpisse con un calcio, facendola cadere all'indietro in modo tale da battere la nuca contro il gruppo rubinetteria.

Era un'eventualità che reputavo improbabile, per più di una ragione.

Forse Ada avrebbe potuto essere sotto la minaccia di un'arma al momento di ricevere il calcio dal suo assassino, ma c'era qualcosa in quella possibile ricostruzione che mi lasciava parecchio interdetto.

«Quindi... questo calcio sul femore di Ada l'avrebbe spezzato, anche se non del tutto, verso l'interno, e non invece verso l'esterno come al contrario sarebbe avvenuto se lei fosse inciampata all'indietro nella vasca. Dopodiché, a seguito della caduta, Ada avrebbe battuto la nuca sul gruppo rubinetteria. È questo che mi sta dicendo?»

Lomonaco annuiva in silenzio, un po' perplesso.

«Prima di risponderle, ispettore, preferirei riferirle tutto ciò che ho trovato nel corso del mio esame autoptico. Credo potrà aiutarla a fare maggiore chiarezza.»

«Bene, dottore, allora mi dica che altro ha trovato.»

«Altri due particolari che ritengo, anzitutto, avvalorino in maniera ulteriore l'ipotesi dell'omicidio.»

Fanizzi prese fiato, mentre io, pur mantenendo lo sguardo fisso sul volto di Lomonaco, restavo concentrato sulla possibile scena dell'assassinio di Ada.

«Il primo: i tagli riportati dalla nuca della signora Raisi sono molto netti, e con il margine di taglio all'interno della nuca, invece che un po' frastagliati come sarebbe stato logico constatare se si fosse trattato di una vera caduta all'indietro. Il punto d'urto tra la nuca e il gruppo rubinetteria è in effetti compatibile con una possibile caduta all'indietro della signora nella vasca, ma...»

Avevo intuito quale fosse la pesante perplessità di Fanizzi.

«Ma in quel caso occorrerebbe spiegare perché una persona che sta entrando in una vasca da bagno lo farebbe posizionandosi di spalle, e sollevando le gambe all'indietro.»

«Esattamente, ispettore.»

Non commentai oltre, attendendo il resto del resoconto.

«Una dinamica, in effetti, alquanto improbabile per una donna giovane come la signora Raisi, che non aveva certo bisogno di sedersi sul bordo vasca ed entrarvi al contrario. Tornando comunque all'urto della sua nuca, sono portato a ritenere con ragionevole certezza che il cranio della signora sia stato... per così dire guidato con le mani nel suo violento impatto contro il gruppo rubinetteria della vasca da bagno.»

«Magari dopo che è svenuta a seguito di qualche altro

colpo. Come un urto alla testa» azzardai, ricordandomi del leggero avvallamento circolare sul parquet del soggiorno.

La mia osservazione sembrò sorprendere il dottor Fanizzi.

«Esatto, ispettore. Sulla parte posteriore del cranio della vittima ho rinvenuto un bernoccolo fresco, privo di superfici di taglio, compatibile con la tempistica di morte della signora Raisi. Il che significa che lo ha subito poco prima di essere assassinata. E questo porterebbe a un'altra, implicita, ma non trascurabile conclusione.»

«E cioè che Ada sia stata colpita la prima volta lontano dalla vasca da bagno, e soltanto dopo trasportata in bagno e denudata con il fine di simulare l'incidente domestico.»

Fanizzi restò qualche istante in silenzio.

«Proprio così. Ma lei, ispettore, non avendo esaminato il cadavere, al contrario mio, come lo ha capito?»

In breve gli esposi la mia teoria.

Era soltanto un'ipotesi, ma alla luce delle sue conclusioni possedeva a questo punto ben più di una sua ragionevolezza.

«Credo che l'assassino abbia assestato un calcio sul femore di Ada che, oltre a fratturarglielo verso l'interno come lei ha ravvisato, l'ha fatta cadere a peso morto sul pavimento, contro cui ha poi sbattuto la testa con violenza, perdendo i sensi. A quel punto l'omicida l'ha spogliata, l'ha trascinata in bagno e ha pensato bene d'inscenare la finta caduta all'indietro nella vasca. Per qualche motivo però, forse per paura che qualcuno potesse sorprenderlo, il killer ha dimenticato di stendere davanti alla vasca da bagno il tappetino per asciugare i piedi e di avvicinare l'accappatoio. Due operazioni semplici, se non proprio banali, ma anche automatiche per chiunque decida di andare a farsi un bagno rilassante.»

«Credo che una simile dinamica possa avere una sua fondatezza» riconobbe il medico legale, ostentando un tono soddisfatto.

Ero certo che la sua ricostruzione dell'omicidio di Ada non fosse granché differente dalla mia.

«E questo è ancora più vero, ispettore, è bene chiarirlo subito, se considera che il bernoccolo del quale le ho parlato non possiede alcuna compatibilità con il trauma riportato alla nuca dalla signora Raisi. Quello, cioè, che ha innescato il dissanguamento.»

«Che a questo punto sarebbe alla fine la ragione della sua morte» conclusi, presumendo di non sbagliare.

«No, ispettore. In realtà non è stato quello a cagionare il decesso della signora Raisi. Senza dubbio ha innescato in lei una marcata perdita di forze e di lucidità, ma...»

Fanizzi s'interruppe.

Sembrava che a livello emotivo gli costasse spiegarmi cosa secondo lui era accaduto a Ada nei minuti precedenti la sua morte.

«La prego, dottore, sia franco sino in fondo. Capisco la sua prudenza, e la ringrazio per il tatto che sta mostrando, ma per fare al meglio il mio lavoro ho bisogno di sapere tutto.»

«Certo, ispettore, ha ragione. Vede... se la causa della morte della signora Raisi fosse stata il dissanguamento, nella vasca da bagno, che le ricordo aveva il tappo di scarico quasi del tutto chiuso quando il suo corpo è stato rinvenuto, avremmo trovato una quantità di sangue maggiore. Il che porta a concludere che la signora sia morta quando ancora l'emorragia alla nuca non aveva cagionato i suoi effetti. In poche parole... è stata soffocata prima che il dissanguamento potesse provocarne il decesso. L'intervenuto arresto cardiaco ha fatto sì che il cuore smettesse di pompare...»

«Impedendo al sangue di defluire per intero, o quasi, al di fuori del suo corpo.»

«Sì, ispettore, proprio così.»

«Molto probabilmente Ada ha ripreso i sensi prima del tempo, ma a quel punto il suo assassino ha deciso di soffocarla, così da accelerarne la morte ed evitare qualunque ulteriore imprevisto. Voleva e doveva archiviare la pratica il più in fretta possibile.»

«Ahimè, credo proprio di sì. La sua ipotesi, ispettore, non solo è presumibile, ma risulta anche parecchio compatibile con le evidenze cliniche riscontrate. Ovviamente troverà tutto quanto argomentato al meglio nella mia relazione autoptica, che mi premurerò di farle pervenire in tempi brevi. Per guadagnare tempo, e immaginando le sue necessità, ho preferito chiamarla e anticiparle a voce le mie conclusioni.»

«Grazie mille, dottore.»

Lomonaco aveva l'espressione avvilita di chi sapeva bene quale fosse il successivo passo da compiere.

Riferire tutto a Giada.

Non sarebbe stato semplice, per nessuno dei due.

E per me assai meno che per lui.

A istinto avvertii che anche Fanizzi, adesso, cercasse altre parole oltre a quelle che era stato costretto a utilizzare per fare chiarezza sull'accaduto.

«Per quanto possa contare, ispettore, mi dispiace per la sua... perdita. E mi dispiace ancora di più per sua figlia. Non sarà facile da superare, lo capisco. Anche se non la conosco bene, non ancora perlomeno, sono certo che abbia la stessa tempra di suo padre. Questo senza dubbio l'aiuterà. Le dia un abbraccio da parte mia. Per il momento è tutto.»

Era insolito sentire parlare Fanizzi in quei termini, ma il medico legale sospettava che prima o poi avrebbe avuto a che fare con un altro sbirro della Omicidi di cognome Pantaleo.

«Grazie ancora, dottore. Le sono molto grato. Troverò chi ha ucciso la madre di Giada e gliela farò pagare. Può starne certo. Mia figlia sarà felice di aiutarmi in questa cattura.»

Lomonaco, investito dal mio sguardo rabbioso, cercò di farsi piccolo piccolo. Credo si stesse chiedendo se davvero Giada sarebbe stata in grado di affiancarmi nella ricerca dell'assassino di sua madre.

Io, invece, ne ero certo.

Mia figlia era pronta a diventare una poliziotta.

Come per me molti anni prima, il dolore per quel lutto, del quale avrebbe portato sempre addosso le cicatrici, sarebbe stato la migliore motivazione in ogni sua indagine. Da quella in apparenza più scontata a quella più agghiacciante e imprevedibile.

«Su questo non ho alcun dubbio, ispettore. È una delle poche certezze che posseggo al momento. Attendo solo di conoscere quel nome. Da entrambi, a questo punto. La saluto.»

«A presto, dottor Fanizzi.»

Chiudendo la telefonata mi sentii pervaso da sentimenti contrastanti.

Da un lato vi era l'ovvia necessità di mettere al corrente Giada, il prima possibile, di quanto avevo appena appreso; dall'altro ero animato dalla rabbia e dal desiderio di dare giustizia alla drammatica e violenta morte di sua madre.

La vita, me ne rendevo conto soltanto adesso, non era stata granché generosa con Ada.

Per tante ragioni che non era più il caso di rivangare.

Ma ancora meno, alla fine, lo era stata la morte, sopraggiunta in una maniera tanto feroce e dolorosa.

Non potevo più intervenire in alcun modo per far sì che la mia ex potesse salvarsi, ma una cosa potevo e dovevo garantirla.

A Giada, prima ancora che a me stesso.

Qualunque cosa fosse accaduta, da quel momento in avanti trovare e catturare l'omicida della madre di mia figlia sarebbe divenuta la mia unica priorità.

23

Questura di Bari
7 settembre 2017, ore 09:36

Chiusa la conversazione con Fanizzi mi affrettai ad aggiornare Lomonaco sulla telefonata di Alessandra Carmini. La tempistica pressoché concomitante della sua richiesta di aiuto con l'assassinio di Ada era divenuta un tarlo che non voleva saperne di andare via dalla mia mente.

Avevo troppi anni di esperienza in omicidi di tutti i tipi perché un simile dettaglio non destasse la mia attenzione o, quantomeno, qualche dubbio più che legittimo. Per quanto l'omicidio di Ada e la sparizione di Adelaide Carmini non fossero collegati in maniera diretta, a istinto li vedevo come due facce della stessa medaglia, della quale ignoravo ancora tutto.

«In effetti, ispetto', anche a me sembra strano che la telefonata di questa Alessandra Carmini sia avvenuta proprio all'indomani della morte della signora Raisi.»

«Nico', per piacere, chiamala Ada e basta. "Signora" mi dà davvero l'idea di vecchia e lei... lo sai bene anche tu, non lo era affatto. Anzi, tutt'altro.»

«Sì, ha ragione. Mi scusi...»

Lomonaco glissò, senza dare troppo peso alla mia reazione.

«Una coincidenza...» mormorai. Mi sentivo assalito da un'infinità di dubbi e di sensazioni contrastanti.

«Ada aveva forse scoperto qualcosa che però, per motivi di tempo, non è poi riuscita a riferire né alla sua amica né tantomeno a lei.»

«Sì, è un'eventualità che per il momento non possiamo escludere. E che anzi ha tutti i presupposti per poter essere provata.»

Lomonaco sulle prime si limitò ad annuire, un po' perplesso.

«Ispetto', mi scusi, ma non sarebbe stato più semplice, per la signora... cioè per Ada, avvisare lei di quello che magari aveva scoperto, evitando così di correre dei seri pericoli e... di essere uccisa? Di certo, lei non le avrebbe negato il suo aiuto.»

Attesi qualche istante prima di rispondere.

«Potrebbe non essere stato così semplice.»

«In che senso? Eravate in ottimi rapporti, se non ricordo male.»

«È così, ma non era a quello che alludevo.»

«E a cosa allora?»

Restai di nuovo qualche secondo in silenzio.

Ero incerto su alcuni aspetti della vicenda.

«Ada potrebbe aver commesso un errore di valutazione, non giudicando la situazione tanto grave da dovermi mettere al corrente. O forse, può avere ritenuto che la sparizione della figlia della sua amica avesse la priorità sul resto.»

Lomonaco non sembrava granché convinto.

«Ada è sempre stata una persona attenta, ma soprattutto riflessiva. E molto prudente. Non si sarebbe mai azzardata a tirarmi in ballo se non l'avesse reputato realmente necessario.»

«O magari, era sul punto di farlo quando l'hanno assassinata.»

Lomonaco appariva più convinto di quell'eventualità. Il trascorrere dei minuti sembrava averlo aiutato a metabolizzare meglio il mio punto di vista.

«Tutto è possibile.»

«Quindi adesso che facciamo?» Nicola mi fissava con aria concentrata.

Conoscevo quell'espressione di fremente attesa. Il mio braccio destro attendeva solo le mie istruzioni per dare il via alla caccia all'assassino di Ada.

Indicazioni che di lì a poco avrebbe ricevuto, visto che adesso avevo chiari in mente quali sarebbero stati i primi, importanti passi da compiere per iniziare a stringere il cerchio delle nostre indagini.

24

Bari
7 settembre 2017, ore 10:02

Quando Giada aprì gli occhi impiegò qualche secondo per decifrare le coordinate spaziotemporali del suo risveglio.

Quella non era la sua stanza.

Quello non era l'odore di casa sua. E della camera nella quale dormiva da che aveva memoria.

Era comunque un odore gradevole, ma non era lo stesso con il quale aveva familiarizzato per una vita intera. Perché assai differente da quel mix di lavanda e di rose fresche con cui sua madre adorava profumare il loro appartamento.

Pochi istanti dopo le tornò tutto in mente, con la potenza devastante di una valanga inarrestabile di ricordi.

L'incubo vissuto soltanto poche ore prima si riaffacciò prepotente nella sua testa. In maniera talmente chiara, nitida e violenta da farle stringere forte il petto, come se qualcosa glielo avesse appena trafitto. D'istinto cercò di prendere un grande respiro, impedendo all'angoscia di avere il sopravvento, ma non possedeva la forza di contrastare quell'impressionante sofferenza.

Chiuse gli occhi, e sentì di nuovo le lacrime premere pesanti ai loro bordi. Cercò di recuperare le forze, mettendosi lentamente seduta sul letto e appoggiando la schiena alla testiera imbottita.

Ogni movimento, però, le risultava difficile.

Impegnativo oltre ogni previsione.

Lo sguardo fisso su un punto indefinito del copriletto sgualcito. La luce del sole filtrava calda attraverso i buchi delle tapparelle abbassate, conferendo alla camera da letto l'atmosfera di una realtà sospesa. Come se quanto accaduto a sua madre potesse divenire vero, reale, soltanto quando avesse oltrepassato quella porta che la separava dal resto del mondo.

Un'infinità di ricordi cercava di prendere il sopravvento sull'annichilente consapevolezza dalla quale Giada si sentiva adesso schiacciare.

Da quell'istante in avanti, e qualunque cosa fosse accaduta, nessuno avrebbe più potuto mutare la realtà dei fatti. Invertire, come in un film di fantascienza, il corso degli eventi divenuti l'ingombrante bagaglio del passato.

Nulla di ciò che era successo soltanto poche ore prima avrebbe avuto un epilogo diverso.

A lieto fine.

Io... io non riesco a credere che tu non ci sia più, mamma...

Avrei tanto voluto che l'ultimo ricordo di te fosse stato diverso.

Non... non quello, maledizione!

Le lacrime di Giada non incontravano più argini.

Il riesplodere del dolore le trasformava in rivoli di piccoli fiumi in piena, in discesa rapida lungo le sue guance illividite.

Adesso... adesso purtroppo non potrò fare a meno di ricordare il tuo viso stravolto in quella vasca da bagno.

Non so ancora che cosa ti sia successo, ma lo scoprirò presto...

Te lo giuro, mamma!

Il solo pensiero di non poterti più abbracciare mi toglie il respiro. Non so se riuscirò a tornare a vivere, da sola, nella nostra casetta. Ti piaceva così tanto abitare lì...

Che senso ha per me restare tra quelle mura ora che tu non ci sei più?

Ti prego, mamma, dimmelo tu...

Parlami...

Aiutami...

Voglio ancora sentire la tua voce, il suono dei tuoi sorrisi.

Non so più che cosa pensare.

Che cosa devo fare adesso della mia vita?

Non hai mai voluto che facessi la poliziotta, e forse avevi ragione.

Ma adesso... adesso credi ancora che io debba seguire un'altra strada?

In quel preciso istante il rumore della porta della camera che si apriva, piano piano, la ricondusse in fretta alla realtà.

25

Bari
7 settembre 2017, ore 10:06

«Adesso, Lomo', dobbiamo dividerci i compiti.»

«Certo, ispetto'.»

«Voglio che ti occupi di questa Adelaide Carmini. Devi scoprire tutto ciò che potrebbe esserci utile. Scava nel suo passato, e anche in quello di chi le stava intorno, se necessario.»

«Si riferisce a sua madre?»

«A lei, ma non soltanto. Anche al padre, ai fratelli e alle sorelle qualora dovesse averne, ai familiari, agli amici e a chiunque potrebbe avere avuto un ruolo nella sua scomparsa. Sai meglio di me che spesso le migliori piste investigative nascono in maniera imprevista.»

«Non lo dica a me, ispetto'.»

Il riferimento di Lomonaco all'indagine su suo figlio era sin troppo palese.

«Nico', tu in questo sei un asso. Non ti devo insegnare niente che tu già non sappia. Scopri tutto ciò che potrebbe servirci. Se questa Adelaide non è stata uccisa, e non credo, visto che molto probabilmente l'avremmo in qualche modo già ritrovata, deve nascondersi da qualche parte. Con o senza la complicità di qualcuno. Dobbiamo capire dove può essere finita. E se la madre mi abbia detto tutta la verità sulla loro ultima discussione. Per un attimo, al telefono, ho avvertito la sensazione che mi stesse mentendo. O che comunque... stesse omettendo qualche dettaglio importante. Ricordati che al momento nessuno può essere escluso da un possibile collegamento con la sua sparizione. E anche con l'omicidio di Ada. Neppure questa Alessandra Carmini. Almeno sino a prova contraria. Lo sai, io non mi fido di nessuno.»

Lessi sul volto di Lomonaco un'istintiva sorpresa che cercò di arginare con il silenzio.

«Vabbe', tranne te e pochi altri. È ovvio, Nico'!» mi sforzai di recuperare in fretta, facendogli una smorfia.

Un cenno di soddisfazione comparve nell'espressione concentrata di Nicola. Il tempo delle parole e delle analisi era per il momento terminato. Serviva non perdere un solo minuto e seguire ogni potenziale pista investigativa.

Anche quella più improbabile.

«Io, nel frattempo, parlerò innanzitutto con Giada, aggiornandola su quello che Fanizzi ha scoperto. Non sarà facile dirglielo, ma non ho altra scelta. Deve sapere tutto, costi quel che costi. Quando avrò finito tornerò insieme a lei nel suo appartamento e cercherò di capire meglio alcune cose. Un nuovo sopralluogo potrebbe riservare delle sorprese.»

Non mi sbottonai più di tanto.

Lomonaco sapeva bene che se avessi trovato qualcosa di importante lo avrei subito informato.

«Inutile dire che devi tenermi costantemente aggiornato. Anche nel caso in cui non dovessi scoprire niente. Anche quella sarebbe già una risposta, per certi versi.»

«Credo anch'io, ispetto'. Adesso vado. Prima, però, pensavo di portarle un altro...»

«Bravo, Nico', hai pensato bene. Vedo che stamattina sei già sul pezzo. Portami il mio cappuccino bollente, per favore, dopodiché parti in quarta. Mi raccomando, uagliò.»

Non servivano grandi raccomandazioni con Lomonaco. Bastava una semplice occhiata per intenderci.

«Ispetto', faccia conto che sto già tornando.»

«Bravo, Flash, *muvt'*.»[*]

Lo vidi allontanarsi in fretta diretto verso la macchinetta del caffè. Rimasto solo, avvertii la voglia di appoggiarmi a peso morto alla spalliera della mia poltrona.

La giornata era appena cominciata, ma avevo l'impressione di lavorare già da parecchie ore.

Pensai che forse, dato il frangente, sarebbe stato meglio se mi fossi fatto portare una camomilla invece del mio solito cappuccino bollente. Il solo pensiero della chiacchierata che mi attendeva con Giada mi rendeva irrequieto.

"Sono suo padre, e sono l'unico che può aiutarla in un momento tanto delicato" mi ripetei, deciso, mentre Lomonaco faceva di nuovo capolino nel mio ufficio.

Dietro di lui mi sembrò di scorgere per qualche istante il volto sfumato di Ada.

Mi fissava e mi sorrideva con una tenerezza capace di trafiggermi il cuore.

* «Muoviti» in dialetto barese.

26

Bari
7 settembre 2017, ore 10:23

Barbara non era serena.

Non lo era affatto.

Ma non per quanto accaduto la notte precedente. La morte di Ada non c'entrava granché con il senso di pesantezza e d'inquietudine con il quale si era svegliata, oltre due ore e mezzo prima.

Questo la scrittrice lo sapeva bene.

Ciò che la stava opprimendo risaliva a ben prima dell'omicidio. Quella camera buia nella quale Barbara si era risvegliata per ben tre notti consecutive, poco dopo aver preso sonno, non era una semplice stanza priva di luce.

Era anche una stanza gelida.

Molto gelida.

In essa dominava un freddo intenso, diverso dal solito. Dal freddo che Barbara, da sveglia, conosceva bene. E che di certo non la intimoriva, perché tipico delle giornate autunnali uggiose, e di quelle invernali più rigide, che alla giovane scrittrice non dispiacevano affatto.

Il gelo penetrante da cui invece Barbara, durante i suoi sogni, per più di una volta, si era sentita scavare le ossa era ben diverso. In tutto e per tutto simile al glaciale vuoto interiore che ogni essere umano avverte quando è costretto a perdere qualcuno a lui caro.

“Sì, è esattamente ciò che provo nei miei sogni. Quel sentimento d’addio che lascia chi se ne sta andando per sempre” pensò Barbara, vedendo Giada entrare in cucina con lo sguardo smarrito, perso nel vuoto. Il piccolo Jack le gironzolava intorno, desideroso di testimoniarle il suo affetto. Il beagle aveva fiutato per tempo che Giada fosse in un momento difficile, e quando lei si limitò a fargli solo qualche carezza distratta, non poté fare altro che limitarsi a guaire un po’ deluso.

«Ciao tesoro, come stai?» le chiese Barbara, distogliendo i pensieri dagli inquietanti ricordi onirici di pochi istanti prima.

«La domanda di riserva?»

Barbara sorrise.

«Non riesco neppure a immaginare come ti senta.»

Giada fece spallucce. «Evidentemente è destino di famiglia» sentenziò, pentendosi un attimo dopo delle sue parole.

Il riferimento a Katia e a ciò che suo padre aveva dovuto patire nel perderla a soli vent’anni era sin troppo chiaro.

Lo sguardo impreparato di Barbara la fece sentire a disagio.

«Perdonami, sono una stupida. Non volevo essere indelicata» ammise Giada, scuotendo il capo con aria mortificata.

«Tranquilla, piccola.» Barbara la rassicurò con un sorriso sincero. «È la verità. Non hai mica detto una bugia, o una cattiveria» chiarì.

«Lo so, ma non avrei dovuto farlo lo stesso. Ti chiedo scusa.»

«Ehi... smettila se non vuoi che ti picchi con questo cucchiaino!» Barbara mimò il gesto di una percossa.

Giada sollevò a malapena l’angolo destro delle labbra.

Si era sforzata di sorridere ma alla fine si era arresa all’amarezza.

«È una realtà che ho accettato molto tempo fa. E che tuo padre non mi ha mai nascosto» aggiunse Barbara, più seria.

«Sì, lo so. Lui dice sempre la verità. Anche quando non dovrebbe.»

«Hai ragione. A volte, in effetti, è un po' stronzetto, lo ammetto. Ma tu sai bene che entrambe lo amiamo tanto anche per questo suo lato del carattere un po'... così.»

Giada accennò un sì con la testa.

Avvertiva i muscoli del collo in continua, sfibrante tensione.

Come se stessero reggendo un macigno invece del capo.

«Forza, dimmi cosa vuoi che ti prepari per colazione. Ho appena fatto mangiare Marco, quindi sono a tua completa disposizione. Chiedi pure tutto ciò che vuoi. La *thriller chef* Barbara Kravitz è al suo servizio, madame.»

Giada la fissò, un po' sorpresa.

Si sentì di nuovo sull'orlo delle lacrime.

Ricordò il volto sorridente con cui sua madre l'accoglieva in cucina, ogni domenica mattina, quando la provocava su come fosse andato il sabato sera, chiedendole poi con insistenza con chi avesse tradito il suo amato Mario. Il peso di quei teneri e malinconici ricordi tornò a comprimerle forte il petto.

Giada capì che era inutile opporre resistenza.

Doveva farsi attraversare da quell'enorme, impietosa sofferenza, nella speranza che solo un simile atto di coraggio riuscisse prima o poi a traghettarla sulle rive più quiete della rassegnazione.

E del superamento del lutto.

Soltanto il tempo e la consapevolezza di ciò che sarebbe stata la vita senza sua madre avrebbero potuto donarle nuovi, profondi respiri di libertà. Stremata dall'insopportabile angoscia per la sua perdita Giada si arrese. Si coprì il volto con le mani e iniziò a piangere a dirotto, sino a singhiozzare.

Più piangeva e più si sentiva mancare il respiro.

Barbara non poté fare altro che aggirare in fretta l'isola della cucina e correre a stringerla tra le sue braccia.

Giada era per lei, ormai da tempo, come una figlia.

«Forse adesso ti risulterà difficile crederlo, tesoro mio, ma tua madre è dentro di te, e da lì non andrà più via. Mai più. Fidati di me e delle mie parole. So quel che dico. Ti resterà accanto, così come Katia è sempre rimasta nel cuore di tuo padre. E mia sorella... nel mio.»

Barbara avvertì gli occhi luccicarle. Vide Giada sollevare lo sguardo per cercare di mettere a fuoco il suo viso, mentre le lacrime glielo impedivano.

Il dolore adesso attraversava entrambe, inarrestabile.

Dilagante.

Fluiva dall'una all'altra, senza più argini né barriere.

«Piangi, tesoro, piangi. Ne hai bisogno» sussurrò infine Barbara, avvolgendo Giada nel suo caldo abbraccio materno.

27

Bari
7 settembre 2017, ore 11:32

Diedi appuntamento a mia figlia alle undici e trenta davanti all'ingresso del suo appartamento. In quell'abitazione lei e sua madre erano vissute per oltre vent'anni, ed era lì, tra quelle mura, che Giada sarebbe dovuta tornare a dormire non appena ne avesse avuto la forza.

«Ciao...» le dissi, non riuscendo ad aggiungere altro.

«Ciao...» mi rispose, con la voce rotta, incapace di nascondere la sua emozione sotto gli occhiali da sole.

«Forza, entriamo. Ho bisogno di aggiornarti su alcune cose.»

Giada intuì al volo di che si trattasse. La mia faccia riusciva a parlare meglio delle mie parole.

Superata la porta d'ingresso facemmo qualche passo all'interno del soggiorno. Ci guardammo lentamente intorno. Sempre in rigoroso silenzio. Avremmo avuto tutto il tempo per parlare di ciò che doveva essere accaduto in quell'abitazione la sera prima.

Per il momento avremmo evitato di avvicinarci al bagno.

Per Giada era emotivamente troppo presto.

Nelle restanti stanze non vi era nulla fuori posto.

Nessun disordine né altro che potesse fornire indicazioni utili alle indagini.

«L'hanno uccisa, vero?» mi chiese, d'improvviso.

Mi aspettavo la sua domanda a bruciapelo.

Ero certo che smaniasse dalla voglia di avere conferma che sua madre non fosse morta per uno stupido incidente domestico.

«Il medico legale, il dottor Fanizzi, ne è certo» annuii, fissandola. Doveva essere forte, ma allo stesso tempo non doveva opporsi al dolore.

Anche quello le sarebbe servito per reagire.

E per andare avanti una volta che si fosse buttata tutto alle spalle.

«Secondo lui com'è morta?»

Presi un respiro profondo.

«Sembra che sia caduta a seguito di un calcio, o comunque di un forte colpo sul femore sinistro, che glielo ha spezzato verso il retro coscia.»

«Che vuol dire?» chiese Giada, rabbiosa.

«Che se fosse caduta accidentalmente nella vasca da bagno, non ci sarebbe caduta all'indietro: nessuno entra in una vasca in quel modo. E l'osso si sarebbe spezzato verso l'esterno, non verso l'interno.»

Mi rendevo conto che parlare con quella franchezza, e in modo tanto diretto, le avrebbe fatto parecchio male, ma ero sicuro che le mie spiegazioni tanto dettagliate fossero esattamente ciò di cui aveva bisogno.

E poi, conoscendomi, sapeva che non avrei agito diversamente.

A maggior ragione adesso che mi ero convinto della sua ferrea volontà di diventare un'ispettrice della squadra Omicidi.

«Continua...» sussurrò, abbassando lo sguardo verso il pavimento. Si stava arrendendo in fretta all'idea che sua madre fosse stata ammazzata.

«A seguito del colpo ricevuto deve avere battuto la testa sul pavimento. Sulla parte posteriore Fanizzi ha rinvenuto un bernoccolo, senza segni di taglio. A conferma che il capo di tua madre non ha urtato contro una superficie spigolare o affilata. Dopo il colpo è quasi certamente svenuta, visto che...»

«Diversamente avreste trovato tracce della sua resistenza al trascinamento in bagno» mi anticipò Giada.

Annuii, impressionato dalla freddezza con la quale stava riuscendo a ragionare in un momento tanto drammatico.

Mi avvicinai al punto in cui c'era lo strano, piccolo avvallamento sul parquet del soggiorno. Mi piegai e lo indicai più da vicino.

«Questo c'era anche prima di ieri sera?» le chiesi.

Giada sulle prime sembrò non capire. Da dove si trovava non era possibile notare quella leggera concavità. Si avvicinò e mi si piegò accanto, cercando di disporsi dalla mia stessa parte, controluce.

«Mamma era fissata per la casa. Quando una cosa si rompeva o si danneggiava cercava sempre di sostituirla, o di farla riparare in fretta. Mi ripeteva sino allo sfinimento che dovevo indossare i tacchi solo sulla soglia, e togliermeli appena entravo in casa. Non sono sicura, ma credo che questo piccolo bozzo non ci sia mai stato in questo punto del parquet. Che tra l'altro, mamma non perdeva occasione per sottolinearlo, le era costato parecchi soldi perché del tipo più delicato e pregiato che c'era.»

Una ragione in più per ritenere che la caduta di Ada possa essere avvenuta proprio in questo punto.

"Non potremo più esserne sicuri," pensai "ma di certo il fatto che Giada non si ricordi di questo difetto sul pavimento conferma la mia ipotesi. Purtroppo, non sarà questo bozzo a incastrare l'assassino" continuai a riflettere, restandomene per qualche altro istante immerso nelle mie considerazioni.

Giada non capiva il perché del mio improvviso silenzio.

"Anche se... potrebbe indirettamente suggerirmi qualcosa di non poco importante sull'omicida" conclusi, sollevando lo sguardo ancora un po' assente verso mia figlia.

«Quindi dopo averla fatta cadere, in questo punto o altrove, ma senza lasciare tracce evidenti,» continuò Giada, che adesso sembrava avere trovato la forza di ricostruire la presunta dinamica dell'omicidio della madre «a quel punto l'assassino l'ha trascinata in bagno, l'ha svestita e l'ha messa nella vasca nella posizione in cui l'ho trovata ieri sera.»

Si zittì. Aveva di nuovo gli occhi lucidi.

«Purtroppo non è finita lì» aggiunsi, sottovoce.

«Come si è procurata il profondo taglio alla nuca?»

«Il killer ha sbattuto la testa di tua madre contro il gruppo rubinetteria, provocandole la perdita di sangue. Non sono però state rinvenute impronte digitali. L'omicida era preparato a non lasciare tracce.»

«Non dimenticherò mai tutto quel sangue...» disse Giada, tra i denti.

Era giunto il momento di accelerare le mie conclusioni. Dovevo porre fine a quello stillicidio d'informazioni che per Giada si stava rivelando un vero supplizio.

«Non è stata l'emorragia a causare la morte di tua madre.»

Ci rimettemmo in piedi, restando in silenzio. Mia figlia doveva riprendere fiato prima di trovare la forza per incassare il mio affondo finale.

«E che cosa, allora?» strinse i pugni.

«L'hanno soffocata. È stato il colpo di...»

«Basta! BASTA, MALEDIZIONE! SMETTILA!» mi ringhiò contro, lasciandosi andare subito dopo a una reazione scomposta che a lungo aveva cercato di reprimere.

Tacqui all'istante.

Dovevo incassare e attendere che l'ennesima ondata di angoscia e di dolore le attraversasse il petto, restituendole quanto prima un po' di tregua. E di respiro.

«Ti prego, papà... smettila... Io... io non ce la faccio... Non riesco ad accettare che mamma... che lei non sia più qui con me...»

Di nuovo le lacrime e i singhiozzi che tornavano a toglierle il fiato.

«La sola idea di non doverla più rivedere... di non potere più litigare con lei... mi annienta... Lo capisci, vero? Lo capisci, papà?» sussurrò, piangendo, mentre con gli occhi supplicava un aiuto che potevo darle solo in parte.

D'improvviso si lanciò tra le mie braccia in cerca di conforto.

L'avvolsi come un grande mantello in grado di tenerle il cuore al caldo il più a lungo possibile.

Sapevo, però, che la devastazione emotiva causata dalla morte di sua madre le avrebbe raggelato l'animo infinite volte ancora.

28

Bari
7 settembre 2017, ore 12:07

«Hai mai sentito parlare di un certo Livio De Santis?» chiesi, dopo che Giada si fu calmata.

Non mi fu difficile notare il suo istintivo adombramento.

«È un tipo che mamma ha frequentato un po' di tempo fa» mi rispose, un po' distratta.

«Lo hai conosciuto?»

«A dire il vero no. Ma...»

«Ma cosa?»

«Credo, anzi sono sicura, di non essermi persa niente.»

«Spiegati meglio.»

Il mio sesto senso di sbirro tornava a stare in allerta.

«Era un tipo belloccio, almeno così lo ricordo, ma credo che il suo fascino fosse alla fine soltanto estetico. Mamma per prima non era affatto convinta.»

«Per quale motivo?»

Giada scosse il capo.

«Scusa, ma come hai saputo il suo nome?» mi chiese, glissando sulla mia domanda.

«Oggi mi ha chiamato la signora Carmini, un'amica di tua madre.»

«Sì, Alessandra, la conosco bene.»

«Sua figlia è scomparsa da una settimana, e Ada ieri ha insistito per darle il numero del mio ufficio.»

«Adelaide è scomparsa?»
«Conosci anche sua figlia?»
«È più piccola di me, ma sì, la conosco. Un tipetto un po'… eccentrico, diciamo.»
«Intendi con i ragazzi?»
Giada confermò.
«Mamma non mi ha detto che era sparita, né di essersi sentita con Alessandra» osservò, interdetta.
«Forse non ne ha avuto il tempo. È successo tutto nel giro di pochi giorni. Probabilmente ha pensato che avessi preoccupazioni più serie.»
"O forse ha preferito tenerti alla larga da qualunque problema" aggiunsi tra me.
Giada non sembrava granché convinta.
«A dire il vero non credo, ma in questo momento m'importa poco. Ho altro di più importante a cui pensare.»
Lasciai correre.
Nel caso in cui avessi avuto bisogno del suo parere anche sulla famiglia Carmini non mi sarei fatto problemi a chiederglielo.
«In ogni caso resta il fatto che è stata tua madre a volerle dare il mio numero.»
«Ne sei sicuro?»
Giada era sorpresa. Oltre che scettica. La notizia sembrava averla distratta dalla lugubre ricostruzione omicida di pochi minuti prima.
«Cosa c'è di così singolare?»
La sua espressione si fece accigliata.
«Lo sai bene anche tu quanto mamma fosse prudente… Quasi timorosa quando si trattava di te. Mi riesce strano pensare che abbia voluto per forza dare il numero del tuo ufficio a una sua amica, senza nemmeno che ci fosse di mezzo un omicidio.»
"L'ho pensato anch'io," commentai tra me "eppure…"
«La Carmini ci ha tenuto a ribadire che è stata tua madre a insistere. Che motivo avrebbe avuto per mentirmi?

Immagino che Ada le avesse parlato di me, difficile che possa essersi azzardata a propinarmi una bugia.»

«Hai ragione. Ma continua a sembrarmi strano.»

«Torniamo a quell'uomo» cambiai discorso. Le informazioni su De Santis m'interessavano molto di più. E, soprattutto, avevano la priorità su qualunque altra cosa. «Hai detto che tua madre aveva dei dubbi su di lui. Ma anche che ultimamente era più serena. Un particolare che ci ha tenuto a precisare anche la Carmini. Forse perché aveva ripreso a frequentarlo?» azzardai. In realtà era un'altra l'ipotesi che ritenevo più probabile, ma dovevo prima escludere qualunque possibile alternativa.

«La vedo difficile, altrimenti mamma me lo avrebbe presentato. Si sono frequentati per parecchi mesi, quindi ci sarebbe stato tutto il tempo per farmelo incontrare.» Giada tacque per un attimo. «Pensi che quel tipo possa c'entrare con la sua morte?» mi chiese poi.

«Non posso escludere niente e nessuno, al momento. Soprattutto dopo che la Carmini mi ha detto che questo De Santis era un soggetto un po'... nervoso, diciamo.»

«Se le avesse fatto del male lo avrei saputo» puntualizzò subito Giada.

«Non ho detto questo. Potrebbe avere usato un altro tipo di violenza, meno visibile, ma anche più efficace, senza che tu ne sapessi niente. Ada non ti avrebbe mai coinvolta in qualche suo problema. Ci teneva troppo a te, lo sai bene.»

Mia figlia accennò un sì silenzioso con il capo.

«Se così fosse come spiegheresti che mamma negli ultimi tempi si sentisse più serena e allegra? Su questo non mi sbaglio.»

Per un attimo dal volto di Giada sembrò sparire quel briciolo di distensione che aveva a fatica conquistato negli ultimi minuti.

«Potrebbe avere conosciuto qualcun altro, con il quale stava bene per davvero. Da Santis potrebbe averlo saputo ed essersi ingelosito sino a perdere il controllo. Dopo avere capito che Ada non gli avrebbe concesso un'altra opportunità, potrebbe essersi preso del tempo per pianificare il suo omicidio. Sino a ieri sera, quando ha poi finito per metterlo in atto. Non la trovo una spiegazione così assurda. E non sarebbe il primo uomo, soprattutto, a reagire in un modo simile.»

Giada scosse il capo. Era evidente che non sapeva cosa pensare.

«Una volta tornato in ufficio non ci metterò molto a sapere tutto ciò che mi serve di questo De Santis. Credo che comunque lo andrò a trovare già domani. Se ha combinato qualcosa lo capirò in fretta, stanne certa. Spero per la sua salute fisica che non sia così.»

Sapevo che non era necessario entrare nei particolari di quello che avrei fatto a De Santis se qualche mio sospetto su di lui avesse trovato un briciolo di fondamento.

Giada non commentò.

«Perché sei voluto venire qui?» mi chiese d'un tratto.

«Tua madre era una che parlava poco, ma forse quando si sentiva sola...»

Ripresi a guardarmi intorno, sapendo che avevo appena sconfinato nella privacy della mia ex.

«Mamma non era sola. Aveva me.»

Ero certo che Giada mi avrebbe sferrato la sua stoccata, ma io conoscevo bene Ada, e sentivo di non sbagliarmi.

«Sai bene che cosa intendo, ma non è comunque il momento di fare polemica» cercai di tagliare corto.

«Non capisco a che cosa ti riferisci.»

Il suo tono era piccato. Come se le avessi appena toccato un nervo scoperto.

«Avrei preferito non violare la privacy di tua madre, visto che non l'ho mai fatto prima, ma ritengo che adesso sia necessario. Anzi, indispensabile.»

«Continuo a non seguirti.»

«È molto semplice. Al momento non ho quasi niente in mano sul perché sia stata uccisa. Eccetto quello che ho saputo dalla Carmini, e da te, su questo De Santis. Quindi spero che possa essere proprio tua madre a suggerirmi qualche dritta da seguire.»

«Mamma?! E come?»

Giada si stava innervosendo, lo capivo.

«Sai se... o l'hai mai vista tenere un diario? O anche soltanto scrivere qua e là?»

Mia figlia sgranò gli occhi. Era evidente che non sapeva se ridere o piangere.

«Non starai dicendo sul serio?»

«Ho la faccia di uno che sta scherzando?»

Non mi rispose, incassando in silenzio.

«Non ho l'abitudine di parlare a vanvera nel bel mezzo di un'indagine. Soprattutto se la vittima è una persona alla quale ho voluto, e vorrò sempre, molto bene.»

Il mio tono perentorio ristabilì le mie priorità del momento.

Giada posò lo sguardo sul pavimento.

L'avevo intenerita, ma in qualche modo anche spiazzata.

«Io... non l'ho mai vista scrivere per sé. Né, tantomeno, tenere un diario.»

«Questo non vuol dire che non lo avesse. O che non custodisse i suoi pensieri in qualche modo» risposi, iniziando a cercare nei cassetti dei mobili del soggiorno. Sapevo di avere poche probabilità di successo, ma l'esperienza di tanti anni sui casi più impensabili mi suggeriva che valesse la pena tentare.

Dovevo provare a battere anche quella strada.

«No... certo che no» ammise Giada, dispiaciuta.

Intuiva che cosa potesse sottintendere per lei quella nuova, potenziale consapevolezza alla quale era evidente non aveva mai pensato prima di allora, ma purtroppo non poteva farci niente.

«Davvero credi che potesse avere un diario?»

«Tua madre, per certi versi, era una grande sognatrice. Quando ci conoscemmo lo era senza alcun dubbio. Lo ricordo bene. Non è impossibile che mettesse nero su bianco le sue sensazioni, i suoi stati d'animo. I suoi pensieri su ciò che le accadeva d'importante, e sulle persone che la circondavano.»

«Quindi... anche su di me» sussurrò Giada.

«E forse su di me. Lo scopriremo se mai troveremo qualcosa. Per il momento quella del diario è solo un'ipotesi assai poco probabile, lo ammetto. Ma ti ripeto, sino a prova contraria non posso e non devo escludere niente e nessuno. Neppure il fatto che la scomparsa di Adelaide Carmini possa avere qualche collegamento con la morte di tua madre.»

Giada restò in silenzio.

Ebbi la sensazione che fosse sul punto di chiedermi qualcosa, ma poi ci ripensò.

Il pensiero di Ada, e della fetta della sua vita che Giada temeva di avere ignorato troppo a lungo, prese in lei il sopravvento.

«Pensi davvero che mamma si sentisse sola al punto da cercare rifugio, e compagnia, in un diario?»

Smisi per qualche secondo di rovistare, fissando mia figlia negli occhi.

«Nessuno potrà più saperlo. Non senza qualche prova diretta, perlomeno. Diario o altro. Di certo, non è stata colpa tua: tu avevi la tua vita, e lei lo sapeva bene. Non ti avrebbe mai impedito di crescere e di goderti appieno la tua età solo per sentirsi meglio. Ada non sapeva neppure cosa significasse essere egoista.»

Volevo che mia figlia si convincesse di non avere alcuna responsabilità nella paventata solitudine di sua madre.

In breve i suoi occhi si fecero di nuovo lucidi.

«Forza, aiutami a cercare tutto ciò che potrebbe esserci utile. Questa storia ha troppi lati oscuri per i miei gusti.»

Un po' a fatica Giada mise da parte i pensieri angoscianti che continuavano a scombussolarla e si unì a me nelle ricerche.

Nessuno dei due aveva previsto che non sarebbe stato un diario ciò che, di lì a poco, avremmo trovato.

29

Bari
7 settembre 2017, ore 12:42

La scoperta avvenne per puro caso.

Il soggiorno, come le altre stanze della casa, era stato esaminato dai colleghi della Scientifica.

A differenza del bagno, però, non aveva ancora ricevuto la stessa maniacale attenzione, visto che nessuno pensava che l'omicidio fosse avvenuto lì. Nelle ore successive, di certo sarebbe stato nuovamente esaminato, molto più a fondo.

Dopo vari controlli, consentiti dall'uso di guanti in lattice, copriscarpe e cuffie monouso per i capelli che avevo portato con me, vidi che qualcosa aveva attratto l'attenzione di Giada.

«Che c'è?» le chiesi.

«Dammi un fazzolettino e te lo dico» mi rispose, con aria misteriosa.

Pochi istanti prima si era piegata sulle ginocchia per allacciarsi una delle sneakers, e il suo sguardo aveva finito per focalizzarsi in una precisa direzione, proprio di fronte a lei. Si era alzata e si era diretta verso l'angolo sinistro della parete attrezzata.

«Mi dici che hai visto?» insistetti, porgendole il fazzolettino. La vidi allungare il braccio sino a farlo scomparire del tutto sotto la parete attrezzata, per arrivare in fondo fino all'angolo del muro.

Ritirando il braccio, mentre faceva attenzione a non urtare l'oggetto ritrovato contro il mobile, una malcelata soddisfazione era comparsa sul suo volto incuriosito.

«Un'accendino...» dissi, pensieroso.

«Io lo chiamerei con il nome più esatto: zippo» puntualizzò Giada.

«Sì, hai ragione, è proprio uno zippo. E sembra anche sporco di sangue» precisai, molto soddisfatto.

Quello non era un dettaglio da poco.

Giada lo intuiva bene tanto quanto me.

Lo zippo era grigio, con inciso il disegno stilizzato di uno strano animale. Una creatura ibrida che, considerato anche lo stato d'usura dell'accendino, non era semplice da identificare.

«I colleghi della Scientifica sapranno cosa farne.»

«Credi che lo abbia perso l'assassino mentre uccideva mia madre?»

«Ne dubito.»

«In che senso?»

Giada appariva non poco sorpresa dalla mia risposta così secca.

«Dato dov'era finito, ammesso che sia dell'omicida, è più probabile che lo abbia perduto mentre era alla ricerca di qualcosa. Forse si è piegato in fretta e gli uscito dalla tasca, finendo lì sotto.»

Sapevo quanto la mia ipotesi non fosse granché convincente, ma restava la cosa più sensata che in quel momento mi era venuta in mente.

«E allora il sangue come te lo spieghi?»

«Non me lo spiego, considerato il fatto che tua madre ha iniziato a perdere sangue soltanto nella vasca da bagno.»

Quel particolare stonava non poco con la ricostruzione che avevamo fatto.

«Una risposta non da te» sottolineò Giada, infastidita.

Sperava e confidava nelle mie spiegazioni perché sapeva che più informazioni fossi riuscito a fornirle, maggiori sarebbero state le probabilità di catturare rapidamente l'omicida di sua madre.

«Capisco come ti senti, ma la pazienza e la riflessione in questo lavoro sono fondamentali. Quando sarai dalla mia parte comprenderai meglio. Per adesso vediamo che cosa ci diranno le analisi sullo zippo. Al resto ci penseremo dopo. Un passo alla volta, Giada. Abbi fede in tuo padre» le dissi, avvicinandomi per abbracciarla.

"Chissà, forse Ada ci ha messo lo zampino" riflettei, ancora un po' sorpreso, nel ripensare a come mia figlia si fosse accorta dello zippo. Chinandosi per allacciarsi la scarpa aveva visto brillare la superficie metallica dell'accendino, colpito da qualche raggio di sole dalla finestra alle sue spalle.

Era stato quel breve luccichio ad attirare la sua attenzione.

Da qualunque punto di vista si considerasse la circostanza, questa poteva accelerare il passo delle mie indagini.

«Tua madre non ha mai fumato, che io sappia» osservai guardando Giada, che nel frattempo aveva poggiato il misterioso zippo sul tavolinetto, davanti ai due divani disposti a L.

«Ricordi bene.»

Un istante dopo si sentì i miei occhi addosso.

«Non guardare me. Neppure io ho mai fumato in vita mia, e credo che mai ci proverò. Che tu ci creda o meno. Mi dà fastidio già soltanto la puzza di sigaretta, figuriamoci aspirarla. E poi, in ogni caso, quel sangue non è certo mio.»

«Lo davo per assodato, a dire il vero. Ottima notizia, comunque.» Giada non colse l'ironia, era distratta.

«Che non abbia intenzione di fumare in futuro?»

«Mi riferivo allo zippo.»

«Ah... okay. Pensandoci meglio, comunque... potrebbe essere rimasto lì sotto chissà per quanto tempo. Quindi non è detto che appartenga al killer. Era in un punto talmente nascosto che sono riuscita a vederlo solo per caso. Altrimenti, di sicuro lo avrei scoperto soltanto traslocando.»

«Io non credo» obiettai.

«Che vuoi dire?»

«Che innanzitutto quel sangue sembra essere abbastanza fresco. Di certo non è di settimane, o di mesi: avrebbe tutt'altro colore, e forse non sembrerebbe neppure sangue. Per quanto la definitiva conferma l'avremo solo dopo le analisi della Scientifica.»

Giada mi fissava concentrata.

«In secondo luogo, i miei sarebbero comunque tornati qui per esaminare l'appartamento da cima a fondo. Non lo hanno fatto ieri sera perché serviva concentrarsi innanzitutto sul bagno e sullo spazio esterno limitrofo. Serve tempo per fare le cose come si deve. Questo non è un film. Ma quell'accendino sarebbe spuntato fuori. Te lo garantisco: molto prima che tu potessi decidere di traslocare» conclusi, facendole l'occhiolino.

Mia figlia rimase in silenzio, pensierosa. Pareva valutare ogni possibile alternativa.

Una spiegazione presto o tardi l'avremmo comunque trovata.

Era solo questione di tempo.

«Tutte le ipotesi sono sul tavolo. E di sicuro quello zippo potrebbe aiutarci a scoprire ciò che ci interessa. O magari metterci sulla pista investigativa più promettente. In ogni caso troverò chi ha ucciso tua madre, e gliela farò pagare. È l'unica certezza che devi avere.»

Per la prima volta da parecchie ore gli occhi di Giada tornarono a sorridermi.

30

Bari
7 settembre 2017, ore 17

Tornato in questura, dopo avere ragguagliato Lomonaco, consegnai lo zippo a Emanuele Linzeghi, il sovrintendente capo della Scientifica. E chiesi a Nicola di acquisire il fascicolo della sparizione di Adelaide Carmini e di crearsene una copia.

Per il momento sarebbe stato lui a farsi ragguagliare su eventuali sviluppi dai colleghi che si stavano occupando delle ricerche della ragazza. Volevo capire se poco o nulla fosse cambiato da quando la madre della ragazza aveva sporto denuncia a oggi. Ma non volevo rischiare di scavalcare nessuno dei colleghi che avevano preso in carico il fascicolo di Adelaide.

Dopo avere fatto il punto della situazione con Lomonaco su come intendevo far procedere le due indagini nei giorni successivi, e su ciò di cui lui si sarebbe dovuto occupare l'indomani, pensai bene di concludere la giornata reperendo tutte le informazioni possibili su Livio De Santis.

Il database della questura mi fu molto utile.

L'uomo, infatti, era già noto alle forze dell'ordine baresi per via dei suoi trascorsi di contrabbandiere di sigarette, circa venti anni prima. Attività dalla quale De Santis sembrava avere preso le distanze da tempo, ben prima che il commercio illegale di sigarette venisse ridotto ai minimi termini, e poi di fatto cancellato del tutto, dall'attività di prevenzione, repressione e controllo del territorio da parte del comando operativo aeronavale della guardia di finanza di Bari.

Da quel momento in avanti il signor Livio De Santis si era dedicato a tutt'altra professione. Tra l'altro, anche con grandi riscontri in termini di rispettabilità e di guadagni, stando a quanto ero riuscito ad appurare grazie ai feedback sulla sua attività presenti su internet.

Era divenuto in pochi anni uno stimato e apprezzato agente della prestigiosa Leltax, rinomata (e anche assai cara) compagnia del settore immobiliare, per conto della quale vendeva e affittava abitazioni di fascia medio-alta ai facoltosi cittadini baresi. E non solo.

Alla luce delle modalità con le quali era avvenuto l'omicidio di Ada nutrivo forti dubbi che De Santis potesse esserne stato l'artefice. Ovvio, non potevo escluderlo, ma la mia esperienza mi suggeriva che un tipo con il passato di De Santis quasi certamente avrebbe scelto altre modalità per uccidere la donna che lo aveva lasciato.

Un ex contrabbandiere, vissuto in contesti difficili e assai maschilisti come quelli in cui doveva essere cresciuto lui, non avrebbe concepito un piano tanto cauto, e sotto certi aspetti anche studiato.

Trattandosi comunque di un ex criminale, per precauzione e per fugare ogni dubbio su quanto De Santis avrebbe potuto essermi d'aiuto, a prescindere dalla sua reale colpevolezza, decisi di contattare uno dei più cari amici che avevo nella guardia di finanza.

Intendevo sapere se vi fosse qualche indagine in corso su di lui.

La risposta del mio contatto fu molto chiara.

Soprattutto perché gli accertamenti sul conto di De Santis erano partiti oltre un anno e mezzo prima e potevano ormai considerarsi conclusi.

Questo significava che avrei potuto giocare la mia partita sino in fondo, in pressoché totale libertà, senza rischiare di far saltare una delicata indagine che ben presto sarebbe stata a conoscenza di tutti.

E del diretto interessato innanzitutto.

Scorrendo i documenti su De Santis che mi aveva girato il mio amico, ebbi la conferma che i colleghi della finanza avevano fatto bene ad attenzionarlo.

Nel lavoro dell'ex contrabbandiere più di qualcosa, in effetti, non andava.

Non quadrava affatto.

31

Bari
8 settembre 2017, ore 17:08

«Salve» dissi entrando nella saletta d'ingresso della Leltax, che anticipava tre box vetrati con altrettante postazioni di lavoro. In nessuno di quelli c'era il mio uomo.

«Buonasera a lei» mi rispose la signorina della reception nel suo impeccabile tailleur grigio.

«Vorrei parlare con il signor De Santis» chiesi, guardando nella direzione dei tre box.

«Lei, mi scusi, è il signor...?»

Il sorriso di circostanza della ragazza si sarebbe spento sulle sue labbra con la rapidità di un proiettile.

«Sì, la scuso, ma qui le domande le faccio io. Sono l'ispettore Pantaleo della squadra Omicidi, e non ho tempo da perdere. Mi dica dov'è De Santis, o lo chiami e gli riferisca che lo aspetto qui. Ha quindici minuti di tempo per raggiungermi, dopodiché le assicuro che non sarà l'unico a passare una brutta giornata. Mi sono spiegato?»

La fissai come facevo sempre quando esigevo una risposta in tempi più che brevi. Lo sguardo di un cobra sarebbe stato senza dubbio più rassicurante del mio. La signorina non resse né le mie parole né il mio sguardo insistente.

In breve iniziò a balbettare.

«Ah... mi scu... scusi, ispetto... ispettore... Io... io non sapevo... ecco... vede...»

«Senta, signorina, stia calma e non si agiti. Se non ha ucciso nessuno, e presumo che non lo abbia fatto, non c'è ragione per preoccuparsi» le sorrisi appena.

La ragazza si limitò a scuotere energicamente il capo.

«Mi dica solo dov'è De Santis, e potrà tornare al suo lavoro.» Nel frattempo gli agenti immobiliari seduti alle loro scrivanie nei tre box, due dei quali alle prese con i clienti, si erano accorti che qualcosa nella saletta d'attesa non andava.

Uno dei tre, il più imponente (per quanto comunque lontano dalle mie proporzioni) ebbe l'infelice idea di avvicinarsi, ostentando un'espressione che giudicai un po' troppo minacciosa per i miei gusti.

La segretaria, nel frattempo, guardava agitata la sua scrivania, su cui c'erano degli appunti sparpagliati. Forse cercava di capire quale di quelli avrebbe potuto aiutarla a evadere la mia perentoria richiesta, stemperando ogni tensione.

«Salve. Mi dica, di cosa ha bisogno?» mi chiese l'agente immobiliare, con tono deciso.

Cercava di farsi bello davanti alla collega, rassicurandola con lo sguardo.

«Di sicuro non di lei. Le consiglio di tornare subito nel suo ufficio, se non vuole che la sua giornata lavorativa finisca qui. E adesso. I suoi clienti potrebbero assistere a una scena poco edificante. Mi creda, so quel che dico.»

Mi erano bastati tre passi per avvicinarmi all'uomo, così da guardarlo dall'alto in basso, a solo una ventina di centimetri di distanza.

«Laura, chiama la polizia, così ora vediamo se il signore...» Il tipo s'interruppe in fretta. Lo bloccò lo sguardo della collega, accompagnato dal capo che mimava un no.

«Luca... l'ispettore Pantaleo... è della polizia. Anzi... è della squadra Omicidi. E cerca Livio.»

L'uomo impallidì all'istante.

«Oh...»

«Vada» mi limitai a suggerirgli, restando immobile davanti a lui, a fissarlo.

«Io... io non immaginavo...»

«Adesso siete in due. Torni nel suo ufficio, e si sbrighi. Potrei innervosirmi. Non glielo ripeterò una seconda volta.»

Il collega di De Santis annuì e batté in ritirata, senza voltarsi, mentre i suoi clienti restavano con gli occhi sgranati a fissarmi. Riservai loro un finto sorriso, dopodiché tornai serio a concentrarmi sulla signorina Laura. Un po' mi dispiaceva per la giovane impiegata, entrata ormai nel pallone. Ma purtroppo, ogni volta, era sempre la stessa storia.

32

Bari
8 settembre 2017, ore 17:27

La solerte impiegata della Leltax, nel frattempo, era riuscita a trovare l'appunto che cercava sulla sua scrivania. Neppure quindici minuti dopo la sua telefonata il mio uomo entrò un po' trafelato nella saletta d'ingresso.

«Salve, ispettore... sono Livio De Santis» disse, cercando di mascherare un po' di legittimo affanno. «Laura mi ha detto che mi cercava. Ho fatto il possibile per essere qui in fretta» si sforzò di sorridermi. Io, al contrario, di sorridere non ne avevo alcuna voglia. E dalla mia espressione si capiva benissimo.

Guardai di sbieco l'orologio.

«Tredici minuti esatti. Avresti potuto fare meglio, ma va bene. Qual è il tuo ufficio?»

L'uomo glissò con eleganza sul fatto che gli avessi dato del tu. Qualcosa mi diceva che se lo aspettasse.

«È sul retro, ispettore. Prego, mi segua» disse, usando invece il lei, mentre lanciava un'occhiata alla signorina Laura, ancora visibilmente agitata. Lo sguardo del suo capo la invitava a non disturbarci per nessuna ragione.

De Santis indossava un abito dal taglio ricercato e si esprimeva con una correttezza che non avevo mai riscontrato in un ex contrabbandiere. Segno che aveva lavorato parecchio su se stesso per... ripulirsi. Del resto per essere un agente immobiliare di fascia alta doveva risultare credibile sotto tutti i punti di vista. Purtroppo per lui, non avrebbe potuto dire o fare nulla per distogliermi dalla ragione per la quale ero andato a cercarlo.

Ci accomodammo nel suo ufficio, non molto grande, dov'era però evidente che De Santis cercasse d'impressionare i suoi clienti con un mobilio di pregio, forse fatto su misura anche dato lo spazio ridotto a disposizione. Un dettaglio insolito era il monitor Hd collegato alle telecamere, ad alta definizione, posizionate ai due lati dell'ingresso della sede della Leltax. Un accessorio da postazione di sorveglianza, non da dirigente di un'agenzia.

Un dettaglio che non mi era sfuggito dopo essermi accomodato su una delle due poltrone imbottite di fronte alla scrivania in cristallo di De Santis.

«Allora, ispettore, mi dica. In cosa posso esserle utile?»

Era giunto il momento di abbandonare ogni ulteriore convenevole. De Santis doveva capire bene con chi aveva a che fare. Sempre che non lo avesse appreso per altre vie nei minuti che ci aveva impiegato a raggiungermi.

«Che cosa sai dirmi di Ada Raisi?» sentenziai, fissandolo in cagnesco.

Entrare a gamba tesa nel pieno di quella che sarebbe stata la nostra prima chiacchierata avrebbe predisposto De Santis alla massima collaborazione.

Questo, perlomeno, era ciò che speravo per lui.

33

Bari
8 settembre 2017, ore 17:41

«Ada... Raisi?» esclamò De Santis, fintamente sorpreso.

La vampata di rossore esplosagli in volto aveva già provveduto a smentire la stupida pantomima che mi stava propinando.

De Santis non sapeva bene chi fossi, né tantomeno immaginava che avessi fatto parte della vita di Ada da parecchio prima di lui.

Una circostanza che avrebbe senza dubbio giocato a mio favore.

«Non credo di conoscerla, ispettore» si affrettò a specificare.

Fiutavo la paura che gli montava dentro come un lupo avrebbe annusato la scia di sangue di una preda ferita.

«A me risulta il contrario.»

I miei occhi fissi nei suoi cominciavano ad aprire una crepa nell'ostentato muro d'imperturbabilità che De Santis cercava di erigere.

«No, ispettore. Deve credermi, io non ho mai...»

Con uno scatto improvviso mi alzai e mi spinsi oltre la sua scrivania sino ad afferrarlo dalla camicia, all'altezza della gola.

Lo tirai con violenza a me, costringendolo ad avvicinarsi al mio volto. Ci separavano solo una decina di centimetri.

La rabbia dentro di me iniziava a crescere, e questo per l'ex contrabbandiere non prometteva bene.

Era giunto il momento di interrompere la sua recita, non avevo altro tempo da perdere. Volente o nolente quell'uomo avrebbe parlato, confessandomi per filo e per segno tutto ciò che intendevo sapere.

«Ispet... tore... ma ch...» cercò di sussurrare, mentre le mie dita stringendo sempre più la sua camicia facevano sì che la gola gli si strozzasse lentamente.

«Senti, brutta testa di cazzo, io dimentico le stronzate che mi hai appena detto, e tu ti rimetti seduto, buono buono, e mi dici le cose come stanno realmente. Di te so già molto più di quanto tu possa immaginare. Se ti può fare stare meglio puoi fumarti una sigaretta. Magari... di contrabbando, che ne dici?» gli sorrisi, con l'affabilità di un serial killer.

De Santis si rimise seduto, aggiustandosi innanzitutto camicia, cravatta e giacca. In pochi istanti si era reso conto di cosa gli sarebbe accaduto se avesse continuato a cercare di fare il furbo.

«Io... io non ho fatto niente, ispetto'» rispose, con la voce ancora un po' rauca. La mia stretta di poco prima, in effetti, si era rivelata più energica del previsto. E la sua voce adesso presentava una cadenza dialettale che prima era riuscito a dissimulare.

De Santis con me poteva tornare alle origini senza rischiare di perdere in credibilità. Anzi, al contrario, dato quello che ormai conoscevo di lui ne avrebbe solo guadagnato.

«Questo lo stabilirò io. Vai avanti.»

«Non so che cosa le sia accaduto, anche se data la sua presenza posso immaginarmelo... ma non vedo Ada già da un po' di tempo. Deve credermi» sottolineò, guardandomi negli occhi.

I suoi mi sembravano sinceri.

«Per quanto tempo vi siete frequentati?»

«Qualche mese, non di più.»

De Santis ogni tanto dava una fugace occhiata ai riquadri delle telecamere di sicurezza esterne. Sembrava che aspettasse qualcuno da un momento all'altro. O forse, che sperasse nell'arrivo di qualcuno in grado di alleggerire, o di appesantire, l'atmosfera all'interno del suo ufficio.

Restai in allerta, pronto a qualunque evenienza.

«Perché è finita?»

De Santis si prese qualche secondo in più per rispondere.

«Diciamo che avevamo punti di vista differenti su molte cose.»

«Quali cose?»

Continuò a nicchiare.

«Ecco... non mi piaceva che Ada spesso uscisse anche senza di me. Da sola o con le sue amiche» confessò, infine, distogliendo lo sguardo dal mio volto.

Si vergognava di ciò che mi aveva appena detto.

«Per questo eri geloso, e violento?» azzardai.

Dovevo provocare la sua reazione.

«No, ispetto'!» esclamò, d'istinto. «Sarò stato geloso, e a volte anche molto, lo ammetto... ma violento mai. Glielo giuro su...»

«Su che cosa? Sul tuo passato da ex contrabbandiere, o piuttosto sul tuo presente da truffatore?»

De Santis sgranò gli occhi, deglutendo in maniera palese. Cercava d'ingoiare un improvviso groppo in gola. Mi fissò per capire se bluffassi o se stessi dicendo la verità.

Dovevo giocarmi la carta di ciò che avevo saputo dal mio contatto nella guardia di finanza.

«Ispetto', in passato ho sbagliato, è vero. Adesso, però, sono un agente immobiliare di una compagnia molto conosciuta e importante. Il lavoro mi va bene, come può vedere, quindi... davvero non so a che cosa si riferisca.»

De Santis stava di nuovo commettendo l'errore di poco prima: sottovalutarmi.

Scossi il capo.

Era già grave che avesse sbagliato, ma la sua insistenza

nel perseverare, per giunta a distanza di soli pochi minuti, mi risultava intollerabile.

«Che vuol dire la sigla "c.v." su quei fascicoli?»

Vidi De Santis impallidire all'istante.

Non poteva immaginare ciò che avevo saputo la sera prima sul suo conto e su quello della combriccola di truffatori con la quale se la faceva da parecchi mesi.

«Niente... è solo una sigla che metto per indicare che si tratta di clienti con i quali la trattativa non si è ancora conclusa... per qualche motivo. "c.v." vuol dire... clienti da valutare.»

«Mmm... capisco» annuii, iniziando ad allargare le spalle, come se mi stessi stiracchiando. Sapevo che la mia mimica sarebbe stata interpretata molto meglio di qualunque mia parola.

O accusa.

Ero sul punto di rialzarmi per aggirare la scrivania e procedere a quello che avevo in mente, quando l'ex contrabbandiere si convinse che quello appena commesso doveva essere il suo ultimo passo falso se voleva continuare a camminare sulle sue gambe, e a usare le dita delle mani evitando di farsi imboccare per il resto dei suoi giorni.

«Okay, okay! Le dirò tutto...» ammise, scuotendo il capo, rassegnato.

«È anche per queste cacate che stai combinando che Ada ti ha scaricato, vero? Non si trattava solo della tua gelosia.»

De Santis annuì, in silenzio. Non aveva altra via di uscita se non confessare sino in fondo la verità.

Tutta la verità.

«Come lo ha saputo?»

«Qui le domande le faccio io. E sto ancora aspettando le tue risposte. Sappi che la mia pazienza si è ormai esaurita.»

«È iniziato tutto quando io e Ada già ci frequentavamo da un paio di mesi, forse tre, non ricordo bene. Le cose procedevano tranquille, e tra noi funzionava tutto, anche se, sì... io ero un po' geloso. Ma le ripeto, e glielo ribadisco, non sono mai stato violento. Non con lei, perlomeno. In nessuna occasione, e per nessun motivo» cercò di rassicurarmi con lo sguardo.

«Vai avanti.»

«Un giorno, mentre io e Ada passeggiavamo sul lungomare, all'altezza della basilica di San Nicola, una coppia di stranieri si avvicinò a noi e l'uomo iniziò a offendermi, dicendo che era stato truffato e che era colpa mia per quello che gli era successo.»

«Qualcosa mi dice che avesse ragione.»

De Santis si zittì per qualche secondo.

«Sì...»

«Continua» scandii, minaccioso.

«Dopo avergli venduto una bellissima villa a Parchitello, uno dei miei... agganci...»

«Complici. Chiamiamo la merda con il suo vero nome» suggerii, innervosito.

«Sì... insomma... contattò quel signore spacciandosi per un ricco uomo d'affari che intendeva fargli una proposta interessante. Giocando sul fatto che aveva avuto il suo nominativo da me, e che mi ero conquistato la fiducia della coppia vendendogli la villa, era certo che nessuno si sarebbe insospettito, né avrebbe temuto fregature.»

«Che invece sono puntualmente arrivate.»

De Santis confermò.

«Il mio... complice... si era spacciato per un investitore internazionale con grande disponibilità economica. Il primo incontro lo aveva organizzato in un ristorante esclusivo di Torre a Mare, e aveva subito portato il discorso su un'operazione di cambio vantaggiosa, attraverso la quale l'uomo avrebbe ottenuto ottimi guadagni. Avrebbe ricevuto euro in cambio di franchi svizzeri, incassando una commissione del venti per cento.»

«Quello che tecnicamente si chiama *rip deal*, cambio fraudolento» intervenni, secco.

De Santis apparve di nuovo non poco sorpreso.

«Già. La truffa avviene con la consegna di denaro contante che però, in realtà...»

«È falso o composto da banconote annerite, anch'esse false, riutilizzabili, a detta dei truffatori, dopo un trattamento con prodotti chimici particolari» lo anticipai.

Confermò, abbassando lo sguardo sulla scrivania.

«Bravo, bravo. I miei complimenti.»

«Dimmi di Ada, visto che quello che mi hai appena detto sarebbe stato un ottimo movente per ucciderla, non ti pare? Insieme magari a quello della gelosia. Tutto quadra.»

De Santis iniziò a scuotere la testa.

Prima alterato, poi spaventato.

Questa volta non recitava.

«No, ispetto', questo NO! Io non l'avrei mai uccisa! MAI!» sbottò, alzando la voce e scattando in piedi.

Aveva il volto impaurito.

«Abbassa la voce e rimettiti seduto, se non vuoi finire dritto in ortopedia per qualche settimana.»

Fece come gli avevo intimato.

«Dimmi, perché dovrei crederti? La minaccia di denunciare i tuoi loschi affari sarebbe stato un ottimo movente per far fuori Ada.»

De Santis riprese fiato.

«Posso sapere quando è morta?»

Per un attimo fui sul punto di non dirglielo, ma poi ci ripensai.

Se stava mentendo avrei fatto la figura del fesso.

Se invece era sincero, che lo sapesse o meno non avrebbe fatto alcuna differenza.

«Ieri notte.»

De Santis si mostrò sollevato.

«Sono tornato stamattina da Lecce, dove ho venduto un bellissimo appartamento del centro storico a una signora scozzese che si è trasferita in Italia alcuni mesi fa, e che se ne era innamorata sin da subito» disse. «Se vuole può controllare, non ho problemi.»

«Potresti aver fatto fare il lavoro sporco a qualcun altro della tua cricca. Magari a uno di quelli che truffano i ricconi fessacchiotti. Pensi che basti saperti lontano per scagionarti?»

«Ispetto'... noi, è vero, non siamo dei santi, ma non siamo neppure degli assassini. Nessuno di noi lo è. Come non lo eravamo tanti anni fa io e i miei... amici contrabbandieri. Non avremmo mai rischiato di attirare l'attenzione con un omicidio. Tra l'altro di una persona con la quale ho avuto una storia. Mi fa davvero così ingenuo?»

De Santis sembrava avere ripreso coraggio.

Il suo punto di vista era ragionevole, e conoscendo ormai a fondo le logiche criminali di delinquenti del suo calibro ero abbastanza certo che non mi stesse mentendo.

Le sue motivazioni, in effetti, non erano prive di fondamento.

«E comunque... io volevo bene a Ada. Anche se litigavamo spesso. Quando ha deciso di mollarmi ho pensato che avesse fatto la cosa giusta per entrambi. Lei non avrebbe più avuto a che fare con... un imbroglione, e io... io non avrei rischiato che prima o poi potesse denunciarmi. Soprattutto visto che negli ultimi tempi...»

De Santis s'interruppe, assumendo una strana espressione.

«Visto che cosa?»

Mi irrigidii.

Avevo l'impressione che mi stesse nascondendo qualcosa.

«Niente, ispetto', niente» mi rispose, lapidario.

«Se mi stai omettendo altre informazioni importanti ti giuro che...»

Minacciai di alzarmi.

«No, ispetto', davvero! Non nascondo proprio niente. Intendevo solo dire... soprattutto ora che non ci vedevamo più da tempo.»

Quell'ultima spiegazione mi sapeva un po' di cazzata, ma non potevo fare il processo alle intenzioni.

Per il momento era meglio non forzare troppo la mano. Quello che più m'interessava lo avevo comunque appreso.

E se davvero avesse voluto, avrebbe potuto sbottonarsi molto meno.

Senza nuovi sviluppi investigativi, perseguendo una strada che in quel frangente, sulla base della mia esperienza e soprattutto del mio istinto, ero parecchio certo che non mi avrebbe portato lontano, avrei soltanto rischiato di pregiudicare il buon esito delle mie successive indagini.

In ogni caso, se De Santis mi stava nascondendo dell'altro d'importante, presto o tardi lo avrei scoperto e a quel punto non sarebbe più andato da nessuna parte. Con tutte le inevitabili conseguenze per la sua integrità fisica, innanzitutto.

Questo lui lo sapeva molto meglio di me.

«Ora che succede? O meglio... che mi succede?» chiese.

«Le tue truffe del cazzo non m'interessano. Molto presto se ne occuperanno altri, stanne certo. Quindi non ti affannare a sparire. Non ti servirebbe a un cazzo, se non a peggiorare la tua posizione.»

Annuì, intuendo a che cosa sarebbe andato incontro in un lasso di tempo più o meno breve. La sua strada, e non solo la sua, era segnata.

Ma De Santis non sarebbe fuggito. Uno come lui, che aveva già conosciuto più volte il carcere, molti anni prima, non si sarebbe mai dileguato. Perché sapeva bene, considerato il suo ruolo più marginale all'interno della banda di cui faceva parte, che anche se fosse finito di nuovo dentro non ci sarebbe rimasto a lungo. I colleghi della guardia di finanza gli erano ormai addosso da un po', come ai suoi compari di merende, e avevano tutti le ore di libertà contate, ma De Santis, a differenza degli altri, sarebbe presto uscito di galera.

In compenso il suo castello di bugie e la sua immagine di facciata da agente immobiliare di alto livello sarebbero stati cancellati per sempre. E lui avrebbe smesso, almeno per un po', di truffare ricconi ingenui.

Mi alzai, restando immobile a fissarlo.

«Se dovessi scoprire qualcos'altro che oggi non mi hai detto sappi che sarai tu a fare una brutta fine. Anzi, una pessima fine.»

«Sì, ispetto', la prendo come una minaccia» rispose, a mezza bocca, sforzandosi di prodursi in un sorriso amaro.

«No, De Santis, ti sbagli. E di grosso. Non hai capito un cazzo. La mia è una promessa. E credimi, per uno come me le promesse sono molto peggio delle minacce. Perché le promesse le mantengo. Sempre, e comunque.»

Rimasi immobile per altri, lunghi istanti con gli occhi fissi nei suoi. Mi allontanai sentendo il suo sguardo addosso che mi seguiva, passo dopo passo.

Insieme a quello sfuggente del suo collega incosciente e alle occhiate intimorite della signorina Laura.

Soltanto ora la ragazza riusciva a tirare un sospiro di sollievo.

34

Bari
9 settembre 2017, ore 19:10

«Ispetto', si può?»

«Ue', Lomo', vieni vieni. Ti aspettavo.»

«Lo so che è quasi orario di cena ma ho pensato che ascoltare i miei aggiornamenti sorseggiando un buon cappuccino bollente l'avrebbe aiutata a concentrarsi» esordì, accomodandosi.

«Uagliò, tu non sei un poliziotto. Sei un mago. Meglio di Otelma.»

Mi veniva da ridere visto che all'impronta non ero riuscito a trovare un'alternativa decisamente più valida.

«Vabbe', ispetto', mo' non è che sia proprio il massimo» si sforzò di sorridermi.

«Hai ragione. Allora... meglio del mago Oronzo» continuai a prenderlo in giro.

«A 'sto punto era meglio il mago Otelma» mi rispose, gesticolando. Avevo bisogno di staccare per qualche minuto dai tanti pensieri che mi assillavano la mente, e Nicola era la persona giusta, al momento giusto, con cui farlo.

«Vabbe', Lomo', tu sei incontentabile, però. Ha ragione Clara a innervosirsi.» Mi sforzai di restare serio, ma non mi fu facile.

Vedere l'espressione di Nicola quando davo ragione a sua moglie mi divertiva sempre.

Per lui, invece, era ogni volta peggio di una pugnalata alle spalle.

«No, ispetto', che c'entra... era solo per...»

Si arrestò in tempo.

Poi, notando la mia espressione scherzosa, continuò con quel suo modo di dire che in passato mi aveva tanto innervosito. E che, a dir la verità, da tempo mi faceva sorridere quanto Lomonaco in persona.

«Sì... cioè... era per dire, ispetto'!»

Sorridemmo. Ne avevamo bisogno entrambi.

«È inutile, è più forte di te. Una volta iniziata quella frase la devi finire per forza.»

Si limitò ad abbozzare, cosciente.

«Bene, adesso che l'hai detta, aggiornami su cosa hai trovato.»

Lomonaco si fece subito serio.

«Ho scoperto una cosa che lei manco s'immagina, ispetto'.»

La sua espressione molto soddisfatta anticipava senza dubbio una notizia di rilievo.

«Addirittura. E allora spara, dai. Sono curioso.»

«Cominciamo col dire che ho cercato di capire innanzitutto qualcosa in più di questa Adelaide; che ragazza è, con chi se la fa, che amici ha eccetera.»

«Fai bene a usare il presente. Sino a prova contraria è viva, e noi dobbiamo solo capire dove è andata a finire. E per colpa di chi, ammesso che ci sia un responsabile.»

«Sì, infatti.»

Mentre parlavo mi ricordai delle parole, poche a dire il vero, che mia figlia aveva speso su Adelaide, quando le avevo accennato della sua scomparsa. Cercavo d'intuire quale potesse essere la scoperta alla quale Lomonaco mi aveva accennato, ma per il momento non mi veniva in mente niente di così eclatante.

«Quindi, che mi dici?»

«E che le dico, ispetto'... Diciamo che è venuto fuori un

quadro parecchio diverso da quello che, francamente, sulle prime mi aspettavo. Ormai non è che mi meravigli più di niente, ma in ogni caso mi ero fatto un'idea differente da questa...»

«Meh, Lomo', però veloce, stringi. Arriva al sodo, non fare come al solito che parti dalla storia di Mezzoculo per dire un fatto.»

Mi sorrise a mezza bocca.

«No, no, ispetto', era solo... solo per dire.»

«E so' due. Con questo per stasera abbiamo chiuso, okay?»

Nicola mi restituì il suo sguardo da cane bastonato.

«Sì...» sussurrò appena. «Il fatto è che questa Adelaide non è una ragazzina tutta casa e chiesa, ecco.»

"Giada quindi aveva ragione" pensai.

«Nico', perché, fammi capire, tu oggi ne conosci ancora di ragazze di quel tipo? E non te ne uscire con un altro "era per dire" che se no mi alzo e ti appendo alla porta. E sai che lo faccio.»

Lomonaco sghignazzò.

«No, ispetto', tranquillo. Come se lo avesse fatto, grazie davvero» mimò con le mani. «Tornando alla figlia della Carmini di sicuro lei ha ragione. Non intendevo dire che le altre siano delle santarelle, ma solo che Adelaide sembra essere, nonostante non sia ancora maggiorenne, molto più disinibita di tante altre sue coetanee.»

Quelle parole, inutile dirlo, mi sapevano tanto di déjà-vu.

35

Bari
9 settembre 2017, ore 19:38

«Per prima cosa ho verificato le posizioni di amici e parenti vari. Quantomeno di quelli che per età e circostanze, stando a quanto mi è stato riferito, hanno rapporti più stretti e frequenti con Adelaide.»

L'espressione di Lomonaco anticipava quello che mi avrebbe confermato di lì a pochi secondi.

«Per il momento non è emerso nessun potenziale profilo di responsabilità.»

«E questo lo avevo capito.»

«Poi mi sono concentrato sulla madre della ragazza, che sono andato a trovare a casa sua. Volevo farle un po' di domande su Adelaide e sul loro rapporto, visto che spesso è proprio il legame tra genitori e figli la causa di fughe improvvise e quant'altro. Inutile dire che, stando lì, ho approfittato per farmi mostrare la stanza della ragazza» continuò Lomonaco, con tono soddisfatto.

«La Carmini non ha obiettato?» chiesi, un po' sorpreso.

La cosa, in effetti, mi meravigliava.

Spesso i genitori di ragazzi che scompaiono d'improvviso nutrono una sorta d'istintiva remora nel fare entrare estranei, poliziotti compresi, nelle stanze dei loro figli.

Come se questo rappresentasse una violazione della loro privacy.

Salvo poi tempestarli di telefonate ogni mezz'ora.

«Bravo, ottima mossa» risposi.

Nicola accennò un timido sì.

Sapeva che era ancora presto per i complimenti.

Il suo resoconto era soltanto agli inizi.

«Quando sono entrato ho capito subito che Adelaide è una a cui piace mettersi in mostra. Molto in mostra, diciamo. E infatti la madre più di una volta mi è sembrata un po' sulle spine.»

«In che senso?»

«Se avesse visto gli ingrandimenti di alcune sue foto, ispetto', capirebbe al volo che cosa intendo.»

Mi tornò in mente l'indagine su Luigi Basile, e mi venne semplice contestualizzare meglio le frasi di Lomonaco.

«Okay, vai avanti.»

«Sparsi per tutta la stanza c'erano molti suoi vestiti, dai quali si capisce benissimo quali siano i suoi gusti. E in questo caso sì, ispetto', mi creda, non proprio quelli di un'educanda.»

«Ho capito, Lomo', penso che l'indagine su Basile ti abbia un po' condizionato,» dissi, certo che anche lui ci avesse pensato «ma è ancora un po' troppo poco per trarre delle conclusioni e dare dei giudizi, che dici? Magari questa volta è diverso.»

«Ispetto', ci mancherebbe. Io non do giudizi su nessuno. E non mi faccio condizionare da quell'indagine assurda, per quanto... ammetta che sia stata una bella botta all'epoca. Devo solo riconoscere che Adelaide ha più di qualcosa in comune con le giovani vittime di quel caso.»

«Alludi al fatto che sia scappata di casa altre volte? Forse la madre non te lo ha detto, ma a me al telefono lo ha fatto presente.»

Dall'espressione di Lomonaco capii che non mi ero sbagliato.

La donna lo aveva omesso. Volontariamente o meno al momento non era dato saperlo.

«Non mi meraviglia, ispetto'. Del resto anche Adelaide, come quelle altre ragazze, ha diciassette anni. E soprattutto, proprio come loro, è una che alla sua età sembra essere molto più matura di tante sue coetanee.»

«Questo potrebbe essere indice del fatto che i rapporti tra la ragazza e sua madre non fossero dei migliori» osservai.

Feci mente locale sul fatto che anche da quel punto di vista la figlia della Carmini fosse molto simile alle vittime del caso più eclatante, che coinvolgeva ragazze minorenni, del quale mi ero occupato nel più recente passato.

«Già. E anche... che forse la signora Carmini al telefono con lei non si sia poi sbottonata più di tanto parlando della figlia scomparsa.»

«Di questo ne sono certo.»

«In ogni caso, che Adelaide sia una tipa piuttosto narcisista ed egocentrica glielo confermo perché, dopo la sua camera, ho potuto vedere anche parecchie foto sul suo cellulare.»

«Vuoi dirmi che non se l'è portato quando è andata via da casa?»

«A quanto pare no.»

La circostanza mi diede da riflettere.

«Ispetto', immagino che cosa sta pensando: quale adolescente, sapendo di doversene andare via di casa, non si porterebbe appresso il suo cellulare?»

Annuii.

«La spiegazione più logica è che non volesse essere rintracciata» aggiunse lui.

«Sì. La semplice dimenticanza non credo si possa prendere in considerazione» puntualizzai.

«Infatti» confermò Lomonaco.

«Il che, a questo punto, farebbe pensare che Adelaide nutrisse una tale rabbia verso i suoi...»

«Solo verso sua madre, visto che è vedova» osservò Nicola.

Quel dettaglio, a cui aveva già accennato la Carmini durante la nostra telefonata, avrebbe potuto non essere secondario.

«... che nutrisse verso sua madre una tale rabbia da rendersi irrintracciabile. Magari è anche possibile che abbia un altro cellulare con sé, che la madre ignora. Magari Adelaide ha immaginato che se avesse portato con sé il suo smartphone la madre l'avrebbe tempestata di telefonate, e avrebbe dovuto comunque tenerlo spento.»

Lomonaco sembrava essere sulla mia stessa lunghezza d'onda.

«Immagino prevedesse che la mamma avrebbe prima o poi sporto denuncia, e che quindi la polizia avrebbe potuto in qualche modo risalire ai suoi spostamenti dai tabulati telefonici o telematici» continuò Lomonaco.

«Magari non subito, visto che non è proprio una procedura semplice, e che di solito i magistrati l'autorizzano soltanto nei casi di reati più gravi come quelli che trattiamo noi. Ma di certo, sarebbe stata un'eventualità possibile. A conferma che Adelaide è comunque molto sveglia.»

«Proprio come le dicevo, ispetto'.»

«Se in ogni caso così fosse, dovremmo chiederci il perché di tanto astio verso sua madre. Ho sempre più la sensazione che la Carmini ci nasconda qualcosa» osservai.

«Credo che lei abbia appena centrato il problema, ispetto'.»

«Che vuoi dire?»

Lo fissai, stranito.

«Che anche secondo me la signora Carmini nasconde qualcosa.» Nicola sembrava molto convinto.

«Da cosa lo hai dedotto?»

Si prese qualche secondo per rispondere. Sapeva che quello che aveva scoperto mi doveva essere riferito senza tanti giri di parole.

«Perché Carmini, ispetto', è il cognome da sposata della signora Alessandra, non quello da nubile.»

La precisazione di Lomonaco mi lasciò alquanto perplesso.

«Perché quello da nubile quale sarebbe?» chiesi, impaziente.

«Roveri, ispetto'. La mamma di Adelaide Carmini si chiama Alessandra Roveri. Ed è la sorella della nostra cara commissaria, Elena Roveri.»

Se Lomonaco voleva lasciarmi senza parole questa volta ci era riuscito.

36

Bari
9 settembre 2017, ore 20:02

La rivelazione di Lomonaco mi aveva tramortito.

Una notizia del genere non me la sarei mai aspettata.

«La Carmini ha la sorella commissaria di polizia, qui a Bari, e quando sparisce sua figlia sporge denuncia e non riceve aggiornamenti?» riassunsi a bassa voce, sovrappensiero.

«Non solo. In più, accetta da un'amica il numero di un ispettore della Omicidi, cioè lei, per farsi aiutare nelle ricerche, continuando a guardarsi bene dall'informare la sorella poliziotta di quel che le sta accadendo» concluse Lomonaco, con uno sguardo incredulo.

«Tu sei sicuro che la Roveri non sappia nulla di questa faccenda, vero? Non vorrei rischiare di fare una figura di mer...»

«No, no, ispetto', che figura e figura. Stia proprio tranquillo. Ne sono più che certo, l'ho verificato di persona attraverso i colleghi che si stanno occupando delle ricerche. Anche loro sono del tutto all'oscuro di questa parentela eccellente. Altrimenti tutta la questura ne sarebbe venuta al corrente quasi in tempo reale. Alla faccia della privacy.»

«Hai ragione, pure questo è vero» ammisi. «Tu come l'hai scoperto?» chiesi, a quel punto incuriosito.

«Ispetto', se c'è una cosa che ho imparato da lei è non dare mai niente per scontato, né tralasciare il minimo dettaglio. Quando ho avuto il fascicolo di Adelaide tra le mani la prima cosa che ho fatto è capire chi fossero i suoi genitori, scavando un po' anche nel loro passato, per quanto possibile. È così che mi sono accorto che la Carmini faceva Roveri di cognome, prima di sposarsi. E che poi è rimasta vedova. In ultimo ho soltanto verificato che si trattasse effettivamente della sorella della nostra commissaria.»

«Sei un figlio di buona donna, l'ho sempre detto. Con il massimo rispetto per tua madre, s'intende» gli risposi, sorridendo.

Ero soddisfatto e fiero di Lomonaco.

Sapevo che di lui avrei sempre potuto fidarmi, in qualunque circostanza scomoda mi fossi trovato.

Ci guardammo in silenzio, ancora un po' spiazzati.

«A questo punto l'interrogativo è uno solo: perché non l'ha messa al corrente di niente?» domandai, mentre Lomonaco annuiva con una smorfia silenziosa.

«Bella domanda, ispetto'.»

«Fosse l'unica, Nico'...»

Entrambi sapevamo che quella notizia imprevista avrebbe comportato delle conseguenze. Se più o meno serie, lo avremmo scoperto nelle ore successive. Nell'immediato ciò che importava era capire quale fosse il passo più conveniente da compiere ai fini della nostra indagine. E anche, se in qualche modo, tutto questo potesse avere a che fare con l'omicidio di Ada.

In quel frangente la confusione regnava sovrana nella mia testa, e probabilmente anche in quella del mio braccio destro.

«Okay, su questo torneremo più tardi. Per adesso dimmi delle foto di cui mi dicevi, sul cellulare di Adelaide.»

Volevo che Lomonaco concludesse il suo resoconto prima di procedere con la pianificazione delle mosse successive.

«Sì, il cellulare...» tornò a fare mente locale lui. «Per fortuna non aveva il blocca schermo, quindi mi è stato facile sbirciare un po' delle foto racchiuse nei vari album della galleria, ma anche spulciare in fretta molti messaggi di WhatsApp e di Telegram.»

Qualcosa nelle parole di Lomonaco mi suonò come stonata.

«La madre te lo ha per caso lasciato portar via?» chiesi. Per esperienza sapevo che il cellulare di una qualunque persona, senza distinzione di genere, età o religione, può rivelarsi una fonte inesauribile d'informazioni. Lo sapeva benissimo anche Lomonaco.

«No, ispetto', la Carmini non ha voluto consegnarmelo. Si è giustificata dicendo che, siccome non lo avremmo potuto utilizzare per tracciare gli spostamenti della figlia, non c'era motivo che lo tenessimo noi.» Lomonaco appariva piuttosto scettico su quella spiegazione.

«O forse temeva che venissimo a conoscenza di qualcosa di cui vuole che restiamo all'oscuro. Chissà, magari è anche lo stesso motivo per cui non ha detto niente alla sorella.»

«È quello che ho pensato pure io, ispetto'. A ogni modo ho cercato di forzare la mano sino all'ultimo, ma quando ho capito che non c'era niente da fare mi sono arreso e ho deciso di non insistere oltre. Sapevo che, nel caso...»

Lomonaco mi fissò con sguardo eloquente.

«Ci avrei pensato io.»

«Infatti.»

«E hai fatto bene. Tornare a parlare con la Carmini è esattamente quello che farò nelle prossime ore. E tu verrai con me. Mi servirà la tua competenza informatica. Anzi, la tua rapidità di smanettone.»

Nicola preferì non farmi domande, ma di sicuro intuiva in che modo avrebbe potuto essermi utile.

«Adesso vuoi dirmi di queste benedette foto e dei messaggi?» chiesi, impaziente.

«Da foto e messaggi, ispetto', appare chiaro che Adelaide è una tipa molto... attiva con i ragazzi. Decisamente attiva.»

L'espressione di Lomonaco chiariva il concetto in maniera più che eloquente.

«Pensi che possa essere scappata con uno di loro?» chiesi, perplesso.

«Non saprei. Forse non insieme, ma a causa di uno di loro, o di qualcun altro, questo sì, lo ritengo altamente probabile. Ma è chiaro, è soltanto il mio punto di vista.»

Le parole di Nicola furono illuminanti.

«Un punto di vista, amico mio, che mi trova molto d'accordo.»

Era molto probabile che avesse centrato il problema più di quanto egli stesso riuscisse a immaginare.

37

Campagna di Monopoli
11 settembre 2017, ore 22:13

Quando Adelaide udì di nuovo quei passi capì che forse era giunta la sua ora. Quel pensiero assillante, in realtà, l'aveva sfibrata per giorni, esplodendo ogni volta che era tornata a sentire i rumori del suo carceriere che si avvicinava. Solo che questa volta l'istinto le suggeriva che tutto sarebbe stato diverso. E che la sua sorte fosse irrimediabilmente segnata.

Il ragazzo aitante e molto dotato che Adelaide aveva conosciuto quasi per caso, settimane prima, a una festa in spiaggia dalle parti di Capitolo, sul lungo litorale sabbioso monopolitano, si era lentamente rivelato assai diverso da quello che l'aveva prima ammaliata e poi, nel giro di pochi giorni, conquistata anima e corpo.

Adesso quello stesso, affascinante e bellissimo ventisettenne avrebbe potuto fare di lei ciò che più gli fosse aggradato, senza che nessuno potesse impedirglielo.

Il calpestio delle sterpaglie secche che circondavano il rudere sperduto nelle campagne di Monopoli, dove Adelaide giaceva prigioniera, imbavagliata e legata a una sedia robusta ma un po' malmessa, si faceva sempre più forte. Man mano che i passi si avvicinavano i battiti del suo cuore terrorizzato acceleravano, attimo dopo attimo, trasmettendole l'insopportabile sensazione che il petto fosse sul punto di esploderle.

Gli sguardi di Adelaide erano ormai da ore bagnati di lacrime.

Nessun pensiero era ancora riuscito ad aiutarla ad arrestare quel flusso ininterrotto di dolore e di angoscia che non smetteva di sgorgarle dagli occhi. I suoi occhi verdi che adesso erano sgranati all'inverosimile, mentre puntavano con orrore l'ingresso delle quattro mura semidiroccate, all'interno delle quali continuava da giorni a restare seduta e immobilizzata.

Non le era concesso muoversi, se non al momento di espletare i propri bisogni in un angolo di quella prigione lurida e traboccante di sporcizia varia, che il suo carceriere le aveva imposto di usare come «bagno». Bisogni che, s'intende, in sua assenza era costretta a fare restando seduta e legata.

In quella sorta di cella improvvisata, Adelaide era stata obbligata, suo malgrado, a convivere con topi e voluminosi insetti di ogni tipo. A cominciare dai grossi scarafaggi che scorrazzavano un po' ovunque intorno alla sua sedia, alla perenne ricerca di cibo.

Sino a quella sera Adelaide era riuscita a sopravvivere consumando un solo, misero pasto al giorno, e bevendo l'acqua che a malapena l'aveva idratata per il minimo sufficiente a non farle perdere i sensi.

E soprattutto, la lucidità.

Ma dopo tanti giorni in quelle condizioni a dir poco precarie le forze iniziavano ad abbandonarla.

Tanto quanto cominciava a vacillare la sua tenuta emotiva e la capacità fisica e mentale di reggere una tale, aberrante pressione psicologica.

D'improvviso il suo carceriere comparve sulla soglia. Sul volto del giovane diavolo, il solito ghigno mefistofelico in grado di scavare in Adelaide un buco nero di terrore.

Se anche non fosse stata imbavagliata nessuno avrebbe mai potuto udire le sue disperate richieste d'aiuto, lanciate da quel luogo lontano anni luce dal mondo civilizzato.

Un'oasi di disperazione dalla quale, molto probabilmente, non si sarebbe mai più allontanata.

38

Bari
12 settembre 2017, ore 08:11

Lomonaco conveniva con me che difficilmente l'ex contrabbandiere avrebbe potuto essere l'assassino di Ada. Avere però escluso, per il momento, De Santis dal ruolo di indiziato principale non bastava. Aspettare gli esiti delle indagini sullo zippo sarebbe stata la mossa migliore in attesa di prendere qualunque decisione. Che mi piacesse o meno, non c'erano purtroppo altri elementi in grado di guidarmi verso una direzione precisa.

Dall'esame del cellulare di Ada, un vecchio telefonino Nokia degli anni Duemila, che lei utilizzava soltanto per chiamare e per ricevere messaggi (molto pochi a dire il vero), non era emerso alcun elemento di rilievo in grado di suggerire particolari piste investigative. Non volendo lasciare nulla d'intentato, e nella speranza che qualcosa alla fine potesse comunque emergere, avevo in ogni caso ordinato ai miei di ottenere i tabulati telefonici delle utenze di Ada, mobile e fissa. Una richiesta che, nella migliore delle ipotesi, avrebbe comportato qualche giorno di attesa, visto che doveva essere autorizzata dal magistrato titolare del caso.

Il fatto che la mia ex non avesse profili social, né tantomeno fosse una di quelle persone sempre intente a smanettare sul loro cellulare, non avrebbe ahimè favorito le indagini, rendendomi più difficoltoso esaminare più a fondo la sua vita privata. O meglio, quella porzione di essa che Giada forse neppure conosceva, e dove era molto ragionevole ritenere che si annidasse l'identità del suo assassino. Continuavo a pensare che con estrema probabilità questo facesse parte, più o meno direttamente, della cerchia di conoscenze o di amicizie magari anche soltanto saltuarie di Ada, ma purtroppo allo stato attuale delle cose non disponevo di elementi sufficienti per concentrarmi su quell'unica pista investigativa.

Le mie erano soltanto prove indiziarie.

Per quanto riguardava invece la scomparsa di Adelaide c'erano dei colleghi che si stavano occupando del caso a tempo pieno, e se loro per primi non avevano compiuto progressi nelle ricerche significava che i tempi per il ritrovamento della diciassettenne erano lunghi.

Il fatto poi che Adelaide fosse la nipote della Roveri non spostava granché il baricentro della questione.

Non avevo voluto incontrare la Carmini subito dopo il suo faccia a faccia con Lomonaco: lasciandola per qualche altro giorno senza notizie, quando fossi andato a trovarla sarebbe stata più propensa a fornirmi risposte sincere e convincenti.

Avevo bisogno di tempo per capirne di più su Adelaide e sui suoi rapporti con la madre, e tra quest'ultima e sua sorella, Elena Roveri, commissaria e mio capo.

Se Alessandra Carmini aveva qualcosa, o più di qualcosa da nascondere, era giunto il momento di appurarlo in via definitiva. Solo dopo avrei provveduto a informare la commissaria di ciò che stava accadendo a sua sorella e a sua nipote.

39

Bari
12 settembre 2017, ore 08:37

«Allora, Lomo', dato che con la Carmini ci hai già parlato, fammi segno se dovesse dare a me una versione diversa.»

«Ispetto', dubito che possa essere così ingenua, ma comunque non si preoccupi. Sarò molto attento.»

«Bravo. Così quando ce ne andiamo ti offro un cappuccino.»

«Grazie, ispetto'.»

«Che ovviamente pagherai tu.»

«Ah... E sì, ovviamente.»

«Che c'è, non sei d'accordo?»

«Io?! Nooo... ci mancherebbe!»

«Meglio così. Mi piaci quando sei collaborativo.»

«E vabbe', ispetto', tanto non è che...»

«Non è *c' cos'*, Lomo'?»

«Nooo... nel senso che era...»

Gli fu sufficiente un mio sguardo per astenersi dal continuare.

«Eh, bravo, stai zitto. Mo' suona il campanello, per piacere» gli dissi, facendogli un sorrisetto.

Quando Alessandra Carmini spalancò la porta d'ingresso, Lomonaco aveva appena finito di scuotere il capo, divertito.

«Salve... ispettore» disse la donna, sorpresa. Lanciò uno

sguardo a Lomonaco, come se si aspettasse da lui un chiarimento in merito a quella visita tanto inaspettata.

«Buongiorno a lei. Possiamo entrare?» risposi, senza attendere in realtà alcun via libera da parte sua. Con elegante prepotenza oltrepassai la soglia d'ingresso, seguito a ruota da Lomonaco che, in occasioni simili, diveniva la mia seconda ombra.

«Prego... entrate. Vi faccio strada. Andiamo in soggiorno, lì staremo più comodi» suggerì la Carmini, ancora un po' disorientata.

Averci visto piombare nella sua abitazione di primo mattino non poteva, in effetti, averla lasciata indifferente.

Ci accomodammo sul divano al centro del soggiorno, mentre la Carmini optò per una sedia accanto al grande tavolo, dal ripiano circolare in cristallo, che gli stava di fianco.

Da quella posizione avrebbe avuto sott'occhio sia noi due sia chiunque si fosse affacciato sulla soglia della stanza.

Da un certo punto di vista la circostanza mi diede da pensare.

Forse la mia diffidenza era soltanto il frutto di un'inevitabile quanto ormai inarginabile deformazione professionale.

O forse no.

Di sicuro, lo avrei appurato presto.

40

Campagna di Monopoli
11 settembre 2017, ore 22:17

Nell'istante in cui Adelaide vide il suo aguzzino oltrepassare la soglia della lurida prigione nella quale era segregata da giorni, per un attimo si sentì venir meno.

Il cuore per l'ennesima volta accelerò in maniera incontrollata, lasciandole avvertire il concreto timore di un imminente collasso.

La paura aveva in pochi attimi superato talmente tanto il livello di guardia, e di sopportazione, che la vescica di Adelaide cedette.

Il rivolo di pipì di colore rosso, causato dalla sua idratazione giunta ai limiti del sostenibile, iniziò a fuoriuscire lentamente dall'interno cosce, per poi colare giù attraverso le maglie disallineate della sedia.

Il bruciore causatole dalla minzione era soltanto un trascurabile dettaglio dell'angosciante quadro, dai risvolti ancora inimmaginabili, nel quale Adelaide era stata scaraventata senza la possibilità di opporsi in alcun modo.

«Ehi, piccola, tesoro, perché mi guardi con quegli occhi da cerbiatta smarrita?» le disse lui, sorridendole.

Nel suo sguardo la giovane donna non faceva alcuna fatica a scorgere il Male.

Quello vero, abominevole, in grado di ghiacciare il sangue.

La cattiveria tipica di chi gode nell'infliggere dolore agli altri.

Il Male che riusciva a toglierle il respiro.

«Mmm... mmm... MMM!!!» si sforzò di gridare Adelaide, cosciente che il suo tentativo fosse più che patetico.

Oltre che inutile.

Mentre i suoi occhi grondavano disperazione, il giovane le girava intorno come un avvoltoio in volo radente sulla preda agonizzante.

«Io... io non volevo che le cose finissero così...» disse il ragazzo, arrestandosi d'improvviso e iniziando ad armeggiare alle spalle della diciassettenne.

Si girò per alcuni attimi nella direzione della ragazza, constatando come Adelaide non governasse ormai più nulla del suo corpo.

Tremava come una foglia secca in balia del vento, scossa da spasmi involontari che soltanto il terrore di ciò che l'attendeva riusciva a giustificare. Tra i singhiozzi e le lacrime divenute incontrollabili Adelaide non riusciva quasi più a respirare.

In preda all'angoscia si sforzava di deglutire saliva, ma da tempo le sue mucose orali avevano smesso di produrne. Se ne rese conto avvertendo il sapore del sangue che fuoriusciva dai profondi spacchi alle labbra.

«Se non avessi cercato d'incastrarmi forse... e dico forse, adesso non staremmo qui. Magari staresti facendo sfogare il mio uccello che ti piaceva tanto, come hai sempre saputo fare da grandissima professionista. Da vera, lurida puttana quale sei. Te lo ricordi, no?»

Nell'orrore di quegli istanti, Adelaide riusciva a mantenere solo la consapevolezza di stare pagando il suo errore più grande. Adesso la sua natura di donna incurante dei giudizi e dei pregiudizi di chiunque avesse avuto a che fare con lei non poteva aiutarla in alcun modo.

Come non poteva farlo sua madre.

Già... sua madre.

Ciò che ora Adelaide stava subendo era anche colpa sua. Se lei avesse capito per tempo che cosa stava accadendo nella sua vita, avrebbe reagito in maniera diversa quando la figlia aveva cercato di spiegarle la verità su quanto avvenuto circa due mesi prima.

Se sua madre fosse stata in grado di ascoltarla davvero, senza pregiudizi, forse Adelaide non sarebbe stata costretta a precipitare in quell'incubo a occhi aperti.

Perché non avrebbe cercato come via d'uscita una strada peggiore di quella che si era lasciata alle spalle.

Chissà adesso che cosa stava pensando sua madre, che sentimenti le suscitava la sua assenza.

Ma soprattutto, che cosa avrebbe detto e pensato una volta che il corpo esanime di sua figlia fosse stato ritrovato.

Sempre ammesso che gli animali randagi delle campagne circostanti non avessero fatto scempio delle sue membra, prima che qualcuno si accorgesse del cadavere di una giovane donna abbandonato tra quelle mura luride e fatiscenti.

Adelaide cercò di recuperare le poche forze che ancora le restavano in corpo. La sua vita era prossima alla fine, se lo sentiva, ma adesso non voleva andarsene da vigliacca.

Un impeto di orgoglio e di forza che neppure lei comprendeva come si fosse potuto originare la scosse dentro.

Nel profondo del suo animo lei era assai più forte dell'essere ignobile e spregevole che da giorni la tormentava. L'unica cosa che Adelaide adesso sperava era che il suo passaggio dall'altra parte si rivelasse il più rapido e indolore possibile.

41

Bari
12 settembre 2017, ore 08:52

«Ditemi che siete qui per darmi aggiornamenti su Adelaide» disse la Carmini, con tono emozionato, guardando in rapida sequenza prima me e poi Lomonaco.

«Purtroppo non ancora» le risposi, diretto.

Avevo evitato inutili giri di parole, convinto che la donna avrebbe così abbassato in fretta le sue difese.

«La verità è che abbiamo bisogno di farle alcune domande» aggiunsi, fissandola.

«Veramente...»

«Sì, signora Carmini. So che il mio collega è già stato qui, ma nel frattempo sono sorte ulteriori questioni che necessitano... i giusti approfondimenti» sentenziai, volutamente enigmatico.

Il mio tono, e soprattutto l'espressione del mio viso, chiarivano bene quanto sia io sia Lomonaco ci aspettassimo la sua piena collaborazione. Volevo che la Carmini si sentisse sotto pressione, visto che a una come lei doveva risultare non facile, e soprattutto inusuale, avvertire il fiato sul collo di due sbirri della Omicidi. A uno dei quali, per giunta, era stata lei stessa a rivolgersi per chiedere aiuto.

Sarebbe stata proprio la sua impreparazione a un interrogatorio come quello che mi apprestavo a farle a darmi, adesso, il giusto vantaggio.

Quello essenziale per scoprire tutto il necessario su di lei e sua figlia Adelaide.

«Va bene, ispettore. Chieda pure.»

Per quanto si sforzasse di apparire tranquilla, nei suoi occhi scorgevo il sordo timore che nel corso del nostro confronto le cose potessero prendere una piega inaspettata.

Mandando in frantumi il vaso di Pandora che ero sempre più certo lei nascondesse, e lasciando emergere d'improvviso verità inconfessabili.

E sino a quel momento inconfessate.

42

Bari
12 settembre 2017, ore 09:05

«Mi parli di Adelaide. Che tipa è sua figlia?» chiesi.

Il volto della Carmini si rabbuiò all'istante.

Forte di quanto avevo appreso da Lomonaco, non era stato così difficile toccare quello che immaginavo fosse un grosso nervo scoperto per l'amica di Ada. La sua istintiva reazione di chiusura me ne stava fornendo l'inconfutabile conferma.

«Mi perdoni, ispettore, non capisco che cosa possa c'entrare il carattere di mia figlia con il fatto che sia scomparsa» rispose lei, piccata. Aveva cercato di non lasciare affiorare il suo istintivo disappunto, ma lo sforzo si era rivelato inutile.

«Signora Carmini, comprendo le sue perplessità, ma le domande, se non le spiace, le faccio io. E io soltanto» replicai a tono, senza preoccuparmi né di ammorbidire i toni né di mitigare l'espressione del mio viso. Era opportuno che lei comprendesse subito, e bene, chi comandava. «È stata lei a chiedere il mio aiuto, se non ricordo male. Quindi adesso, la prego, risponda alle mie domande e non mi faccia perdere tempo» ci andai giù più duro.

Lomonaco le lanciò un'occhiata delle sue. Cercava di convincerla del fatto che quello fosse soltanto l'inizio, e che se non avesse collaborato con me le cose per lei avrebbero potuto mettersi molto male. Non sarei stato comprensivo quanto lo era stato lui giorni prima.

Sul volto della Carmini calò in pochi attimi un velo di pesante rassegnazione. Forse si stava pentendo di avere chiesto il mio intervento, ma adesso era tardi per tornare indietro.

«Sì, ispettore, ha ragione. Mi perdoni» ammise, sottovoce.

Per alcuni secondi non aggiunse altro.

«Vede... Adelaide è sempre stata una ragazza... come dire... assai più matura della sua età. Sin da quando aveva dieci anni, o poco più.»

La donna appariva in palese difficoltà, e questo contribuiva a rafforzare le mie crescenti perplessità sull'inquietante vicenda che la riguardava.

«Ha sempre mostrato un carattere esuberante ed estroverso. Sin troppo, soprattutto con i ragazzi. E non solo. Il che negli anni... lo ammetto... ha comportato più di un problema.»

«Problemi di che tipo?»

Scambiai un'occhiata al volo con Lomonaco.

Avevo capito benissimo a che cosa si stesse riferendo la Carmini, ma volevo che fosse lei a confessarmelo.

«Ecco... Adelaide in più di una circostanza è stata... fraintesa. I suoi atteggiamenti, nel tempo, hanno finito per autorizzare più di un ragazzo... o di un uomo, a sentirsi libero di definirla...»

«Come?»

La Carmini avvampò.

«Come una poco di buono» ammise, con la voce che le si spegneva in gola.

Abbassò lo sguardo sul pavimento, mortificata.

Sul volto, il peso di un'umiliazione alla quale non era riuscita a sottrarsi.

«Vada avanti» le suggerii, evitando per il momento di approfondire oltre le sue dichiarazioni.

Dovevo farla respirare prima di tornare a pressarla nella direzione che più mi interessava. Più la osservavo e più non riuscivo a comprendere come la sua scelta di omettere una serie di informazioni su sua figlia a coloro che avrebbero dovuto aiutarla potesse combinarsi con la volontà di rivolgersi a un poliziotto della squadra Omicidi, ben sapendo quello che ciò comportava.

Ma non era soltanto quello a lasciarmi perplesso: perché Ada aveva insistito nel volerle dare il mio numero?

Forse non era al corrente di questi aspetti tanto personali della vita di Adelaide? O forse era proprio perché li conosceva bene che aveva reputato fossi l'unica persona fidata, di sua conoscenza, in grado di ritrovarla prima che magari fosse troppo tardi?

E nel caso, troppo tardi per cosa?

O... per colpa di chi?

Ada aveva visto, sentito, o anche soltanto intuito qualcosa che riteneva avrebbe dovuto riguardarmi?

Man mano che le ore passavano le domande si moltiplicavano nella mia mente a un ritmo vorticoso, a fronte di risposte che, ahimè, non fioccavano con la stessa rapidità.

43

Campagna di Monopoli
11 settembre 2017, ore 22:26

Il giovane le si avvicinò con la sinuosità di un cobra.

Tra le dita della mano sinistra stringeva una siringa contenente un liquido incolore. Adelaide strabuzzò di nuovo gli occhi iniziando a scuotere il capo, in preda a spasmi incontrollabili.

Sapeva che l'istante della fine era ormai lì, a soli pochi centimetri da lei, racchiuso tra le dita del suo aguzzino.

«MMMHHH... MMMHHH... MMMHHH!!!» cercò di urlare con tutte le forze che le restavano in corpo.

Il giovane le sorrideva, perfido, lasciando che il suo viso assumesse l'aspetto di un orrendo ghigno dal sapore sadico.

«Stai tranquilla, tesoro mio. Questa non ti farà male. Anzi, vedrai... ti piacerà eccome. Non sai quanto ti piacerà...» continuò a sorriderle, sempre più inquietante. «Ma soprattutto, non immagini neppure quanto piacerà a me!»

Il giovane esplose in una risata agghiacciante e incontrollata.

Non aveva neppure cominciato con ciò che aveva in mente di infliggerle, che già il suo membro eretto godeva del piacere che di lì a poco le avrebbe riservato.

Le accarezzò lentamente i capelli, scese con il dorso della mano lungo le sue gote livide e bagnate, dopodiché infilò le dita della mano destra tra i seni sodi e prosperosi della ragazza.

Il suo corpo restava attraente tanto quanto lo era sempre stato prima della sua terribile prigionia.

Il tocco umidiccio di quel lurido verme le provocava il voltastomaco, più di tutto quello che aveva già subito, ma adesso... adesso era giunto il momento di arrendersi agli eventi. Era inutile lottare, disperarsi, cercare invano di urlare, di chiedere aiuto.

Nessuno avrebbe mai potuto sentire le sue angoscianti grida di dolore. Tanto valeva lasciare che il suo aguzzino andasse sino in fondo. Che facesse ciò che aveva in mente. Da quel momento in poi non sarebbe più cambiato nulla per lei.

C'era soltanto un'ultima cosa che Adelaide poteva fare: scindere la mente dal corpo.

Lui avrebbe posseduto e annientato quest'ultimo, con il disgusto della sua finta mascolinità, ma non certo la sua anima.

No... quella né lui né nessun altro avrebbe più potuto possederla.

Nessun uomo da quel momento in avanti si sarebbe impadronito della sua vita.

Adelaide non si accorse neppure della puntura dietro il collo che il suo carnefice le praticò pochi istanti dopo averla annusata come un cane e baciata, lasciando che la lingua le bagnasse la pelle sulla quale strisciava. In pochi istanti la ragazza si arrese, evitando di opporsi al destino. Mentre il suo carceriere la slegava lentamente, intenzionato innanzitutto a ripulirla dei suoi escrementi non trattenuti, Adelaide rimase in uno stato di semincoscienza.

Avvertiva appena il tocco schifoso delle mani sudate dell'uomo, come riusciva ad avvertire solo in parte, e distorta, la sua voce che le sussurrava inutili parole di pura depravazione.

Quando, pochi istanti dopo, lui la penetrò con forza, impietoso, godendo di quell'atto inumano, la ragazza era ormai in balia di uno stordimento che l'avrebbe anestetizzata sino al nuovo risveglio.

Sempre e ancora nel lurido e fatiscente nascondiglio da film dell'orrore nel quale l'aveva relegata.

Un incubo che Adelaide viveva ormai da giorni, con la sola speranza di farla finita.

Per sempre.

44

Bari
12 settembre 2017, ore 09:31

Un istante prima che la Carmini rispondesse alla mia domanda, il suo sguardo si spostò rapido verso la porta del soggiorno.

I suoi occhi si sgranarono per un attimo, come se avessero appena visto un fantasma.

Subito dopo un uomo fece il suo ingresso nella stanza, accompagnato da un evidente imbarazzo sia suo sia della donna.

«Buongiorno, signori» disse il nuovo arrivato, avvicinandosi per stringere la mano prima a me e poi a Lomonaco.

Il suo gesto di cortesia ci consentì di restare seduti sul divano.

«Buongiorno a lei, signor...?» replicai, fissandolo.

«Tommaso Nitti. Sono il compagno di Alessandra» sorrise lui.

Guardai Nicola e poi l'amica di Ada.

Non mi ero sbagliato, poco prima, quando avevo notato che si era seduta in una posizione strategica.

«I signori sono della squadra Omicidi: l'ispettore Pantaleo e...»

«L'assistente capo Lomonaco» l'anticipò lui, certo che la donna non avrebbe mai ricordato il suo grado.

«Squadra Omicidi? Non ditemi che siete qui per...»

Nitti, preoccupato, spostò lo sguardo sulla Carmini.

«No, stia tranquillo. Per il momento la ragione non è quella che immagina» lo rassicurò Lomonaco.

«Prego, si sieda. Dato che adesso è qui vorrà dire che faremo anche a lei qualche domanda» gli dissi, fissandolo.

Intendevo vedere la sua reazione.

L'espressione a caldo di Nitti, che sapeva di non potersi sottrarre all'interrogatorio, mostrava tutta la sua impreparazione del momento. Il che da un lato non mi stupiva, dall'altro mi suggeriva di approfondire la sua posizione più di quello che avevo inizialmente ipotizzato.

«Ci dica anche lei che cosa pensa di Adelaide.»

Gli occhi dell'uomo si riempirono di un imbarazzo che non gli fu possibile dissimulare. Soprattutto notando la concomitante espressione della Carmini che gli sedeva di fronte.

Anche lei non era affatto a suo agio, e io adesso intendevo scoprirne la ragione.

«Mi perdoni, ispettore. Credo di non avere capito bene la domanda» cercò di giustificarsi Nitti, tornando a guardare la compagna. La donna si trovava tra l'incudine della nostra presenza e il martello dell'impossibilità di comunicare con il suo uomo come avrebbe desiderato.

«Eppure non è difficile come domanda, signor Nitti.»

«No, certo, è solo che...»

«Da quanto tempo vive qui?» lo anticipai, dandogli un vago assaggio del pressing verbale che in breve lo avrebbe investito.

«Non saprei...»

«Circa cinque anni, ispettore» intervenne la Carmini, più fredda.

Tanta premura mi suggeriva ancora di più di approfondire il perché di quella malcelata ansia di correre in aiuto del compagno.

«Lasci che sia il signor Nitti a rispondere. Non si preoccupi, signora Carmini. Io e il mio collega stamattina possiamo dedicarvi tutto il tempo che occorre. Non c'è alcuna fretta» sottolineai, sorridendo a entrambi, sornione.

L'espressione di Lomonaco pose una pietra tombale sulla speranza della coppia di poterci vedere andar via in tempi brevi.

45

Bari
12 settembre 2017, ore 09:42

«Dopo cinque anni immagino che lei si sia fatto un'idea di Adelaide. Anche se non è sua figlia, giusto?»

«Sì... certo, senza dubbio» ammise Nitti, ancora un po' a disagio.

«Bene, e allora?»

La Carmini continuava a fissare il compagno con un'intensità che non poteva essere dettata soltanto dalle circostanze.

«Posso dirle che Adelaide era... cioè è, una ragazza molto allegra, sveglia e parecchio... estroversa.»

La correzione del tempo verbale non era sfuggita a nessuno dei presenti.

A cominciare dalla madre della ragazza.

Poteva voler dire qualcosa di molto importante, o poteva essere una semplice svista dovuta alla situazione. Anche quello, insieme a tutto quanto il resto, avrebbe ricevuto una spiegazione.

«Non mi sembra granché convinto» lo incalzai, approfittando delle sue incertezze.

«Forse l'aggettivo estroversa non era il termine che intendeva utilizzare?» s'intromise Lomonaco, con tempismo perfetto, reggendomi il gioco.

Nitti si convinse che non sarebbe potuto fuggire verbalmente da nessuna parte. Più parlava e più il cerchio delle verità che io e Nicola cercavamo si stringeva intorno a lui.

E alla sua compagna.

«Vede, ispettore, oggi con i social è tutto amplificato. I ragazzi, maschi e femmine intendo, sempre più spesso tendono ad agire sopra le righe, senza rendersi conto delle conseguenze dei loro comportamenti.»

Nitti s'interruppe.

Sembrava che per lui quella breve spiegazione fosse esaustiva.

«Sia più chiaro.»

L'uomo sospirò.

«Adelaide, come molte sue coetanee, con il passare del tempo ha iniziato ad assumere atteggiamenti... più maturi, diciamo, di quelli che la sua età dovrebbe giustificare, mostrando una leggerezza... a volte esagerata. Non soltanto davanti allo schermo del pc o del suo smartphone, ma anche di persona. Magari senza una reale malizia o intento provocatorio...»

Guardai Lomonaco, anticipandogli con lo sguardo l'affondo verbale con cui ero intenzionato a mettere alle strette sia Nitti sia la Carmini. Più li osservavo e più mi rendevo conto che entrambi nascondevano qualcosa. Avevo però la sensazione che oltre a sottacere una verità comune, ognuno avesse un proprio segreto da celare, del quale l'altro non era a conoscenza.

«E lei come fa a sapere di questi atteggiamenti più spregiudicati di Adelaide davanti al pc e al suo smartphone?»

Notai il volto della Carmini che impallidiva in fretta.

Lomonaco, sempre molto attento in situazioni simili, passava lo sguardo dall'uno all'altra senza distrarsi un attimo.

«No... ecco... io... io non ho mai spiato Adelaide, ci mancherebbe. Lo dicevo in linea generale.»

«Le sue affermazioni mi sembravano molto precise e circostanziate, troppo per derubricarle ora a frasi di circostanza, non crede?»

La mia pressione sull'uomo aumentava di pari passo con le sue incertezze.

Nitti guardò la compagna, smarrito. Non sapeva se attendersi il suo aiuto, o se cercare di tirarsi fuori da solo dalla strada senza uscita lungo la quale si era incamminato.

«Credo che Tommaso volesse dire che Adelaide agiva spesso sopra le righe, come le dicevo prima. Quindi non era difficile ritenere che potesse farlo anche davanti al suo smartphone e allo schermo del suo computer, quando era da sola» intervenne la Carmini, gettando comunque un'occhiata di rimprovero verso il compagno.

«Sì... è così. Era quello che intendevo» si affrettò a confermare lui.

«E ditemi, i rapporti di Adelaide con ognuno di voi, alla luce di quello che ci avete appena riferito, com'erano?»

Ora che avevo fiutato l'esistenza di una pista molto promettente, forse proprio quella giusta, sarebbe stato impossibile per la coppia distrarmi con altri commenti. Iniziavo a temere che Adelaide non avesse avuto affatto un semplice colpo di testa, o avesse ceduto a un gesto che spesso tanti adolescenti compiono per attirare l'attenzione dei propri genitori, o di chi più gli interessa.

C'era dell'altro, qualcosa di ben più inquietante dietro la sua scomparsa.

Più i minuti passavano e più me ne convincevo.

Guardando Lomonaco capii come anche lui avesse in fretta fiutato puzza di bruciato.

46

Campagna di Monopoli
11 settembre 2017, ore 22:49

Adelaide avvertiva ancora su di sé il peso dell'essere schifoso che continuava, instancabile, ad abusare di lei.

Si sentiva talmente stordita, confusa e incapace di reagire che non era pensabile ipotizzare di opporsi a lui in qualche modo.

Doveva attendere che il godimento del lurido verme, che ansimava sempre di più, giungesse a conclusione per ritrovare un barlume di tranquillità.

La coraggiosa diciassettenne aveva imposto alla sua mente di abbandonare il controllo del corpo, consapevole che non sarebbe servito a nulla avere coscienza di ciò che stava subendo.

Un tale sforzo avrebbe soltanto amplificato la sua sofferenza, e il senso di disgusto che provava verso se stessa e verso ciò che la circondava. La cosa migliore da fare, adesso, per allontanarsi e per schermare il più possibile la sua anima dall'orrore a cui i suoi sensi stavano soggiacendo, restava tornare a quando tutto era cominciato. Per capire come e perché fosse accaduto.

Adelaide chiuse definitivamente gli occhi, ritrovandosi d'improvviso nella sua stanza, in quella sera di dieci settimane prima.

Sua madre era uscita per andare a mangiare una pizza in compagnia di Ada, una delle sue migliori amiche, mentre lei aveva deciso all'ultimo di non partecipare a una festa di alcuni compagni d'istituto. Alcune sue amiche l'avevano avvisata che sarebbe stata parecchio noiosa, e senza l'essenziale presenza di ragazzi aitanti e interessanti da conoscere.

Adelaide aveva così cenato insieme a Tommaso, guardando la tv e divorando tramezzini al tonno e maionese, e fette di pan brioche ai quattro salumi che il patrigno aveva preparato per entrambi.

Il tutto accompagnato da dell'ottima birra artigianale che Nitti si era procurato in un'enoteca del quartiere, rientrando a casa nel pomeriggio. Sapeva che sarebbe stata molto gradita dalle due donne della sua famiglia.

Dopo averne ingollato un primo boccale Adelaide aveva subito avvertito la testa girarle.

«Però, fortina questa birra!» aveva esclamato, guardando con una certa soddisfazione la faccia assai compiaciuta di Tommaso.

Lui la osservava, la scrutava con prudenza, senza lasciare trasparire nulla. I suoi occhi quella sera erano strani. Animati da una luce che Adelaide non aveva mai scorto prima. E che, soprattutto, non gli avrebbe più rivisto da quel momento in avanti.

«Sì, è vero, ma è ottima anche per quello» le aveva fatto l'occhiolino lui, porgendole un secondo boccale. «Forza, non dirmi che ti fermi alla prima!» l'aveva provocata, ben sapendo che avrebbe accettato la sfida.

Il calore provocatole dall'alcol, e forse non soltanto da quello, la stava facendo sudare. Non ci aveva pensato due volte a togliersi la felpa di cotone e restare in canottiera. Una maglia succinta, attraverso la quale s'intravedevano bene i suoi seni grandi e sodi, in grado di sfidare la gravità grazie alla loro giovanissima età.

Avendo deciso di restare in casa per la serata, Adelaide si era liberata del reggiseno prima di sedersi a tavola. Era molto più a suo agio con addosso soltanto la felpa leggera e la canottiera con cui sarebbe poi andata a dormire.

Tommaso l'accarezzava di sbieco con lo sguardo, come a volerla spogliare lentamente mentre fingeva di guardare la tv.

Quando anche il secondo boccale fu vuotato, Adelaide iniziò a sentirsi non soltanto accaldata, ma anche strana.

Per non dire eccitata.

E non poco.

Nel suo interno cosce si era d'improvviso creato un ristagno di piacere, in grado di bagnare anche la sedia sulla quale restava seduta a gambe via via più divaricate.

Adelaide non riusciva a spiegarsi la ragione di quel calore e di quell'eccitazione improvvisi, sempre più ingovernabili. Nulla del genere le era mai accaduto prima, eppure doveva prenderne atto.

Senza dubbio la colpa era della birra.

Non riuscendo a opporsi a quella dirompente eccitazione, aveva iniziato, quasi senza accorgersene, a provocare Tommaso. Prima con il semplice sguardo, poi scostando lateralmente la canottiera, mentre accennava a grattarsi maliziosamente sotto i seni, così che venissero divorati dallo sguardo ingordo del patrigno.

«Ehi... piccola, ma che stai facendo?» le aveva sussurrato lui, con voce melliflua, mentre il suo sguardo sembrava sapere benissimo come si sarebbe di lì a poco evoluta la situazione.

«Ho caldo, Tommy. Ho davvero tanto caldo... woowww...» aveva replicato Adelaide, sorridendogli nello spostare le sue gambe aperte da sotto al tavolo, in modo che l'uomo potesse notare con chiarezza quello che stava accadendo anche sotto il suo ventre. Lì dove non smetteva di massaggiarsi con la mano sinistra.

«E come mai? Non è una serata così torrida.»

«Non lo so... dev'essere stata la birra. O forse... anche te» aveva puntualizzato Adelaide, iniziando a desiderare il contatto fisico con il compagno di sua madre.

Passandosi la lingua sulle labbra, con estrema sensualità, lanciò all'uomo il chiaro segnale di cosa avesse voglia di fargli in quel momento.

«Ehi, Ade... lo sai che sono tuo padre.»

«Tu non sei mio padre» gli aveva subito puntualizzato lei, gonfiando il petto e i seni. «Sei il mio patrigno, mio caro. Cioè un estraneo, che per me non è niente, e che mia madre si scopa da qualche anno.»

«Sei... insolita, stasera.»

«Dici? In effetti mi sento così strana e non capisco cosa mi stia succedendo» ammise lei, sempre più confusa.

Nitti avvertiva adesso lo stesso irrefrenabile calore di Adelaide.

Anche lui si sentiva in preda a un'eccitazione alla quale non aveva alcuna intenzione di opporsi.

Erano anni che desiderava quel momento.

E quella ragazzina.

La figlia troia della sua compagna che finalmente, dopo tanta attesa, sarebbe stata sua.

Come e quante volte lui avesse desiderato.

«E poi mia madre...» aveva aggiunto Adelaide, ringalluzzita dal perdurante silenzio del patrigno. «È stata lei, stasera, a preferire la sua amica a te, o sbaglio?»

L'uomo aveva incassato, senza rispondere, concentrato ormai su ben altro che sulle parole della diciassettenne.

«Sempre ammesso che quelle due siano sole... o che mia madre non abbia scaricato Ada e se lo stia facendo...»

«Smettila, Ade, stai dicendo fesserie!» trovò la lucidità di rimproverarla Nitti.

«Mia madre mi considera da sempre una poco di buono, ma in fondo è come me. Anzi, molto peggio di me. Visto che è da lei che ho imparato a comportarmi così con gli uomini. Proprio l'altro giorno mi ha detto che sono una grandissima puttanella. E lei, invece, con tutto quello che ha combinato in passato, secondo te che cos'è? Tu una come mia madre come la chiami?» ridacchiò Adelaide, non più presente a se stessa.

Girava il capo come se volesse stirarsi i muscoli del collo, ma erano altri i muscoli che le bruciavano.

Che la infuocavano di passione.

Il patrigno si sentì d'improvviso a disagio.

Non doveva permettere a quella verità del passato di rovinargli l'enorme goduria che gli offriva adesso il presente.

Adelaide, del resto, aveva ragione.

Se lei era una troietta, Alessandra lo era stata molto di più.

«Visto che per mia madre sono una puttanella, si meriterebbe che le dessi un vero motivo per chiamarmi così, non trovi? Anzi, un bel cazzo di motivo!» aveva esclamato la ragazza, scoppiando a ridere in maniera incontrollata.

Il patrigno, rimasto silenzioso, si era limitato ad alzarsi dalla sua sedia, a prendere per mano Adelaide e a condurla nella sua camera da letto, mentre lei barcollava e perdeva via via il controllo dei suoi movimenti. E della sua volontà.

Circa un'ora e mezza dopo, il tradimento di Tommaso Nitti ai danni della sua compagna, Alessandra Carmini, madre della diciassettenne con la quale aveva appena finito di avere ripetuti rapporti sessuali completi, tutti molto soddisfacenti sebbene soltanto per lui, era stato consumato. Lei era stata costretta a subirli, uno dopo l'altro, incapace di reagire.

Erano state gettate le basi per l'inizio della fine delle vite di tutti e tre.

Quando Adelaide riprese conoscenza, distesa per terra nella lurida prigione sperduta tra le campagne di Monopoli, alla nausea indottale dallo stupro subito si aggiunse in fretta l'insopportabile senso di colpa per avere taciuto a sua madre, per troppo tempo, un'umiliante verità.

Una realtà che Alessandra Carmini avrebbe dovuto conoscere assai prima che la sua unica figlia decidesse di andare via di casa, sparendo misteriosamente nel nulla.

47

Bari
12 settembre 2017, ore 10:13

«Tesi, ispettore. I rapporti con mia figlia, negli ultimi tempi, erano a dir poco tesi» sentenziò la Carmini. Un'ammissione che sembrava costarle parecchio mentre lanciava un'occhiata minacciosa al compagno.

Avvertivo sempre più netta la sensazione che anche tra loro due le cose non procedessero al meglio.

«Quindi potrebbero essere stati questi... chiamiamoli dissapori tra voi ad aver spinto Adelaide ad andare via di casa?» intervenne Lomonaco, con proverbiale tempismo.

«Sì... non lo posso certo escludere. Come ho detto anche al telefono all'ispettore, non è la prima volta che mia figlia va via di casa. Ma ha sempre fatto in modo di farci sapere dove fosse e con chi. E soprattutto, non ha mai lasciato qui il suo smartphone. Per una che non se ne separava praticamente mai, lo trovo... inquietante» disse la Carmini, con voce più morbida.

«E lei, che ne pensa?» chiesi a Nitti.

«Di che cosa, mi scusi?»

«Di quello che ha appena detto la signora. Del fatto che questa volta Adelaide pare abbia voluto fare sul serio. Come se lo spiega?»

L'uomo avvertì il lento aumentare della mia pressione verbale.

«Dico che Alessandra ha ragione. È a dir poco strano.»

Lo fissai, cominciando a creare intorno a Nitti l'atmosfera da interrogatorio che Lomonaco conosceva bene.

L'uomo strinse gli occhi, notando il mio repentino cambio di passo. Sapeva che adesso s'iniziava a fare sul serio.

«La signora prima ha detto che i rapporti tra voi e Adelaide sono stati molto tesi negli ultimi tempi.»

«Sì...»

Nitti s'irrigidì.

«Ma questa cosa non mi è tanto chiara.»

«Cosa, ispettore, non le è chiaro?» intervenne la Carmini, inserendosi con la rapidità di un falco in picchiata.

«Non l'ho chiesto a lei. Lasci parlare il suo compagno. Credo sia sufficientemente adulto per fornire da solo le risposte a delle semplici domande, non crede?»

La mia espressione iniziò a farsi minacciosa.

«Sì... certo, ispettore. Ci mancherebbe... è solo che...»

«Allora, perché Adelaide ha avuto rapporti difficili anche con lei?» la ignorai. «Con sua madre riesco a capirlo. Ma con lei per quale motivo la ragazza ha incontrato difficoltà a relazionarsi?»

A costo di risultare sgarbato avevo irrobustito il tono, concentrandomi su Nitti e disinteressandomi del tutto della Carmini.

«Ecco... sì, anch'io in effetti, da un bel po' di settimane, ho incontrato non pochi problemi nel sintonizzarmi sulla medesima lunghezza d'onda di Adelaide.»

Guardai d'istinto il mio braccio destro.

Stava pensando anche lui la stessa cosa.

«Lunghezza d'onda... Mmh. E mi dica, secondo lei qual è la lunghezza d'onda di Adelaide? Lei, prima delle ultime settimane, era... sintonizzato?»

Scambiai un'occhiata al volo con la Carmini. Adesso più che mai doveva restare in silenzio. Sapeva benissimo che avevo fiutato qualcosa d'importante, e immagino intuisse altrettanto bene che non avrei più mollato l'osso.

Per nessuna ragione.

«Che cosa... intende dire?» rispose Nitti, incerto.

Non sapeva se interpretare la mia domanda come una vera insinuazione, o se piuttosto come un affondo più diretto di altri.

La sua prudenza, in ogni caso, si stava trasformando in sordo timore.

«Quello che ha appena detto lei, signor Nitti. Ci spieghi che cosa, ben prima che Adelaide sparisse, le consentiva di "restare sintonizzato sulla stessa lunghezza d'onda" della figlia della sua compagna. Perché ha detto così, giusto?»

Il volto della Carmini si fece livido.

Il cerchio intorno al collo del suo compagno cominciava a togliere lentamente il fiato non soltanto a lui.

Ed era esattamente ciò che volevo.

48

Bari
12 settembre 2017, ore 10:34

«Forse perché... non essendo suo padre, quantomeno non il suo padre naturale, Adelaide mi ha sempre considerato sotto una diversa prospettiva.»

«Una diversa prospettiva...» ripetei, sospirando. «Che sarebbe?»

Nel frattempo il volto di Alessandra Carmini si faceva sempre più cupo.

«Credo che Adelaide mi reputasse più un suo alleato che il suo secondo genitore acquisito» rispose Nitti, un po' timoroso ma soddisfatto. Con aria incerta rivolse l'attenzione verso la compagna.

La donna non appariva granché rasserenata dalle sue parole.

«Capisco» annuii, restando poi in silenzio.

«Ma allora, se Adelaide la vedeva più come un amico che come un genitore, perché i suoi rapporti con lei, settimane fa, si sono d'improvviso fatti più tesi?» intervenne Lomonaco.

La Carmini chiuse gli occhi, d'istinto.

Intuiva che i nostri affondi fossero soltanto agli inizi, ma soprattutto cercava di capire come poterli arginare in tempo, prima che la situazione sfuggisse di mano.

A lei, ma ancor prima a Nitti.

«Ecco io... in effetti... me lo sono chiesto più volte in questi ultimi tempi» temporeggiò l'uomo, non poco titubante. «E se devo dirle la verità non ricordo un episodio, in particolare, che possa avere giustificato il cambio di atteggiamento di Adelaide nei miei confronti.»

Nitti non aggiunse altro. Sapeva che ogni parola in più che avesse pronunciato avrebbe potuto far pendere l'ago della bilancia dalla parte sbagliata.

Quella a lui sfavorevole.

«Eppure qualcosa dev'essere accaduto se Adelaide ha mostrato dell'astio nei vostri confronti. Magari aveva ragioni differenti» insistetti.

«In che senso?» intervenne la Carmini, pronta.

«Il suo modo di fare è stato evidentemente conflittuale verso entrambi, ma non è detto che la ragione fosse la stessa nei riguardi suoi e del signor Nitti» mi precedette Lomonaco, dopo aver raccolto il mio via libera con una fugace occhiata.

«Già. Adelaide potrebbe avere avuto più di un motivo per avercela con ognuno di voi» puntualizzai, fissando alla mia maniera prima l'una e poi l'altro.

I due si guardarono, indecisi sul da farsi.

«A meno che...» aggiunsi, ravvisando il perdurare del loro spaesamento.

«Cosa?» Nitti intervenne d'istinto, cedendo alla sua malcelata ansia.

«A meno che Adelaide ce l'avesse con entrambi perché non si sentiva compresa, ma nutrisse astio per ragioni diverse per l'uno e per l'altra» risposi, continuando a far saltellare lo sguardo tra i due.

«Mi scusi, ispettore, ma cosa c'entra tutto questo con la sparizione di mia figlia? Davvero non capisco!» tornò a ribadire la Carmini, decisa. Cercava in tutti i modi di sviare l'attenzione da ciò che avevo appena puntualizzato.

«Glielo ripeto, signora Carmini. E spero per l'ultima volta. Trovare una persona scomparsa non è mai una cosa semplice né tantomeno scontata. Soprattutto se poi, nel corso delle ricerche e delle indagini,» sottolineai «emerge l'ipotesi di un'eventuale responsabilità di chi ha denunciato la sparizione.»

Le mie parole furono peggio di proiettili.

Fulminanti e dolorose.

Molto dolorose.

49

Bari
12 settembre 2017, ore 10:53

«Ma... ispettore? Di quale responsabilità parla?» chiese la Carmini, basita. Lo sguardo allibito del compagno faceva il paio con il suo.

«Per il momento della reticenza da parte di entrambi» risposi, a muso duro.

«Ret... reticenza? Lei... lei sta... sta scherzando, vero?» balbettò Nitti.

«Direi proprio di no, mi creda» replicò Lomonaco, impassibile.

L'uomo appariva il più preoccupato.

Forse perché era lui tra i due ad avere qualcosa in più da nascondere. La compagna, al contrario, dava l'impressione di essere costretta a reggergli il gioco, nella consapevolezza che ciò che Nitti stava occultando dovesse restare avvolto nel buio delle loro reciproche consapevolezze almeno sino a quando non avessimo tolto il disturbo. Decisi che un rapido cambio di strategia mi avrebbe aiutato a rompere la loro complicità, consentendomi di ottenere ciò che soltanto il mandato di un giudice mi avrebbe altrimenti garantito. La giustizia aveva purtroppo i suoi tempi, e quelli autorizzativi per il sequestro di oggetti o materiali ritenuti importanti ai fini investigativi sarebbero stati troppo lunghi.

«La tempistica per il ritrovamento di Adelaide rischia di

dilatarsi troppo se non interveniamo subito per capire cosa possa esserle accaduto. E per farlo abbiamo bisogno della vostra massima collaborazione» chiarii, accigliato.

«Certo, ispettore. L'ho chiamata per questo» rispose la Carmini, scossa.

«Se vogliamo capire più in fretta dove Adelaide possa essersi nascosta ci servono altre informazioni su di lei.»

«Ma noi... noi stiamo cercando di fornirvene, ispettore. Io voglio soltanto rivedere mia figlia il prima possibile. Sana e salva» aggiunse la donna, di getto, lanciando un'occhiataccia al compagno. Il quale, per il momento, sembrava avere scelto la strada più prudente del silenzio. «Mi dica meglio come possiamo aiutarla» aggiunse la Carmini.

«Comprendiamo il valore affettivo che può avere per lei, ma vorremmo che ci consegnasse il cellulare di Adelaide. Le garantisco che non verrà in alcun modo danneggiato. Ha la mia parola.»

Di primo acchito la donna sembrò spiazzata dalla mia richiesta.

Un attimo dopo si convinse che un suo rifiuto avrebbe soltanto peggiorato le cose. Incrinando un rapporto che per il momento non era stato all'altezza delle mie aspettative.

«Sì... lo capisco. Va bene. Mi aspetti qui. Vado subito a prendergliel0» disse, uscendo dal soggiorno.

Lunghi istanti di una calma liquida, irreale.

«Io e Alessandra abbiamo sempre cercato di parlare con Adelaide per capire se avesse dei problemi, ma è chiaro che... per qualche motivo dobbiamo avere fallito» si sentì in dovere di chiarire Nitti, non reggendo il peso del silenzio esploso nella stanza dopo l'allontanamento della sua compagna.

«Quel cellulare potrebbe esserci molto utile per rintracciarla, o comunque per capire perché abbia scelto di andare via di casa, sparendo così all'improvviso» mi limitai a replicare.

«Ecco a lei» disse la Carmini, rientrando in fretta nel soggiorno.

Il suo viso tradiva un'espressione di crescente ansia.

Nel consegnarmi lo smartphone della figlia non mi sfuggirono i suoi occhi lucidi.

«Mi dica, come mai non ha voluto darlo al mio collega quando è venuto a trovarla l'altro giorno?»

La Carmini tentennò.

«Ha ragione, ispettore. Avrei dovuto farlo. È solo che mi sembrava di rinunciare a un pezzo di mia figlia e... in quel frangente non mi sono sentita di farlo. Tutto qui.»

«Adesso cos'è cambiato?»

La donna abbassò lo sguardo verso il pavimento.

Non voleva che si scorgesse sino in fondo la sua debolezza di madre.

«Il fatto che Adelaide sia ancora chissà dove, lontana da me. Ho capito che quel cellulare è di mia figlia, ma non è una parte di lei. Se quindi esaminarlo può aiutarvi a ritrovarla, e a farla tornare a casa il prima possibile, sono felice che voi facciate tutto ciò che reputerete necessario.»

La sua voce tremante faceva da contraltare allo sguardo deciso e fiero con il quale aveva preso a fissarmi.

Il volto dell'amica di Ada era segnato da un profondo dolore.

Forse per la prima volta vero, sincero.

Tutto lasciava intuire che Alessandra Carmini portasse dentro di sé il peso di un vissuto opprimente con il quale non aveva ancora fatto i conti. E che la scomparsa della sua unica figlia lo stesse rendendo ancora più angosciante.

50

Bari
12 settembre 2017, ore 11:22

Ottenuto lo smartphone di Adelaide avevamo tolto il disturbo, avvisando la Carmini e il suo compagno che ci saremmo rivisti. Il quando non lo avevo precisato, certo comunque che un secondo confronto sarebbe stato necessario.

Se non indispensabile.

C'erano ancora troppi «se» e molti «ma» da chiarire, con entrambi. Nell'immediato la priorità era rappresentata dalla sparizione di Adelaide, soprattutto alla luce dell'inquietante ipotesi che la sua fuga da casa avrebbe potuto celare.

Il comportamento alquanto omertoso tenuto dal suo patrigno, e di riflesso da sua madre, non lasciava ipotizzare nulla di buono.

«Dai, Nico', metti in moto. Ho bisogno di un cappuccino bollente con i fiocchi. Andiamo al Monocle.»

«Ispetto', non ci crederà, ma ci avevo pensato pure io» disse Lomonaco, compiaciuto.

«E certo, perché ormai io e te siamo meglio di Starsky e Hutch. Anzi, dato che ti piace tanto guidare come quei due, accendi le sirene e fammi vedere che sai fare.»

«Ispetto', dice sul serio?»

Lomonaco non credeva alle sue orecchie.

«Uagliò, e che per bugia?»

«No, è solo che... era...»

«Non lo dire e parti, per piacere.»

«Lei sa davvero come rendermi felice!»

Lo guardai, interdetto.

«Nico', ricordami che quando tutto questo sarà finito, io e te dobbiamo parlare. Molto seriamente.»

«E di che, ispetto'?»

«Poi te lo dico. Mo' datti 'na mossa che voglio il mio cappuccino bollente.»

Inutile dire che Nicola non aspettava altro che il mio via libera per mettere in campo tutta la sua indubbia capacità di guida veloce. Quella alla quale io, francamente, ricorrevo solo nei casi di assoluta emergenza. In meno di tre minuti fummo davanti al Monocle, il mio bar preferito dell'intero quartiere San Pasquale.

Lì, i miei tre giovani amici, Vitantonio il barista, la sua bellissima ragazza Noemi e Piero, titolare del locale e fratello della giovane cameriera, ci avrebbero aiutati con la loro calda accoglienza e con lo strepitoso cappuccino che servivano, proprio come piaceva a me, con un'abbondante spruzzata di cannella e dolcificato al latte di mandorla, a fare il punto della situazione sulla vicenda di Adelaide Carmini.

E di riflesso, impensabile a dirsi soltanto qualche ora prima, anche sull'omicidio di Ada.

51

Bari
12 settembre 2017, ore 11:37

«Signori, buongiorno, come state?» esordii, entrando per primo seguito da Lomonaco.

«Oooh, ispettore bello!» rispose per primo Vitantonio, sorridendo.

«Salve, ispettore, come sta?» chiese a ruota Noemi, avvicinandosi, mentre Piero si univa con affetto al suo saluto, restando alla cassa.

«Come al solito, mia cara: indaffarato.»

«Immagino» annuì lei, divertita.

Nel frattempo Vitantonio, che secondo me era un cyborg dalle sembianze umane vista la velocità con la quale operava nella preparazione di qualunque cosa, manteneva un orecchio rivolto al nostro tavolo in attesa di ricevere il mio via libera al suo strepitoso cappuccino.

«Per entrambi il solito?» domandò Noemi.

«Amica mia, e me lo chiedi?» le sorrisi, affabile.

«Ispettore, è sempre meglio verificare, giusto?» rispose lei, con una smorfia.

«Ottima risposta. Se decidi di fare domanda in polizia, in futuro, fammelo sapere così potrò caldeggiare la tua candidatura. Saresti una sbirra perfetta.»

Vitantonio e Piero se la risero, sornioni.

«Un cappuccino bollentissimo all'ispettore Pantaleo e un

espressino all'assistente capo Lomonaco in arrivo» disse ad alta voce Vitantonio.

«Allora, ispetto', che ne pensa?»

«Di questi tre ragazzi o della Carmini e di Nitti?» lo provocai.

«Di loro so già che pensa il meglio. Non credo di poter dire altrettanto degli altri due.»

Lomonaco si era già fatta la sua idea su entrambi, e ora attendeva di capire quanto coincidesse con la mia.

Mi feci serio.

«Credo che quell'uomo abbia combinato qualcosa per cui Adelaide è fuggita. Qualcosa per cui la compagna continua a coprirlo. Anche se non è neppure questa la cosa più grave.»

«E quale allora?»

Nel frattempo Noemi ci aveva servito a tempo di record le nostre ordinazioni.

«Se ci pensi, non sarebbe così assurdo ipotizzare che Ada possa avere scoperto quel "qualcosa" che Nitti ha cercato di coprire in tutti i modi, stamattina, appoggiato dalla Carmini, e che poi, vistosi scoperto...»

«Abbia deciso di uccidere Ada... che di sicuro lo conosceva. Come conosceva quasi certamente il suo assassino» mi precedette Lomonaco.

«Esattamente. Potrebbe essersi fatto aprire la porta con una scusa e poi...»

Rimasi in silenzio, sovrappensiero, a gustarmi il mio cappuccino fumante. L'odore di cannella macinata mi solleticava le narici, aiutandomi a pensare.

«Per quanto quel Nitti sia di base un fessacchiotto, è comunque bene non sottovalutarlo. Quelli come lui sanno essere Dottor Jeckyll e Mister Hyde. Ragione per cui nessuna ipotesi al momento, per quanto improbabile, va esclusa a priori.»

«Ma cosa ci può essere di così grave da indurre Adelaide a fuggire di casa, spingendo sua madre a coprire il compagno?» si chiese Lomonaco.

«Abbiamo assodato che Adelaide era una ragazza alla quale piaceva mettersi in mostra, giusto?» osservai, insinuante.

«Mi sta dicendo che Adelaide potrebbe avere provocato il patrigno?»

«Forse tra i due potrebbe non esserci stato soltanto un gioco di seduzione. Il che ha spinto la madre a prendersela con lei, salvo poi pentirsene, continuando però a coprire il compagno. Sia per salvare l'immagine di facciata di famigliola felice sia per non compromettere le indagini.»

«Cazzo, ispetto'... potrebbe avere ragione?»

«Lomo', per il momento è soltanto un'ipotesi. Dettata anzitutto dalla strana tempistica con la quale la Carmini mi ha chiamato, giorni fa. Non so se lei davvero non sapesse dell'omicidio di Ada, o se abbia soltanto finto, ma il breve lasso di tempo trascorso tra l'omicidio e la telefonata potrebbe non essere una semplice coincidenza. Purtroppo siamo comunque ancora nel campo delle mere supposizioni. Il che vuol dire... in alto mare.»

Non volevo indirizzare Lomonaco verso ipotesi investigative che il tempo avrebbe potuto smentire.

Ero certo che ci fosse dell'altro, tanto dietro la sparizione di Adelaide quanto alla base dell'omicidio di Ada, ma era troppo presto per imboccare una strada a scapito di tutte le altre possibili, altrettanto ragionevoli.

Ignoravo che ci avrebbe pensato il tempo a rimescolare le carte in tavola. Sottraendomi alcune consapevolezze ormai acquisite e fornendomene di nuove assai più convincenti.

52

Bari
12 settembre 2017, ore 12:07

«Come mai non ha detto alla Carmini che sappiamo della sua parentela con la commissaria Roveri?»

«A un certo punto ci ho pensato, ma poi mi sono detto che era una carta importante che avremmo potuto giocarci in seguito. Visto come stava andando il nostro confronto con quei due ho preferito non aggiungere altra carne al fuoco. Ci sarà occasione per farglielo presente. E soprattutto, per chiederle conto del perché abbia deciso di rivolgersi a me piuttosto che a sua sorella.»

In quel momento i cellulari di entrambi presero a squillare.

«Pronto?» risposi, mentre Nicola faceva lo stesso allontanandosi il necessario per non sovrapporre le nostre voci.

«Ispettore, buongiorno, sono Bellomo. Credo che debba raggiungerci nei pressi del terzo pontile di Pane e Pomodoro.»

Sospirai. Pensai d'istinto che potesse trattarsi di Adelaide.

«Chi è la vittima?»

Incrociando lo sguardo con Lomonaco mi resi conto che stavano informando anche lui di quanto accaduto.

«Si tratta di una giovane di ventitré anni, tale Sara Altieri. È stata uccisa con parecchi colpi di pietra, o di qualcosa del genere, alla testa.»

"Non si tratta della figlia della Carmini" pensai.

Il sangue di un'altra giovane vittima tornava a macchiare il litorale pietroso della spiaggia di Pane e Pomodoro.

"Sara Altieri" mi ripetei, assorto.

Quel nome mi sembrava di averlo già sentito.

«Chi l'ha trovata, e quando?»

«Un runner che tornava da Torre Quetta, seguendo il percorso pedonale attiguo al litorale. Ci ha chiamati circa venti minuti fa. Si è prima accorto del corpo della donna adagiato sulla battigia, priva di sensi. Poi si è avvicinato, pensando fosse stata colpita da un malore, ma in breve ha capito che non si trattava di un semplice incidente e ci ha subito contattati. Adesso è qui, in attesa di essere interrogato. I colleghi hanno avvertito pochi minuti fa sia il pubblico ministero sia il medico legale. Entrambi stanno arrivando.»

«Perfetto, trattenete il runner. Io e Lomonaco saremo lì tra dieci minuti.»

Una volta attaccato dissi, pagando in fretta il conto: «Signori, noi andiamo. Grazie per l'ospitalità e per il cappuccino sempre number one».

«Arrivederci, ispettore, alla prossima» disse Noemi.

«A proposito, se il ragazzo lì dietro il bancone dovesse fare il fessacchiotto con qualche cliente avvertimi, che a lui poi ci penso io» dissi a Noemi, facendole l'occhiolino.

Uscendo dal locale incrociai lo sguardo divertito di Vitantonio, che sollevava il pollice in segno di pieno accordo con il mio punto di vista.

Ma ora il tempo della distrazione era terminato.

L'efferata morte di un'altra giovane stroncata dall'ennesima ferocia omicida attendeva di ricevere giustizia.

53

Bari
12 settembre 2017
Negli stessi minuti, a casa Pantaleo...

Barbara aveva appena finito di far mangiare il piccolo Marco e ora si apprestava a scrivere qualche altro capitolo del nuovo thriller. Tutto sino a quel momento era andato per il meglio, ma adesso qualcosa le impediva di concentrarsi. Di procedere con la stesura delle altre pagine del suo giallo mozzafiato, che tutto lasciava presagire sarebbe stato accolto da pubblico e critica come l'ennesimo bestseller.

Il ricordo di quanto vissuto durante la notte era tornato ad assillarla, più vivido che mai. L'immagine di una persona seduta davanti a lei, immobile, avvolta da una fitta oscurità che soltanto una fioca luce alle sue spalle riusciva a rischiarare, a pochi metri di distanza da dove anche Barbara si trovava, era da giorni divenuta una presenza costante della realtà onirica alla quale la compagna dell'ispettore Pantaleo si abbandonava. Esattamente pochi minuti dopo avere abbracciato e baciato il suo amato Andrea.

Quando i suoi occhi si serravano sino all'indomani mattina, la scrittrice tornava a destarsi sempre nella stessa, gelida e buia stanza. Una realtà informe e ovattata, proveniente dal magico universo di Morfeo, dove il suo incubo riprendeva a tormentarla con la stessa insistenza con cui si affacciava nella sua mente da sveglia. Nonostante ogni volta Barbara tentasse di avvicinarsi all'inquietante presenza che le sedeva di fronte, e della quale non riusciva a decifrare alcun dettaglio, qualcosa d'invisibile e di non oltrepassabile le impediva di procedere. Non sapeva dire se si trattasse di un uomo o di una donna, che età avesse, di che colore fosse la sua pelle, o quali fossero i suoi tratti somatici. L'unico particolare che riusciva a percepire, alla distanza alla quale restava confinata, era uno strano odore.

Non si trattava di un vero e proprio profumo, bensì di una fragranza dolciastra, a base di liquirizia e bergamotto, che era certa di avere già annusato in precedenza, senza però riuscire a ricordare dove e quando.

"Chi sei?" si chiedeva la scrittrice.

Perché mi trovo ogni volta qui davanti a te?

Perché siamo al buio?

E perché te ne resti in silenzio, senza mai dire una parola?

Per quale ragione non ti alzi e non ti avvicini?

Perché non riesco mai a superare la barriera invisibile che m'impedisce di scoprire il tuo volto?

Sei un uomo o una donna?

Quanti anni hai?

Da dove proviene la luce alle tue spalle?

Perché non mi parli?

E che cosa... che cosa c'entro io con te?

Per quale ragione mi trovo qui?

Che cosa... o chi ci lega?

Ora che era sveglia, con gli occhi fissi sul monitor del suo pc, Barbara ricordava bene i tentativi, falliti, con cui aveva cercato ogni volta di ridurre le distanze dall'inquietante presenza.

Adesso però, concentrandosi meglio, la sua mente le suggeriva come l'ultimo tentativo fatto, sebbene non fosse andato a buon fine, una piccola informazione gliela avesse in effetti fornita.

La scrittrice doveva soltanto attendere la notte successiva per capire quanto quel particolare appreso in extremis, prima di riaprire gli occhi quella mattina, possedesse un barlume di verità.

O se anch'esso fosse l'ennesimo, tragico scherzo di un incubo che da sogno ossessivo rischiava di trasformarsi in un immaginario beffardo.

54

Bari
12 settembre 2017, ore 12:48

Quando giungemmo sul posto il sole a picco sulle nostre teste e su quelle dei colleghi della Scientifica, già all'opera intorno al cadavere, esaltava i dettagli di un omicidio che sembrava possedere tutti i tratti distintivi di un crimine passionale.

Una ragazza molto giovane giaceva distesa, con il cranio in parte fracassato, sul letto frastagliato di pietre bianche della spiaggia cittadina di Pane e Pomodoro.

La vittima aveva assunto una posizione innaturale che soltanto una morte violenta avrebbe potuto provocarle.

La testa, adagiata per intero su di un'ampia e densa macchia di sangue che arrivava a lambire anche gran parte della schiena, dava un'idea sin troppo chiara della ferocia con la quale l'omicida si era accanito sulla giovane donna. In disparte se ne stava il runner che aveva scoperto il corpo, e che ora attendeva di essere ascoltato.

Il primo a venirci incontro fu il sovrintendente Emanuele Linzeghi, capo della Scientifica.

«Ispettore, buongiorno. Nicola...» ci salutò.

Entrambi ricambiammo con un gesto del capo.

«Allora?» chiesi.

«Si chiamava Sara Altieri, e i dettagli salienti glieli ha già riferiti Bellomo al telefono. Del resto, si possono constatare facilmente» osservò Linzeghi, indirizzando lo sguardo verso il corpo esanime della ragazza. «In più, per il momento, posso aggiungere che quasi certamente è stata uccisa questa notte, anche se sarà il medico legale che sta arrivando a confermarlo. Si tratta di un'universitaria iscritta alla facoltà di Giurisprudenza di Bari.»

Il mio sguardo incrociò al volo quello di Lomonaco.

Anche lui stava pensando la stessa cosa.

Linzeghi, nel frattempo, continuava a sciorinare dettagli sulla giovane vittima.

«La Altieri era figlia unica e orfana di madre. Non era sposata né, a quanto pare, aveva un compagno. Aveva però una figlia di nome Katy. Entrambe hanno sempre vissuto a casa del padre della ragazza. I colleghi lo hanno subito rintracciato e avvisato dell'accaduto.»

«Portatelo qui» suggerii, occupato a decidere se fosse il caso o meno di coinvolgere mia figlia nella vicenda.

«Sì, ispettore, ci abbiamo già pensato. Una volante sta andando a casa sua per prelevarlo. Credo che anche il pubblico ministero, che non è ancora arrivato, vorrà interrogarlo.»

«Bene. Adesso dacci copriscarpe, guanti e mascherine così possiamo avvicinarci di più alla vittima.»

«Sì, certo. Vado a prenderveli, torno subito.»

«Ah... ispetto'» aggiunse Linzeghi, arrestandosi e voltandosi di nuovo verso di noi. «Stavo proprio per chiamarla quando abbiamo ricevuto la telefonata di questo rinvenimento.»

«Hai i risultati sullo zippo trovato da mia figlia?»

«Esatto. Quando avremo finito qui le darò il fascicolo, così che possa guardarselo con calma. Adesso credo sia meglio...»

«Sì, ora non è il momento. Comunque grazie.»

«Dovere, ispetto'. Allora vado e torno» disse Linzeghi, annuendo, mentre si allontanava in fretta.

Io e Nicola restammo per qualche secondo in silenzio.

«Speriamo che abbiano trovato qualcosa d'interessante» disse Lomonaco. Distratto dal corpo di Sara per un attimo non prestai attenzione alle sue parole.

«È quello che mi auguro anch'io. Anche se...»

«Anche se... cosa, ispetto'?» Nicola aveva un'aria interdetta.

«Di informazioni, seppure in apparenza non direttamente correlate all'omicidio di Ada, ne stiamo comunque ottenendo.»

«Si riferisce a De Santis e alla sparizione della figlia della Carmini?» chiese.

Lo guardai, con aria pensierosa, un po' assente.

«A loro, sì, ma non soltanto. Più passano i giorni e più affiorano dettagli di un puzzle dai contorni sempre più indecifrabili.»

Lomonaco non capiva bene di cosa stessi parlando, ma sapeva che quello non era il momento più adatto per fare domande. Ci sarebbe stato tempo per tutte le analisi e i chiarimenti del caso.

Adesso c'era la morte di una giovane donna di soli ventitré anni a reclamare tutta la nostra attenzione.

«Anche lei pensa che Giada potrebbe...» mi precedette Lomonaco, focalizzando l'interesse sul fatto che la vittima fosse una studentessa dell'università di Bari.

Sospirai.

«L'età è quella di mia figlia, la facoltà di Giurisprudenza pure. Non è escluso che possano conoscersi, o che comunque Giada possa fornirci qualche notizia in più su di lei. Informazioni che anche i suoi colleghi di studio o gli amici potrebbero darci.»

«Infatti. Il problema è che sarebbe...»

Lomonaco s'interruppe.

I suoi timori erano quelli, prevedibili, che nutrivo anche io e che mi frenavano dal chiamare mia figlia per chiederle di raggiungerci sul posto.

Alla fine optai per la scelta più dura.

Feci cenno a Fragarà di avvicinarsi.

«Mi dica, ispetto'.»

Dall'espressione del suo viso intuivo che avesse capito come la richiesta che stavo per fargli fosse piuttosto delicata.

«Aspetta un attimo che ora ti spiego» gli dissi, lasciando partire la chiamata verso il cellulare di mia figlia.

«Pronto, papà?»

Il tono di Giada era spento, monocorde.

Non mi meravigliava, date le circostanze.

«Che fai, sei libera?»

«Perché? Hai per caso da propormi un altro bell'omicidio?»

Lomonaco e Fragarà, che erano riusciti a sentire la sua battuta sarcastica, abbassarono lo sguardo, imbarazzati.

Colsi l'occasione al balzo per volgere la situazione a mio favore.

«Non ci crederai ma è esattamente così.»

«Non è affatto divertente.»

Presi un gran respiro.

Dovevo usare le parole giuste, con il tono giusto.

Di lì a poco l'umore di Giada avrebbe potuto essere assai peggiore di quello che mi stava manifestando.

«Lo so. E infatti questo, purtroppo, non è uno scherzo. Non credo sarebbe il momento opportuno per fartene uno simile.»

Lunghi secondi di silenzio lungo la linea.

«Ci sei?» chiesi.

«Sì... dimmi. Di chi si tratta?»

La voce di Giada sembrava provenire dall'oltretomba.

«È una ragazza universitaria. Della tua età. Anche lei studiava Giurisprudenza, qui a Bari. Non è detto che tu la conosca, però nel caso fosse così potresti fornirci qualche informazione utile alle indagini.»

«Come si chiamava?»

«Sara. Sara Altieri.»

Di nuovo silenzio.

Non potevo vedere il volto di Giada, ma ero certo che le mie parole lo avessero ancora una volta rigato di lacrime.

55

Bari
12 settembre 2017, ore 13:09

«Sono a casa di mamma. Manda qualcuno a prendermi» riprese Giada, tirando su con il naso.

«Stanno arrivando Graziano Fragarà e un altro collega. Gli do il tuo numero, così ti squillano e tu li raggiungi all'Arco Basso. Meglio evitare altre inutili attenzioni, visto quello che è già successo lì.»

«Sì... va bene.»

Chiudendo la telefonata avvertii un sommesso senso di colpa.

Forse avrei dovuto evitare di coinvolgere mia figlia anche in quella vicenda, ma rinunciare a quello che avrebbe potuto rivelarsi il suo prezioso contributo sarebbe stato superficiale.

E in più stupido.

Soprattutto dal momento che Giada evidentemente sapeva chi fosse la ragazza uccisa. Era stato proprio quel pensiero a convincermi che la sua presenza sul posto sarebbe stata indispensabile. Mia figlia conosceva tanto Adelaide, la diciassettenne scomparsa, nipote della commissaria Roveri, quanto la giovane universitaria ammazzata nel corso della notte.

Oltre, ovviamente, a sua madre.

Chi poteva escludere che fosse lei il vero collegamento tra quelle tre donne?

Se così fosse stato, avrei dovuto preoccuparmi per la sua incolumità?

Nell'arco di pochi giorni si erano verificati gli omicidi di due donne e la sparizione di una diciassettenne, e a tutti e tre gli eventi Giada poteva essere in qualche modo collegata.

Più o meno direttamente.

Si trattava di una semplice coincidenza o c'era qualcosa in più che al momento non riuscivo a inquadrare?

Fragarà, nel frattempo, attendeva soltanto il mio via libera.

«Grazia', allora hai capito quello che dovete fare? Mia figlia vi raggiungerà davanti all'Arco Basso della Città vecchia, appena fuori dalle mura. Così verrete notati meno, che è meglio.»

«Sì, ispetto', stia tranquillo. Ce la vediamo noi.»

«Vabbuò, vi aspetto» confermai, facendogli segno di muoversi.

Mentre Linzeghi consegnava a Lomonaco i copriscarpe e il resto, sul posto giungevano il dottor Ditrona, medico legale del Policlinico di Bari, e il pubblico ministero Guglielmo Anastasi, della procura barese.

In attesa di confrontarmi con entrambi sull'accaduto feci segno a Lomonaco di avvicinarci al cadavere. Osservato da più vicino il volto esanime di Sara Altieri trasmetteva un senso d'indicibile, insopportabile angoscia. Sebbene fosse stato soltanto in parte sfigurato dall'oggetto utilizzato per assassinarla, era evidente la ferocia con la quale il killer si era accanito su di lei. Quasi certamente in preda a un impeto di furia cieca.

La crudeltà che la scena del crimine trasudava lasciava intuire che si trattasse di un assassinio motivato dall'istinto di qualcuno che non aveva saputo controllarsi. Il che induceva a ritenere che il killer non fosse uno specialista del settore.

La parte del viso di Sara risparmiata dai colpi del suo assassino forniva solo una vaga idea della sua innegabile bellezza.

Quando di lì a pochi minuti giunse sul posto il padre, assistendo alla sua insolita reazione non fui il solo a pensare che il suo nome dovesse essere posto in cima alla lista di coloro che non potevano, per un motivo o per un altro, essere esclusi dal novero di potenziali indiziati dell'omicidio di sua figlia.

56

Bari
12 settembre 2017, ore 13:16

Mentre Mirko Altieri procedeva con passo cadenzato nella nostra direzione, scortato da due colleghi, osservavo con attenzione ogni suo movimento. Mi sorprendevano la calma e la compostezza con le quali stava affrontando la situazione.

Quel modo di comportarsi, a fronte della perdita della sua unica figlia, brutalmente assassinata, aveva dell'inimmaginabile.

La sua espressione dimessa, ai limiti dell'impassibile, parlava di un uomo che non sembrava essere granché presente a se stesso.

O forse, già sin troppo consapevole della gravità di quanto accaduto nella notte.

E nella sua vita.

Se quella mia prima impressione fosse stata confermata dal confronto che mi apprestavo ad avere con lui, non ci sarebbe stato più nulla di scontato.

Quando Altieri fu a pochi metri dal corpo esanime di Sara, intorno al quale sia io sia Lomonaco ci trovavamo, ritenni doveroso concedergli alcuni minuti di silenzioso raccoglimento. Una quiete prima della tempesta, che gli sarebbe servita per elaborare più da vicino la terrificante scena alla quale adesso stava assistendo impietrito.

Dalla posizione in cui l'uomo si era arrestato, anche lui bardato di dispositivi di protezione, era possibile scorgere in maniera nitida tanto il volto semifracassato della figlia, quanto il lago di sangue in parte assorbito dal letto di pietre bianche su cui gran parte del suo corpo pareva galleggiare. Mirko Altieri aveva gli occhi sgranati. Ma non urlava, non si disperava, non piangeva.

Tutto lasciava presumere che il suo animo fosse una bomba a orologeria, pronta a esplodere in qualunque momento.

L'uomo fissava il volto di Sara, immobile, senza fiatare.

Senza scomporsi in alcun modo.

Era quello che più mi lasciava basito, e che mi dava da pensare.

Da dubitare di lui.

Se al posto di Sara ci fosse stata Giada, io che cosa avrei fatto?

Come avrei reagito a una scena simile?

Avrei saputo mantenere tanto equilibrio?

Tanta compostezza?

"No... non credo" mi ripetevo, continuando a osservare Mirko Altieri, sempre più ansioso di scoprire il perché di quella sua «non reazione».

Lomonaco mi lanciò un'occhiata interdetta. Neanche a lui, come a nessuno dei presenti, sfuggiva quell'imprevedibile comportamento.

Superata la fase della vista del volto orrendamente martoriato, nel giro di pochi istanti Altieri iniziò a scuotere il capo, da un lato all'altro. Come se d'improvviso, d'istinto, cercasse ora di negare ciò che nessuno avrebbe mai potuto mutare.

I suoi occhi presero a brillare, via via sempre di più, senza però mai cedere a un pianto che sarebbe stato plausibile, se non doveroso, attendersi. Era talmente surreale ciò che stava avvenendo che non potevo non sospettare che quell'uomo potesse, in realtà, nascondere qualcosa. Un terribile segreto che in quel frangente non era possibile decrittare.

Ero deciso a scoprire qual era. E chi altri vi fosse coinvolto.

Tutt'intorno il sommesso brusio dei colleghi della Scientifica, e dei curiosi assiepati a ridosso del nastro rosso e bianco teso a delimitare la scena del crimine, era a tratti spezzato dal lento e inarrestabile sciabordio del mare.

Un'immensa distesa di pace e di liquida tranquillità, a soli pochi metri da dove il sangue ormai raggrumato di Sara testimoniava l'orrore di quanto avvenuto nel corso della notte.

57

Bari
12 settembre 2017, ore 13:29

Ero sul punto di avvicinarmi al padre di Sara, quando con la coda dell'occhio mi accorsi del concomitante arrivo del dottor Ditrona e di mia figlia Giada. Andai loro incontro, mentre Lomonaco rimaneva nei pressi del cadavere, a sorvegliare l'indecifrabile comportamento del genitore.

Il medico legale accennò un saluto con il capo, dirigendosi spedito verso il corpo della vittima. Sapeva che ero in attesa di ricevere il maggior numero d'informazioni che fosse stato in grado di fornirmi. Tanto sulla tempistica quanto sulle modalità omicidiarie.

Anche Giada si avvicinò alla vittima, del massimo consentito senza indossare dispositivi di protezione personale. Anche da quella distanza sarebbe riuscita a identificarla.

«Allora, che mi dici? La conosci?» le chiesi, lasciandole mettere meglio a fuoco quel che restava del volto della giovane universitaria.

«Sì... è lei. Era una delle mie più care amiche» ci tenne a chiarire, con un filo di voce. Aveva gli occhi lucidi e manteneva una mano davanti alla bocca, così da ovattare il suono del suo pianto represso.

Scuoteva il capo, incredula.

Prima sua madre, ora una delle sue migliori amiche.

Entrambe assassinate in maniera feroce, brutale.

«Ma... ma che sta succedendo?»

Mi concessi qualche secondo, guardandomi rapidamente intorno.

«È quello che sto cercando di capire.»

«Chi può averla ridotta in quello stato?»

«Qualcuno che intendeva punirla per qualcosa.»

«Punirla? Ma perché? Sara non aveva nemici né rapporti difficili con nessuno. Davvero... non capisco...»

«Questo è chiaramente l'effetto di un raptus omicida. Di un odio improvviso, che è esploso inarrestabile e incontrastato. Chi ha ucciso Sara sembra volesse fargliela pagare per qualcosa. Non posso esserne certo, ma tutto fa propendere per un'ipotesi del genere. Ho sufficiente esperienza per riconoscere che l'omicidio della tua amica non è un delitto su commissione.»

«Ma per quale ragione? Sara non aveva un compagno, e neppure un ex che potrebbe averle fatto una cosa simile.»

«Ne sei sicura?»

Giada mi restituì uno sguardo smarrito. Ma in parte anche infastidito.

«Certo che ne sono sicura! Ci frequentavamo regolarmente, avrei saputo se avesse avuto in piedi una relazione. Anche non ufficiale. O comunque... qualcosa del genere.»

Annuii, poco convinto. "Le persone non si conoscono mai sino in fondo" pensai.

«Quanto potrebbe essere probabile che invece Sara ne avesse in piedi una, a tua insaputa?»

Sapevo che insistere in quella direzione avrebbe potuto ferire mia figlia ancora di più, ma purtroppo non avevo scelta.

Dovevo valutare ogni possibile pista investigativa.

Giada rimase in silenzio, con un'espressione d'un tratto meno convinta.

«In ogni caso aveva una bambina» puntualizzai, secco.

Continuò a restare in silenzio, pensierosa.

«Il padre della piccola ora dov'è?» chiesi, riprendendo a fissare Mirko Altieri.

«Non l'ho mai saputo. Né, in effetti, Sara me ne ha mai parlato. Qualche volta ho provato a saperne qualcosa in più, ma lei ha sempre sorvolato, o sviato. Lei... questo è vero, non voleva saperne di parlarne.»

«Vedi, basta poco e la faccenda si fa subito più interessante. E complicata.»

Non riuscii a trattenere il mio tono provocatorio.

«Credi davvero che possa c'entrare il padre di Katy, comparso all'improvviso dal nulla, per chissà quale ragione?»

«E chi ti dice che fosse scomparso?»

Giada doveva convenire che potevo avere ragione.

Forse Sara glielo aveva sempre tenuto nascosto per qualche ragione che lei non poteva immaginare.

Quell'improvvisa consapevolezza sembrava acuire il dolore causatole dalla perdita dell'amica. Rendersi d'improvviso conto di non essere stata al corrente di dettagli non trascurabili della vita di Sara doveva farla sentire non poco spaesata.

E forse, anche un po' tradita.

«Penso che a questo punto l'unico che possa esserci di aiuto sia il padre della tua amica» osservai, puntando lo sguardo in direzione dell'uomo. Altieri, rimasto inginocchiato a pochi metri di distanza da noi, in posizione più defilata rispetto a dove giaceva sua figlia, teneva la testa bassa, con lo sguardo fisso verso il suolo.

Piangeva.

E piangeva.

Composto.

Sempre in religioso silenzio.

58

Bari
12 settembre 2017, ore 13:47

«Signor Altieri...» dissi, avvicinandomi a lui.

Rimasi in attesa che si rimettesse in piedi.

«Sono l'ispettore Pantaleo della squadra Omicidi. Mi rendo conto che è un pessimo momento, ma ho bisogno di parlarle. Come potrà immaginare è molto importante» sottolineai, con tono pacato.

L'uomo sollevò il volto rigato dalle lacrime, e annuì.

«Venga, le offro qualcosa al bar qui vicino. Poi sarà libero di rivedere sua figlia, prima che il suo corpo venga rimosso e trasportato al dipartimento di Medicina legale del Policlinico, per tutte le inevitabili indagini del caso.»

Mirko Altieri si limitò ad assecondarmi.

«Devo farle delle domande che potrebbero risultarle... scomode, per così dire, ma purtroppo è il mio lavoro. So che lei capirà, visto che si tratta di scoprire chi ha ucciso sua figlia» chiarii, con tono più marcato. «Mi dica innanzitutto dov'era lei ieri sera, e dove ha trascorso la notte» domandai, precedendolo verso l'uscita dalla spiaggia.

L'uomo sospirò, rassegnato.

«Ero a casa con Katy, mia nipote. La figlia di Sara... immagino che lei sappia che...»

«Sì, vada pure avanti.»

«Verso le venti ho fatto cenare mia nipote, dopodiché l'ho

messa a letto, come ogni sera, e le ho raccontato una storia. Quando si è addormentata mi sono spostato in cucina per mangiare qualcosa, e poi in soggiorno per guardare la tv. Sara era uscita, intorno alle diciannove, avvisandomi che non sarebbe rientrata per cena. Così, verso le ventitré, ho spento la televisione e me ne sono andato a dormire.»

La calma con la quale Mirko Altieri mi raccontava della sua serata mi lasciava sempre più interdetto.

Sembrava che non ci fosse nulla in grado di scuoterlo. Lì, nel profondo, dove si annidava il suo dolore. Nulla sembrava in grado di fargli perdere il controllo e di farlo abbandonare allo strazio per l'insopportabile perdita subita.

«Qualcuno può confermare la sua versione?»

Altieri mi restituì una strana espressione, che assomigliava tanto a un ghigno di rabbia.

«Mia nipote, ispettore.»

"Immaginavo" pensai.

Ci sarebbe stato modo e tempo per approfondire, nel caso, e verificare la sua versione dei fatti.

"Sua nipote... in effetti anche lei potrebbe essermi d'aiuto. A volte i bambini sanno dire e mostrare quello che gli adulti non riescono ad ammettere. O a confessare" commentai tra me, prima di riprendere a fare domande.

«A proposito della piccola, mi dica, chi è il padre? Al momento non siamo ancora riusciti a identificarlo.»

Mirko Altieri s'irrigidì.

Serrò le mascelle, restando in silenzio.

Chiunque fosse stato il padre biologico della bambina, e ovunque adesso si trovasse, il nonno della piccola sembrava non nutrire grande simpatia per lui.

«Non ho mai saputo il suo nome. Quando restò incinta... Sara non volle confessarmelo» replicò, lapidario.

Il suo volto restava imperturbabile, ma l'istinto mi suggeriva che stesse mentendo.

Un'ottima ragione per scoprire in merito a cosa.

E anche perché lo stesse facendo.

59

Bari
12 settembre 2017, ore 14:06

«Non lo ha mai neppure visto?» insistetti.

«No.»

«Neppure quando Sara partorì?»

Le risposte concise di Altieri non mi avrebbero facilmente dissuaso dai miei piani. Avrei insistito con le mie domande sino a quando non avessi scoperto tutto ciò che ero convinto mi stesse nascondendo. Se ne sarebbe reso conto in fretta anche lui.

«Con il tempo mi sono convinto che mia figlia... avesse deliberatamente scelto di non dirgli niente. E quindi, di non farmi sapere di chi si trattasse. Forse... proprio perché intuiva che quell'uomo non avrebbe mai potuto rappresentare nulla nella sua vita.»

«Lei non crede che il padre della piccola possa comunque, nel corso di questi anni, avere scoperto di avere una figlia ed essersi quindi riaffacciato nella vita di Sara?»

«Lo escludo» mi rispose Altieri, categorico.

La rapidità nella sua risposta mi suggeriva nuove, inquietanti riflessioni.

«E come mai?»

L'uomo scosse il capo.

Solo ora, per la prima volta, mostrava segni d'insofferenza. Quasi che le mie domande gli procurassero più disagio di quanto non gliene trasmettesse il brutale assassinio di sua figlia.

«Perché... Sara me lo avrebbe detto.»

«Come fa a esserne così sicuro?»

«Perché era mia figlia e...»

Altieri strinse i pugni, d'istinto.

Il bicchiere di acqua tonica che aveva chiesto poco prima al barista giaceva immobile sul bancone, davanti al suo sguardo, perso nel vuoto.

L'insopportabile sofferenza che il signor Mirko aveva a lungo represso per evitare di perdere il controllo stava per travolgere come un fiume in piena la parte del suo animo più intima e nascosta.

«Lei... Sara era tutto per me e per mia... e per la piccola Katy. Tutto...» sottolineò infine Altieri, lasciando che due grosse lacrime s'infrangessero sul bordo del bancone.

«Posso immaginarlo.»

Le sue parole mi avevano trasmesso una strana sensazione.

Pochi istanti dopo l'uomo cedette a un sorriso amaro.

Poi a un ghigno beffardo.

«No, ispettore... io non credo proprio. Si fidi. Né lei, né nessun altro potrebbe davvero immaginare cosa Sara rappresentasse nelle nostre vite. Soprattutto dopo la morte di mia moglie, avvenuta anni fa.»

Rimasi in silenzio, dando soltanto ora il primo sorso al cappuccino bollente che il barista mi aveva preparato.

Riflettevo sulle parole di Mirko Altieri, interrogandomi su quale fosse il segreto che a istinto avvertivo si sforzasse di custodire con tanta ostinata pervicacia nella parte più inaccessibile del suo cuore infranto.

60

Bari
12 settembre 2017, ore 14:27

Era giunto il momento di aumentare la pressione dei miei affondi verbali. Forse sottolineare l'importanza della sua testimonianza per le indagini avrebbe potuto spingerlo a riconsiderare le sue ultime affermazioni.

«Se le cose stanno così, allora... il campo dei possibili indiziati per l'omicidio di sua figlia si restringe automaticamente. Fermo restando il fatto che lei non ha un alibi per ieri sera e per la notte scorsa. Un alibi che possa essere confermato. Non da sua nipote, intendo.»

Altieri mi guardò esterrefatto.

«Perché? Lei davvero ritiene che io abbia bisogno di un alibi?»

Scossi il capo, con fare studiato.

«Ahimè sì, signor Altieri» risposi deciso, fissandolo negli occhi.

Doveva convincersi che non avrei fatto sconti al suo lutto.

Soprattutto alla luce del suo comportamento sino a quel momento.

«Cioè... lei crede che io possa avere ucciso mia figlia? In quel barbaro modo poi?»

Percepivo la rabbia montare dentro Altieri, ma se il mio modo di fare mi avesse consentito di arrivare a saperne di più di lui, e della vita di sua figlia, sarei andato sino in fondo.

Ero intenzionato a non mollare.

«L'esperienza mi insegna che in casi come questo siano proprio, e innanzitutto, le persone più vicine alle vittime dei più orrendi crimini a meritarsi i peggiori sospetti. Che le piaccia o meno le cose stanno così, caro signor Altieri. Mi creda, al momento nessuno può essere escluso dalla lista dei possibili indiziati dell'omicidio di sua figlia. Se non a fronte di alibi più solidi del pavimento sul quale ci troviamo.»

Mirko Altieri annuì.

Incassò il mio chiarimento, nudo e crudo, senza muovere ulteriori obiezioni.

«Se le cose stanno così, ispettore, ma non sono a rischio di un imminente arresto,» commentò sarcastico «lasci almeno che me ne torni a piangere mia figlia. Come e quanto voglio. Presumo, tra l'altro, che anche il pubblico ministero abbia da pormi le sue domande.»

«Credo proprio di sì.»

«Bene. Allora vado. Al resto... ci penserò quando sarà il momento. Arrivederci, ispettore Pantaleo.»

Altieri si limitò a un segno di saluto con il capo, tornandosene mesto e silenzioso lì dove sua figlia giaceva sfigurata.

Rimasi a osservare la sua sagoma che si allontanava dal bar, pensando e ripensando a quale sarebbe stata la mossa successiva di quell'uomo. Ma soprattutto, a ciò che avrei chiesto a mia figlia e al medico legale di lì a breve.

61

Bari
12 settembre 2017, ore 14:46

«Allora, dottor Ditrona? Che può dirmi?» chiesi dopo avere salutato il pubblico ministero, da poco giunto sul posto.

Lui, come previsto, aveva iniziato a interrogare Mirko Altieri.

«Che sostanzialmente non c'è nulla di diverso da ciò che può constatare da solo a occhio nudo, caro ispettore.»

Confermai con il capo, ma non risposi.

«Questa donna è stata percossa con una di queste pietre che l'assassino, presumo, avrà poi buttato in acqua così da far sparire l'arma del delitto. I colpi inferti non sembrano meno di nove o dieci. Sulla porzione di cranio massacrato c'è ancora la polverina bianca che lasciano questi sassi in conseguenza dell'azione erosiva delle mareggiate.»

«Quindi è per questo che ne è così sicuro» sottolineai, mentre Lomonaco si guardava intorno. Sperava inutilmente di trovare la pietra che il killer aveva usato per assassinare Sara.

«Sull'ora della morte che può dirmi?»

«L'omicidio è avvenuto tra la mezzanotte e le due della notte scorsa. Il primo o il secondo colpo al massimo sono stati quelli letali, gli altri immagino siano stati assestati per puro… accanimento.»

«Intende cattiveria» rimarcò Lomonaco.

«Vedete la posizione della donna?» domandò Ditrona.
Sia io sia Nicola annuimmo appena.
«È del tutto innaturale, com'è facile constatare. È stata assunta a seguito della caduta del corpo a peso morto sulle pietre sottostanti. Cioè quando ha perso i sensi. Al tatto ho potuto constatare fratture multiple e scomposte al femore sinistro, alle due tibie e a entrambi i malleoli. Tutte quante testimoniano, in maniera pressoché incontrovertibile, come la vittima sia rimasta rigida sulle gambe, bloccate nella posizione in cui ha ricevuto il primo colpo, e che sia poi caduta sulla sua sinistra, senza controllo, ruotando su se stessa soltanto con il busto. È questo che ha causato poi la rottura degli arti inferiori, bloccati dalle pietre del litorale.»
Accennai un sì con il capo, in silenzio.
«Guardate qui» suggerì ancora Ditrona, indicandoci una precisa zona del cranio sfondato. «Quest'apertura è molto presumibilmente quella creata dal primo colpo. Quello più violento. Se la donna non è morta subito ha impiegato comunque non più di qualche secondo per perdere conoscenza, e per esalare l'ultimo respiro. Presumo in corrispondenza del secondo colpo al massimo. I segni degli altri colpi sono meno marcati, a testimonianza del fatto che il killer ha dovuto agire in fretta. Voleva sfogarsi...»
«Ma al contempo aveva paura di essere scoperto, e quindi non ha avuto modo di infierire ancora più a fondo, come forse avrebbe voluto» conclusi.
«Proprio così. Credo che questa sia la ricostruzione con il più elevato grado di probabilità, alla luce delle evidenze che ho potuto riscontrare sul corpo della vittima. Dopo l'autopsia potrò essere più preciso, ispettore. E magari, fornirle anche dei dettagli che al momento non mi è stato possibile constatare.»
«Pensa che si tratti di un omicidio passionale?» chiesi, diretto.
Ditrona era un tipo molto essenziale e pragmatico. Non avrebbe usato giri di parole per dirmi come la pensava.

«Lei ne è convinto, vero?» mi rispose, con una smorfia.

«Non credo sia l'opera di un sicario, e tantomeno di un balordo che voleva stuprarla o approfittare di lei. Si sarebbe limitato a stordirla, o magari sì, anche a ucciderla, ma per errore o per eccesso di adrenalina. E comunque, a quel punto, le avrebbe rubato gli anelli, il portafoglio e la collana di perle. Che però, invece, sono ancora qui. O alla peggio avrebbe abusato di lei, cosa che invece non ha fatto.»

Ditrona condivideva appieno il mio ragionamento.

«Se si fosse trattato di un sicario, avrebbe scelto un modo più pulito per ucciderla. Diversamente, un balordo avrebbe inferto un colpo solo, o al massimo due» aggiunse Lomonaco.

«E magari da dietro, sulla parte posteriore del cranio, non su quella anterolaterale» chiarì Ditrona.

«Il che farebbe supporre che Sara conoscesse il suo assassino, e che magari ci stesse passeggiando insieme quando d'improvviso sarebbe stata colpita...» intervenne ancora Nicola.

Le parole di Lomonaco mi diedero da pensare.

«Sì, ispettore, penso proprio che le cose siano andate più o meno così. Di mio posso ancora aggiungere, data l'esperienza maturata in tanti anni di lavoro in materia di crimini violenti, soprattutto contro donne di ogni età, che il killer ha usato un modo davvero brutale e primitivo per uccidere questa ragazza. Se non si è trattato di un omicidio passionale, allora dev'essersi trattato di una vendetta, o di qualcosa di affine. Non è un caso che l'assassino si sia concentrato soltanto sulla sua testa. Di sicuro era la zona più delicata e facile da colpire, è vero. Come anche la più letale, su questo non ci piove. Un forte colpo al cranio avrebbe procurato la morte in meno tempo rispetto ad altre parti del corpo, ma d'altro canto, trattandosi di una giovane donna, davvero molto bella, il volto era anche l'unica zona che avrebbe avuto davvero senso deturpare. Sfregiare e massacrare in questo modo un viso così attraente può rappresentare il massimo dell'offesa per un uomo che intenda far pagare a una donna qualunque torto lo riguardi.»

«Ottima osservazione, dottore. Lei, come sempre, ha perfettamente ragione» commentai, restandomene in silenzio per alcuni secondi. «Il che, a questo punto, spingerebbe le indagini in direzioni... più precise» commentai, infine.

«E io credo di avere capito anche quali possano essere» concluse Lomonaco, guardandomi con aria soddisfatta.

62

Bari
12 settembre 2017, ore 15:07

Salutato il dottor Ditrona, chiesi a Nicola di seguirmi.

La mia chiacchierata con Giada, rimasta silenziosa in disparte sino a quel momento, in attesa che finissi d'interloquire con il medico legale, non la consideravo ancora conclusa.

C'erano alcune questioni che mi premeva approfondire, e sulle quali contavo di ricevere da lei le giuste delucidazioni.

«Va meglio?» le chiesi, avvicinandomi.

Nicola si sistemò tra noi, così da non perdere neppure una parola.

«Passiamo alla domanda successiva.»

«Okay. Che ci facevi prima a casa tua? Quando ti ho chiamata mi hai detto che eri lì, o sbaglio?»

«Non sbagli» rispose, guardando Lomonaco.

Nicola per Giada era un secondo padre. Quello decisamente più accomodante e divertente.

«Non ci crederai ma lavoravo per te.»

Scambiai un'occhiata in tralice con il mio braccio destro.

«O meglio, per noi. E innanzitutto per mia madre» precisò Giada, mostrando d'improvviso un'aria fiera.

Più conoscevo mia figlia e più rivedevo in lei alcuni dei modi di fare, e di essere in particolare, che anch'io avevo manifestato sin dalla sua età. Il non volersi mai rassegnare e la volontà di combattere sempre e comunque, nonostante la durezza dei colpi che la vita da anni non smetteva di assestarmi, erano senza dubbio quelli più evidenti.

E che mi rendevano più orgoglioso di lei.

«Interessante. Ma ora devi anche spiegarmi in che senso» le dissi guardando Lomonaco che, nel frattempo, ostentava un'aria sorpresa, ma anche molto incuriosita.

Giada non si scompose, né sembrò pressata dai nostri sguardi interdetti che cercavano di capire dove volesse andare a parare.

Con inaspettata calma estrasse dalla borsa un libro, formato standard, con la copertina azzurra e rossa. Me lo porse tra le mani, lasciandomi il tempo di leggerne titolo, autore e quarta.

«Dovrebbe suggerirmi qualcosa?» chiesi, aggrottando la fronte.

Non capivo, e la circostanza mi faceva sentire a disagio. Per non dire stupido.

Lomonaco mi fissava come se attendesse da me la risposta che chiariva tutto.

«Nico', la finisci di guardarmi così?» lo rimproverai, sottovoce.

«Ispetto', guardarla... *così* come?» mi rispose, sorpreso, mentre Giada, pur nella delicatezza e nella profonda amarezza del momento, ritrovava un briciolo di leggerezza.

Sapevo che Lomonaco sarebbe riuscito con facilità a farla sentire un po' meglio, nonostante tutto, e in quel frangente era esattamente ciò che desideravo.

Dovevo soltanto spingere Nicola a dare il meglio di sé. E per farlo mi sarebbe semplicemente bastato toccare i tasti giusti.

«Così, in quel modo! Come se non aspettassi altro che cogliermi in fallo» continuai a rimbrottarlo.

«Io... cogliere in fallo lei? Ma veramente...»

«Sì, tu. E chi se no?»

«No, ispetto'... è che io ero solo curioso di vedere...»

«Cosa, Lomo'?» iniziai a incalzarlo, raddrizzando la schiena. Con la coda dell'occhio guardavo il timido sorriso spuntato sulle labbra di Giada, rinsecchite dal dolore.

Per un attimo sentii il cuore riempirsi di gioia.

A giudicare però dall'espressione di Lomonaco, quel figlio di buona donna aveva capito benissimo che cosa stessi facendo, e mi stava reggendo il gioco alla grande. Il suo velocissimo occhiolino mi confermò che non mi ero sbagliato.

"Grazie, amico mio... grazie..." pensai, continuando la pantomima.

«Vedere che cosa ci fosse nel libro... ecco. Cioè... era per diiire, ispetto', eh!» concluse, volgendo lo sguardo verso Giada, che lo ricompensò con un'occhiata grondante tenerezza e un pizzico di divertimento.

«Lo sapevo... è più forte di te, è inutile» feci spallucce, cercando di restare serio e concentrato. «Vabbe', torniamo a noi. Anzi, a te» continuai, rivolto di nuovo a mia figlia. «Allora, cosa dovrebbe suggerirmi questo libro... che io non capisco?» sottolineai, guardando Lomonaco che, nel mentre, faceva l'indifferente con la sua solita faccia da cane bastonato.

Giada gli lanciò un'occhiata comprensiva.

Il nostro duetto aveva sortito l'effetto sperato.

«Il libro non lo so, visto che non l'ho letto, a differenza di mamma che lo aveva quasi finito. Ma quello che c'è dentro forse potrebbe aiutarti. Anzi... aiutarci» puntualizzò con una strana espressione dipinta sul viso.

Iniziai a sfogliare il volume, accorgendomi in breve, poco oltre la metà, di un foglio di carta a quadretti che era stato ripiegato in due così da fungere da comodo segnalibro.

Sul foglio era stato tracciato un singolare disegno, realizzato a mano con una semplice penna a sfera blu.

Al di sotto, una scritta. O meglio, poche enigmatiche frasi che avrebbero potuto d'improvviso cambiare il corso delle indagini sulla morte di Ada.

E non soltanto su quella.

63

Bari
12 settembre 2017, ore 15:22

«Allora, non dici niente?» mi chiese Giada, notando il perdurare del mio silenzio.

Sembrava ansiosa di ricevere una risposta.

«Come hai fatto a scoprire questo foglietto?» chiesi, concentrato sul singolare disegno.

Raffigurava una specie di felino alato, ripreso di lato in posizione di riposo sul ramo di un grande albero, sotto il quale si leggeva nitida la scritta:

> E se diventassi la tua miciona alata?
> Potrei chiamarmi Nerere, che ne dici?
> Di fatto, finalmente, dopo averne passate tante
> mi sento davvero tale...

"Che significa?" mi chiesi.

«In realtà sei stato tu a farmelo trovare» precisò Giada.

Mostrava un'espressione d'un tratto fiera e decisa.

Guardai Lomonaco, rendendomi conto che nuotava in un mare di domande e di dubbi assai più agitato di quello in cui da qualche minuto io annaspavo, senza riuscire a scorgere in lontananza alcuna sponda di verità.

«Ah sì, e come?»

Giada era riuscita a cogliermi in contropiede, dovevo dargliene atto. Nicola, sempre più interdetto, ci capiva meno di me.

«Ho iniziato a ripensare alle tue parole della mattina in cui ho trovato lo zippo.»

Ricordavo bene ciò che le avevo detto, ma non riuscivo a stabilire il collegamento con quanto Giada mi stava ora dicendo.

«Dopo esserci salutati, le tue frasi hanno iniziato a rimbombarmi nella testa. Prima piano, poi sempre di più. Così ho cominciato a guardare un po' in giro, intenzionata a scoprire dove potesse essere quel diario a cui avevi accennato.»

«Giada, io ho solo detto che forse tua madre, essendo molto schiva e timida, poteva avere l'abitudine di affidare i suoi pensieri a un foglio di carta. Tutto qui. Era soltanto un'ipotesi come tante.»

Mia figlia non ebbe il tempo di rispondere.

Lomonaco s'intromise a gamba tesa nel nostro botta e risposta.

«Allora affidare i suoi pensieri a un foglio, non a un diario» precisò rivolto a Giada, con la sua aria da professorino.

Sembrava avesse appena fatto la scoperta del secolo.

Sulle prime lei lo guardò sorpresa, mentre anch'io lo fissavo con il volto corrucciato.

Mia figlia non sapeva se sorridere o meno.

Lei, a differenza mia, non era abituata alla pignoleria verbale di Lomonaco che, in certe situazioni, avrebbe fatto perdere la pazienza persino al rinomato santo del quale portava il nome.

«Nico', fai sul serio?»

Ci mise poco a rendersi conto di aver fatto la sua ennesima gaffe.

«Ecco io... volevo solo dire...»

«La finisci?»

«No, ispetto', è che...»

«Nico', ti ho detto finiscila. Quando devi fare il maestrino di 'sta cippa, persino in momenti come questi, ti giuro che ti farei provare la vera apnea.»

«Seee, vabbe', ispetto', esagerato...» cercò di sorridere, per sdrammatizzare.

«Ancora? E insisti? Vuoi per caso vedere che cosa si prova a restare tre minuti sott'acqua senza prendere fiato?»

«Okay... credo che, dato il momento, e quello che è già accaduto, un altro decesso non ci serva. Comunque, dicevo...» riprese Giada, intenzionata anzitutto a togliere Lomonaco dall'impasse.

Lanciata un'occhiataccia al mio braccio destro, tornai a concentrarmi su mia figlia.

«Mentre continuavo a cercare questo potenziale... diario,» riprese lei, facendo segno a Lomonaco di astenersi da qualunque ulteriore commento «mi sono ricordata che più di una volta, negli ultimi tempi, avevo visto mamma scarabocchiare su dei fogli di carta volanti. Così mi sono detta: "Forse se ne trovassi qualcuno potrei scoprire qualcosa". E così, ho iniziato a cercare.»

«E da ottima sbirra quale un giorno sarai, hai pensato bene che nel libro che tua madre stava leggendo avresti potuto trovare l'indizio che ci serviva.»

Giada annuì.

La gioia per ciò che le avevo detto naufragava nell'angosciante consapevolezza che Ada non avrebbe mai potuto vederla all'opera nelle vesti d'ispettrice della squadra Omicidi.

«Perché tua madre ha fatto un simile disegno? E che significa questa domanda?» chiesi, sapendo che non avrei ricevuto risposta.

«Non ne ho idea. Lei si apriva poco con me. Non voleva coinvolgermi nelle sue relazioni sentimentali, molto poche a dire il vero, temendo che potessi restarci peggio di lei qualora fossero finite. Cosa che... puntualmente accadeva.»

«Tua madre era una donna molto intelligente. Ed era questo che la rendeva tanto esigente e prudente con gli uomini. Tutto qui.»

Continuai a fissare con maniacale attenzione il contenuto di quel foglio di carta.

Perché una... miciona alata?

E perché un nome tanto strano?

Dove può averlo preso Ada?

"Di sicuro sono frasi rivolte a un uomo, ma doveva trattarsi di un tipo molto particolare per suscitare in Ada una tale fantasia" mi dissi, incapace di fornirmi delle risposte un minimo plausibili.

Che cosa poteva c'entrare quel foglio con lo zippo rinvenuto da Giada?

Insieme al resto, quel disegno e quelle frasi sembravano suggerire qualcos'altro oltre ciò che era sin troppo evidente.

Ma cosa?

Nella mia testa s'iniziavano a formare i primi dettagli del complesso puzzle che cercavo a fatica di ricostruire, ma i particolari erano ancora troppo confusi e sbiaditi perché io riuscissi a dar loro una forma più nitida e un senso compiuto.

64

Bari
12 settembre 2017, ore 15:40

Nicola fu il primo ad accorgersi che qualcosa iniziava ad agitarsi nella mia testa. Consapevole che non fosse più necessaria la mia presenza sul posto, visto che con il pubblico ministero mi sarei interfacciato nelle ore e nei giorni successivi, come anche con il medico legale, decisi di ottenere da Linzeghi il fascicolo delle analisi condotte sullo zippo, e di proporre a Lomonaco e a Giada di andare a mangiare un boccone.

C'era una trattoria dalle parti del lungomare che non era niente male e che, soprattutto, faceva al caso nostro visto che accettava avventori a qualunque ora del giorno e della sera.

«Che ne dite se ce ne andiamo via di qui, dato che nessuno di noi ha pranzato, e continuiamo la nostra chiacchierata davanti a del buon cibo? Tranquilla, Giada, offre Lomonaco...»

Nicola sollevò d'istinto le sopracciglia.

Non si aspettava quell'affondo, ma conoscendolo non avrebbe avuto alcun problema a saldare qualunque conto.

«E pago io, ovviamente» chiarii.

«Questa è la prima proposta interessante degli ultimi giorni. Ci sto, andiamo» disse Giada, prendendo Lomonaco sottobraccio. Lui mi lanciò un'occhiata, non so se più di scuse o d'imbarazzo.

O forse, di entrambe le cose.

Fatto sta che dieci minuti dopo eravamo seduti nella trattoria a sorseggiare del buon vino.

«Il cellulare di Sara non è stato trovato. Me lo ha detto Linzeghi dandomi questo» dissi, picchiettando il dito sul famoso fascicolo.

Da un lato ero ansioso di sapere a quali conclusioni fossero giunti i colleghi della Scientifica, dall'altro, invece, immaginavo che se Linzeghi non mi aveva svegliato nel cuore della notte per comunicarmi i risultati delle loro indagini non avrei avuto particolari sorprese leggendo la sua relazione conclusiva sullo zippo ritrovato.

«Non sei curioso di sapere cosa c'è scritto in quel fascicolo?» mi chiese Giada, stranita dalla mia mancanza di attenzione per il rapporto della Scientifica.

«Diciamo che non mi aspetto particolari sorprese» risposi, addentando l'ultimo tarallo ai semi di finocchio rimasto nel cesto del pane ai cereali che ci avevano servito insieme alle bevande. Lomonaco intuì subito che cosa volessi dire. Al contrario di Giada, che sembrava assai delusa dalla mia risposta.

«Non ho detto che non mi sarà utile, o che non m'interessi» chiarii. «Credo solo di sapere già, almeno in parte, quali potrebbero essere le conclusioni degli esami condotti su quell'accendino.»

«Quindi... lo zippo non servirà a scoprire l'assassino di mia madre?» domandò a bassa voce, corrucciando la fronte.

«Non ho detto neppure questo. È solo che le risposte che ho bisogno di ottenere da te potrebbero essermi ancora più utili per accelerare le mie indagini e scoprire ciò che devo. Non soltanto su tua madre.»

«Pensi che la sua morte... o meglio, il suo omicidio, sia in qualche modo collegato a quello di Sara?»

Mi concessi qualche secondo per riflettere.

«Questo, per il momento, non posso dirlo. Ciò che so, con più certezza, è che sia i due omicidi sia la sparizione di Adelaide sono in qualche modo collegabili o riconducibili a te.»

Comprendevo che le mie parole sarebbero state ulteriori macigni sulla coscienza di mia figlia, già messa a dura prova dalle due gravi perdite subite, ma non potevo mentirle.

«A me?» chiese. Il suo tono lasciava affiorare lo sconcerto che si sommava all'angoscia esplosa ore prima, sulla battigia pietrosa della spiaggia di Pane e Pomodoro.

«Esatto. Che ti piaccia, e che *ci* piaccia o meno, tu resti un indubbio e solido punto di collegamento fra i tre eventi.»

«E questo che cosa significherebbe?» m'incalzò mia figlia, sempre più agitata.

«È troppo presto per dirlo, ma puoi star certa che lo scopriremo.»

Lomonaco pensò bene di venirmi in aiuto.

«Fidati, Giada, se tuo padre ti ha detto così vuol dire che ha le sue ottime ragioni. Nessuno può saperlo meglio di me. E comunque... l'assassino di tua madre ha i giorni contati.»

Giada sembrò rasserenata dalle sue parole. Si fidava di lui, perché sapeva che pur nella drammaticità del momento non le avrebbe mai mentito solo per farla sentire meglio.

Né lui, né tantomeno io, come le avevo appena dimostrato ancora una volta.

«Torniamo al cellulare di Sara» suggerii, concentrato su quel dettaglio che non mi sembrava trascurabile, o di secondaria importanza.

Giada non sembrava sorpresa né preoccupata dalla notizia che non fosse stato ritrovato.

«Credo che non lo avesse ancora ricomprato, glielo hanno rubato circa una settimana fa, proprio su quella spiaggia. Lei era fatta così, se la prendeva comoda in tutto. Anche a me, a dire il vero, quel giorno hanno rubato i pantaloni, forse pensando di trovare in tasca qualcosa di valore. Ma c'erano soltanto pochi spiccioli, un rossetto e un paio di braccialetti da poco» fece spallucce Giada, con aria distratta.

Questa non ci voleva.

Il cellulare di Sara avrebbe potuto esserci molto utile.

“Ora tutto si complica” pensai, cercando di non far trasparire il mio affiorante disappunto.

«Parlaci delle frequentazioni di Sara, cominciando dai suoi potenziali nemici.»

Giada non mostrò la minima incertezza.

«Non credo che ne avesse. Che io sappia, almeno.»

«Ne sei sicura? Nessuno che magari... di recente o in passato ce l’abbia avuta con di lei per qualche motivo?» insisté Lomonaco.

«Direi proprio di sì, nessuno. Sara era una ragazza semplice e a modo, si sapeva far voler bene da tutti.»

«Evidentemente non proprio da tutti» sottolineai, cinico.

«Già...» replicò Giada, con un filo di voce, mentre posava lo sguardo sconsolato sul tavolo.

«Passiamo agli amici. Era una bellissima ragazza, quindi è plausibile immaginare che avesse degli spasimanti, qualcuno che la tampinasse o che sperasse di entrare nelle sue grazie, giusto?» domandai, mentre ci venivano serviti gli antipasti.

Giada ci pensò qualche istante.

«In realtà... a essere sincera, da quando la conosco Sara non è mai stata interessata ai ragazzi. Non più di tanto, intendo. E comunque, non all’amore in generale. Questo era un suo aspetto caratteriale che, ammetto, non ho mai capito granché. E che anzi, mi è sempre sembrato un po’ strano.»

«Ne avete mai parlato?» chiesi, guardando Lomonaco.

«Sì, in più di una circostanza. Ma lei sembrava... non saprei... come se fosse già soddisfatta della sua situazione familiare, e che quindi non avesse alcuna intenzione o interesse a cambiarla.»

«Ci stai dicendo che non avvertiva la necessità di avere un compagno al suo fianco?» insisté Lomonaco.

«Sì, esatto.»

«Neppure saltuario? Per dei rapporti occasionali, voglio dire.»

Nicola e mia figlia mi guardarono un po’ sorpresi.

«Forza, ragazzi, non fate le mammolette. Sara era una ragazza attraente e molto giovane, non posso credere che non volesse ogni tanto andare a letto con qualcuno. Salvo che non vi fosse qualche problema che al momento ignoro» sottolineai.

Nicola scosse il capo, mentre Giada continuava a fissarmi con aria incerta.

«Di sicuro tuo padre non è uno che le manda a dire» alleggerì Lomonaco, sorridendo.

«Lo vedo» confermò Giada, con una smorfia.

«Avete finito?»

Silenzio.

«Quindi?» incalzai, con tono ancora più fermo.

La risposta a quella domanda, unita alle altre che mia figlia ci aveva già fornito, avrebbe potuto rivelarmi molte più cose di quelle che lei e Lomonaco riuscivano a immaginare.

«Francamente no. Anche se...» s'interruppe, concentrata. «Ora che mi ci fai pensare nelle ultime settimane un ragazzo, in effetti, c'è stato. Un gran figo, devo dire, da tempo molto amico di Sara, e con cui ultimamente sembrava che le cose stessero andando in una direzione diciamo... meno amichevole e più...»

L'amico innamorato, e respinto.

"Il prototipo del femminicida perfetto" pensai, lasciando che Giada continuasse a raccontarci ciò che ricordava.

«Come si chiama?»

«Donato Rucci» rispose lei, lasciandosi sfuggire un accenno d'inaspettato sorriso.

Scambiai un'occhiata interlocutoria con Lomonaco.

«Perché ridi?» domandai.

«Niente... è che in molti... anzi... in molte lo chiamano "Bick".»

«Come la penna a biro?» domandò Lomonaco, d'impeto.

«Non esattamente. Bick, in realtà, sarebbe la crasi...»

«La cra...?» intervenne ancora Nicola, con l'aria inebetita di quando non capiva subito qualcosa.

«Crasi, Nico'. La fusione di due parole. Che riesco anche a immaginare quali possano essere, data la faccia di mia figlia.»

Nicola continuava a non capire. Guardò Giada, cercando da lei un suggerimento.

Lei si limitò a sollevare le sopracciglia, intimidita.

«E quali sarebbero?» insisté Lomonaco, sempre più smarrito.

«Nico', e pure tu, però! Secondo te quali possono essere le due parole?»

«Ispetto', e che caz... no, cioè... voglio dire...» balbettò, mentre Giada, al solito, riusciva a sorridere sorniona, scuotendo lentamente il capo e prendendo un sorso della sua Coca-Cola.

La maniera migliore per restare spettatrice del nostro siparietto.

«Non mi crederete ma non mi viene in mente niente.»

Il suo sguardo sinceramente spaesato, che rimbalzava fremente tra me e mia figlia, faceva tenerezza.

«L'abbiamo capito, Nico'... l'abbiamo capito.»

«Sì, ma comunque queste due parole ancora non me le avete dette» insisté, cocciuto più di un mulo.

Guardai mia figlia, rassegnato.

«Certo, uagliò, che sei proprio un soggettone...» sussurrai, deciso a svelargli l'arcano. Conoscendolo, se non lo avessi fatto Nicola si sarebbe attaccato alle nostre giugulari peggio di un pitbull. «Sono due paroline inglesi, Nico'.»

Lui se ne rimase zitto, interdetto.

«Ancora non ti viene in mente niente?»

Lunghi, interminabili secondi di surreale silenzio.

«A dire il vero... no.»

«Vabbe', come non detto. Sono *big* e *dick*. Cioè...»

Il suo volto s'illuminò.

«Aaahhh, ispetto'... ma sì! Adesso è chiaro! Eccome se è chiaro... Chiarissimo!» sorrise, finalmente compiaciuto.

Guardai Giada, facendo spallucce e scuotendo il capo, senza replicare. Ci misi un attimo a rendermi conto che mia figlia era riuscita a confinare il suo infinito dolore, anche se soltanto per alcuni minuti, lontano dal nostro tavolo.

Il merito, ancora una volta, neppure a dirlo, era stato di Nicola.

Era soprattutto in quei momenti che continuavo a ripetermi che se non lo avessi conosciuto avrei dovuto inventarlo.

65

Bari
12 settembre 2017, ore 16:07

«Bene, ora che la breve e intensa lezione d'inglese per il signorino qui seduto è terminata, possiamo cortesemente andare avanti?» domandai, guardando i miei due commensali.

Lomonaco era passato in pochi istanti dall'ostentare la sua espressione compiaciuta al nascondere quella d'improvviso bastonata.

«Credi che questo... Bick possa essere un tipo pericoloso?»

La mia espressione fattasi seria anticipava il cambio di passo nella nostra chiacchierata.

«Non lo conosco benissimo, quindi non saprei...» rispose Giada, senza particolare convinzione.

Guardai Nicola, intuendo che fosse sulla mia stessa lunghezza d'onda.

«Nico', vediamo di capire questo Donato Rucci chi è, e se nasconde qualcosa. Sono gli insospettabili come lui a rivelarsi spesso... personaggi di tutt'altra natura. E indole.»

«Messaggio ricevuto, ispetto'. Appena torniamo in questura mi attivo per scandagliare la vita di questo tipo. In poche ore sapremo pure quante volte va al bagno.»

«Magari di quello potremo farne a meno ma... ci siamo capiti.»

Restammo in silenzio, terminando gli ottimi antipasti della casa che sembravano non finire mai. Fui di nuovo io a spezzare la rimbombante quiete calata intorno al nostro tavolo.

Il locale, data l'ora, era ormai vuoto e i camerieri se ne restavano in disparte, a distanza, a chiacchierare tra loro, limitandosi ad avvicinarsi solo quando dovevano sparecchiare o servirci nuove portate.

«Del padre della bambina, invece, che puoi dirci?» chiesi, pronto a incassare una risposta non granché differente da quella che Mirko Altieri mi aveva già fornito.

Giada sembrò adombrarsi.

«Sara non ne parlava mai, a dire il vero. E dico proprio mai» ci tenne a sottolineare.

«Forse perché ne era ancora innamorata?» azzardò Lomonaco, lanciandomi un'occhiata complice.

«Questo spiegherebbe il suo disinteresse verso i ragazzi» aggiunsi, dando manforte al mio braccio destro.

«Come anche il fatto che eventuali dissapori con quest'uomo potrebbero essere alla base dell'omicidio della tua amica» aggiunse ancora Nicola.

Al solito, avevamo pensato la stessa cosa nello stesso istante.

Giada, dal canto suo, sembrava spiazzata dalle nostre parole.

«Non ci crederete, ma quando ho cercato di affrontare il discorso Sara si è chiusa a riccio e... persino indispettita. Come se stessi violando pesantemente la sua privacy.»

Restammo in silenzio, lasciando che Giada ci spiegasse meglio.

«Inutile dire che ho provato a saperne di più, ma alla fine ho sempre dovuto fare un passo indietro. Sara sembrava talmente irritata dalle mie domande che per evitare d'incrinare il nostro rapporto ho preferito ogni volta cambiare discorso. Le volevo troppo bene per rischiare di perdere la sua amicizia. In fondo, saperne di più del padre di sua figlia mi incuriosiva soltanto, più che interessarmi davvero» concluse Giada, sottovoce.

66

Bari
12 settembre 2017, ore 16:28

Uno sguardo al volo di Lomonaco mi suggerì di concedere a Giada qualche secondo in più prima di tornare a pressarla con le domande.

Bevvi l'ultimo sorso di vino bianco, e attesi con pazienza che fosse lei a darmi il nuovo via libera a riprendere la chiacchierata da dove l'avevamo interrotta.

«Sai che penso?» mi chiese, d'un tratto, cogliendo in contropiede sia me sia Lomonaco.

Scossi il capo, senza dire nulla.

«Con il tempo mi sono convinta che Sara fosse in pace con se stessa. Semplicemente appagata. Dentro, intendo, non soltanto a livello familiare. E che quindi fosse quello il vero motivo per cui non aveva alcuna spinta a cercare un compagno. Come se...»

«Come se...» la incalzai, sottovoce.

«I suoi sensi non reclamassero più alcun piacere.»

«Forse perché lo riceveva da compagni occasionali, e magari per qualche motivo evitava di dirlo. Chissà, per vergogna o per paura di essere giudicata male» commentò Lomonaco.

Giada non sembrava affatto d'accordo.

«No, Nicola. Fidati, conoscevo bene Sara. Lei non era quel tipo di ragazza. Assolutamente no.»

«Te l'ho già detto, eviterei di essere tanto categorica visto come è andata a finire» intervenni.

«Lo so, ho capito. È inutile che continui a ripetermelo» latrò Giada, stizzita. «Eppure... quando quel ragazzo del quale vi ho detto prima ha iniziato a manifestarle le sue attenzioni, non più soltanto da amico intendo, Sara mi è sembrata più che altro gratificata dal suo modo di fare, ma non realmente interessata a lui, nel senso vero e proprio del termine. Almeno non come lo sarebbe stata qualunque altra al suo posto. Me compresa, lo ammetto. Bick è un tipo dietro il quale sbavano da sempre un bel po' di ragazze, sia più giovani sia più grandi di Sara. Ma lei lo ha tenuto a distanza senza cedere alle sue lusinghe... perché credo che se lo avesse fatto me lo avrebbe detto eccome. Credo davvero che non le interessasse. Sì, ci scherzava su, e faceva la femme fatale, ma era soltanto una parte che recitava per riderci su. La verità è che Sara non pensava a trovare nessun compagno.»

Pur comprendendo bene le parole di Giada, c'era qualcosa nelle sue conclusioni che non mi convinceva.

Non del tutto, perlomeno.

A istinto avvertivo che qualche dettaglio o, per meglio dire, qualche sfumatura di ciò che mia figlia ci aveva appena raccontato rendeva sfuggente e indecifrabile il comportamento della sua amica. Soprattutto, se quella sfumatura veniva letta alla luce delle parole di Mirko Altieri, suo padre.

«A questo punto la verità potrebbe davvero risiedere nel fatto che a Sara bastasse la sua bambina e che non mostrasse interesse per nient'altro. E per nessun altro, ci può stare» osservò Lomonaco.

«A proposito della piccola, deve averla avuta quando era ancora molto giovane. Troppo, direi.»

Il mio tono cauto non smorzò granché l'inflessione velenosa che le mie parole lasciavano affiorare.

«Sì... infatti» confermò Giada, a malincuore.

«Potrebbe essere per quello che Sara ha poi iniziato a rifiutare il contatto con altri ragazzi. Se fosse inizialmente rimasta... schiacciata dalla gravidanza, tante cose si spiegherebbero» si affrettò a sottolineare Lomonaco.

«Sempre ammesso che sia stato un ragazzo a metterla incinta» insinuai.

D'improvviso mi sentii addosso gli sguardi di mia figlia e di Nicola.

«Ispetto', lei pensa che possa... essere un uomo molto più grande di Sara il padre della piccola?»

Giada appariva alquanto confusa da quell'ipotesi.

«Possiamo escluderlo in qualche modo?» replicai, provocatorio, fissando prima lui e poi mia figlia.

«No... certo... è solo che...»

«Ci hai detto che Sara si chiudeva a riccio quando s'iniziava a scavare nel suo passato. Una reazione comprensibile quando...»

«Si resta vittime di un trauma...» m'interruppe Lomonaco, pensando di avere intuito ciò che stavo per dire.

Spostai lo sguardo su Giada.

«Oppure, quando si cerca di difendere a tutti i costi un pesante segreto» conclusi, lapidario.

Le espressioni comparse sui volti di mia figlia e di Nicola, unite ai loro silenzi attoniti, confermarono l'inquietante ragionevolezza della mia ipotesi.

67

Bari
12 settembre 2017, ore 16:41

«Un segreto?» chiese Giada, per prima.

Non risposi.

Al momento non intendevo fornire ulteriori dettagli su ciò che, man mano che analizzavo più in profondità il comportamento di Sara, temevo seriamente di dover mettere in conto.

«Che tipo di segreto, ispetto'?» le fece eco Nicola.

Feci un gran respiro, fissando un punto nel vuoto oltre l'ingresso del locale.

Il pranzo era ormai concluso e io avevo bisogno di riorganizzare le idee, non soltanto sull'omicidio dell'amica di Giada.

Nella mia mente si agitavano tanti dettagli e i particolari più salienti dei due delitti. La mia razionalità aveva bisogno di analizzare il quadro globale di entrambi.

Tra loro esisteva soltanto un collegamento indiretto, dato dalla presenza di mia figlia nelle vite delle donne assassinate. Ragionare più a fondo sui vari aspetti delle due vicende mi avrebbe consentito di sviscerare meglio i singoli omicidi e ogni circostanza indiziaria collegata a ciascuno di essi.

«Credo sia meglio chiuderla qui» sentenziai.

Dal mio sguardo Lomonaco intuì al volo che sarebbe stato inutile insistere. A differenza di Giada, che mal digeriva di dover restare senza capire meglio a quale segreto alludessi.

«E no, papà! Adesso mi dici che cosa intendevi! Non penserai certo di svignartela con la scusa di pagare il conto?»

Sorrisi.

«Io non ho bisogno di scuse, tesoro. Né tantomeno di svignarmela. Ti conviene riposare. Credo che sia stata un'altra giornata emotivamente parecchio impegnativa per te. Avremo tempo per chiarire particolari circostanze della vita di Sara. Prima, però, ho bisogno di rifletterci su un po' meglio.»

«Non preoccuparti per la mia emotività, e tantomeno per la mia stanchezza. Ormai ci sto facendo il callo. Voglio sapere a quale segreto ti riferivi. Sappi che non mi alzo da qui!»

Sorrisi di nuovo, scuotendo il capo. Mia figlia aveva i giusti attributi per tenermi testa, ma quella non era l'occasione migliore per dimostrarmelo.

«È evidente che ancora ti sfuggono alcuni aspetti del mio carattere» le risposi, pacato.

Lomonaco annuiva con gli occhi.

«Aspetti di che tipo?» Il tono imbronciato faceva il paio con la sua espressione risentita, e anche un po' smarrita. «Dimmi almeno quali sono le conclusioni della Scientifica!»

"Ero certo che me lo avrebbe chiesto" pensai, guardando di sfuggita il fascicolo che mi aveva consegnato Linzeghi.

Nicola mi fissò con espressione incuriosita.

Attendeva di capire che cosa le avrei risposto per declinare anche quell'ultima richiesta. Una necessità più che legittima da parte di mia figlia.

«Prometto che t'informerò presto anche di quelle» le feci l'occhiolino.

«Non ti credo...»

«E sbagli. Io mantengo sempre le mie promesse. Dovresti saperlo.»

Giada incassò, amareggiata e pensierosa.

«Nicola, diglielo tu» suggerii, alzandomi per andare a pagare il conto.

Avvertivo lo sguardo di mia figlia incollato alle mie spalle.

Con la coda dell'occhio mi accorsi del breve ma intenso

scambio di battute tra lei e Lomonaco, e la cosa mi suscitò un non so che di tenerezza mista a compiacimento.

Ero orgoglioso del carattere che mia figlia Giada continuava a dimostrarmi, nonostante tutto quello che le stava accadendo intorno.

Purtroppo per lei la mia sola priorità nell'immediato era tornarmene in ufficio e iniziare quanto prima a fare il punto della situazione.

Due donne ferocemente assassinate nel giro di pochi giorni attendevano di ricevere giustizia.

Non c'era spazio né tempo per nient'altro.

68

Bari
12 settembre 2017, ore 17:47

Tornato con Lomonaco in questura, mentre lui si occupava di indagare più a fondo su Donato Rucci, mi concentrai subito sulle analisi relative allo zippo. Nella relazione della Scientifica si chiariva innanzitutto che il disegno stilizzato riportato sull'accendino poteva essere ritenuto molto presumibilmente un felino dotato di ali.

"Quindi avevo ragione" pensai, poggiando sulla scrivania il disegno che Giada aveva trovato nel libro di sua madre.

Tutto sembrerebbe far pensare che esista un... micione, che in qualche modo potrebbe c'entrare nell'omicidio.

Continuai a leggere il rapporto, scoprendo che il sangue ossidato presente sullo zippo, così come avevo sin da principio ipotizzato, era proprio quello di Ada. Comparivano inoltre impronte digitali che non erano della madre di mia figlia, ma molto probabilmente di un soggetto maschile, data la robusta conformazione delle dita. Un soggetto che però, dalla consultazione della banca dati degli individui schedati a livello barese e nazionale, non risultava essere noto alle forze dell'ordine.

A una prima valutazione poteva essere ritenuto un ottimo indizio, ma mi serviva prima capire meglio e più a fondo altri dettagli relativi al ritrovamento dell'accendino per ritenere effettivamente promettente la valenza di quelle impronte digitali.

Di sicuro, era un non trascurabile passo avanti, ma le considerazioni da fare erano di vario tenore. Innanzitutto, non era chiaro come il sangue ossidato sullo zippo fosse arrivato lì, visto e considerato dove questo era stato poi rinvenuto: ben lontano dal bagno dove si era consumato l'omicidio di Ada, in una posizione alquanto inspiegabile rispetto al luogo della sua morte. Se c'era stata una colluttazione tra lei e il suo assassino, in soggiorno, come mai né noi né Giada avevamo trovato evidenze di un possibile scontro fisico?

L'animale stilizzato e assai sbiadito riportato sullo zippo, molto probabilmente collegato a quello del disegno scoperto da Giada nel libro di sua madre, a chi poteva riferirsi?

Nerere era un nome straniero, forse orientale?

Se così non era, com'era venuto in mente alla mia ex un nome tanto singolare?

Potevano le sue frasi suggerire o celare un altro messaggio, impossibile al momento da decifrare con gli elementi a nostra disposizione?

Comunque fossero andate le cose quella notte, sarebbe bastata un'indagine a tappeto tra tutte le conoscenze della madre di mia figlia per capire a chi potessero appartenere le impronte digitali presenti sullo zippo?

Decisi che caricare la mia pipa e fumarla per un po' avrebbe potuto aiutarmi a schiarirmi meglio le idee su quei dettagli e sui tanti altri particolari dell'omicidio di Ada, di quello di Sara e della sparizione di Adelaide, che in qualche modo sembravano aprire il campo a ipotesi assai meno scontate e prevedibili di quelle che inizialmente sarebbe stato plausibile concepire.

69

Bari
12 settembre 2017, ore 19:51

«Eccomi, ispetto'» disse Lomonaco, varcando la soglia del mio ufficio con una cartellina formato A4 in mano.

Il passo deciso e l'espressione soddisfatta anticipavano quanto le sue indagini avessero prodotto ben più dei risultati auspicati.

«Allora, che mi dici di questo Rucci?»

«Di lui, in realtà, per il momento niente di particolare. Se non, come ci ha detto Giada, che è un bellissimo ragazzo e che ha un notevole successo social, sia in termini di follower sia di seguito femminile. Ma questo lo avevamo già capito. Il classico soggetto tenebroso che attira le ragazze come il miele con le api.»

«Ma tu ovviamente non sei venuto qui per dirmi solo quanto è figo questo tipo, giusto?»

«Ovviamente... no.»

Nicola cedette al suo solito sguardo fintamente imbarazzato.

«Ragione per cui pensi di poter arrivare al nocciolo della questione prima dell'ora di cena?»

Mi sorrise, compiaciuto. Ogni volta gli piaceva recitare la parte di quello che non giungeva subito al sodo, con l'unico intento di far crescere in me l'aspettativa verso ciò che mi avrebbe poi rivelato.

«Sì, ispetto', arrivo al punto.»

«Eh, bravo, datti 'na mossa.»

«La cosa che per adesso mi è sembrata molto interessante, e degna di nota, è che questo Rucci ha conosciuto, e soprattutto frequentato, anche Adelaide.»

Lomonaco tacque all'istante.

Sapeva che la sua affermazione non mi avrebbe lasciato indifferente. Un tuono silenzioso mi esplose nei timpani.

«Rucci conosce Adelaide? Ne sei sicuro?»

«Altroché, ispetto'. Guardi lei stesso.»

Nicola estrasse dalla cartellina che aveva portato con sé alcune fotografie a colori. Senza dubbio stampe di file dei quali era entrato in possesso nel corso delle sue ricerche.

Le osservai con attenzione. Erano molto nitide, chiare fin nei dettagli. L'elemento comune era la presenza del giovane Rucci. L'aspetto inquietante invece, anch'esso comune a tutti gli scatti, era che con l'aitante Dongiovanni, a seconda delle varie fotografie, si scorgevano i volti sorridenti di Adelaide, di Sara e persino di Giada.

«Da dove provengono queste foto?»

Il mio tono brusco anticipò a Lomonaco quanto in fretta mi fosse passata la voglia di scherzare.

«Alcune le ho trovate sul cellulare di Adelaide, altre invece le ho scaricate dai profili social di Rucci e di Sara.»

Un brivido mi corse lungo la schiena, facendomi perdere per qualche istante il senso della realtà.

Come se d'improvviso fossi stato proiettato nei luoghi di quelle fotografie, riuscendo così a vedere dal vivo, e da più vicino, i volti in fermo immagine di ognuno di quei ragazzi.

Maschi e femmine.

A cominciare da quello sereno e luminoso di mia figlia.

70

Bari
12 settembre 2017, ore 20:03

«Questo tipo è di fatto il collegamento tra Adelaide, Sara e la stessa Ada. Sebbene con lei soltanto in via indiretta, attraverso mia figlia» osservai, restando sovrappensiero.

«Forse il collegamento con la sua ex, ispetto', potrebbe risultare un po' forzato.»

«Tu dici?»

«Be'... a essere sincero, sì. È indubbio che questo Rucci conosca anche Giada, e che quindi sarebbe potuto arrivare a sua madre, ma non credo che si possa andare oltre questo, al momento.»

Per quanto il punto di vista di Lomonaco fosse più che plausibile, il mio istinto mi spingeva a orientare la mia attenzione in tutt'altra direzione.

«Mettiamola così: è sufficiente a giustificare qualche approfondimento in più su di lui.»

D'improvviso lo sguardo di Lomonaco si fece meno scettico.

«Su questo sono d'accordo, ispetto'. Soprattutto alla luce di quello che ho scoperto, non a carico personalmente di Rucci intendo, ma sul liceo scientifico statale di Monopoli che ha frequentato anni fa, prima di trasferirsi a Bari.»

«Il liceo scientifico di Monopoli? Che cosa c'entra adesso?»

Di nuovo lo sguardo compiaciuto di Lomonaco.

«Nico', muoviti, e non perdere altro tempo, per piacere» lo ammonii, velatamente minaccioso.

Mi sorrise appena e riprese a parlare.

«Nel 2008 e nel 2009 scomparvero misteriosamente due ragazze che frequentavano proprio quell'istituto. Entrambe, l'ho verificato, all'epoca avevano la stessa età di Donato Rucci, che però era iscritto in una sezione diversa dalle loro.»

«Vai avanti.»

«Si chiamavano Luigia Intonti, di anni diciotto, residente a Monopoli, e Teresa Lanetti, di anni diciannove, anche lei residente a Monopoli, e frequentanti rispettivamente il quarto e il quinto anno del liceo scientifico. Negli stessi anni in cui lo frequentava Donato Rucci, coetaneo di entrambe.»

«Interessante. Davvero molto interessante.»

Fissai Nicola con una sola, chiara domanda stampata in volto.

«Se vuole sapere che fine abbiano fatto le due ragazze posso risponderle soltanto che nessuno lo ha mai scoperto.»

«Cioè non sono più state ritrovate?»

«Nessuna delle due. Entrambe sparite nel nulla, senza lasciare tracce. In realtà, le denunce della loro scomparsa furono effettuate, in entrambi i casi, parecchi giorni dopo il loro allontanamento, e questo, insieme al fatto che le due fossero ormai maggiorenni...»

«Prima rallentò, e poi contribuì a fermare in tempi brevi le ricerche.»

«Esatto.»

Restammo in silenzio per alcuni secondi, ognuno concentrato nelle proprie riflessioni.

«La faccenda si complica. Ma si fa anche dannatamente inquietante... Mi spieghi come te ne sei accorto?»

Nicola si crogiolò ancora nella sua soddisfazione. Aveva atteso per tutto il tempo quella domanda, glielo si leggeva in faccia a caratteri cubitali.

«Come lei sa ho un'ottima memoria fotografica, ispetto'. Quando ho letto del liceo scientifico statale di Monopoli nella scheda di Rucci mi sono subito ricordato che, anni fa, la stampa si era occupata dei casi delle due ragazze scomparse. Le testate locali denunciarono la mancanza di attenzione dei carabinieri che si erano occupati delle indagini. Ho degli amici a Monopoli e ricordo che all'epoca ne parlammo in più di un'occasione. Anche loro non si spiegavano come mai le ricerche si fossero interrotte dopo solo poche settimane. Secondo me perché la Intonti e la Lanetti, oltre che essere entrambe molto attraenti e soprattutto molto appariscenti, provenivano da famiglie poco abbienti, e anche poco... affidabili, per certi versi, mettiamola così.»

«Non certo delle buone ragioni per abbandonarle al loro destino.»

Il mio tono seccato chiariva lo stato d'animo che mi agitava.

Lomonaco fece spallucce, anche lui amareggiato.

«Già. Ma lei, ispetto', lo sa meglio di me. Anche alcuni nostri colleghi non sempre sono professionali e meticolosi come noi.»

Mi costava ammetterlo, ma aveva ragione da vendere. L'amara consapevolezza scaturita dalle sue parole m'infastidiva come poche altre cose. Da sempre mal tolleravo che nei vari corpi delle forze dell'ordine, a cominciare dalla nostra polizia di Stato, lavorassero anche colleghi menefreghisti, superficiali e promotori di un insopportabile opportunismo politico. Ma sapevo anche che ce n'erano moltissimi altri, la maggior parte per fortuna, che al contrario non si risparmiavano mai, e per nessuna ragione, facendo tanti sacrifici che i cittadini baresi, in particolare, spesso faticavano a comprendere.

«Fermo restando il fatto che da domani qualcuno dei nostri dovrà attenzionare questo Donato Rucci sino a quando non gli dirò di smettere, adesso ci serve approfondire meglio alcuni aspetti.»

«Dei due omicidi?»

«Non solo, a questo punto.»

Lomonaco preferì non sbilanciarsi.

«Considerati i nuovi elementi emersi ci serve fare subito un nuovo punto della situazione. Più accurato e... più globale.»

La mia espressione convinse Lomonaco che ci attendeva una lunga e impegnativa serata tra le mura del mio ufficio.

71

Bari
12 settembre 2017, ore 20:33

«Nessun problema, ispetto'. Da dove cominciamo?»

«Ricapitolando gli aspetti salienti della sparizione di Adelaide Carmini.»

Lomonaco mi sembrò per un attimo perplesso.

«A dire il vero pensavo che ci saremmo concentrati innanzitutto...»

«Sull'omicidio di Ada. E su quello di Sara» lo anticipai, cercando di tenere a bada i miei pensieri.

Scalpitavano come cavalli imbizzarriti, in attesa di essere liberati nell'immensa prateria dei possibili scenari dai quali mi stavo rapidamente convincendo che non si potesse più prescindere.

Esisteva un sottile filo rosso che univa tra loro i due delitti, finendo poi per legarsi (non sapevo bene ancora in che modo) alla scomparsa della diciassettenne. Ma dovevo anzitutto escludere i contesti omicidiari più probabili sulla base di quanto scoperto sino a quel momento.

La verità si annidava tra le pieghe buie di una calma inafferrabile.

«Vediamo innanzitutto cosa può esserci più utile a spiegare la sparizione di Adelaide.»

Lomonaco sollevò d'istinto le sopracciglia.

«Per quanto mi riguarda, ispetto', la madre della ragazza e il compagno hanno più di qualcosa che non mi convince per niente.»

«Lo credo anch'io.»

«È fuori di dubbio che il comportamento della madre è stato abbastanza...»

«Ambiguo?» suggerii.

«Esatto. E anche non del tutto sincero quando ha parlato la prima volta con me, negandomi tra l'altro il cellulare della figlia. Sono sicuro che lo ha fatto perché voleva cancellare qualcosa. O comunque, per impedirmi di vedere ciò che non le andava bene. Particolari, messaggi o fotografie che faticava a digerire.»

«Magari le prove che poi l'hanno resa tanto suscettibile e sempre sul chi va là» dissi, pacato.

In realtà, mi ero già fatto un'idea chiara di Alessandra Carmini, e le parole di Lomonaco non facevano altro che confermare il mio punto di vista.

«Con lei è stata sicuramente più sincera, ma soltanto perché non aveva via d'uscita.»

Rimasi in silenzio, a pensare.

«Io credo che cercasse anzitutto di difendere la sua... reputazione di madre irreprensibile, e di compagna modello» osservai.

Lomonaco mostrò un'espressione interdetta.

«A cosa si riferisce?»

Lasciai che il capo mi ciondolasse in avanti, concentrandomi su quello che di lì a poco avrei cercato di ricostruire.

«Contrariamente a quanto pensi, la sua mancanza di trasparenza Alessandra Carmini l'ha dimostrata anzitutto a me, quando mi ha telefonato per la prima volta.»

Lomonaco si limitò ad annuire.

«Una madre che chiama un ispettore della Omicidi per farsi aiutare a ritrovare la sua unica figlia scomparsa non mostra l'indecisione che ha mostrato lei. Ma questo sarebbe passato in secondo piano se poi non ti avesse negato lo smartphone della figlia. Qualunque mamma disperata avrebbe fatto di tutto pur di mostrarsi collaborativa. Anche oltre il necessario. Lei invece sembrava parlare e comportarsi con il freno tirato. È stato allora che ho iniziato a dubitare della sua completa buona fede. E mi sono chiesto il perché del suo atteggiamento poco chiaro visto che, in definitiva, aveva tutto da perdere.»

Lomonaco seguiva con attenzione ogni parola del mio ragionamento, ma avevo l'impressione che attendesse di capire meglio dove volessi andare a parare.

«Mi sono chiesto e richiesto: perché una madre che denuncia la scomparsa di sua figlia si mostra tanto abbottonata nel raccontare di lei agli sbirri che dovrebbero ritrovarla? Solo per l'incompatibilità caratteriale tra le due?»

«Forse perché i suoi rapporti con Adelaide non erano dei migliori.»

«Già. Ma il vero problema non era questo, che credo sia una caratteristica dell'ottanta per cento dei rapporti madre-figlia, in particolar modo durante l'adolescenza. Il punto è che la Carmini e Adelaide non andavano d'accordo su nulla. Troppo disaccordo perfino per uno scontro generazionale.»

«Be'... c'è però anche da dire che Adelaide non è una ragazza che si sforza di passare inosservata. Insomma... non una figlia modello, mettiamola così.»

«Me ne rendo conto. Per una madre dal piglio conservatore come credo sia Alessandra Carmini non dov'essere stata una passeggiata di salute avere una ragazza che cresceva con punti di vista e comportamenti... a volte discutibili, diciamo.»

«Come genitore, ispetto', devo essere sincero, non so se mi sento di condannarla. Non su tutta la linea perlomeno.»

«Di fatto credo che sia stato proprio quel modo di essere di Adelaide a innescare delle conseguenze che forse la Carmini, sulle prime, non si è resa conto di dover contemplare. Quando lo ha fatto ha iniziato a capire che forse era troppo tardi.»

«Si riferisce al rapporto tra Adelaide e il compagno della donna, vero?»

«Sei molto perspicace, Watson.»

Scherzare un po' serviva ad alleggerire la crescente tensione di una lunga e impegnativa serata.

Lomonaco scrollò le spalle, limitandosi a sorridere.

«Sì, è esattamente a quel grande campione che mi riferisco.»

«Campione nel senso ironico... ovviamente.»

«Ma va?!»

«Eh sì, appunto... per questo dicevo» ammise Nicola, un po' imbarazzato. «Lei pensa che...»

«Nico', al momento io penso solo quello che quei due mi hanno spinto a ipotizzare con il loro comportamento. Li hai visti anche tu o sbaglio? Ti sembravano una coppia felice e affiatata?»

«No. Di sicuro non felici, e ancora meno affiatati, questo è certo» ammise Lomonaco, stiracchiando il collo.

«Ormai ne ho viste talmente tante di relazioni simili nella mia vita da non potere escludere... anzi, da ipotizzare senza tante difficoltà che quel tipo possa aver combinato qualcosa. E che poi la compagna lo abbia scoperto.»

«Però, la Carmini non sembrava essersela presa con lui. Di contro la lite con la figlia ha messo la ragazza nelle condizioni di andarsene via di casa. Magari all'inizio la madre ha pensato che la cosa sarebbe rientrata, ma quando non ha più avuto notizie di Adelaide ha cominciato a preoccuparsi e si è rivolta ai colleghi per sporgere denuncia. Arrivando poi a chiamare lei.»

Rimuginai sulle parole di Lomonaco.

«È un'ipotesi attendibile. Spiegherebbe molte cose. D'altra parte tutto potrebbe essere andato diversamente. Molto diversamente.»

Rimasi con lo sguardo fisso in quello di Lomonaco, anche se con la mente mi aggiravo per ben altri luoghi.

«Per esempio come?»

Leggevo negli occhi di Nicola la curiosità che montava.

Sapeva che riuscivo ad avere sempre un punto di vista differente sugli eventi rispetto a quello che sarebbe stato logico e ragionevole attendersi.

«Alessandra Carmini potrebbe essersi resa conto che forse non era stata colpa di Adelaide quello che probabilmente era accaduto in casa sua, ma non ha avuto la forza di ammetterlo subito a se stessa, se non quando la figlia è sparita nel nulla.»

«Non capisco, ispetto', ma allora perché colpevolizzare solo Adelaide?»

«Magari perché lei non le ha detto subito la verità.»

«No... continuo a non capire. Mi scusi, ma per quale ragione la ragazza non avrebbe dovuto dire questa verità alla madre, se non aveva colpa, o solo in parte, di quanto accaduto?»

«Immagino per più di una ragione: perché si vergognava; perché non si è resa conto sino in fondo neppure lei di quel che era successo; perché non riusciva ad accettarlo, sapendo che quell'uomo avrebbe continuato a vivere con lei e con sua madre sotto lo stesso tetto; oppure, perché non voleva ferirla. Immagino che conoscendo il carattere della mamma, che tra l'altro era vedova, Adelaide potrebbe essersi convinta che parlando avrebbe soltanto peggiorato le cose. Non posso certo metterci la mano sul fuoco, ma credo di avere capito abbastanza com'è fatta quella donna. E se ci sono riuscito io, dopo averla vista una volta sola, immagina cosa possa averne dedotto la figlia vivendo con lei da quando è nata.»

«Cazzo, ispetto', lei dovrebbe fare lo psicologo, non il poliziotto. O meglio, non solo lo sbirro!»

«Eh, caro mio, vista la merda che dobbiamo digerire ogni santo giorno magari ci faccio un pensierino, prima o poi. Anche se, a dire il vero, come psicologo non credo che mi andrebbe granché meglio.»

«Mi sa che ha ragione, ispetto'. Come al solito...» Il volto di Nicola sembrava il soggetto di un quadro impressionista. «Porca miseria, comunque,» riprese «e mica ci avevo pensato a tutte 'ste possibili motivazioni in grado di generare altrettante implicazioni, per niente trascurabili.»

«E potrebbe non essere tutto» aggiunsi, più torvo in volto.

«In che senso?»

«Nel senso che quello che può essere accaduto tra Adelaide e il compagno di sua madre potrebbe anche costituire un ottimo movente per...»

«Ma sì... certo, per l'omicidio di Ada...» m'interruppe Lomonaco, senza neppure rendersene conto. «Nitti potrebbe essere stato scoperto in flagranza dalla sua ex, e avere poi premeditato e messo in atto il suo omicidio, così da vendicarsi di quello che lei aveva riferito alla Carmini. Tra l'altro, quasi certamente Ada conosceva il compagno della sua amica.»

«Anche questa è un'ipotesi neppure tanto remota. Ma in questo caso, se cioè fosse Nitti il killer di Ada, verrebbe meno il collegamento tra il suo assassinio e quello di Sara.»

Nicola ebbe qualche istante d'indecisione.

«Ispetto', ma mica è detto che debba esserci per forza quel collegamento.»

Sorrisi, enigmatico.

«Lo so, ma credo che il puzzle che abbiamo di fronte vada ricostruito diversamente dalle altre volte.»

Lomonaco mi fissava, interdetto.

«Forse sono io stanco, ispetto', ma non la seguo. In che senso "diversamente dalle altre volte"?»

«Tranquillo, Nico', sai che puoi fidarti di me. Lo capirai presto. Io per primo voglio essere sicuro di non stare commettendo un enorme passo falso.»

«Passo falso lei? Noooaaa... impossibile.»

Sorrisi.

«Grazie come sempre per la fiducia. In ogni caso mi devi aiutare. Forse anche più del solito.»

Nicola annuì.

Non c'era bisogno di aggiungere altro.

La mia espressione sardonica alimentò i suoi dubbi su ciò che sarebbe accaduto l'indomani mattina.

72

Bari
12 settembre 2017, ore 21:04

«Adesso... su quale dei due omicidi intende concentrarsi?»

Lomonaco non aveva alcuna voglia di tornarsene a casa.

Non avrebbe mai accettato di riprendere la nostra chiacchierata l'indomani mattina presto, proprio ora che bisognava passare agli approfondimenti più impegnativi.

«Partiamo da quello di Sara.»

«Ne è proprio sicuro?»

Nicola appariva perplesso, non lo nascondeva.

«Che idea ti sei fatto?» gli chiesi.

«Eh... ispetto'... con quel delitto è un altro casino.»

Mi venne da sorridere, ma riuscii a restare serio.

«Ti dirò, a naso ci ero arrivato anch'io.»

Lomonaco tentennò per alcuni secondi.

«Credo che un fattore determinante per capire chi possa avere ucciso Sara sia scoprire chi sia il padre della piccola.»

Sebbene non per quelle che immaginavo fossero le motivazioni di Lomonaco, anch'io ritenevo che quello fosse il vero nodo da sciogliere. Il mio silenzio spinse Nicola a continuare.

«E poi, ispetto', la scelta di quella ragazza di non volersi trovare un compagno, stabile o meno, non mi sembra normale per una ventenne così bella. E questo, s'intende, al di là del fatto che avesse una bambina. Manco fosse stata la prima, poi.»

Nicola aveva pienamente ragione. C'era qualcosa di inquietante nel comportamento di Sara che Giada, pur nel rispetto della sincera amicizia verso l'amica, ci aveva in qualche modo lasciato intuire.

«Per non parlare di questo Donato Rucci che d'improvviso ha iniziato a vedere Sara non più come un'amica ma sotto tutt'altra ottica.»

Anche su quello Nicola aveva ragione.

«Ispetto', lei sa bene quanto me che la maggioranza dei femminicidi, in Italia e non solo, vengono commessi da parenti, e per almeno la metà da mariti o compagni o ex compagni respinti. Credo che un amico rifiutato potrebbe senza problemi essere aggiunto alla lista.»

«Diciamo che da semplice figura di secondo piano, Rucci potrebbe ricoprire un ruolo ben più importante. Se non preponderante. Tanto nell'omicidio di Sara quanto nella sparizione di Adelaide, visto che conosceva e frequentava entrambe.»

«Infatti.»

«Per non parlare del liceo di Monopoli, al quale questo superfigo è stato iscritto per cinque anni, e da dove sono sparite due ragazze, belle e provocanti, mai più ritrovate.»

Restammo in silenzio, immersi nelle reciproche riflessioni.

«Del padre di Sara che mi dice?» mi chiese Lomonaco, incerto. Non gli era sfuggita la mia chiacchierata con l'uomo sul luogo dell'omicidio della figlia. «Lei davvero crede che Sara non gli abbia mai rivelato chi l'ha messa incinta?»

Non risposi, presi tempo.

«Ma soprattutto, a quale segreto si riferiva lei prima?»

"Mi sembrava strano che non l'avesse ancora chiesto" pensai.

Sospirai profondamente.

Nicola mi aveva retto il gioco davanti a Giada, ma adesso esigeva anche lui delle risposte. Lo fissai dritto in volto, in silenzio, certo che avrebbe compreso. Quando vidi i suoi occhi sgranarsi d'improvviso capii che anche lui era giunto alla mia stessa conclusione.

«Lei... lei ne è... ne è sicuro?» balbettò, sottovoce.

La sua aria basita sembrava rendere la pelle del suo viso assai più pallida di pochi secondi prima. Abbassai lo sguardo sulla scrivania.

La risposta che non gli avevo ancora dato a parole rappresentava un duro boccone da digerire per entrambi.

«Credo che domani ne avremo conferma, dopo che avremo finito con la Carmini e il suo compagno.»

Lomonaco abbassò le spalle, con aria rassegnata.

«Cacchio... che schifo di giornata che ci aspetta, ispetto'» sussurrò tra i denti, sconfortato.

«Sì, ci attende proprio una lunga e interminabile giornata di merda.»

73

Bari
13 settembre 2017, ore 07:45

Dopo aver discusso con Lomonaco anche degli aspetti salienti dell'omicidio di Ada, a cominciare dal rapporto della Scientifica sullo zippo, poco dopo mezzanotte gli avevo dato appuntamento per l'indomani mattina presto al bar del signor Michele, alle spalle della questura.

Un'abbondante e rilassante colazione ci avrebbe caricati in previsione dei due serrati confronti che ci attendevano.

«Buongiorno, ispetto'» mi salutò lui, parecchio assonnato.

Aveva una faccia distrutta, ma non poteva essere solo perché era rimasto in ufficio sino a tardi. Per noi due quella era la semplice routine di quasi ogni giorno.

«Ciao, Lomo', dormito bene?»

«La domanda di riserva?»

«Che è successo?»

Mi preparai all'ennesima puntata di *Casa Lomonaco*, convinto che non ne sarei rimasto deluso.

«E che è successo, ispetto'... sempre i soliti casini. Che le devo dire più, ormai?»

«I soliti casini o... i *tuoi* soliti casini, cioè quelli che combini *tu*, di tanto in tanto?»

Mi veniva da sorridere, ma tenni duro. Qualcosa mi diceva che sarebbe giunto il momento in cui non sarei riuscito a smettere.

«Ispetto', grazie per la sua comprensione.»

«No, Nico', e mica ho detto niente. Tu lo sai che però, onestamente, è così.»

Lomonaco fece spallucce.

«Dai, assaggia quel cornetto ai cereali al melograno e more, e poi raccontami che è successo.»

Quello che doveva essere un semplice morso si trasformò in breve nella fine dell'intero cornetto. Osservavo Nicola mentre lo divorava, con grande soddisfazione, e pensavo che avere un caro amico con cui condividere una circostanza normalissima come una colazione al bar fosse una piccola, immensa fortuna che non tutti potevano vantare.

«Allora?» lo incalzai, dopo avergli visto deglutire l'ultimo boccone.

«Ecco... ieri sera quando sono tornato a casa era passata la mezzanotte e mezza, ragione per cui ero certo che sia Clara sia i nostri figli dormissero già da un po'.»

«E sin qui...» dissi tra i denti, prima di dare l'ultimo sorso al mio primo cappuccino bollente della giornata.

«Ora il problema è stato che entrando in casa ho preferito non accendere la luce, così da non rischiare di svegliare nessuno. Ma...»

«Quello è stato il tuo errore più grande» intervenni, intuendo la portata di quello che poteva essere accaduto.

«Infatti. Ma non per colpa mia, ispetto'!»

«Ah, no? E di chi?»

«Nooo... nel senso che senza dubbio sono stato io a combinare tutto il casino ma... agevolato da quello che aveva fatto Clara un paio di ore prima.»

«Agevolato? Che stai dicendo, Nico'!»

Trattenermi dallo scoppiare a ridergli in faccia era sempre più arduo. L'espressione che Lomonaco aveva stampata sul volto non avrebbe concesso scampo a nessuno.

«Eh, ispetto', lei ride, però è così che sono andati i fatti.»

«Che ancora non mi hai detto. Se non ti togli il vizio di

partire dalla preistoria ogni volta che racconti qualcosa, prima o poi...»

«Sì, lo so... è solo che sono ancora turbato.»

«Che cosa sei tu?»

Non ce la feci più, e mi abbandonai a una delle risate più soddisfacenti degli ultimi mesi. Sulle prime Nicola mi guardò un po' stranito, poi si unì a me nel ridere di gusto.

«Meh, vuoi dire il fatto mo'!»

«Niente, ispetto', aprendo la porta d'ingresso non mi sono accorto che Clara aveva sistemato, praticamente al centro dell'ingressino, immaginando che entrando le avrei viste, sia la busta dell'indifferenziata sia quelle della plastica, della carta e...»

«Del vetro, per caso?»

Tornammo a ridere come due scolaretti alle elementari.

«Esatto. Con la conseguenza che sono, come si dice qua a Bari, *intripiquato** letteralmente tra tutte quelle buste, facendole volare una dopo l'altra contro le pareti dell'ingressino. E purtroppo... non è finita lì.»

Nicola prese fiato, indeciso se continuare a ridere o preoccuparsi di quanto a lungo Clara gli avrebbe tenuto il broncio stavolta.

«Ti prego, vai avanti, che questa scena resterà negli annali.»

«Eh, ispetto', altro che annali. La busta dell'indifferenziata, che ovviamente è quella che ho calciato per prima, e con più forza, visto che stava più vicina alla porta d'ingresso, si è sfondata all'istante lasciando uscire tutta la spazzatura, che si è sparpagliata sul pavimento e contro il muro di fronte.»

Già quello era bastato a togliermi il fiato per le risate.

Persino il signor Michele si era avvicinato al nostro tavolo per capire cosa stesse provocando tanta ilarità.

* Termine dialettale barese per dire «inciampato», «finito dentro».

«Le buste della plastica e della carta, invece, sono volate sulla parete laterale contro un quadro di Nisi, che mia moglie adora da sempre e che... *ovviamente* è poi caduto distruggendo l'intera cornice. Infine, la busta con le bottiglie di vetro, che per fortuna era chiusa bene, si è cappottata un paio di volte creando però un casino della madonna che ha fatto svegliare tutto il palazzo.»

Per la prima volta da quando conoscevo Lomonaco avevo la necessità di dover andare a fare pipì per le troppe risate.

«Sì, ispetto', lei ride, ma quello che è successo dopo manco se lo immagina.»

«Ah, perché non è ancora finita?»

«E manco per il cacchio.»

«In effetti, conoscendo Clara posso immaginare cosa può essere successo.»

La smorfia d'imbarazzo di Lomonaco avrebbe meritato un'istantanea da incorniciare e appendere nel mio ufficio, per tirarmi su nei momenti in cui mi fossi sentito più giù di morale.

«Le dico solo che me ne sono dovuto andare via di casa e restare a passeggiare intorno all'isolato sino quasi alle due, quando Clara, dopo aver pulito e sistemato tutto, se ne è tornata a dormire.»

«Dai, almeno ti ha permesso di rimetterti a letto, se non altro.»

«Seee... magari! Ho dovuto dormire sul divano del soggiorno, che non ha nemmeno il letto estraibile. Secondo lei perché ho questa faccia e le ossa distrutte?»

Non risposi, ero troppo divertito.

Scossi il capo, non sapendo cos'altro aggiungere.

«Infine, ciliegina sulla torta, ho preferito alzarmi molto prima del necessario per il nostro appuntamento di stamattina, per evitare d'incrociare Clara ancora incazzata come un bisonte. In pratica ho meno di tre ore di sonno. E questo è quanto.»

Tornai a scuotere il capo, ancora in parte incredulo.

Lomonaco era una vera forza della natura.

E soprattutto del buonumore.

Il fratello che non avevo mai avuto, assai prezioso per me.

«Ti sono vicino, Nico'. Forza, ti meriti un altro caffè e un secondo cornetto. Scegli tu a che gusto. Hai bisogno di rimetterti in forze» suggerii, dandogli una pacca sulla spalla.

«Ispetto', se magari evita di smontarmi la clavicola oggi le sarei particolarmente riconoscente. Ha già provveduto il divano a rendermi un vero derelitto.»

«Vedo che non ti è passata la voglia di scherzare. Sei un mito, Lomo'. Ora però finisci la tua colazione, la giornata non sarà altrettanto divertente.»

Il sorriso si spense in fretta sul mio volto al pensiero di ciò che ci attendeva. Lomonaco annuì, sorridendo intimidito, consapevole che qualunque cosa gli fosse accaduta avrebbe sempre avuto me su cui contare.

74

Bari
13 settembre 2017, ore 08:56

Una volta davanti alla porta d'ingresso di Alessandra Carmini tornai a sentire nel cuore la pesantezza che mi aveva accompagnato nel corso della lunga giornata precedente.

Dallo sguardo di Lomonaco era svanita ogni traccia di divertimento per il racconto che mi aveva fatto poco prima.

«Nico', mi raccomando. Qualunque cosa dovessi dire, o fare, tu reggimi il gioco.»

«Come sempre, ispetto'.»

Gli feci segno di suonare il campanello.

Quando la porta d'ingresso si spalancò, il volto pallido di Alessandra Carmini ci preannunciò in un attimo lo stato d'animo in cui versava. Per sua sfortuna, la nostra presenza non l'avrebbe aiutata a sentirsi meglio. Non eravamo tornati a farle visita per portarle buone notizie sul ritrovamento di Adelaide, ma per tutt'altre ragioni. Le nostre facce parlavano chiaro.

«Buongiorno, signora Carmini, possiamo entrare?» mi anticipò Lomonaco, guardandomi di sottecchi.

«Buongiorno a voi. Prego... accomodatevi» ci rispose lei, con voce strascicata, indicandoci il soggiorno.

Pochi secondi dopo fece il suo ingresso nella stanza Tommaso Nitti.

Lo salutammo con studiata freddezza. Intendevamo lasciargli percepire che non sarebbe stata una mattinata facile. Né per lui né per la sua compagna.

«Immagino che non siate qui per darmi buone notizie» ruppe il ghiaccio la Carmini.

«Immagina bene, purtroppo» risposi.

Un silenzio inquietante aleggiava sinistro tra le sedute sulle quali ci eravamo accomodati. Nessuno dei due padroni di casa sembrava intenzionato a fare domande.

E la circostanza, di per sé, non poteva che apparirci strana. Forse era sintomatica del timore che entrambi nutrivano verso la nostra inattesa presenza.

«Siamo qui perché abbiamo bisogno di capire meglio alcune cose» dissi, fissando prima la Carmini e poi Nitti. Volevo che avvertissero la nostra pressione, nella consapevolezza che si sarebbe fatta sempre più insistente.

«Cose di che tipo, ispettore?» rispose lei, prudente.

«Fatti e circostanze del suo rapporto con Adelaide» intervenne Lomonaco.

«E del suo» puntualizzai, con tono più burbero, guardando Nitti.

I due s'irrigidirono in maniera evidente.

La Carmini lanciò un'occhiata intimorita al compagno, che si limitò a incassare, sforzandosi di apparire indifferente.

«Certo... nessun problema. Chiedete pure. Anche se, a dire il vero, non capiamo in che modo possano c'entrare questi approfondimenti con la sparizione di Adelaide» rispose Nitti.

Si era arrischiato sul terreno dell'azzardo, intuendo che il non chiudersi a riccio avrebbe costituito l'unica maniera efficace per contenere i nostri crescenti affondi verbali.

«Mettiamola così. Quello che ci direte oggi potrebbe aiutarci non poco a capire meglio non soltanto il motivo per cui Adelaide sia d'improvviso andata via di casa, e resti tuttora irrintracciabile, ma anche... anzi, soprattutto, a scoprire quanto la sua scomparsa possa essere collegata all'omicidio di Ada Raisi.»

Calcai il tono delle ultime parole, rendendole peggio di granate esplose al centro del soggiorno.

Alessandra Carmini strabuzzò gli occhi, ammutolita.

Con lo sguardo esterrefatto restava impietrita sulla sedia, incapace di replicare. Nitti aveva l'espressione di un condannato a morte in procinto di essere tradotto davanti al boia.

Lomonaco mi guardò in tralice.

Le cose procedevano come da copione.

Forse meglio di quanto ci saremmo aspettati.

Tutto lasciava presagire che di lì a breve avremmo assistito a più di una sorpresa.

75

Bari
13 settembre 2017, ore 09:29

«Ma... ispettore... di... di che parla?» chiese la Carmini, con un filo di voce. Si era sforzata d'irrobustire il tono, ma lo shock causatole dalle mie parole era stato troppo forte.

«Quello che ha sentito» replicai, a muso duro. «Vogliamo che lei ci dica con più dovizia di particolari che cosa è accaduto nel corso della litigata che ebbe con Adelaide pochi giorni prima che sua figlia sparisse.»

«Sì... va bene... ma vorrei prima capire...»

«No, signora Carmini. Lei non deve capire proprio nulla. Non sta a lei farlo. Adesso meno che mai, visto e considerato che la scomparsa di sua figlia ha assunto un'ulteriore, importante valenza. Oltre a quella che già possedeva, intendo.»

Nitti fece segno con lo sguardo alla compagna di non insistere su quella strada. Non era la via maestra per togliersi dagli impicci.

«È bene informarla di come al momento esistano i presupposti per configurare serie ipotesi di reato a suo carico.»

Alessandra Carmini avrebbe in breve abbassato ogni barriera, incapace di abbozzare una linea di difesa, ragionevole e convincente, in grado di scagionarla dalle gravi accuse che ero sul punto di muoverle. Nitti invece, dal canto suo, sollevato dal non essere stato menzionato, ignorava quanto, in realtà, l'ipotesi di colpevolezza avrebbe riguardato di lì a breve molto più lui della sua compagna.

«A seguito delle nostre indagini, signora Carmini, sono emersi gli estremi per muovere a suo carico le accuse di concorso aggravato in sequestro di minore. Oltre a una serie di ulteriori reati minori, dei quali verrà informata a tempo debito. Immagino quando si troverà, in presenza del suo avvocato, dinanzi ai pubblici ministeri titolari dei casi di Adelaide e di Ada Raisi. Per il momento io e il mio collega abbiamo la facoltà d'interrogarla sino a quando lo riterremo necessario. Quindi, se vuole un consiglio, si metta comoda e risponda a tutte le nostre domande. Mi sono spiegato?»

Il mio sguardo torvo non lasciava dubbi d'interpretazione. Lomonaco, seduto alla mia sinistra, faceva come al solito la parte del poliziotto più buono e comprensivo, dispensando sguardi meno minacciosi all'indirizzo della donna e del suo compagno.

Il bluff sembrò funzionare alla perfezione. Alessandra Carmini appariva a dir poco sconvolta.

Forse soltanto adesso riusciva a comprendere sino in fondo che cosa avesse voluto dire Ada parlandole di me. Nei suoi occhi albergava il terrore di non sapersi difendere dalle pesanti accuse che le avevo appena mosso. E che non sarebbe stato facile respingere al mittente senza prima ammettere tutte le sue responsabilità.

Sul suo volto divorato da un improvviso pallore si leggevano il dolore e l'angoscia con cui avrebbe convissuto sino a quando tutto non fosse stato chiarito a dovere.

«Lei... lei non starà dicendo sul serio?!» sbottò, le mani tremanti per la tensione.

Glissai, senza tanti complimenti.

Ero io a dirigere il gioco, nessun altro.

Mi sentivo talmente motivato a scoprire tutto ciò che presumevo non mi fosse stato ancora detto, che non avrei avuto alcuno scrupolo a lasciare che per l'amica di Ada si spalancassero in fretta le porte del carcere Rucci di Bari.

«Il tempo gioca a suo sfavore, signora Carmini. Mi dica di quella litigata, l'ascolto» risposi, lapidario, incurante dello sfogo della donna. Lei posò lo sguardo smarrito sul pavimento ai suoi piedi. Un nuovo silenzio aveva ripreso a farla da padrone nel soggiorno.

«La verità, ispettore... è che io... io ho sbagliato tutto... tutto nella mia vita. Sin dal principio...» disse la Carmini, sollevando d'improvviso lo sguardo rancoroso verso il convivente.

Nitti, adesso, ostentava meno serenità di quella che aveva sfoggiato sino a pochi minuti prima.

Nonostante la sua compagna avesse la voce rotta dall'emozione, sembrava finalmente intenzionata a raccontare per filo e per segno, senza più remore né paure, ciò che era accaduto nelle settimane precedenti la scomparsa di sua figlia Adelaide.

E non soltanto...

76

Bari
13 settembre 2017, ore 10:03

«Adelaide, come… come vi ho già detto l'altra volta, non è mai stata una ragazza facile. Sin da piccolina, quando mio marito era ancora vivo. Il fatto che io e lui litigassimo di continuo, spesso per colpa della mia gelosia… infondata, lo ammetto… l'ha resa più aggressiva e ingestibile.»

La Carmini calcò il tono.

Lomonaco mi lanciò un'occhiata affermativa, incassando il mio cenno a non intervenire.

«Sì… la mia gelosia ha senza dubbio influito non poco sul carattere e sulla personalità di mia figlia. Più io mi mostravo opprimente e soffocante con Alberto, mio marito, che era un ginecologo molto affermato qui in città, più Adelaide tendeva a prendere le difese del padre. Assumendo al contempo, come per ripicca, gli atteggiamenti che io non tolleravo. Quel modo di fare da donna svampita e provocante che imputavo ad alcune… anzi… a molte pazienti di mio marito. In un delirio di possessività ero arrivata a ritenere che Alberto consumasse con tante di loro storie mordi e fuggi, invece che normali visite mediche di routine. Come… come in realtà erano. Mi sentivo talmente terrorizzata dal fatto che potesse lasciarmi per una qualunque altra donna da non rendermi conto che…»

«Era proprio quel suo atteggiamento ad allontanarla da lui. E da sua figlia» l'anticipai.

Volevo che la Carmini riprendesse fiato.

La donna annuì, asciugandosi con il dorso di una mano alcune lacrime che, furtive, le avevano accarezzato la guancia prima di scivolare via giù dal mento. Più lei parlava e più Nitti mostrava segni d'insofferenza. Come se fosse alla disperata ricerca di un modo per interrompere quello che, a tutti gli effetti, prometteva di essere il peggiore sfogo della sua compagna.

Tra me e Lomonaco ci fu l'ennesima occhiata d'intesa.

Non era ancora giunto il momento d'intervenire.

Presto le attenzioni dell'amica di Ada e le nostre si sarebbero concentrate sul padrone di casa. Che la cosa gli fosse piaciuta o meno.

Era solo questione di tempo.

La donna riprese con fatica la sua confessione.

«Fu in quel periodo che iniziò tutto. Mia figlia cominciò a considerarmi la sua nemica principale, sino a quando il logorio del nostro rapporto raggiunse il culmine dell'incomunicabilità. Ad Alberto venne diagnosticata una leucemia fulminante. Talmente implacabile che finì per strapparcelo in soli pochi mesi. Né io né Adelaide riuscimmo a renderci conto di quel che accadde in quel periodo. Fummo travolte dagli eventi senza neppure sapere come fossimo finite in una situazione tanto orribile. Solo che invece di unirci... la morte di Alberto finì per allontanarci ancora di più...»

La Carmini appariva per la prima volta sincera.

Davvero sincera.

Ma soprattutto cosciente di quanto siderale fosse il vuoto che si era generato tra lei e Adelaide.

Quanto profonda e quasi certamente insanabile fosse la frattura che aveva portato le loro vite a imboccare strade opposte.

Un divario in grado di allontanarle sempre di più sino al

tragico momento in cui l'irrequieta diciassettenne era scomparsa.

Forse soltanto adesso l'amica di Ada si rendeva conto anche di quale irrimediabile errore fosse stato non aver cercato negli ultimi anni un dialogo, un vero dialogo maturo con la sua unica figlia.

Ma se Alessandra Carmini si mostrava divorata dai rimorsi e dai sensi di colpa di madre, Tommaso Nitti si trovava in ben altro stato d'animo. Si rendeva conto che di lì a breve lo sfogo della compagna sarebbe giunto a investire anche la loro relazione, ma non riusciva a individuare un'efficace via di fuga in grado di deviare il corso degli eventi.

L'uomo presagiva che presto ci sarebbe stato lui al centro dell'attenzione. Lui e quello che molto probabilmente era accaduto con Adelaide prima che la ragazza prendesse la decisione di andare via di casa.

Scomparendo dai radar di quella che, non era difficile da ipotizzare, non considerava più la sua famiglia.

77

Bari
13 settembre 2017
Negli stessi minuti...

Le ci era voluto un po' per capirlo, ma adesso tutto le appariva più chiaro.

Più nitido.

Più vero.

Sotto un'altra luce.

Quella della verità.

D'improvviso il quadro d'insieme si era fatto terribilmente reale.

Concreto e vero al punto da gelarle il sangue.

Quando Barbara aveva compreso quel che quasi certamente stava accadendo, sebbene continuasse a ignorare perché fosse stata in grado di percepirlo in anticipo, una fitta al petto le aveva fatto comprendere in pochi attimi quale sarebbe stato il destino che l'attendeva.

E che, prima ancora, avrebbe atteso Andrea.

Il suo Andrea.

Il solo pensiero di ciò che avrebbe dovuto confessargli qualora i suoi pressanti timori avessero ottenuto riscontri le bloccava il respiro.

Adesso Barbara ricordava dove aveva già sentito la fragranza dolciastra, a base di liquirizia e bergamotto, che aveva annusato nel corso del suo ultimo sogno.

"Ma sì, certo... è così..." si disse, mentre quella consapevolezza la faceva rabbrividire.

Si concentrò su ciò che significava quella sorta di decodifica sensoriale alla quale era finalmente pervenuta, e per lei fu l'inizio di un'inarrestabile valanga di domande.

Come poteva il destino decidere di far di nuovo un simile sgambetto al suo amato compagno?

Non aveva Andrea sofferto abbastanza crescendo da solo, in collegio, senza i suoi genitori, assassinati dalla criminalità di Putignano, e avendo come suo unico punto di riferimento affettivo e familiare nonna Sofia?

Non era stato sufficiente l'infinito dolore che Andrea aveva provato a causa della morte di Katia?

L'ispettore non aveva dimostrato a sufficienza quanto fosse pronto al sacrificio, in qualunque momento, senza mai chiedere l'aiuto di nessuno?

Non era sempre andato avanti in silenzio, senza mai lamentarsi della sua vita, mettendosi al servizio dei più deboli e delle vittime dei più efferati crimini?

Non meritava di venire almeno risparmiato dall'immane dolore che rischiava di abbattersi nella sua vita come una devastante onda d'urto che gli avrebbe spezzato il cuore per sempre?

Come poteva fare Barbara a invertire il corso degli eventi?

Il potere che Barbara sembrava avere acquisito, e che aveva già sperimentato nel corso dell'ultima delicata indagine di Andrea, quanto l'avrebbe ancora legata al famigerato *Necronomicon*?

Che cos'altro le avrebbe permesso di fare il millenario *Libro dei morti*?

Quanto doveva attendere prima di scoprire, sino in fondo, quale fosse la sorte che l'attendeva?

Barbara si sistemò davanti all'ampio specchio circolare disposto sul lavandino del bagno della camera da letto.

Si fissava negli occhi alla ricerca di risposte.

Il respiro si era fatto sottile, impercettibile.

Una strana luce galleggiava nelle sue iridi, ma Barbara non sapeva dire se fosse un inganno della sua mente o la realtà che mutava, poco alla volta.

Man mano che i minuti passavano il peso delle tante domande alle quali non riusciva a fornire una risposta si faceva sempre più opprimente.

Dilaniante.

Sino a quando la giallista si convinse che c'era un solo modo per cominciare a capirne di più su quanto stava avvenendo in quelle nuove pagine della sua imprevedibile vita.

78

Bari
13 settembre 2017, ore 10:31

«Lei invece, signor Nitti, che può dirci?» lo freddai, senza preavviso.

Era giunto il suo turno e non vedevo l'ora di scoprire come avrebbe reagito allo sfibrante pressing che l'attendeva.

«Mi scusi, ispettore, in che senso?»

Lo sguardo dell'uomo incrociò al volo quello della compagna. La quale, però, a differenza dell'ultima volta non sembrava affatto disposta a reggergli il gioco, e tantomeno a parare gli eventuali colpi. La resa dei conti tra Tommaso Nitti e la sua dolce metà era ormai imminente.

«Lei che ne pensa del mea culpa della signora Carmini? Immagino che si sia fatto un'idea ben precisa di tutta quanta la faccenda, visto che abita qui con lei e con Adelaide,» sottolineai il nome volutamente «ormai da qualche anno. O sbaglio?»

Lomonaco prese a fissarlo, aggiungendo pressione a quella che già stavano esercitando le mie domande.

L'espressione di Nitti parlava chiaro. L'uomo cominciava a sentirsi sospinto in un vicolo cieco. Una strada senza uscita dalla quale si sarebbe potuto tirar fuori soltanto confessando la verità.

Tutta la verità.

L'amica di Ada, per la prima volta da quando l'avevo conosciuta, sembrava decisa a schierarsi dalla mia parte.

Il silenzio di Nitti aumentò la sua strisciante insofferenza.

«Be'... ecco... io ho sempre preferito non mettermi in mezzo nel rapporto tra Alessandra e Adelaide. Come ha detto lei è sempre stato molto difficile, spesso ai limiti del sopportabile, quindi ho volutamente scelto di restare defilato, cercando di non perorare più di tanto né le cause dell'una né quelle dell'altra.»

«Mmh... capisco. Molto intelligente da parte sua.»

Il volto di Alessandra Carmini si faceva via via più torvo.

«Quindi lei aveva un buon rapporto o un ottimo rapporto con Adelaide?» intervenne Lomonaco, con perfetto tempismo.

«Io... io non saprei dire...»

Nitti cominciava a irrigidirsi.

La pressione aumentava di minuto in minuto. E di questo anche Alessandra Carmini aveva iniziato a rendersi conto.

«Ci sa dire allora se il suo rapporto con Adelaide fosse di tipo più genitoriale o più... amichevole, diciamo così?» domandai.

Gli sorrisi con l'affabilità di un pluriomicida.

Sapevo che Nitti non sarebbe rimasto indifferente alla mia alternativa. Sorrise, nervoso, cercando di guadagnare tempo. Ma soprattutto, sperando di ricevere dalla sua compagna un input in grado di tirarlo fuori dall'impasse nella quale io e Lomonaco eravamo riusciti a confinarlo prima del previsto.

Ma Alessandra Carmini non sembrava affatto intenzionata a lanciargli quella ciambella di salvataggio che lui sperava di ricevere. Aiutarlo adesso per lei sarebbe equivalso ad affossare, forse per sempre, ogni speranza di ritrovare Adelaide.

In tempi brevi, e viva.

Un rischio troppo elevato che ero certo la donna non fosse in alcun modo intenzionata a correre.

79

Bari
13 settembre 2017, ore 10:46

«Se la mette su questo piano... le rispondo senza dubbio *amichevole*» si sforzò di sorridere Nitti.

"Bravo stronzo, era esattamente ciò che speravo di sentirti ammettere" pensai, restando impassibile.

L'espressione vagamente compiaciuta di Lomonaco confermava quanto anche lui giudicasse un clamoroso passo falso la dichiarazione dell'uomo.

«E mi dica, per amichevole lei che intende? Paritario, oppure complice o magari persino...?»

M'interruppi di proposito.

Gli occhi di Nitti confessarono quello che le sue parole ancora riuscivano a celare.

Era stato proprio per quel motivo che mi ero deciso a giocare su due tavoli, nello stesso momento. Sapevo che la vincita sul primo avrebbe potuto garantirmi con elevata probabilità il successo anche sull'altro. Se Alessandra Carmini, infatti, si fosse sentita minacciata sul serio dalle mie pesanti accuse, avrebbe avuto soltanto due strade: negare tutto, schierandosi dalla parte del compagno nella consapevolezza che a quel punto la sua scelta si sarebbe inevitabilmente ritorta con ferocia contro di lei, oppure defilarsi da qualunque solidarietà familiare e amorosa con Nitti, aggiungendo al mio atto accusatorio il carico da novanta della sua verità, nella pragmatica convinzione che la coraggiosa decisione presa avrebbe consentito a me e al mio braccio destro di sbattere il suo compagno con le spalle al muro delle sue scellerate scelte, ormai confinate in un passato non tanto remoto.

Era chiamata a decidere da che parte stare.

E doveva farlo in fretta.

«Per la maggior parte delle volte amichevole, ispettore» rispose Nitti, glissando con sfacciataggine sulla mia insinuazione.

Sapeva che non farlo sarebbe equivalso a scavarsi la fossa da solo, ancora più in fretta di quanto stessi cercando di fare io.

«Il problema sono state le restanti volte, Tommaso» puntualizzò la Carmini con perfidia, cercando di ovattare la rabbia che le montava dentro.

I suoi occhi lucidi restavano puntati contro l'uomo. Uno sguardo carico di odio e di un desiderio di rivalsa che parlava molto più delle parole spese sino a quel momento.

La voce cavernosa della Carmini sembrava mettere la pietra tombale su ogni velleità di Nitti di sottrarsi a quelle che, di lì a breve, sarebbero emerse come le sue inoppugnabili e inconfessabili responsabilità.

80

Bari
13 settembre 2017, ore 11:07

«Ma... ma di che parli, Ale?» rispose Nitti, spiazzato.

Il suo volto fattosi d'improvviso pallido anticipava il tenore dell'agitazione che aveva iniziato a scuoterlo.

La sua voce incerta, unita allo stentato sorriso di circostanza con cui aveva cercato di dissimulare ogni debolezza, riusciva a farlo apparire persino più colpevole di quanto temesse.

«Smettila, Tommi, sai bene di che parlo!» ringhiò la Carmini. Gli argini del fiume di rabbia che scorreva da tempo dentro di lei iniziavano a cedere sotto il peso della verità, e della vergogna. Ma prima ancora, dietro la spinta dell'amore che la donna provava per sua figlia, e che soltanto la sua sparizione le aveva fatto riscoprire.

«Ale, non so di che parli, quindi smettila di dire cazzate!» la redarguì Nitti.

La sua espressione d'un tratto non poco accigliata lasciava intuire quanto la consapevolezza di non avere più alcuna via d'uscita lo stesse intimorendo. Il contrattacco sarebbe stato un radicale cambio di strategia, ma in realtà doveva essere rassegnato al fatto che tutto era perduto.

«Ah... io dico cazzate?! E i messaggi che hai inviato a Adelaide, nelle settimane precedenti la sua scomparsa, anche quelli sono cazzate? Eh, brutto stronzo?!» ringhiò la

Carmini, arrendendosi a un'inarrestabile esplosione di singhiozzi e lacrime.

Guardai Lomonaco, e poi Nitti.

Era giunto il momento di stringere l'uomo definitivamente nell'angolo.

Il segreto che il compagno della Carmini da tempo custodiva con la complicità colpevole della sua convivente era destinato a essere svelato.

81

Bari
13 settembre 2017, ore 10:31

Barbara aveva appena chiuso la telefonata.

I suoi peggiori timori avevano, purtroppo, trovato i tanto paventati riscontri. Ascoltando le parole con le quali il suo interlocutore si era prodigato per spiegarle, sin nei particolari, quella che si poteva ormai considerare una situazione ai limiti del rimediabile, la scrittrice per alcuni istanti si era sentita crollare il mondo addosso.

Come se un'intera montagna si fosse d'improvviso sbriciolata sulla sua testa, senza concederle il tempo di accorgersi di cosa le stesse accadendo.

"Non ci credo... non posso crederci..." pensava atterrita.

Il piccolo Jack, avendo fiutato lo stato d'animo della sua padrona, si era seduto sulle zampe posteriori, con il muso all'insù, rivolto verso la donna. Era l'unico modo che il beagle conosceva per offrirle il suo aiuto.

Da quando la scrittrice era svenuta nel soggiorno, molti mesi prima, il cagnetto sembrava vegliare su di lei di continuo. Con fare discreto, eppure sempre estremamente presente e vigile.

Il suo rapporto con la giallista si era consolidato al punto tale che Jack considerava Barbara, e il piccolo Marco, gli altri due umani per i quali avrebbe dato la sua vita senza pensarci due volte. Oltre, ovviamente, all'ispettore Pantaleo, l'uomo che lo aveva salvato dal gelo invernale di alcuni anni prima, quando lui ancora cucciolo aveva rischiato di morire rannicchiato e infreddolito tra i grandi massi quadrati di uno dei moli più conosciuti del lungomare barese.

«E adesso, amico mio, come la mettiamo?» disse Barbara, ricambiando l'intensità dello sguardo fisso del beagle.

Jack si limitò a guaire, con occhi timidi, producendosi subito dopo in uno dei suoi più visibili sbadigli.

«Io... credimi, non so davvero cosa fare. Mi sento morire dentro. Non riesco neppure a pensare a cosa accadrà quando...» continuò la scrittrice, respirando a fatica.

Il macigno che le schiacciava il petto rischiava di toglierle ogni barlume di serenità.

Jack se ne restò immobile ad ascoltare.

Non capiva che cosa Barbara gli stesse dicendo, ma era certo che le sue parole non significassero nulla di buono.

Rassegnato a non potere fare di più, le si avvicinò, si sollevò fino ad appoggiarle le zampe anteriori sulle gambe e attese di essere preso affettuosamente in braccio.

Il calore del suo corpicino sarebbe stato l'unico modo per Jack di testimoniare a Barbara il grande affetto che provava per lei.

«Sei davvero un cane unico, mio piccolo Jack. E anche io ti voglio un gran bene. So che sarai con me quando ce ne sarà bisogno» mormorò Barbara.

82

Bari
13 settembre 2017, ore 11:21

Nitti si era ammutolito.

Il suo sguardo saltellava tra me, Lomonaco e la Carmini, indeciso su chi soffermarsi. Forse si sentiva talmente in torto da non riuscire neppure a mostrarsi ostile verso la sua compagna, né a serbare della reale ostilità nei suoi confronti. Come se nel profondo del suo animo attendesse quel momento da giorni.

Se non da settimane.

«A quali messaggi si riferisce la signora?» intervenni, con il tono gelido che riservavo soltanto alle persone sottoposte a un vero e proprio interrogatorio.

«Io... veramente... non riesco a capire, ispettore. Davvero... non ho idea...»

Quella strategia del diniego a oltranza fece saltare ogni remora in Alessandra Carmini. Si alzò di scatto dalla sua sedia cercando di scagliarglisi addosso mentre gli inveiva contro.

Lomonaco, per fortuna di entrambi, fu sveglio e pronto a sufficienza per intercettare con il suo corpo quello della donna, prima che riuscisse a percuotere il compagno.

Non sapevo se ritenere Nitti più ingenuo o più stupido, visto e considerato come si erano messe le cose per lui.

«Ascolti un consiglio che non le ripeterò. Adesso lei ci dirà tutto ciò che è accaduto prima che Adelaide andasse via di casa. Sappia che alla minima cazzata, che le assicuro io e il mio collega saremo in grado di riconoscere, la sbatto dentro per sequestro di persona e per omicidio di primo grado.»

«Sequestro? Om... omicidio?» Gli occhi di Nitti si sgranarono tanto da fare apparire il suo volto molto simile a quello di un pesce palla.

«Ha capito bene. Il sequestro di Adelaide e l'omicidio di Ada Raisi, una cara amica della signora Carmini. Immagino lei la conoscesse bene» sottolineai.

Le mie parole furono dirompenti anche per la stessa mamma di Adelaide. Sebbene fosse ormai disposta a confessare anche lei, sino in fondo, tutta la verità sui suoi malsani equilibri familiari, la possibile incriminazione del suo compagno per due reati così gravi l'aveva atterrita. Intanto, Tommaso Nitti continuava a impallidire con rapidità preoccupante.

«Ci dica una volta per tutte a quali messaggi si riferiva la signora Carmini» intervenne Lomonaco, perentorio. Anche la sua espressione accigliata lasciava intuire che per Nitti si mettesse sempre peggio.

Adesso, se non altro, era chiaro il motivo per il quale sulle prime la mamma di Adelaide non gli aveva voluto consegnare il cellulare della figlia. Su quello smartphone c'erano evidentemente le prove di ciò che era accaduto tra il suo compagno e Adelaide, ben prima della scomparsa della diciassettenne. Tracce di verità che, seppure oltre tempo massimo, avevano aperto gli occhi della donna su quanto realmente successo.

«Okay... okay... vi dirò tutto...» si arrese infine l'uomo, rassegnato, guardando di sottecchi tutti i presenti.

A cominciare dalla sua compagna.

Prima ancora che con i due sbirri della Omicidi che gli sedevano di fronte, era infatti con lei che Tommaso Nitti avrebbe dovuto adesso fare i conti.

83

Bari
13 settembre 2017, ore 11:43

«Circa due mesi e mezzo prima che Adelaide sparisse, Alessandra uscì a cena proprio con... con Ada. Io e sua figlia restammo a casa a guardare la tv. Ricordo che preparai i tramezzini al tonno e maionese e le fette di pan brioche ai quattro salumi che erano gli spuntini preferiti di Adelaide. Rientrando a casa, nel pomeriggio, mi ero preoccupato di acquistare anche dell'ottima birra artigianale. Quella che sapevo piaceva tanto ad Alessandra quanto a sua figlia.»

Il tono di Nitti, sempre più incerto e colpevole, suggeriva in anticipo che il resto della storia avrebbe preso una pessima piega.

«Adelaide era come sempre molto attraente. E soprattutto... molto provocante. Quella sera più del solito. Io... io la desideravo da tempo... da tanto tempo. Volevo che fosse mia...»

D'istinto sia io sia Lomonaco spostammo lo sguardo verso la Carmini.

La donna soffriva a livelli inimmaginabili. Avendo letto i messaggi che Nitti aveva inviato a sua figlia poteva ora immaginare, sino in fondo e più chiaramente, che cosa il compagno si apprestasse a rivelare.

Il solo pensiero di quella confessione, tanto sincera quanto tardiva, le martoriava il cuore.

«A un certo punto... lei si distrasse per guardare la tv. Fu allora che commisi il mio più grande errore.»

Nitti tacque, fissando un punto nel vuoto davanti a sé.

«Giorni prima, sapendo che sarei rimasto da solo con Adelaide, mi ero procurato un po'... un po' di...»

Sia io sia Lomonaco avevamo già intuito a cosa l'uomo si stesse riferendo.

«Ghb?» lo anticipai, gelido.

Lui confermò, solo con il capo, tenendo gli occhi bassi sul pavimento. La compagna era ammutolita.

Ci pensai io a ricondurla alla realtà in fretta.

«Il Ghb è una sostanza comunemente conosciuta come "droga dello stupro" o "ecstasy liquida".»

La Carmini volse lo sguardo nella mia direzione, ancora poco presente a se stessa.

«Gli effetti negli uomini che assumono il Ghb,» continuai «comprendono la disinibizione, l'aumento della sensibilità tattile, della capacità erettile e una maggiore sensibilità al momento dell'orgasmo. Dico bene, signor Nitti?» Lo investii con un'occhiata al vetriolo.

La mia voce sfregiante voleva per il momento schiaffeggiarlo soltanto a parole. Se però lui avesse sbagliato a fare un solo gesto, o a pronunciare un termine inappropriato, avrebbe incassato ceffoni di ben altro tipo. A dispetto della sua intoccabilità di cittadino presunto innocente.

Tornai a guardare la Carmini. Si stava consumando nella sua stessa sofferenza, ma io non riuscivo a provare una grande compassione per lei immaginando cosa fosse toccato a Adelaide.

«Di contro, nelle donne che ingeriscono basse dosi di Ghb,» ripresi, deciso a ferirla fino in fondo «spesso senza saperlo visto che la sostanza è inodore e insapore, e soltanto leggermente salata, quindi facilmente diluibile senza alterazioni di sapore in qualunque bevanda, come la birra per esempio, gli effetti sono molto simili a quelli degli alcolici: sensazione di disinibizione, piacere diffuso, rilassamento e tranquillità. Ma anche sensualità, euforia e tendenza a verbalizzare.»

La Carmini non smetteva di piangere, in silenzio, ma purtroppo per lei non avevo ancora finito.

Incassai un'occhiata incerta di Lomonaco.

Forse lui, sempre più propenso di me a scusare il prossimo, a quel punto avrebbe evitato l'affondo finale. Io invece no.

Distolsi lo sguardo, tornando a concentrarmi sulla Carmini, intenzionato a rimarcare ciò che mi restava da dire.

«A dosi più alte, invece, il Ghb può provocare intontimento, perdita di coordinazione dei movimenti, convulsioni, forte sonnolenza e narcosi. Un sonno comatoso, con attività onirica, che può durare anche fino a ventiquattro ore. Tutti effetti che facilitano, e non poco, lo stupro di tutte quelle donne ignare di ciò che le aspetta. Adelaide compresa.»

Trascorsero interminabili secondi, immersi in un silenzio ovattato ai limiti del surreale, prima che Alessandra Carmini, scavata dall'angoscia, perdesse d'improvviso il lume della ragione.

84

Bari
13 settembre 2017, ore 11:59

«Brutto bastardo schifoso! Figlio di puttana! Sei solo un lurido verme! Che Dio ti maledica!» sbraitò la donna, stravolta da un pianto incontenibile mentre cercava di scagliarsi di nuovo con tutte le sue forze contro il compagno.

Era fuori di sé, obnubilata dalla rabbia cieca di un desiderio di vendetta a lungo sopito.

Intuendo per tempo che fosse sul punto di perdere il controllo, avevo intercettato senza grandi difficoltà il suo corpo con le mie braccia, non lasciandole alcuna possibilità di spingersi oltre.

Lomonaco, nel frattempo, si era avvicinato a Nitti, tenendolo sott'occhio. Anche lui, dato il frangente ormai ben oltre i limiti, avrebbe potuto cedere a qualche gesto estremo. Verso la compagna, o addirittura contro se stesso.

«Alessandra! Alessandra!» la scossi con forza dalle braccia, cercando di farla tornare in sé. «Si calmi! Mi ascolti bene, mi sono spiegato?» le intimai, minaccioso, facendole avvertire il peso della mia stazza ingombrante. «Ora il signor Nitti si allontana da questa stanza con il mio collega, e io e lei ci sediamo, con calma, e finiamo quello che abbiamo cominciato. Una volta per tutte.»

La donna tremava come una foglia al vento.

Fissando il compagno che veniva scortato da Lomonaco

fuori dal soggiorno, non faceva che ripetere sottovoce, balbettando, una sola frase: «Ho ucciso la mia bambina, è tutta colpa mia... ho ucciso la mia bambina, è tutta colpa mia...».

L'aiutai a rimettersi seduta, porgendole il pacchetto di fazzolettini di carta che avevo nel giubbotto.

Riuscivo a comprendere la sofferenza che la stava dilaniando, come e peggio di un batterio mangiacarne, ma era giunto il momento di rompere ogni indugio e di lasciare che la verità, tutta quanta, venisse finalmente a galla.

Agghiacciante e dirompente come soltanto la verità sa essere.

85

Bari
13 settembre 2017, ore 12:11

«Respiri, signora Carmini, respiri...»

La donna mi ascoltava appena, incapace di arrestare i singhiozzi e le lacrime.

«Voglio che lei adesso mi dica una cosa. Mi ascolti bene, perché ciò che sto per chiederle è molto importante. Ha capito?»

Lo sguardo della Carmini si era fatto inespressivo, perso nel vuoto.

«Alessandra... Alessandra, mi ascolti, cazzo!» la rimbrottai, alzando di nuovo la voce mentre tornavo a scuoterla un po'.

Finalmente accennò un sì con il capo.

«Dove sono i messaggi che il signor Nitti ha inviato a Adelaide? Sul cellulare non abbiamo trovato nulla. Lei non li ha eliminati, vero?»

La Carmini sollevò lentamente lo sguardo.

Le costava parlare, ma sapeva che non vi era più alternativa alla sua confessione.

Totale e incondizionata.

«Sì... io... io li ho cancellati...»

Chiusi gli occhi d'istinto, pensando a quanto questo avrebbe finito per alleggerire il profilo di responsabilità di Nitti.

«Ma solo dal cellulare di Adelaide, e dopo averli inviati

al mio numero. Tutti, dal primo all'ultimo» aggiunse in un impeto di orgoglio.

Mi sentii d'un tratto più sollevato.

Questo significava che Nitti (quel lurido verme bastardo, su questo convenivo appieno con la Carmini) non l'avrebbe fatta franca tanto facilmente.

«Brava Alessandra, ottima mossa.»

Non rispose, né reagì in alcun modo.

«Ora mi spieghi perché prima ripeteva che ha ucciso Adelaide.»

Avevo la risposta, ma dovevo assicurarmi che fosse quella corretta.

«Perché... è solo colpa mia ciò che è accaduto. E se ora lei non tornerà più a casa... mai più... viva... sarà soltanto perché io l'ho uccisa con quello che le ho fatto...»

Annuii.

«Le cose non andranno così, si fidi. Adesso, però, deve dirmi un'ultima cosa: lei crede che il suo compagno c'entri qualcosa con la sparizione di Adelaide?»

La Carmini sembrava guadagnare lucidità in fretta.

«Prima... lei ha accusato Tommaso... anche dell'omicidio di Ada...» accennò, ancora parecchio confusa.

«Non proprio, l'ho solo minacciato, per il momento. La verità è che ci sono pochi indizi che conducono in quella direzione. L'ho fatto perché sapevo che il suo compagno nascondeva qualcosa di molto importante. Per quanto non possa ancora escluderlo in via definitiva dalla lista dei sospettati dell'omicidio di Ada, non credo c'entri nulla con il suo assassinio. Voglio piuttosto capire se lei pensa che, al contrario, possa comunque saperne di più della scomparsa di sua figlia. Se è così me lo dica, provvederò io a fargli confessare il resto. So essere molto convincente, glielo assicuro.»

La Carmini sembrò assentarsi per altre decine di secondi.

«Non lo so... io... io davvero non lo so... non so più niente, ispettore... So solo che... che Adelaide... sì... io credo che lei... che mia figlia... sia...»

«Forza, Alessandra, respiri» le ripetei, con tono più comprensivo.

Se il mio sesto senso non m'ingannava, Alessandra Carmini era sull'orlo di una nuova crisi di nervi.

E questo non potevo permetterlo.

Non ora.

86

Bari
13 settembre 2017, ore 12:29

«Continui, la prego. Non abbiamo più molto tempo.»

Sapevo che il timore di non ritrovare più Adelaide, o peggio di rinvenirla morta chissà dove, e per mano di chissà chi, avrebbe spinto sua madre a non tacermi più nulla.

«Crede che sua figlia sia... dove?» insistetti, temendo ormai il peggio.

«Adelaide è... incinta, ispettore» rispose infine, abbassando lo sguardo verso il pavimento, mentre altri singhiozzi silenziosi le rallentavano il respiro.

Le sue parole mi lasciarono impietrito sulla sedia, davanti a lei. Lo scenario di ciò che doveva essere accaduto tra mamma e figlia mi comparve davanti agli occhi.

In breve ricostruii nella mia mente i tratti salienti della loro rottura.

Quindi era per questo che la Carmini ce l'aveva tanto con sua figlia. Tante cose adesso quadrano.

Evidentemente aveva già incominciato a intuire qualcosa prima che Adelaide andasse via di casa, ma ha pensato bene di dare la colpa di tutto a lei. La figlia provocatrice del suo uomo.

Le due hanno discusso, sino a quando lo scontro si è fatto aspro e Adelaide ha deciso di andare via di casa, senza portare con sé il suo smartphone, in modo da non essere rin-

tracciata. La ragazza aveva però prima scientemente disattivato il codice di sblocco, così che il suo contenuto fosse accessibile alla madre. Sapeva che lei trovandolo avrebbe potuto scoprire da sola la verità che a voce, evidentemente, non aveva voluto ascoltare.

Alessandra aveva ormai preso le difese del compagno e dunque soltanto delle prove inoppugnabili avrebbero potuto farle cambiare idea.

Prove che le sono state poi fornite dai messaggi trovati sul cellulare della figlia, leggendo i quali ha capito ciò che era accaduto realmente tra Adelaide e Nitti. Come anche che il compagno temeva di averla messa incinta. A quel punto la Carmini, pur continuando a difendere il convivente davanti agli estranei, ossessionata dalla volontà di fare apparire la sua come una famiglia sana, e per bene, ha capito che doveva invece ritrovare sua figlia, evitando che potesse commettere qualche gesto insano, spinta dal dolore di non essere stata creduta.

Ha così deciso di parlare con Ada, che le ha consigliato di contattare me, sapendo che avrei fatto luce sull'intera vicenda. A questo punto si potrebbe anche immaginare che Nitti possa essere venuto al corrente di quel che aveva fatto Ada e che abbia poi deciso di vendicarsi, uccidendola.

Ma Sara?

Cosa c'entra lei con quel maiale?

Perché lui avrebbe dovuto ucciderla?

Mmh...

L'ultima parte di questa ricostruzione non è plausibile.

Nitti è un verme, ma non ha lo sguardo di un assassino.

So distinguere un killer da un lurido pervertito.

Questa è soltanto una parte della verità.

C'è ancora più di qualcosa che non quadra in tutta questa dannata storia, maledizione!

Rimasi a lungo in silenzio, ancora in parte confuso da ciò che avevo scoperto, mentre Alessandra Carmini fissava il vuoto.

I nodi iniziavano lentamente a sciogliersi, uno dopo l'altro.

Riuscivo a comprendere chiaramente molte più cose di prima, prefigurando ancora meglio scenari ai quali nelle ore precedenti non avevo minimamente pensato.

La notizia shock che la Carmini mi aveva appena confessato, inoltre, avvalorava sotto certi aspetti l'ipotesi che avrebbe potuto condurmi all'assassino di Ada e a quello di Sara.

Mancava soltanto un ultimo tassello che riguardava la Carmini, e che sempre attraverso lei avrei dovuto sistemare al posto giusto. A scanso di qualunque pericoloso fraintendimento.

«Okay... okay. Adesso, Alessandra, lei deve dirmi un'ultima cosa.»

La donna riprese a fissarmi, stravolta.

La sua resistenza fisica e psicologica era prossima al limite.

«Mi ascolta?» cercai di assicurarmi.

Annuì appena.

«Voglio che lei mi dica perché non ha mai parlato della sparizione di Adelaide con sua sorella... Elena Roveri. Lei sa bene che è una commissaria della polizia di Stato. E si dà il caso, anche la mia diretta superiore.»

La Carmini strabuzzò gli occhi, basita.

Adesso ero stato io a scioccarla, lasciandola senza parole.

87

Bari
13 settembre 2017, ore 12:38

Alessandra Carmini iniziò a scuotere il capo.

«Io e mia sorella, ispettore, non ci parliamo più da anni. Da molti anni.»

«Che è successo?»

La donna riprese a fissarmi.

«Per via di Alberto.»

Avvertii un brivido corrermi lungo la schiena.

Conoscevo da tempo la Roveri, e ne avevo assaporato il carattere forte e autorevole in più di una circostanza, ma adesso non riuscivo a immaginare quale potesse essere il motivo di una frattura tanto insanabile tra lei e sua sorella.

Tra l'altro per colpa di un cognato.

«Cosa le ha fatto Alberto?»

La Carmini prese un gran respiro, cedendo a un sorriso amaro.

«Non soltanto lui, ispettore. Siamo stati entrambi.»

Un guizzo nei suoi occhi mi lasciò intravedere una possibile spiegazione.

«Tanti anni fa Elena e Alberto stavano insieme.»

"Ci avevo visto giusto" pensai.

«Ma... la verità è che sono sempre stata innamorata di lui. Sin da quando Elena me lo presentò. Io e lei uscivamo insieme da giovani, visto che tra noi ci sono soltanto due anni di differenza, ma la sera in cui alcuni amici glielo presentarono non c'ero. Ero a una festa con alcuni miei amici del liceo.»

La Carmini s'interruppe.

Doveva riprendere fiato.

Si sentiva svuotata, e svilita.

Il pensiero della verità che aveva appreso dalla viva voce del suo compagno la faceva apparire più vecchia di una decina d'anni.

Incassai, facendole segno di continuare. Non volevo interromperla con domande inutili.

«Quando lei me lo presentò, dicendomi che le piaceva molto e che avrebbe cominciato a uscirci, mi sentii esplodere d'invidia. Ho sempre voluto bene a mia sorella, deve credermi, ma Alberto... Alberto sembrava avermi stregata. Poche settimane dopo Elena e lui si fidanzarono ufficialmente e io iniziai a consumarmi nella mia rabbia. Nella mia invidia. Non riuscivo ad accettare che fosse lei quella che un uomo così bello e aitante aveva scelto.»

«Quindi che fece?»

La Carmini sbuffò, facendo spallucce.

«Quello che fa una donna quando vuole un uomo, ispettore. Una donna che ha deciso, e che avrà ciò che desidera. A qualunque costo.»

Alessandra Carmini aveva un carattere complesso, dalle mille sfaccettature. Non riuscivo a inquadrarla sino in fondo.

«Iniziai a inseguirlo, con discrezione, provocandolo non appena mi era possibile. Come fanno... come fanno le vere troie» ammise, disgustata da se stessa.

Ecco perché ce l'aveva tanto con Adelaide.

"Da qualcuno quella ragazza doveva aver pur preso tutto il suo estro e il suo istinto provocatorio" pensai, attendendo che la Carmini concludesse il suo racconto.

«Per farla breve, nell'arco di qualche mese da quando lui ed Elena si erano fidanzati, io e Alberto finimmo a letto insieme. Mia sorella si fidava di me a occhi chiusi e invece... io l'avevo tradita proprio con il suo uomo.»

Adesso mi era tutto più chiaro.

Da persona forte e determinata qual era sempre stata, la Roveri aveva messo una pietra tombale sul rapporto con sua sorella, interrompendo ogni tipo di relazione.

«La cosa che credo le fece più male fu scoprirci nella camera da letto dove io e lei dormivamo, una sera in cui i nostri genitori erano usciti a cena con degli amici. Scoppiò un putiferio, Elena andò via di casa e smise di parlarmi, cancellandomi per sempre dalla sua vita. Riuscivo a sapere di lei soltanto attraverso i familiari. Inutile dire che non venne al mio matrimonio con Alberto, né a qualunque altra ricorrenza in cui ero presente. La rividi soltanto molti anni dopo, il giorno del funerale di mio marito. Anche se lei si tenne a debita distanza da me. Credo che avesse voluto soltanto dare un ultimo saluto all'uomo del quale, che io sappia, è sempre rimasta innamorata.»

Continuai a tacere, intuendo che la Carmini avesse ancora qualcosa d'importante da riferirmi.

«A questo punto, ispettore, penso sia giusto confessarle anche il resto. La mia vita ormai... ha da tempo perso ogni significato.»

«Che intende?»

Non riuscivo a decifrare quelle ultime parole.

La Carmini tornò a fissarmi, mesta, con il volto che trasudava amarezza e sdegno verso se stessa.

«Quando a mio marito diagnosticarono il terribile male che poi ce lo strappò, feci qualcosa che ancora oggi stento a comprendere.»

Rimasi in attesa, silenzioso.

«Nelle ultime settimane di malattia di Alberto... tradii anche lui...»

"Assurdo..." pensai, incredulo.

«Ero distrutta, sconvolta dal fatto che lo avrei perso, incapace di farmene una ragione. Al punto che, quasi senza accorgermene, decisi di anestetizzarmi iniziando a frequentare un altro uomo, Tommaso, che conobbi per caso nell'ospedale dove mio marito era ricoverato.»

Distolsi lo sguardo dalla donna, pensando alle conseguenze che potesse avere innescato nella sua famiglia una tale, pesante (e anche nauseante) verità.

«Adelaide lo sapeva?» chiesi, più brusco.

La risposta della donna avrebbe chiarito ulteriormente molte circostanze del suo a dir poco difficile rapporto con la figlia.

Ma anche di quello tra Adelaide e il patrigno.

La Carmini si limitò ad annuire, stravolta, inghiottendo una dopo l'altra le nuove lacrime di dolore che i suoi ricordi peggiori lasciavano sgorgare.

88

Bari
13 settembre 2017, ore 12:57

A quel punto mi alzai e andai a chiamare Lomonaco.

Gli dissi di rientrare in soggiorno, tenendo Nitti a debita distanza da colei che, ero ormai certo, sarebbe rimasta la sua compagna ancora per poco.

«Lomo', chiama una pattuglia e comunica ai colleghi di tradurre quest'uomo in carcere. L'accusa è di stupro di minorenne e di possibile complicità in omicidio di primo grado.»

Non degnai il patrigno di Adelaide del minimo sguardo.

Sapevo che la seconda accusa era forzata, visto che in realtà presumevo non fosse coinvolto nell'assassinio di Ada, ma essendoci gli estremi teorici per un suo coinvolgimento nel delitto decisi che a quel pezzo di merda avrebbe fatto bene, in attesa della convalida davanti al Gip dell'ordine di arresto firmato dal pubblico ministero, trascorrere i giorni seguenti nel terrore di marcire un bel po' di anni dietro le sbarre.

Sapevo che, per sua fortuna, le cose non sarebbero andate così, visto che l'accusa di complicità non avrebbe retto, ma per il momento Nitti si meritava quello e altro.

«Ma ispettore... io... io le ho detto la verità! Deve credermi! Non ho ucciso nessuno! Non c'entro niente con l'omicidio di Ada! Io... io... io non sono un assassino, maledizione!» si difese Nitti, agitandosi in preda alla disperazione crescente, marcato stretto da Lomonaco che in queste situazioni sapeva bene come comportarsi.

Avendo per tempo intuito il mio gioco, si stava dimostrando come al solito all'altezza della situazione.

«Sì, ispettore» replicò, volgendosi un istante dopo verso Nitti. «Lei si sieda, e soprattutto la smetta di frignare. Sarà il giudice a stabilire che cosa ha fatto. I nostri colleghi saranno qui in pochi minuti, quindi si tranquillizzi. Non le piacerebbe uscire di qui con le manette ai polsi, glielo assicuro» lo minacciò, scontroso, spingendolo di prepotenza a sedere e facendo partire la chiamata alla centrale.

Mi sorprendeva sempre vedere quel suo lato più burbero, dato che di solito era lui il più tranquillo e posato tra noi due.

La Carmini, dal canto suo, sembrava annegare ogni minuto di più in un inferno interiore dal quale non sarebbe uscita facilmente. Soprattutto se Adelaide non fosse stata più ritrovata, o peggio fosse stata rinvenuta morta.

La vita aveva alla fine presentato alla Carmini il conto salato per la falsità e la sfacciata arroganza con le quali aveva agito per anni, senza mai rinunciare a tutto ciò che riteneva le fosse dovuto.

Mentre Lomonaco scortava Nitti giù in strada, dove una volante li attendeva con i lampeggianti accesi per prendere in consegna l'uomo, mi congedai dalla mamma di Adelaide.

Dentro di me temevo che potesse cedere a un gesto inconsulto, spinta dai rimorsi e dall'insopportabile vergogna per quanto accaduto, come anche per tutto ciò che era venuto a galla dopo tanti anni di veleni e di menzogne, ma non ero nelle condizioni di fare nulla per scongiurare un tale pericolo.

Se avesse deciso di togliersi la vita, cedendo adesso alla sua vigliaccheria, avrei continuato a vivere con la coscienza a posto. Animato da due soli obiettivi: scoprire dove fosse andata a finire la povera Adelaide e catturare chi aveva ucciso la madre e l'amica di mia figlia.

89

Bari
13 settembre 2017, ore 13:26

Dopo esserci congedati dalla Carmini, e avere affidato Nitti nelle mani dei nostri colleghi della Mobile, suggerii a Lomonaco di andare a mangiare un panino in riva al mare.

Lì avremmo potuto distrarci un po' in attesa del secondo, cruciale confronto della giornata. Quello che avrebbe confermato se l'ipotesi che mi martellava la mente dal giorno prima avesse una solida base di fondamento, come a istinto ritenevo, o se invece dovesse essere accantonata in via definitiva.

«Adesso, ispetto', tocca ad Altieri dirci tutto quello che sa, giusto?» mi chiese Lomonaco, alludendo al segreto che Sara poteva aver custodito per anni prima di essere assassinata.

«Anche con quell'uomo non sarà semplice trovare il bandolo della matassa, ma qualcosa mi dice che sarà molto diverso da quello che abbiamo affrontato con la Carmini e con quel verme del suo compagno. Non che lei, ben inteso, sia uno stinco di santa» ci tenni a precisare.

«Decisamente no» assentì Nicola. «Si è già fatto un'idea di come possono essere andate le cose, vero?»

Temporeggiai, dando un paio di morsi al mio panino alla stracciatella, pomodori secchi, capocollo di Martina Franca e granella di pistacchi. Riflettere mangiando dell'ottimo cibo mi risultava più allettante.

«Sulla scomparsa di Adelaide e sulla morte di Sara credo

che l'ipotesi che mi sta dando il tormento da ieri potrebbe spiegare molte cose. Intorno all'omicidio di Ada, invece, c'è ancora una cortina fumogena che non riesco a diradare. So che mi mancano delle informazioni, ma non ho idea di quali possano essere.»

Lomonaco accennò un timido sì con la testa, continuando anche lui a gustare il suo panino.

«Dove crede che sia finita Adelaide? Pensa davvero che la ritroveremo? Viva?»

Il palese scetticismo che affiorava dalle sue parole era più che condivisibile.

«Notizie dai nostri che pedinano Rucci?» glissai.

Nicola scosse il capo.

«Quando sono sceso per consegnare Nitti ai colleghi della Mobile ho fatto un paio di telefonate a Fragarà e a Bellomo, ma per il momento nessuna novità.»

«Immaginavo, è ancora troppo presto» confermai, annuendo.

«Crede che quel ragazzo possa rivelarsi importante in tutte queste vicende?»

Rimasi per qualche istante con lo sguardo perso nel vuoto, tornando a visualizzare con gli occhi della mente le foto in cui lo avevo visto in compagnia di Adelaide, di Sara e di mia figlia.

«Mettiamola così: per quanto al momento non esistano elementi sufficienti per indirizzare le nostre attenzioni verso di lui, non me la sento di escludere che quel tipo possa riservarci più di una sorpresa, sulla sparizione di Adelaide e sull'omicidio di Sara. È chiaro, però, che restiamo ancora nel campo delle mere ipotesi. Purtroppo...»

Lomonaco mi sembrava poco convinto, ma soprattutto assorto.

«A che pensi?» gli chiesi, dando l'ultimo morso al mio panino.

Non mi rispose subito, ma dalla sua espressione avevo la sensazione d'intuire quale fosse il suo cruccio.

«Ho sbagliato, ispetto'.»
«Ti riferisci a Adelaide... o a sua madre?»
«Senza dubbio alla ragazza. Sono stato troppo frettoloso nel mio giudizio su di lei. Nelle mie valutazioni.»
Sospirai, guardando le onde infrangersi lente, incessanti, una dopo l'altra, sulla battigia rocciosa.
«Diciamo che tutto deponeva a sfavore di quella ragazza.»
«Però lei non ci è cascato. Non ha peccato di superficialità.»
Mi lasciai andare a una smorfia.
«La verità è che ero troppo concentrato sulla madre, e su quello che avrebbe potuto nascondere, per cedere a delle valutazioni di carattere più personale sulla figlia. E poi, tu sei stato nella sua stanza, hai avuto un impatto diverso dal mio con il modo di fare e di essere di Adelaide.»
Lomonaco accennò un sorriso di circostanza.
«Ispetto', lei sa sempre come addolcire la pillola. È solo questa la verità.»
«Io so che sei la persona di cui più mi fido, e della quale tengo in conto ogni singola valutazione. Se a volte evito degli errori, è perché tu ti esponi in prima linea permettendomi di ragionare meglio sui dettagli. Tutto qui.»
Lomonaco mi fissò. Sorpreso, ma compiaciuto.
«Sì, ieri avevo ragione...» accennò, a voce bassa.
«Su cosa?»
«Sul fatto che sarebbe stato un ottimo psicologo, ispetto'.»
Scossi il capo, divertito.
«Sappi che anche in quel caso tu saresti il mio braccio destro.»
Nicola si sentì preso in contropiede.
I suoi occhi brillarono di soddisfazione, ma la sua timidezza gl'impedì di commentare oltre.
«Adesso vediamo quanto sarà necessario... *psicanalizzare* Mirko Altieri» aggiunsi, iniziando ad avviarmi verso l'auto.
«Non vedo l'ora» mi rispose Lomonaco, chinando il capo in segno di assenso, mentre mi guardava con aria beffarda.

90

Bari
13 settembre 2017, ore 15:32

Nel momento in cui il papà di Sara ci aprì la porta d'ingresso capimmo che quel confronto non sarebbe stato né facile, né breve, né tantomeno indolore.

Mirko Altieri non era più l'uomo che avevamo incontrato soltanto il giorno prima sul luogo dell'omicidio di sua figlia.

In ventiquattr'ore era divenuto lo spettro di se stesso, consumato da un dolore soffocante che lo scavava dentro, privandolo delle forze ogni istante che passava.

«Prego... entrate pure» sussurrò, guardandoci con aria distratta.

Non appariva meravigliato di vederci, ma soprattutto sembrava che non gl'importasse granché della nostra presenza.

E neppure della ragione che potesse giustificarla.

Come se tutto ciò che gli accadeva intorno non avesse più alcun significato, la minima ragion d'essere.

«Venite, seguitemi in cucina» aggiunse, dopo essersi richiuso la porta alle spalle.

Con passo lento e strascicato ci fece strada verso l'unica stanza, oltre forse alla camera da letto, in cui probabilmente aveva trascorso il suo tempo da quando Sara era stata assassinata. Le porte delle altre stanze, tutte quante chiuse, contribuivano a trasmettere un senso di claustrofobia da cui Altieri non sembrava in alcun modo infastidito.

Una quiete irreale, e anche piuttosto inquietante, aleggiava nella casa, sfuggente come una presenza sinistra della quale ci saremmo sbarazzati soltanto andando via.

«Vi ascolto» disse infine, facendo segno di accomodarci sulle due sedie disposte, l'una di fronte all'altra, lungo l'ampio tavolo rettangolare della cucina. Sistemandosi a capotavola lui avrebbe potuto guardare entrambi senza difficoltà.

«Sua nipote non c'è?» chiesi.

Per un attimo un pensiero orrendo mi aveva ghiacciato il cuore.

«È da mia madre. Katy... lei non sa ancora niente.»

La voce cavernosa e atona di Altieri metteva i brividi. Unita al suo aspetto oltremodo trasandato e agli occhi privi di ogni vitalità, inespressivi come lampadine fulminate, forniva un'idea chiara della condizione psicologica nella quale si trovava.

Diedi un rapido sguardo alla credenza che mi stava di fronte. Sulla destra campeggiava la confezione semivuota di un potente ansiolitico. Era lo stesso che Barbara aveva utilizzato per mesi dopo la scioccante esperienza vissuta a Venezia, circa due anni e mezzo prima.

Anche Lomonaco appariva colpito dalle condizioni in cui Altieri si trovava. Probabilmente non aveva immaginato di poterlo trovare in quello stato, nonostante l'indubbia gravità del lutto che lo aveva colpito. Mi lanciò una fugace occhiata, incerto se fosse il caso d'intervenire in qualche modo.

Scossi il capo in segno di diniego.

Per il momento me la sarei cavata bene da solo.

Nicola sapeva in che direzione avrei condotto il confronto con il papà di Sara, dunque avrebbe potuto darmi manforte al momento giusto.

Tornai a guardare la confezione di ansiolitico. Doveva essere anche per quello che Altieri parlava biascicando a volte le parole.

Non era soltanto la sofferenza per quanto accaduto il giorno prima a giustificare il suo comportamento, evidentemente poco presente a se stesso. Ma se da un lato comprendevo che una simile reazione fosse pressoché scontata dopo l'omicidio della figlia, dall'altro la condizione nella quale Altieri versava mi faceva dubitare che sarei riuscito a fargli confessare tutto ciò che ero certo sapesse sulla nascita della piccola Katy.

Era in quella verità, rimasta sepolta nei meandri più oscuri del passato della famiglia Altieri, e che presumevo il signor Mirko avesse giurato anni prima di difendere a ogni costo, che si annidava la spiegazione di quanto accaduto alla povera Sara.

Se l'uomo desiderava che il feroce omicida di sua figlia venisse catturato doveva rivelare l'agghiacciante segreto che custodiva con tanta, ostinata pervicacia.

Era quello il prezzo da pagare per ritrovare un briciolo di serenità e di pace interiore, indispensabili a crescere al meglio la piccola Katy da quel momento in avanti.

In pochi attimi decisi la strategia da adottare.

Una tattica d'urto, a me più congeniale, seppur senza dubbio non molto rispettosa della condizione psicologica di Altieri, che mi avrebbe permesso di conoscere, sino in fondo, che cosa fosse accaduto a Sara prima che la sua bambina venisse al mondo.

91

Bari
13 settembre 2017, ore 16:03

«Pur comprendendo bene il suo dolore, signor Altieri, i tempi della giustizia e delle nostre indagini mal si conciliano con quelli della sua ripresa emotiva. Mi spiace, ma non possiamo aspettare oltre nel farle delle domande che riteniamo fondamentali per comprendere meglio i contorni dell'omicidio di sua figlia. Il che, come potrà ben intuire, implica che la sua piena e completa collaborazione diventi a questo punto essenziale» sottolineai.

Mirko Altieri non batté ciglio, perso nei suoi pensieri.

«Deve aiutarci a ricostruire quello che può essere accaduto la sera in cui Sara è stata assassinata» rimarcai, conscio di stare rigirando il coltello nella piaga.

«Essenziale... Pfff...» biascicò Altieri, tenendo gli occhi fissi nel vuoto. «Essenziale per chi, ispettore?» aggiunse, sollevando lo sguardo. Le sue parole e la sua voce avevano i toni della provocazione.

«Io non credo che lei non sappia chi sia il padre di sua nipote. Quindi essenziale in questo senso, signor Altieri.»

Gli occhi dell'uomo iniziarono a brillare. Una luce improvvisa sembrava avergli restituito la vita che sino a quel momento era scomparsa dal suo volto distrutto.

«Lei sa che conoscere la verità può fare la differenza» insistetti.

L'uomo si alzò, iniziando a camminare per la cucina come un leone in gabbia.

D'un tratto appariva irriconoscibile.

Sembrava avere ripreso forze e lucidità nel giro di pochi istanti.

"Solo il dolore riesce a fare tanto" commentai tra me.

«La verità, ispettore? A quale verità si riferisce?» ringhiò lui.

Non risposi, guardando di sottecchi Lomonaco.

Non doveva intervenire.

Mirko Altieri aveva la viscerale necessità di sfogarsi, e io avrei atteso i tempi e i modi che avesse reputato più congeniali per alleggerire il peso del macigno che gli schiacciava l'animo.

Il suo silenzio, di contro, restava un prezzo che non potevo permettermi di pagare.

«Ma soprattutto, che differenza può fare ormai... sapere che cosa è accaduto?» latrò l'uomo, avvicinandosi al tavolo per battervi sopra i pugni. «Nessuno, e tantomeno lei, potrà più restituirmi la mia Sa... mia figlia.»

Lomonaco spostò lo sguardo verso di me, colpito.

Il dolore di Mirko Altieri aveva in breve saturato la cucina, riverberandosi sui nostri corpi con chirurgica precisione.

«Sapere può fare una differenza essenziale, signor Altieri. Glielo ripeto: io e il mio collega siamo qui per scoprire chi ha ucciso sua figlia» replicai, con tono calmo ma fermo, mentre l'uomo tornava a sedersi al suo posto.

Di nuovo lo sguardo spento posato sul tavolo, davanti a sé.

«Già... dimenticavo... io non ho un alibi per avantieri sera. E quindi, sono un sospettato come chiunque altro. Giusto?»

Il suo volto aveva assunto le fattezze di un enorme ghigno.

«Lo sarebbe meno se ci dicesse perché non vuole rivelarci l'identità del padre di Katy.»

Altieri accusò il colpo.

Come se le mie parole lo avessero ferito di nuovo.

Più di prima.

«Gliel'ho già detto ieri, ispettore. Io non so chi sia. Sara... non ha mai voluto rivelarmelo» si ostinò a ripetere, serrando i denti.

La mia strategia doveva fare un salto di qualità.

Decisi che avrei giocato duro.

Molto più di quanto Altieri si sarebbe mai aspettato.

Non avevo alternative.

«Lei sa che sua figlia aveva da alcune settimane una storia di sesso con un suo coetaneo di facoltà?»

Lomonaco sgranò gli occhi, camuffando però all'istante la sua espressione sbigottita. Anche lui non aveva previsto di dovermi reggere il gioco sino a quel punto.

Il padre di Sara sollevò lentamente il capo nella mia direzione, più stravolto di quanto non ci fosse apparso sino a quel momento. Non sapeva cosa dire, ma la sua reazione seguiva la rotta che speravo.

Se ciò che gli avevo appena detto avesse sortito il giusto effetto, il segreto che Mirko Altieri nascondeva da anni aveva i minuti contati.

92

Bari
13 settembre 2017, ore 16:37

Le mani di Altieri iniziarono a tremare.

Il suo sguardo si sgranò oltre l'immaginabile.

Il respiro si fece d'improvviso prima lento, poi affannoso.

«Sta bene?» gli chiesi, celando il mio tono provocatorio.

«Lei mente» replicò lui, lapidario.

Sentivo che la rabbia continuava a montagli dentro.

«Perché dovrei, signor Altieri?»

L'uomo deglutì, stringendo i pugni.

«Cosa ci trova di strano nel fatto che sua figlia avesse una storia di sesso con un coetaneo? Dovrebbe piuttosto chiedersi chi sia... l'uomo con il quale aveva iniziato questa relazione. Magari potrebbe essere stato lui il motivo per cui il padre di Katy ha deciso di...»

«La smetta...» sibilò Altieri.

Mi arrestai all'istante.

L'uomo scuoteva il capo, come un ossesso.

«Non... non è possibile...» riprese.

Si alzò e andò verso il lavello.

Incrociai lo sguardo basito di Lomonaco.

Anche lui iniziava a convincersi che le cose, purtroppo, cominciavano ad andare nella direzione delle mie peggiori previsioni.

«Ci spieghi, cosa non è possibile, signor Altieri?»

Non disse nulla. Riempì un bicchiere d'acqua e lo ingollò tutto d'un fiato, tornando a guardarci mentre se ne restava impalato davanti al lavello.

«No... no... mmh... mmh... non è pos... possibile...» balbettò, con la voce rotta dalla carnale sofferenza che non gli riusciva più di contenere, di ricacciare nelle viscere profonde dalle quali risaliva come lava.

«Cosa non è possibile, signor Altieri? Me lo dica, maledizione!»

Presi a fissarlo negli occhi, minaccioso, mentre mi alzavo in piedi per avvicinarmi a lui.

Lomonaco era atterrito.

Anche lui adesso aveva gli occhi lucidi.

L'espressione smarrita di chi teme ciò che sta per accadere.

Dentro di me ero combattuto.

Non potevo ignorare che il dolore del padre di Sara fosse duplice, e che nessun essere umano che non si trovasse nelle sue condizioni avrebbe potuto capire sino in fondo il terribile oblio nel quale stava precipitando, ma purtroppo non avevo scelta.

Dovevo continuare a colpirlo in fondo all'anima, attendendo il momento in cui avrebbe ceduto e confessato ciò di cui ero a ogni istante sempre più certo.

93

Bari
13 settembre 2017, ore 16:46

«Lei mente, ispettore. Sara... la mia Sara... non lo avrebbe mai fatto... mai...» continuò a piangere Altieri, scuotendo il capo, sempre più agitato.

«Fatto cosa, signor Mirko? Fatto cosa?» insistetti, facendogli avvertire la pressione della mia ingombrante presenza.

L'uomo serrò la mascella, ostinato a non cedere.

Non parlava, ma i suoi occhi erano ormai sul punto di cedere.

Di confessare ogni cosa.

«Cosa non avrebbe mai fatto Sara? Avere una storia di sesso, e magari andare a letto con più di un coet...»

«TRADIRMI! TRADIRMI, DANNAZIONE! Lei... lei non... non avrebbe mai potuto tradirmi...» si arrese infine Altieri, disperato, cedendo alla forza dirompente della verità a lungo celata. Arrendendosi tra le lacrime incontrollabili a quel peso divenuto insostenibile.

«L'unica cosa che posso dirvi» aggiunse «è che la notai tesa, prima di uscire, la sera in cui poi... Non le chiesi niente perché Sara mi diceva sempre tutto, quindi non ritenni di farle inutili domande. Se invece avessi agito diversamente, forse ora...»

Altieri mi si accasciò davanti, strisciando con la schiena

sul mobile che ricopriva il lavello, sino a restare rannicchiato con le ginocchia al petto, in preda a spasmi involontari.

Un silenzio irreale e opprimente avvolse nell'arco di pochi respiri ogni centimetro quadrato della cucina.

Chiusi gli occhi per qualche istante.

Quando li riaprii scorsi con la coda dell'occhio la lacrima che scendeva giù, lenta, lungo la guancia di Nicola. Non sapevo cosa dire, né cosa fare. Rimasi in piedi, rigido, a fissare un punto nel vuoto. Adesso potevo tornare a mostrare a quell'uomo l'umanità e la comprensione della quale avevo dovuto fare a meno per scoprire l'agghiacciante segreto suo e di sua figlia Sara. Insieme a Nicola lo aiutai a rialzarsi, facendolo sedere al suo posto.

«Ci sta dicendo che quindi... la piccola Katy non è soltanto sua nipote. Lei è anche...»

«Mia figlia... sì... Katy è il frutto dell'immenso amore mio e di Sara, ispettore. Sono io... il padre di mia nipote.»

L'uomo abbassò gli occhi sul tavolo, incapace di reggere il peso dei nostri sguardi ancora in parte increduli.

Tutto era finalmente chiaro.

La serenità emotiva di Sara, più volte sottolineata da Giada, derivava dal fatto che se l'era conquistata anni prima, restando incinta di suo padre.

Il quale, a quanto sembrava emergere, non aveva mai abusato di lei.

Da papà di una ragazza altrettanto bella e irresistibile provavo ribrezzo per quella relazione malata che solo l'indefinibile comportamento di Mirko Altieri sul luogo del delitto di sua figlia, il giorno prima, mi aveva a istinto suggerito.

«Ci dica di più» lo sollecitai, pacato.

"Altro che uno psicologo ci vorrebbe ora" mi dissi, ripensando alle parole di Lomonaco. Il padre di Sara, della quale Katy era anche sorellina oltre che figlia, faticava a ritrovare la giusta lucidità.

Restava sommerso da un sentimento di vergogna e da un senso di colpa che lo faceva apparire in un disagio unico.

Inconcepibile.

Oltre che stremato dalla confessione che ci aveva appena reso.

«Io... io non volevo... dovete credermi...» sussurrò. «Tutto iniziò oltre sei anni fa, quando mia moglie si ammalò. Fu allora che mi accorsi che in Sara non c'era soltanto un grande dolore per la madre che sarebbe venuta a mancare nel giro di poco tempo, ma anche una sorta di senso di... sollievo. Di inquietante sollievo.»

Altieri s'interruppe, riprendendo fiato. Nicola, intanto, si era alzato per andare a riempire un bicchiere d'acqua per sé e uno per il padre di Sara. Quella scena tanto semplice e genuina mi riempì il cuore, in attesa che il signor Mirko riprendesse a parlare.

«All'inizio pensai che quella leggerezza di mia figlia, che traspariva sempre più evidente, man mano che mia moglie si approssimava alla fine, derivasse da una sorta di pace interiore che Sara stava cercando di raggiungere in previsione della morte di sua madre, ma poi... poi capii che il motivo del suo inspiegabile stato d'animo non era quello che io immaginavo. Fu proprio mia moglie, che nelle ultime settimane non riusciva più a parlare per via del suo terribile male, a lasciarmelo intuire, in più di un'occasione. Anche se io... io restai sordo a ogni suo silenzioso monito. Non potevo credere che lei potesse avere la lucidità d'intuire una simile, assurda circostanza.»

Nicola mi guardò, scuotendo appena il capo.

Era incredulo, atterrito.

Privo di ogni certezza.

Tanto quanto mi ero sentito io al momento di concepire la sconcertante ipotesi che Altieri ci stava adesso confermando.

«Sara... lo so che è orrendo da ammettere... lei... lei...»

L'uomo non riusciva a pronunciare le giuste parole.

«Era solo in attesa che sua madre se ne andasse» intervenni.

Il signor Mirko confermò, tornando a posare lo sguardo

sul tavolo. Il suo era un misto di smarrimento e di vergogna che riuscivo a comprendere sempre meglio, man mano che il suo spiazzante racconto proseguiva, arricchendosi di particolari inimmaginabili.

«Quando infine mia moglie morì... Sara cambiò. Aveva sedici anni, ma era già una donna adulta, e molto, molto bella. Ancora più sensuale e attraente di sua madre, che credetemi ho amato più di me stesso. Forse è stato proprio per quello che poi...»

Attimi di silenzio scandirono l'ennesima pausa di Altieri.

«Ebbene... alcune settimane dopo la morte di mia moglie, Sara iniziò a parlarmi e a trattarmi come non aveva mai fatto prima. Io all'inizio non capivo... non riuscivo a credere che lei davvero volesse ciò che poi... Mi considerava l'uomo della sua vita, e non ne faceva più mistero. Cercai di oppormi con tutte le mie forze a quell'assurdità... alle sue... imbarazzanti richieste, ma io amavo da morire mia figlia, e non volevo che il nostro rapporto cambiasse. Desideravo che lei avesse un futuro con un uomo. Che fosse felice con lui, chiunque egli fosse stato, e che avesse dei figli, così che io potessi godermi dei nipoti. E invece...»

Il volto di Mirko Altieri tornò a corrucciarsi.

Gli costava uno sforzo sovrumano confessare quella storia dai contorni e dai contenuti inaccettabili per chiunque, soprattutto alla luce di ciò che era poi accaduto a sua figlia.

«Voi... voi non avete conosciuto Sara, e non potete sapere quanto fosse testarda e cocciuta quando desiderava qualcosa. E soprattutto, cosa fosse disposta a fare pur di ottenerla. Dal momento in cui si era messa in testa che io sarei stato... il suo futuro, il suo unico amante... e che avremmo avuto almeno un figlio, iniziò a martellarmi con le sue richieste e le sue aspettative di vita a due. E credetemi, Sara sapeva essere molto... molto convincente... Sempre e sotto ogni punto di vista.»

Pensai a Giada e a un'immaginaria analogia tra lei e la sua amica. Un moto di disgusto mi scombussolò lo stomaco.

Eppure, alla luce del tanto che la mia vita mi aveva insegnato nel corso dei lunghi e intensi anni di carriera in polizia, riuscivo comunque a comprendere, in qualche modo, il punto di vista di Mirko Altieri. Guardai Lomonaco e mi convinsi che anche lui si sforzava di capire e di spiegare a se stesso la valenza di quel racconto dai contorni aberranti.

L'uomo che ci stava di fronte era stato sconfitto dalla vita più volte: prima con la morte precoce di sua moglie, poi con l'aver ceduto al rapporto incestuoso con sua figlia, e infine con l'assassinio della stessa Sara, a cui era adesso seguita l'imperitura condizione di vedovo, di padre in lutto e di nonno solo.

Due figure, queste ultime, che Altieri sarebbe stato chiamato a ricoprire in egual misura, nell'incolpevole ignoranza della bambina, sua nipote e figlia, ma anche sorella e prole del sangue del suo stesso sangue.

94

Bari
13 settembre 2017, ore 17:50

«Alla fine, dopo settimane di sfibrante pressing psicologico, un giorno Sara azzardò l'ultima mossa che le restava da compiere per sperare in una vittoria sulla mia coscienza di padre. Conoscendomi sapeva bene come avrei reagito.»

Non era difficile intuire che cosa Altieri fosse sul punto di confessarci, ma restammo comunque ad ascoltare l'ultima parte del suo doloroso racconto.

Senza dubbio, la più sconvolgente.

«Una sera Sara uscì con alcuni amici. Verso mezzanotte, non vedendola rientrare, iniziai a sentirmi in ansia come non mi era mai accaduto prima.»

«Vuol dire... non più soltanto come padre» osservai, incrociando lo sguardo con Lomonaco.

Quel confronto sarebbe rimasto indelebile nella sua mente, e nella mia, per il resto dei nostri giorni.

Altieri confermò, in silenzio, riprendendo fiato.

«Provai a contattarla sul cellulare, ma era spento. Iniziai a sentirmi un animale in gabbia, incapace di pensare e di agire. Più i minuti passavano e più la mia ansia cresceva. Non ci volle molto affinché capissi che quella non era soltanto ansia. Già... era... era molto, molto di più. Un sentimento che mi feriva e mi torturava assai peggio dell'ansia. Perché ormai si trattava, a tutti gli effetti...»

Per la prima volta da quando eravamo arrivati Nicola anticipò la risposta del padre di Sara. Quasi senza accorgersene.

«Di gelosia» sentenziò, atono.

Altieri deglutì, annuendo.

Gli concedemmo altri minuti per riprendersi, sempre più sconvolti dall'intensità delle sue parole.

«Quando verso le due e trenta rientrò, Sara aveva uno sguardo diverso. Non più quello di mia figlia, ma di una donna che aveva voluto punire il suo uomo. Il suo... amante. Avemmo un lungo e violento scontro verbale, sino a quando... dagli insulti passammo... a baciarci appassionatamente come io e mia moglie non avevamo mai fatto. Io... dovete credermi... non ho mai capito come possa essermi accaduta una cosa simile, eppure... eppure è quello che è successo.»

I nostri sguardi, in parte ancora increduli, sembravano chiedergli ciò che le nostre bocche non osavano domandare.

«Vi state chiedendo se mi vergogno di quello che è successo, vero?»

I nostri silenzi confermarono, inequivocabili.

«Sì... certo che me ne vergogno... eccome, ma è giusto che voi sappiate che se potessi tornare indietro rifarei tutto. Tutto quanto. Ogni cosa. Perché gli anni che ho trascorso con Sara al mio fianco sono stati i più belli della mia vita.»

Altieri tacque per alcuni secondi.

Ma c'era ancora qualcosa che voleva che noi sapessimo.

«Quella stessa notte... concepimmo la piccola Katy... e fu... fu stupendo. Sì... è orrendo quel che dico, me ne rendo conto... ma purtroppo è la pura e sacrosanta verità. Io non ho paura di ciò che mi accadrà da questo momento in avanti. Katy... ora che mia fi... che Sara non c'è più, sarà la mia unica ragione di vita. Sino a quando... dovrò affrontare le conseguenze della sua nascita, e di tutto quello che vi ho appena raccontato.»

La confessione di Mirko Altieri era stata esaustiva ben oltre quanto avessi sperato. Nella sua scioccante drammaticità chiariva il perché non ci fosse una sola ragione valida per ritenerlo coinvolto nell'omicidio di sua figlia.

Il suo atteggiamento colpevole del giorno prima, quando era giunto sul luogo in cui Sara giaceva orrendamente sfigurata, non era dovuto a una responsabilità nel delitto, bensì alla situazione irriferibile in cui si trovava.

«Io... io ora sono pronto, ispettore.»

Avvertii lo sguardo di Lomonaco che mi si appiccicava addosso.

Guardando Altieri negli occhi avevo capito a cosa stesse alludendo.

«Non credo che sarà necessario.»

L'uomo mi restituì uno sguardo confuso. Le mie parole l'avevano sorpreso.

«Ma... l'incesto è un reato...»

Feci un respiro profondo.

Adesso anche Nicola aveva capito cosa Altieri stesse attendendo.

Era certo che lo avremmo arrestato.

«Sì, è vero. Lo è, eccome. Ma credo che la vita l'abbia già condannata a una pena peggiore di quella che potrebbe comminarle il più severo dei giudici.»

Lomonaco tornò ad avere gli occhi lucidi.

Proprio come Altieri.

«Penso che ora lei sia chiamato a un'impresa improba, signor Mirko: crescere sua fig... la piccola Katy, dopo tutto quello che è accaduto, e sotto il peso schiacciante della verità che dovrà nasconderle sino a quando deciderà di rivelarle tutto. Se mai lo farà» gli risposi, avvicinandomi a lui, senza alcuna intenzione minacciosa o di rimprovero.

Non stava a me tirare le somme di quel che Mirko Altieri aveva fatto. Non avevamo la controprova di ciò che ci aveva raccontato, ma ricordavo bene ogni parola di Giada su Sara, e sulla sua serenità che mia figlia non riusciva in alcun modo a spiegarsi. Se l'uomo le avesse usato violenza, Sara si sarebbe comportata in ben altro modo. Ogni parola di Giada confermava indirettamente la veridicità delle affermazioni del padre della sua amica.

Almeno nei tratti essenziali di nostro interesse.

L'accertamento dei dettagli, francamente, sarebbe stato soltanto un volgare, insopportabile accanimento nei confronti di entrambi.

«Io... io, ispettore...»

Scossi il capo.

«Cerchi di riprendersi e di star bene, signor Altieri. Troverò chi ha ammazzato sua figlia, e lo sbatterò dietro le sbarre, sperando che ci rimanga per il resto dei suoi giorni. Il mio compito sarà esaurito soltanto allora.»

Gli occhi del padre di Sara grondavano riconoscenza.

E rispetto.

«Grazie... grazie, ispettore Pantaleo... grazie...»

Gli poggiai una mano sulla spalla.

Il calore del suo corpo emozionato si avvertiva a pelle.

«Buona vita, signor Altieri. Pensi alla piccola. Il resto... non lo deciderà nessun uomo, ma soltanto il tempo. L'unico vero giudice di questa Terra.»

Lo oltrepassai con passo lento, puntando silenzioso verso la porta d'ingresso.

Nicola non ebbe il coraggio e la forza di aggiungere altro.

L'intensità del suo ultimo sguardo al padre di Sara fu il migliore dei saluti.

95

Bari
13 settembre 2017, ore 18:56

Andando via da casa di Mirko Altieri restammo a lungo in silenzio. Il rumore ovattato degli pneumatici che grattavano l'asfalto, mentre la volante procedeva a passo d'uomo verso la questura, era l'unico suono che si riverberava all'interno dell'abitacolo.

Giungemmo nel mio ufficio con le facce di due condannati a morte. Anche noi adesso avremmo dovuto custodire, seppur per altri motivi, l'indicibile segreto di Sara e di Mirko Altieri.

Innanzitutto con Giada.

Sapevo che, se le avessi rivelato la verità, mia figlia avrebbe finito per disprezzare dal più profondo del suo animo l'amica assassinata, e questo non potevo e non volevo permetterlo.

Sara non lo meritava, come non lo meritava neppure suo padre. Quello che c'era stato tra loro non doveva essere sottoposto al giudizio di nessuno, visto che era stato voluto e accettato da entrambi.

Purtroppo per Giada, o forse per sua fortuna, lei non aveva le spalle larghe che io e Nicola ci eravamo invece fatti con le indagini più agghiaccianti. Non riusciva a considerare la vita come fatta d'infinite sfumature di grigio, e quasi mai di tonalità nette di bianco o nero.

«Ispetto', crede di aver fatto bene a...»

Nicola non ebbe la forza di terminare la frase.

Anche lui era provato, tanto quanto lo ero io.

«A non arrestare Altieri?»

Lomonaco annuì.

«Tra l'incriminazione di quell'uomo per atti incestuosi e la necessità che la piccola Katy possa adesso crescere il più possibile serena, con un nonno che saprà farle anche da padre, non ho avuto il minimo dubbio su cosa prediligere. Tu però, Nico', non sei e non devi essere me. Hai ascoltato tutto ciò che ho sentito io, quindi puoi tornare in quella casa se lo ritieni, e arrestarlo. Non sarò certo io a impedirtelo, a criticare il tuo operato o a cercare di farti cambiare idea. Sta a te, e soltanto a te decidere il da farsi.»

Lo guardai senza polemica. Lomonaco scosse il capo.

«No, ispetto'... credo che lei abbia ragione. Come ha già detto ad Altieri, sarà il tempo a stabilire se e quanto abbia sbagliato. Piuttosto, a questo punto che facciamo?»

«Ora che abbiamo escluso, per il momento, che Nitti possa c'entrare con la sparizione di Adelaide e con l'omicidio di Ada, e che Mirko Altieri possa essere coinvolto in qualche modo nell'assassinio di sua figlia, resta un solo individuo, Rucci, che può potenzialmente avere avuto un ruolo in tutte e tre le vicende. A partire dalla scomparsa della diciassettenne e dall'omicidio di Sara, visto che conosceva e usciva con entrambe, per finire con l'uccisione di Ada. Anche se in quest'ultimo caso resta ancora da capire quale possa essere il vero punto di collegamento tra quel ragazzo e la mia ex. E non ultimo, il movente del suo omicidio.»

Lomonaco d'improvviso cedette a una strana espressione, come se avesse appena avuto una rivelazione.

«Ecco perché non capivo la sua fretta nel voler parlare con la Carmini e con il compagno, e poi con Altieri» disse, confermando con il capo. «Lei voleva escludere da subito i collegamenti più diretti, sebbene in realtà già immaginasse che quei due uomini non fossero responsabili dei tre crimini, bensì di altri. E ha lasciato per ultimo l'individuo che invece era comunque collegato alle due ragazze. Ma sì, è ovvio...»

Rimasi in silenzio per alcuni istanti, osservando l'aria soddisfatta di Lomonaco.

«Esatto. Ho dovuto ragionare al contrario. E il fatto che Adelaide sia rimasta incinta del compagno di sua madre potrebbe comunque spiegare molto altro oltre a quanto abbiamo già scoperto. Circostanze che riguardano proprio quel Rucci.»

Mentre Lomonaco continuava in silenzio a riflettere sulle mie parole, il telefono del mio ufficio iniziò a squillare.

96

Bari
13 settembre 2017, ore 19:32

«Pronto?» risposi, un po' infastidito.

«Ispetto', sono Bellomo.»

La sua era la voce di chi cercava di non farsi udire oltre una certa distanza.

«Che è successo, uagliò?»

Premetti subito il tasto del vivavoce così che anche Lomonaco potesse ascoltare la telefonata.

Era chiaro che si trattasse di qualcosa di molto serio.

«Sono con Graziano, e siamo nascosti poco fuori un casolare diroccato, sperduto tra le campagne di Monopoli.»

Il fermo immagine di Donato Rucci mi comparve davanti agli occhi. Lomonaco era rimasto spiazzato dalle parole del collega.

«Siamo da stamattina alle calcagna del ragazzo, e una mezz'oretta fa quel vermiciattolo ci ha portati sin qui. Ha in ostaggio una ragazza, ma non l'abbiamo ancora liberata. Ispettore, ci ha avvisati di chiamarla prima di fare qualunque cosa e quindi abbiamo seguito le sue indicazioni.»

«Bravi, ottimo lavoro! Adesso, però, Antonio ascoltami: non dovete intervenire. Mi sono spiegato?»

«Ma... ispetto'...»

«Non dovete intervenire, cazzo!»

«Okay... okay, come vuole.»

«Restate nascosti al vostro posto, salvo che non vi rendiate conto che quel figlio di puttana sta per ammazzarla. Lo so che vi costa, ma dovete fare come vi ho detto. Adesso non c'è tempo per spiegarvi.»

«Ispetto', ma quella poverina sta davvero molto male!» sibilò Bellomo, ancora scettico. Comprendevo il suo punto di vista, ma lui doveva sforzarsi di capire il mio.

«Anto', posso immaginarlo. E credimi, se fossi lì ammazzerei quel bastardo con le mie mani. Purtroppo non possiamo agire d'istinto. Ho seri motivi per ritenere che quel pezzo di merda non abbia fatto tutto da solo. È solo un'ipotesi, per il momento, ma non possiamo rischiare di sbagliare. Dobbiamo prima scoprire se Rucci ha dei complici. E nel caso, chi sono. È tutto chiaro?»

Avvertii un silenzio forzato lungo la linea.

«Quindi... ora che facciamo? Quello potrebbe ammazzarla da un momento all'altro. Mi creda, ispetto', gli basterebbe poco per farla fuori. Se vedesse in che condizioni l'ha ridotta...»

Un'ondata di rabbia mi risalì rapida lungo la bocca dello stomaco. Se avessi avuto Rucci tra le mani gli avrei fatto provare sulla sua pelle il significato delle parole «dolore fisico».

Nello sguardo di Lomonaco galleggiava una rabbia che avevo visto solo in occasione di quanto accaduto a suo figlio, mesi prima.

«Rucci non ucciderà un cazzo di nessuno! Siete armati, e sapete sparare benissimo a distanza, quindi vi basterà tenerlo sotto tiro sino a quando non se ne sarà andato. Solo se dovesse cercare di abusare della ragazza, o di ucciderla, avete il permesso d'intervenire. Diversamente, Fragarà lo seguirà quando si allontana, e continuerà a stargli con il fiato sul collo ovunque dovesse andare; tu Anto', invece, correrai in aiuto della ragazza e chiamerai i soccorsi, ma con la massima discrezione. Non deve trapelare in alcun modo dove sarà portata quella poverina, né devi dare spiegazione ai sanitari di quanto accaduto. Di' loro che c'è una delicata indagine di polizia in corso e che per il momento devono solo occuparsi di salvarle la pelle. In più, devi prendere un oggetto toccato da quel bastardo, così da potere avere le sue impronte digitali. Sull'identità della ragazza invece... non credo ci siano più molti dubbi. Ora andate e tenetemi aggiornato!»

«Okay, ispetto', faremo come mi ha detto. Spero di poterle dare presto buone notizie su quella disgraziata.»

«Lo spero anch'io. Mi raccomando, uagliò, conto su di voi.»

Quando chiusi la telefonata né io né Nicola proferimmo verbo per lunghi, alienanti minuti.

Ciascuno restava concentrato nelle proprie lugubri riflessioni.

«Vediamo il lato positivo della cosa» dissi, spezzando per primo la calma buia che ci aveva avvolti.

«Perché, ispetto', ce n'è davvero uno?»

«Sì che c'è, Nico'. La ragazza è viva.»

Lomonaco fece spallucce.

Soltanto adesso riusciva ad allentare la tensione che lo aveva divorato.

«Sì, ha ragione... Crede che si tratti di Adelaide, vero?»

«In effetti potrebbe trattarsi di un'altra vittima, ma tutto porta a ritenere che sia proprio lei.»

Per quanto la sua domanda fosse pleonastica, Nicola sembrava distratto da altri, improvvisi pensieri.

«Che c'è? A che pensi?» gli chiesi, cercando di non focalizzarmi sulla nostra momentanea impotenza. Che ci piacesse o meno, dovevamo aspettare, non potevamo rischiare d'inviare rinforzi sul posto, con la certezza di far saltare tutto il mio piano.

Mentre Bellomo mi parlava, nella mia mente si erano composti altri importanti tasselli del diabolico puzzle che ci toglieva il sonno da giorni.

«Pensavo che ha fatto bene a decidere di mettere subito

sotto controllo quel pezzo di merda di Dongiovanni da quattro soldi.»

«Diciamo che mi è andata bene, mettiamola così.»

Nicola aveva lo sguardo colmo di una riconoscenza che non pensavo di meritare. Di fatto, avevo soltanto permesso alla mia esperienza di suggerirmi la dritta giusta. Che per fortuna, questo sì, ora poteva salvare la vita di una povera ragazza, chiunque essa fosse.

«Intende avvertire subito la Carmini, qualora si tratti proprio di Adelaide?»

Lomonaco aveva l'espressione disorientata. Ma non ero certo che fosse per quello che mi aveva chiesto.

«No, nella maniera più assoluta. L'importante è che la ragazza sia viva. È colpa della madre il modo in cui è cresciuta, e penso anche gran parte di ciò che ha vissuto dopo. A quella donna farà bene farsi dilaniare da altro dolore sino a quando non le diremo che la figlia l'ha scampata bella.»

«Certo, ispetto', che lei...» si lasciò sfuggire Lomonaco, tra i denti.

«Io che cosa, Nico'?» risposi d'istinto, a muso duro, fissandolo accigliato.

«No... ecco... è solo che...»

«È solo che niente, okay?» sottolineai, con tono di rimprovero.

Avevo capito che cosa intendesse Lomonaco, e che non ci fosse alcuna ironia, o sarcasmo, in ciò che voleva dirmi, ma non tolleravo quello che la Carmini, da moglie e da madre, aveva fatto a sua sorella prima, a suo marito poi, e infine persino a sua figlia. Sul momento mi ero sforzato di essere comprensivo ma adesso, immaginando quello che Adelaide doveva aver subito tra le mura di quel casolare diroccato, il sangue mi ribolliva e non avrei concesso altre scusanti di alcun tipo a quella donna.

Anche se era stata un'amica di Ada.

Era improbabile che la mia ex fosse mai venuta a sapere cosa si nascondeva nel passato di Alessandra Carmini. Conoscendo Ada, sono certo che non sarebbe riuscita a guardarla con gli stessi occhi.

Lomonaco incassò il mio rimbrotto senza replicare. C'era qualcosa di ben più importante dello stato d'animo della Carmini su cui concentrarsi adesso.

«Piuttosto, Nico', io vado a prendere il mio cappuccino. Tu che vuoi?»

Lomonaco mi guardò, spaesato.

«Ispetto'... vado io, non c'è problema... lei mi aspet...»

«No, Nico', grazie ma devo andare io. Ho bisogno di sgranchirmi le gambe. E poi... il tragitto sino alla macchinetta mi aiuterà a pensare meglio ad alcune cose.»

Lomonaco aveva la faccia delusa. Come se avessi voluto fare a meno di lui.

«Tu comunque puoi farmi un piacere, così guadagniamo tempo.»

«Un piacere? Ma pure due! Mi dica, sono tutto orecchi.»

«Chiama Giada, e falla venire immediatamente qui. Devo parlarle.»

«Parlare a Giada? Qui? A... a quest'ora? Ispetto'... ma sono quasi le venti...»

«Ma va? Ti sembrerà strano eppure l'orologio riesco ancora a leggerlo parecchio bene» gli risposi, puntando verso la porta. «Chiama mia figlia, e non farmi troppe domande» aggiunsi, facendogli l'occhiolino.

Lomonaco aveva la sua solita espressione un po' smarrita di quando lo coglievo in contropiede. Sicuramente si stava chiedendo che cosa mi frullasse per la testa.

«Stai tranquillo, Nico', torno presto e ti spiego tutto. Mo' sbrigati e chiama Giada» conclusi, richiudendomi la porta alle spalle.

97

Bari
13 settembre 2017, ore 19:53

Circa venti minuti più tardi Giada fece capolino alla porta socchiusa del mio ufficio.

«Si può?» chiese.

«Vieni, entra» risposi, un po' stupito, mentre Lomonaco si alzava per andarle incontro. Nessuno di noi due aveva previsto che non fosse sola.

«Lui lo conosci, vero?» mi chiese mia figlia, ironica. Lomonaco fu il primo a stringere la mano al suo accompagnatore. Come me, lo conosceva molto bene da tempo.

Mi alzai e girai attorno al tavolo per salutare Mario Rovighi, il compagno di Giada. Ero contento di vederlo, anche se sorpreso.

«Quando sei arrivato?» chiesi.

Per qualche istante riuscii a distrarmi da tutto ciò che stava accadendo. Non avrei mai potuto saldare il debito di riconoscenza che avevo verso Rovighi. Era stato anche grazie al prezioso aiuto di quel giovane veneziano che Barbara e il piccolo Marco erano divenuti la mia famiglia.

«Ecco io…» sorrise Mario, un po' imbarazzato, mentre Giada gli lanciava un'occhiata innamorata. I suoi occhi tristi sembravano aver riguadagnato un briciolo di spensieratezza.

Mario, invece, evidentemente si sentiva un pesce fuor d'acqua: era sempre così, quando si trovava con me. Un po' per via del fatto di essere il fidanzato ufficiale di mia figlia, un po' perché la mia presenza lo teneva comunque in allerta, nonostante ci conoscessimo ormai da parecchio tempo.

«È arrivato un'ora fa. Mi ha fatto una sorpresa» intervenne Giada, sforzandosi di sorridere.

«Bene, bravo. Anzi, perfetto, caro Mario» sorrisi anch'io, guardando di sottecchi Lomonaco. Mi era venuta un'idea.

«Perfetto in che senso?» chiese Giada, scambiandosi un'occhiata interdetta con il fidanzato. I due giovani avevano già intuito che doveva trattarsi di una faccenda delicata, se avevo chiesto a mia figlia di raggiungermi in questura, e per giunta a quell'ora.

Tornai serio.

«Sedetevi» dissi, con il mio solito piglio un po' autoritario. «Adesso io e Lomonaco vi spieghiamo di che si tratta, e che cosa vorremmo che faceste per noi.»

Circa mezz'ora dopo avevo finito di raccontare i fatti salienti del sequestro di Adelaide. I due ragazzi apparivano sorpresi, ma soltanto in parte. In fondo, durante l'indagine Basile avevano dovuto affrontare, in prima persona, circostanze ancora più delicate e preoccupanti.

Le istruzioni erano chiare: non appena Rucci si fosse allontanato dal casale, Giada avrebbe dovuto mandargli un messaggio e con qualche pretesto dargli appuntamento per l'indomani, così da tenerlo lontano per qualche ora.

«Mario però questa volta potrà venire con te. Spaccialo per un tuo amico, non credo che sappia della vostra relazione, giusto?» aggiunsi. Se proprio mia figlia doveva aiutarmi a tenere a bada quel lurido maiale, mi sentivo più tranquillo a saperla in compagnia del fidanzato.

La faccia di Rovighi era perplessa, ma difficilmente mi avrebbe contraddetto. E non avrebbe mai esposto Giada ad alcun pericolo.

«Non sono mai stata tanto in confidenza con quel tipo da dirgli i fatti miei, ma...»

«Ma cosa?» l'interruppi. «Ti sto coinvolgendo in una delicatissima indagine della squadra Omicidi, non era quello che desideravi da tempo?»

Sapevo di dover punzecchiare a dovere l'orgoglio di Giada se volevo che accettasse la proposta.

«In realtà io e lui dovremmo... solo recitare. Per quanto, lo ammetto, visto il soggetto potrebbe non rivelarsi proprio una passeggiata. Di certo non si tratta di arrestare un assassino» rispose lei, piccata.

«Ti sbagli» le risposi, lapidario, lanciando un'occhiata decisa a Lomonaco. Volevo che fosse lui a continuare.

Parlando a Giada e a Mario di Rucci, avevo omesso più di un dettaglio importante su di lui.

Particolari fondamentali.

98

Bari
13 settembre 2017, ore 20:42

«Vedi, Giada... tuo padre non ti ha precisato che quel bastardo di Rucci è molto probabilmente implicato sia nell'omicidio di Sara sia nella morte di tua madre.»

Nuova tensione deflagrò all'interno dell'ufficio. Il volto di mia figlia si trasformò in una maschera di cera.

«Vuoi dire che quello schifoso potrebbe avere ammazzato la mia amica e...?» Giada s'interruppe, con gli occhi lucidi.

Confermai con un cenno del capo, ma non risposi subito. Volevo soppesare ogni parola.

«Sospetto che il sequestro di Adelaide sia solo una faccia della medaglia. Gli omicidi di Ada e di Sara sono senza dubbio l'altra. Il fatto è che... mi sfugge ancora qualcosa di molto importante in tutte e tre le vicende. Qualcosa che però sono sicuro sia fondamentale per inquadrare appieno il ruolo di Rucci nella morte della tua amica e di tua madre, visto che non credo abbia agito da solo. So che mi sto avvicinando alla verità, ma mi serve ancora un po' di tempo. Se arrestassimo subito quel bastardo eventuali complici potrebbero farla franca. E questo io non posso permetterlo. Costi quel che costi.»

Ci fissavamo dritto negli occhi, come se il mondo intorno a noi fosse d'improvviso svanito.

«Se vuoi aiutarmi ne sarò felice. Ma se invece non te la senti saprò capire, credimi» aggiunsi.

Mario fece segno a Giada di non forzare oltre la mano. Mi conosceva abbastanza bene da essere certo che non le avrei rivelato altri dettagli. Adesso la sua compagna doveva soltanto decidere se accettare o lasciar perdere.

Io non mentivo, non ne avrei fatto un dramma.

Anche perché avevo un piano B da mettere in atto se lei rifiutava.

E sapevo che Mario, qualunque fosse stata la decisione di Giada, le sarebbe rimasto accanto, seguendola ovunque lei fosse andata. Non l'avrebbe ferita ulteriormente dandole contro, visto quanto le era già accaduto nei giorni precedenti.

«Va bene… accetto» disse infine lei, con un filo di voce.

Rovighi mi guardò per un attimo, poi tornò a rivolgersi a lei.

«Vorrai dire… accettiamo» le sorrise.

Annuii soddisfatto.

«Sì…» sussurrai tra i denti, osservando i due giovani.

«Sì, cosa?» chiese Giada, spiazzata.

«Voi due siete proprio una bella coppia» conclusi.

Lomonaco e i due giovani si guardarono, increduli.

Sapevo sempre come sorprendere il prossimo.

99

Ospedale San Giacomo – Monopoli
13 settembre 2017, ore 21:47

Poco dopo che Mario e Giada, chiaritisi le idee sul da farsi, furono andati via, ricevetti la telefonata di Bellomo.

Rucci era andato via da pochi minuti e lui, dopo essersi preoccupato di liberare la ragazza e di attendere l'arrivo di un'ambulanza del 118, mi aveva immediatamente chiamato per informarmi su dove Adelaide sarebbe stata trasportata d'urgenza, in codice rosso.

A quel punto avevo chiesto a Lomonaco di restare in ufficio per scandagliare ancora meglio, e più a fondo, la vita di Rucci. Restando a Bari nel caso in cui fosse stato necessario incontrare di nuovo Giada e Mario, o per qualunque altra evenienza.

Subito dopo mi ero fiondato verso l'ospedale San Giacomo di Monopoli, dove Adelaide era stata ricoverata.

Seguendo le mie indicazioni, Bellomo aveva fatto sistemare Adelaide in una stanza singola, e ai medici e paramedici con i quali la ragazza aveva avuto a che fare era stato chiesto il massimo riserbo sulla sua presenza.

«Dov'è?» chiesi a Bellomo, vedendolo venirmi incontro, fuori dall'ascensore, al terzo piano.

«Nell'ultima stanza in fondo al corridoio. Mi ha detto di chiamarsi Adelaide.»

"Ne ero certo" pensai.

Antonio scosse il capo, visibilmente turbato.
«È... ridotta veramente male, ispetto'.»
Spostai lo sguardo dal collega alla porta della camera.
«Lo avevo capito. Hai preso l'oggetto che ti ho chiesto?»
«Sì, ispetto', l'ho lasciato nell'auto di Graziano.»
«Bravo, uagliò, perfetto.»
Bellomo era non poco preoccupato.
«I medici ritengono che potrebbe non farcela. Ne ha subite di ogni. Quello non è un uomo, è una bestia.» Antonio serrò le mascelle, costringendosi a non dirmi tutto ciò che gli stava passando per la mente.
Lo fissai silenzioso, cercando di tenere a freno la rabbia che mi montava dentro ogni secondo che passava.
«Ti assicuro che saprò tenerne conto al momento giusto. Ora fammi andare.»
Bellomo annuì.
«Io resto qui, ispetto'. Per qualunque cosa mi chiami.»
Ero ormai giunto davanti alla porta della stanza di Adelaide quando mi sentii chiamare alle spalle.
Non era la voce del mio collega.
«Salve, ispettore, sono il dottor Larella. Sono stato io a... occuparmi della signorina Carmini non appena arrivata.»
«Mi dica, dottore.»
«Ecco... come si accorgerà presto da solo, la ragazza si trova in condizioni davvero molto gravi. Le abbiamo prestato le cure più urgenti, in attesa di operarla. Il suo collega ci ha chiesto di attendere il suo arrivo per... vostre necessità investigative, ragione per cui per il momento non le abbiamo somministrato dei sedativi, ma soltanto degli antidolorifici e dei calmanti. Non possiamo però attendere troppo... La signorina ha subito pesanti violenze fisiche e...»
«Non si preoccupi, dottore, mi dica tutto.»
«Ecco, ispettore... la ragazza è incinta e dobbiamo assolutamente farla abortire, solo che...»
Ora capivo quali fossero le remore del dottor Larella.
«Avete bisogno del permesso dei suoi genitori.»

«È una minorenne e dunque... non possiamo fare diversamente.»

Respirai profondamente, cercando di mantenere la calma.

«Risponda a una mia domanda, dottore: se la ragazza fosse in... *imminente* pericolo di vita potreste agire senza la necessità di ottenere dalla famiglia alcun via libera?»

«Be'... sì, in quel caso non serv...»

«Allora faccia quel che deve» gli intimai a muso duro, facendomi minaccioso. Sapevo di sconfinare in un campo che non era il mio, e di ergermi a giudice di una situazione che non stava a me valutare, ma il solo pensiero delle ripetute violenze subite da Adelaide mi faceva inferocire.

«Ma, ispettore... io non poss...»

«Le ho detto: faccia ciò che è necessario per salvare *quella ragazza in fin di vita*, che ritengo abbia subito sin troppo. So quel che dico, dottor Larella. Io e il mio collega confermeremo i tempi del vostro intervento, al netto dei minuti che mi serviranno per farle solo un paio di domande. Non ci metterò molto, glielo assicuro. Quando avrò finito porterete Adelaide in sala operatoria e farete tutto il possibile per salvarle la vita. Ne sono certo. È tutto chiaro, dottore?»

Lo sguardo del medico fisso nel mio mi confermò che aveva compreso la necessità della forzatura che gli avevo imposto. Il figlio che Adelaide portava in grembo non era il frutto dell'amore di nessuno, ma dello stupro di un lurido bastardo che avrebbe pagato per ciò che le aveva fatto. Tanto quanto lo schifoso di Rucci per le terribili violenze fisiche e psicologiche che le aveva inferto durante la sua interminabile prigionia. Ma prima ancora, quel feto rappresentava una concreta minaccia per la salvezza di Adelaide, che dopo tutto ciò che aveva già subito non poteva adesso rischiare di morire.

«Va bene, ispettore. Farò come dice. Attenderò il suo via libera lì, nella stanza dei medici» disse Larella, indicandomi dove lo avrei trovato.

Annuii e lo oltrepassai, deciso a incontrare finalmente Adelaide.

100

Ospedale San Giacomo – Monopoli
13 settembre 2017, ore 21:47

Varcando la soglia della stanza ebbi un istintivo conato di vomito.

Vederla bendata quasi ovunque, ricoperta di tubicini, cannule e fili di collegamento all'elettrocardiografo mi suscitava una pena e una compassione che andavano ben oltre ogni immaginazione.

Le pietose condizioni in cui quella ragazza di soli diciassette anni versava chiarivano da sole l'inferno che doveva aver vissuto.

Vedendomi avvicinare, imponente come una montagna su due gambe, per alcuni attimi sgranò gli occhi, terrorizzata.

Mi affrettai subito a chiarire chi fossi, così da non indurle altra pericolosa agitazione.

«Ehi ehi ehi, Adelaide... Tranquilla, sono l'ispettore Pantaleo, della squadra Omicidi di Bari. Un collega dell'agente Bellomo che ti ha salvato la vita. Non preoccuparti, qui ormai sei al sicuro. Nessuno potrà più farti del male, piccola» mi sforzai di sorriderle.

La vidi tranquillizzarsi all'istante, e anch'io, non lo nego, mi sentii subito più sollevato. Dovevo agire in fretta se volevo che quella ragazza fosse definitivamente fuori pericolo.

«Se vuoi puoi chiamarmi Andrea, d'ora in poi sarò il tuo bodyguard, okay?» cercai di scherzare un po'.

Mi fece di sì con gli occhi tumefatti dalle percosse ricevute, riuscendo persino ad accennare un flebile sorriso.

Mi sentii stringere il cuore.

Se avessi avuto Nitti e Rucci tra le mani li avrei massacrati di calci, pugni e ceffoni, alla mia maniera, sino a farli disperatamente supplicare una pietà che non avrei mai concesso a nessuno dei due.

Adesso, però, la mia priorità era Adelaide.

Le presi delicatamente una mano tra le mie.

Volevo che si sentisse davvero al sicuro con me accanto.

«Ascoltami, ragazzina. So tutto quello che ti è successo, e tra poco sarai sottoposta a un'operazione che ti... che riuscirà a rimetterti in piedi, vedrai, ma prima ho bisogno che tu risponda a qualche domanda. Sarò molto breve e conciso, così che tu non possa stancarti. Mi basterà anche un semplice sì o un no con la testa, o al massimo qualche parola. Te la senti?»

Gli occhi della ragazza presero a brillare.

Anticipavano un silenzioso fiume di lacrime che purtroppo non sarei stato in grado di arrestare.

«Tu... tu sai di essere incinta, vero?»

Il primo sì con il capo.

«Okay. E sai anche chi è stato a... giusto?»

Il secondo, più doloroso, sì.

«Ora ti faccio due nomi, e tu mi dici chi dei due pensi che sia il padre del bambino che porti in grembo, va bene?»

La ragazza annuì, ancora, ma i suoi occhi chiedevano spiegazioni.

«Lo so, vuoi sapere perché uno della Omicidi ti stia facendo queste domande, ci ho azzeccato?»

Sorrise appena, confermando per la quarta volta con gli occhi sempre più lucidi. La mia stazza da gigante forse la aiutava a sentirsi più a suo agio.

«Ecco... vedi... quel bastardo che ti ha ridot... che ti ha fatto questo» mi corressi, squadrandola al volo «crediamo che abbia ucciso un'altra ragazza. Una poverina... più sfortunata di te, se così si può dire» sospirai.

Adelaide tornò a irrigidirsi, strabuzzando ancora gli occhi martoriati.

«No, no, piccola... stai tranquilla ti ho detto, adesso quel verme schifoso non farà più male a nessuno. Lo abbiamo arrestato, e in questo momento è finalmente in carcere a Bari. Non uscirà più dalla cella in cui è stato rinchiuso, te lo assicuro.»

Mentire era la cosa migliore al momento, nell'interesse psicologico di Adelaide.

La ragazza cercò di tirare un sospiro di sollievo, riuscendovi solo in parte. Aveva senza dubbio alcune costole rotte, e prendere fiato a pieni polmoni doveva costarle una fatica immane.

«Credi che il bambino sia di Tommaso Nitti, il compagno di tua madre, o di quel bastardo di Rucci? Solleva l'indice per Nitti e il medio per Rucci.»

Adelaide sembrò quasi scoppiare a ridere.

Senza volerlo avevo fatto dell'ironia all'indirizzo del suo torturatore. La diciassettenne sollevò l'indice, dopodiché tornò ad abbandonarsi ad altri lacrimoni.

«Lo immaginavo...» le risposi, a voce bassa. Conoscevo in realtà la risposta, volevo solo esserne certo.

«E adesso dimmi, Rucci sapeva del bambino?»

Adelaide annuì, a fatica.

«Perché glielo hai detto?»

Questa volta non sarebbe bastato un suo gesto a spiegarmi la verità.

«Perché...» replicò, con un filo di voce che stentavo a udire «volevo... c... che... che fosse il suo...» riuscì a dirmi, accusando non poca fatica.

«Capisco... capisco. Un'ultima domanda, poi ti lascerò riposare.»

Adelaide cedette all'ennesimo sì silenzioso.

«Rucci... ti ha sequestrata dopo che gli hai detto del bambino?»

«Lui... è... è imp... impazzito quando... gliel'ho detto...»

ammise, iniziando a tossire. Non potevo e non dovevo andare oltre.

Mi ero fatto un'idea assai più chiara di ciò che era accaduto, ma soprattutto riuscivo a inquadrare molto meglio la personalità del verme che aveva ridotto la figlia della Carmini in fin di vita.

«Posso dirti che sei stata bravissima?»

Adelaide mi sorrise con gli occhi, mentre il mio cuore implodeva di dolore per la forza e la voglia di sopravvivere che mi stava dimostrando.

«Adesso riposati, e stai tranquilla. Fuori da quella porta resterà Antonio, il mio collega, per tutto il tempo che sarà necessario. Poi qualcun altro dei nostri gli darà il cambio. Ci sarà sempre un poliziotto oltre quella porta, sino a quando non uscirai di qui, okay?»

Adelaide confermò, esausta. La baciai delicatamente sulla fronte, puntando dritto verso la porta.

Quando fui sulla soglia della stanza mi arrestai.

Sentivo che dovevo farle un'ultima, fondamentale domanda.

La più importante di tutte.

Adelaide era l'unica ad avere il diritto di decidere della sua vita e del suo futuro.

Nessun altro.

Me compreso.

Mi voltai verso di lei, che nel frattempo aveva chiuso gli occhi.

«Giuro che questa è l'ultima e poi ti lascerò davvero in pace.»

Sorrisi, sperando di rendermi meno rompiscatole.

«Se dovessi esprimere un desiderio... terresti il bambino oppure no?»

Il gesto chiaro, deciso e netto del capo di Adelaide mi convinse definitivamente di avere suggerito al dottor Larella la cosa giusta da fare.

«Lo immaginavo. Ora riposati. Ci vediamo presto, te lo

prometto. Sei davvero una tipa tosta, lo sai? Perfetta… per fare la sbirra» le feci l'occhiolino. Quando fui fuori dalla sua stanza salutai Bellomo, gli impartii gli ultimi ordini e scesi in fretta le scale sino al piano terra.

Avevo bisogno di aria fresca.

Ora più che mai, mi serviva per non vomitare.

101

Questura di Bari
14 settembre 2017, ore 06:36

Quando giunsi in ufficio, dopo aver cercato inutilmente di riposare per qualche ora nel corso della notte, ero certo che Lomonaco sarebbe arrivato di lì a poco. Non immaginavo, invece, che lui fosse già al lavoro nella sua stanza da oltre mezz'ora.

«Buongiorno, Lomo', e tu che ci fai già qui? Clara ti ha buttato giù dal letto?» scherzai, notando il volto accigliato del mio braccio destro.

Mi sedetti davanti alla sua scrivania.

«Salve, ispetto', buongiorno. Stavolta purtroppo mia moglie non c'entra niente. Anzi, poverina, mi ha preparato pure una camomilla doppia, ieri sera, quando mi ha visto tornare stravolto, ma non è servita a niente. Non sono riuscito a chiudere granché occhio per tutta la notte. Verso le cinque ho pensato che fosse inutile restare a casa sveglio a fissare il soffitto. Tanto valeva tornare il prima possibile qui in ufficio.»

«A chi lo dici...»

«Come sta la ragazza?»

Lomonaco mostrava un'espressione preoccupata, ma non di circostanza. Ci teneva sinceramente.

Ero certo che Bellomo lo avesse aggiornato e che non gli avesse lesinato alcun dettaglio, neppure i particolari peggiori.

«Non ti avrebbe fatto una buona impressione, mettiamola così» osservai, scuotendo il capo. «Stanotte, comunque, il medico che l'ha operata... facendola abortire per salvarle la vita, mi ha detto che se la caverà.»

«Ah... quindi il bambino...»

«È stato meglio così» troncai subito la questione, con tono duro.

Lomonaco annuì.

«Tu piuttosto, hai novità?»

Lo sguardo di Nicola s'illuminò.

«Più d'una, ispetto'. E non da poco.»

«Bene, allora andiamo alla macchinetta così mi dici tutto. Oggi più che mai ho bisogno del mio cappuccino bollente.»

«Perfetto. Anch'io se non bevo dell'altro caffè stamattina potrei finire per appisolarmi sulla scrivania.»

Mentre ci avviavamo a passo lento verso la macchinetta, Nicola iniziò ad aggiornarmi su quanto era accaduto durante le ore in mia assenza.

«Comincio col dirle che ho chiesto a Linzeghi di scandagliare stamattina sia il casolare diroccato dove Adelaide è rimasta sequestrata, sia i dintorni. Ho pensato che quel bastardo di Rucci potrebbe avere sepolto lì, da qualche parte, le due ragazze scomparse. Se tanto mi dà tanto...»

«Bravo, Nico', ottima mossa. Dubito che quelle disgraziate siano ancora vive, considerato ciò che sarebbe accaduto anche a Adelaide se non fossimo intervenuti. Sono sicuro che non mancheranno altre sorprese.»

«Pure io, ispetto'... pure io.» Il tono di Lomonaco oscillava tra lo sconfortato e il rabbioso.

«Di Rucci invece, che mi dici?»

«Niente di buono, ahimè.»

«In che senso?»

Le parole di Nicola mi avevano spiazzato.

«Nel senso che Donato Rucci, ispetto'...» Lomonaco s'interruppe, ma non ne comprendevo il motivo.

«Nico', embè?»

«Ecco... quel bastardo è il figlio del colonnello Simone Rucci, comandante della sezione Criminalità organizzata della guardia di finanza di Bari.»

Un tuono deflagrò nella mia testa, assordante e prolungato. Lomonaco lesse sul mio volto tanto lo stupore provocato dalle sue parole, quanto la consapevolezza che qualcos'altro di molto importante cominciasse d'improvviso a prendere forma nei miei pensieri.

«Ne sei sicuro?»

Era una domanda inutile, ma sovrappensiero non riuscii a evitarla mentre davo i primi sorsi al mio cappuccino bollente.

«Sicuro eccome, ispetto'.»

Le immagini di alcuni dettagli della morte di Ada mi comparvero davanti agli occhi, come istantanee di un album che avevo messo da parte in attesa di ulteriori sviluppi investigativi.

Quelli che grazie a Nicola avevo appena appreso.

«E non è tutto. Il comandante, sua moglie e quello schifoso del loro figlio si sono trasferiti da Monopoli a Bari circa otto mesi dopo la scomparsa della seconda ragazza.»

I tasselli mancanti del puzzle dell'omicidio di Ada continuavano a comporsi in fretta, uno dopo l'altro, nella mia mente.

«Ma non è finita qui» aggiunse Lomonaco, terminando di bere il suo caffè.

«Che altro c'è?»

«Il comandante e sua moglie si sono separati subito dopo il loro trasferimento a Bari, anche se la notizia non è mai trapelata ufficialmente. Ho saputo da alcuni amici che ho nella guardia di finanza e che, poverini, ho dovuto scomodare a degli orari improbabili ieri sera e stamattina presto, che la separazione di Rucci è stata sempre tenuta nascosta per evitare ripercussioni sulla sua carriera.»

Altri particolari sembravano incastrarsi nella ricostruzione dei due delitti che, in silenzio, continuavo a far progredire tra un sorso e l'altro, in attesa di scoprire tutta la verità.

«Mi sto facendo l'idea che forse la sua separazione non sia stata l'unica cosa che Rucci ha fatto in modo di tenere... nascosta» sentenziai, fissando un punto nel vuoto. Il mio sguardo via via più torvo rendeva appieno l'idea dell'insofferenza che mi si agitava dentro. Un altro collega, seppure non del mio stesso corpo, poteva avere infangato la sua divisa per la ragione più abietta. Il solo pensiero dell'ennesimo tradimento mi dava il voltastomaco.

Lomonaco si lasciò andare a una smorfia di preoccupazione. Si rendeva conto molto bene delle devastanti conseguenze che la sua scoperta avrebbe potuto comportare di lì a breve. Ripensando ad alcuni dettagli della morte di Ada diveniva quasi impossibile ritenere che Rucci padre fosse del tutto all'oscuro dei crimini del figlio.

Ripensai a Livio De Santis, l'ex contrabbandiere che mesi prima aveva avuto una relazione con Ada, e a un preciso frangente dell'animata chiacchierata che avevo avuto con lui, nel suo ufficio.

Una frase mozzata di quel poco di buono, alla quale sul momento non avevo dato peso, trovava adesso una spiegazione più che calzante, in grado di supportare non poco la mia ipotesi su ciò che poteva essere avvenuto nei giorni precedenti l'assassinio di Ada.

Comunque stessero le cose, chiarire se e in quale misura il comandante Simone Rucci fosse coinvolto negli omicidi della mia ex e dell'amica di Giada, nonché il perché, diveniva d'un tratto l'unico obiettivo al quale avrei puntato con tutte le mie energie.

Di una cosa, in ogni caso, ero sempre più convinto con il trascorrere delle ore. Il cerchio intorno all'assassino della madre di mia figlia e della povera Sara si stringeva via via sempre di più.

102

Questura di Bari
14 settembre 2017, ore 08:09

«Quindi adesso che suggerisce di fare, ispetto'?» chiese Lomonaco, fremente.

«Tu chiama Giada e assicurati che con Rucci le cose stiano filando lisce. Devi rimanere qui a far da collettore sia con lei sia con Linzeghi. Nel caso in cui i colleghi della Scientifica dovessero trovare qualcosa voglio essere subito avvertito. Come anche qualora il vermiciattolo dovesse fare i capricci.»

«Lei, invece, che farà?»

Temporeggiai qualche secondo.

«Mi premurerò di dimostrare del rispetto per un collega, anche se di un altro corpo, nella speranza che le mie... buone maniere possano aiutarmi a incastrare gli ultimi tasselli del puzzle.»

«Che tradotto vuol dire?» Lomonaco aveva un'espressione incerta.

«Andrò a parlare con il comandante Rucci.»

«A questo, a dire il vero, ci ero arrivato... ma per dirgli cosa? Suo figlio è ancora a piede libero.»

«Esattamente, Nico'. Gli dirò che presto non lo sarà più e che ho voluto che lui non lo apprendesse dalla stampa.»

Lomonaco sollevò le sopracciglia, sorpreso.

«Cioè vuole avvisarlo che lo arresteremo a breve?»

«Proprio così.»

«Ma come farà a incastrare i tasselli del puzzle? Lo ha detto lei, no?»

«Certo, e lo ribadisco» annuii.

«Ho capito, non vuole dirmelo.» Lomonaco fece spallucce, rassegnato. «Crede che il comandante sia coinvolto in tutto lo schifo che ha messo in piedi il figlio?»

Non risposi.

Quella domanda, in realtà, me la ponevo da ore, ma la risposta suggeritami dal quadro indiziario ricostruito sino a quel momento non riusciva a convincermi per niente.

C'erano dei piccoli dettagli, quasi impercettibili, e delle sfumature nel modus operandi degli omicidi di Ada e di Sara che da un lato suggerivano delle conclusioni, ma dall'altro contribuivano a porle seriamente in discussione.

Qualcosa di sfuggente, d'inafferrabile impediva che la logica dei due delitti collimasse alla perfezione con le mie analisi. Fredde e scevre da qualunque influenza emotiva.

«Lo capirò presto. Puoi starne certo.»

Lomonaco si allontanò in silenzio, senza obiettare nulla.

Il tempo delle spiegazioni non era ancora giunto.

103

Caserma della guardia di finanza – Bari
14 settembre 2017, ore 09:03

Oltrepassando a bordo della mia 2 Cavalli il cancello automatico della caserma della guardia di finanza, costruita di fronte a un tratto squallido del lungomare nord barese, notai il piantone all'interno del gabbiotto d'ingresso seguirmi con lo sguardo, curioso. Non doveva capitargli spesso di vedere un ispettore della squadra Omicidi varcare la soglia di quel posto tanto temuto e rispettato a bordo di una berlina bicolore.

Uscendo dall'auto gli feci segno di sorvegliarla bene, incerto se il militare avrebbe colto la mia ironia.

In pochi minuti fui davanti all'ufficio del colonnello Simone Rucci, comandante della sezione Criminalità organizzata del Gico di Bari. Il sottoufficiale che gli faceva da segretario aveva cercato di bloccarmi, così da potermi annunciare secondo protocollo, ma vedendomi poco collaborativo, e soprattutto per nulla in vena di fare anticamera per il padre di un criminale, con una manata ben assestata delle mie gli avevo fatto capire che doveva togliersi dalle scatole in fretta. Non avevo tempo da perdere con le sue cazzate.

«Buongiorno, comandante» esordii, entrando con passo deciso e risparmiandomi inutili convenevoli.

«Buongiorno... Lei è?» replicò Rucci, alquanto sorpreso.

Era un uomo di bell'aspetto, uno di quelli che sanno di non passare facilmente inosservati.

«Sono l'ispettore Pantaleo, della squadra Omicidi. Il mio ufficio è a un paio di chilometri da qui» gli sorrisi, accomodandomi senza chiedere permesso.

L'ufficiale doveva essere rimasto sorpreso che fossi sfuggito al vaglio del suo segretario, ma la mia presentazione breve ed efficace gli aveva certo chiarito il perché di quel modo di fare tanto sbrigativo.

«Ispettore Pantaleo... Sì, ho sentito parlare di lei» disse Rucci, scrutandomi con più attenzione.

«Non mi è difficile immaginarlo. Sono la bestia nera di molti criminali di questa città. E non soltanto la loro.»

Il colonnello sollevò le sopracciglia, sornione.

«Mi dica, ispettore, lei entra sempre così... d'impeto, negli uffici altrui?»

Lo fissai in silenzio.

«A esser sincero no. Di solito sono molto più invadente» replicai, dando una rapida occhiata intorno.

Quell'ufficio grondava potere e autorità.

Rucci mi sorrise, ma era evidente che iniziassi a non stargli granché simpatico. Ed era esattamente ciò che volevo.

Per lui sarebbe stata una mattinata campale.

Una di quelle che avrebbe ricordato molto a lungo.

«I suoi superiori immagino ne andranno fieri. Non le dico si accomodi perché lo ha già fatto» ironizzò, con un sorriso irritato.

Feci spallucce, glissando.

«Ora che ci siamo presentati mi dica, ispettore, a cosa devo il piacere della sua visita?»

«Credo che di piaceri, comandante, per oggi non ne avrà altri.»

Il mio sguardo fisso su di lui gli anticipò il repentino cambio di registro che il nostro confronto si apprestava a subire.

Rucci d'improvviso s'irrigidì.

"Era ora" pensai.

«Va bene. Veniamo a noi, ispettore. Mi spieghi perché è qui. Ho molte cose da fare» sentenziò, con tono velatamente minaccioso.

Immaginavo che cominciasse a sentire il desiderio di sottolineare la differenza di gerarchia che esisteva tra noi. E la cosa non poteva che inorgoglirmi, visto che della gerarchia, in vita mia, soprattutto con i vari capoccioni in colletto bianco o uniforme, me ne ero sempre altamente fottuto.

Rucci avrebbe presto scoperto a sue spese quanto mi sarei infischiato anche di quello che era il suo ruolo in quella caserma.

«Sono qui perché nelle prossime ore provvederò personalmente ad arrestare suo figlio, comandante.»

Lo sguardo di Rucci perse in pochi istanti la sua fierezza di militare. E di colonello del Gico.

Era comunque ancora troppo presto per capire se la sua reazione fosse dovuta soltanto a un più che legittimo smarrimento, o se dietro quell'apparente spaesamento, affiorato nei suoi occhi come un cadavere in uno specchio d'acqua, vi fosse di più.

Molto di più.

Rucci si sforzò di riprendere il pieno controllo delle sue emozioni e delle sue reazioni. Uno come lui era innanzitutto un comandante, prima ancora che un padre.

«Devo dedurre che lei sia a conoscenza di qualcosa che io, invece, al momento ignoro» osservò, gelido.

Per quanto si sforzasse di ostentare tutta la freddezza della quale era capace, un timore strisciante affiorava dal suo sguardo. Una paura che lo stava lentamente avvelenando.

E non solo per lo shock della notizia che gli avevo appena comunicato.

«Sì, colonnello, la sua è un'ottima deduzione.»

Tacqui per alcuni istanti. Volevo tenerlo sulla graticola per osservare ogni sua minima reazione.

«Ieri sera suo figlio è stato visto allontanarsi da un casolare diroccato, sperduto nelle campagne di Monopoli, dove teneva sequestrata una ragazza di diciassette anni che aveva frequentato nelle settimane precedenti. Sul momento i miei colleghi, che lo pedinavano da circa ventiquattr'ore, non sono intervenuti. Su mio preciso ordine. Hanno aspettato che suo figlio si allontanasse per agire e salvare la poverina che teneva prigioniera. Le dico solo che ora quella ragazza è in fin di vita. Preferisco risparmiarle i dettagli di ciò che suo figlio le ha inferto.»

Ci ero andato giù duro volutamente.

Per un uomo che, come Rucci, combatteva ogni giorno il crimine organizzato non doveva essere una passeggiata di salute sentirsi spiattellare dalla bocca di un ispettore della Omicidi la ricostruzione dei reati – ammesso che non ve ne fossero altri – commessi dal suo unico figlio.

L'espressione di Rucci adesso era decisamente più sconvolta. Non mi pareva che recitasse, né che cercasse di nascondermi ciò che realmente sapeva, ma volevo capire sino in fondo se non vi fosse dell'altro in quella sua disperazione che tentava di camuffare come semplice impreparazione al peggio. Anche perché il figlio non sarebbe stato l'unico del quale gli avrei parlato quella mattina.

«Voi siete proprio sicuri che...»

«Sì, colonnello, non c'è il minimo dubbio a riguardo. Quando è stata l'ultima volta che ha visto suo figlio?»

Sapevo che i due non vivevano da tempo sotto lo stesso tetto, visto che il giovane aguzzino condivideva la casa con sua madre.

Ero quindi curioso di scoprire che cosa mi avrebbe risposto. E che cosa mi avrebbe confessato della sua situazione familiare.

«A dire il vero... in questo momento non lo ricordo. Sono talmente sconvolto. Credo comunque non più tardi di un paio di settimane fa. Più o meno.»

«Lei sa che cosa sto per chiederle adesso, vero?»

«Vuole sapere se abbia mai avuto la sensazione che Donato...»

«Sì, colonnello. Esattamente.»

Non gli toglievo gli occhi di dosso, come avrebbe fatto lui al mio posto. Rucci sospirò, profondamente. Per un attimo lessi dell'incertezza nei suoi occhi, subito svanita come una bolla di sapone.

«Da quando io e sua madre ci siamo separati, anche se... ufficialmente la cosa non è mai trapelata all'esterno, vedo mio figlio davvero poco. Da parecchio tempo mi sono trasferito in un appartamento lontano dall'abitazione dove loro due vivono ancora insieme.»

«Capisco...» Volevo che Rucci restasse sulle spine. Più ci rimaneva e più avrei avuto vita facile nel mio pseudointerrogatorio. «Quindi lei non si è mai accorto...»

«Vuole sapere se il comandante del Gico di Bari possa avere taciuto i crimini di suo figlio?» ringhiò.

Mi presi qualche secondo di studiato silenzio, senza distogliere lo sguardo dal volto sempre più impreparato di Rucci.

«Sì, colonnello, perché no. Me lo dica, l'ascolto.»

L'ufficiale deglutì ancora, in palese, crescente difficoltà. Forse adesso comprendeva meglio perché avesse sentito parlare di me.

«No... ispettore. La risposta è no.»

Annuii, ma non mi aveva affatto convinto.

Il mio sguardo glielo lasciò intuire subito.

«Io... io non so cosa dire» ammise Rucci, scuotendo il capo.

Era chiaro che volesse risparmiarsi altre domande.

Per il momento ne avevo saputo abbastanza di lui e di suo figlio, ma i chiarimenti per sua sfortuna non sarebbero terminati.

Anche se Rucci questo lo ignorava ancora.

«Si metta nei miei panni...» aggiunse, fissandomi basito.

«L'ho fatto, colonnello. È per questo che sono qui. Volevo avvisarla in anticipo di ciò che sarebbe accaduto. Lei è un collega, e quelli come me hanno il massimo rispetto per i colleghi.»

Rucci teneva lo sguardo basso, posato sulla scrivania davanti a sé. Le mie parole lo avevano zittito.

«Un rispetto che va al di là dei gradi e dei ruoli gerarchici di ognuno, comandante.»

Rucci deglutì, annuendo a fatica.

«Sì... capisco. Grazie... ispettore» disse, un istante dopo, con un filo di voce, sollevando lo sguardo. Doveva costargli parecchio reggere il peso della mia presenza.

«Le dispiace se fumo? So che non potrei, ma in questo momento...» chiese Rucci, estraendo il pacchetto di sigarette.

«Non si preoccupi, faccia pure. Credo che una sigaretta sia il minimo, date le circostanze.»

Il comandante non riusciva a trovare l'accendino.

Sollevai per qualche istante lo sguardo verso la parete bianca che gli stava alle spalle. Un quadretto con lo stemma della guardia di finanza campeggiava sulla sua testa.

«Maledizione... non trovo mai quel dannato accendino. Da quando ho perso il mio zippo, mesi fa...»

D'improvviso un tuono deflagrò nei miei timpani.

Spostai lo sguardo in rapida sequenza in più direzioni.

"Ma sì... certo..." mi dissi, cercando di celare la mia sorpresa agli occhi del colonnello.

«Mi aspetti qui, ispettore, torno subito» disse Rucci, visibilmente irritato, mentre si avviava fuori del suo ufficio.

Sono certo che con la scusa dell'accendino fosse andato ad avvisare il suo segretario di non far entrare più nessuno sino a quando non fossi andato via.

Guardai il portacenere e mi dissi che se non ne avessi approfittato in quegli istanti non avrei avuto un'altra occasione per ottenere ciò che mi serviva. Pochi minuti dopo, quando Rucci rientrò, la mia stoccata investigativa era andata a segno.

«Mi perdoni, ispettore» disse il colonello, accendendosi la sigaretta con la mano sinistra, dopo che avevo rifiutato di accettarne una. Sembrava avere riguadagnato la sua freddezza.

Era un militare disciplinato, e la notizia dell'imminente arresto del figlio era stata in fretta relegata in un angolo dove sarebbe rimasta confinata sino a quando non avessi tolto il disturbo.

Rucci adesso sembrava molto più lucido e padrone di sé.

«So che non dovrei chiederglielo ma... gradirei sapere...»

«Tra quanto sarà preso in custodia suo figlio» lo anticipai.

Annuì, secco.

«Nelle prossime ore, comandante. Mi spiace, ma non posso dirle altro.»

Rucci incassò, senza replicare.

Sapeva di essersi spinto troppo oltre, anche per essere un collega.

Ignorava che le brutte notizie non erano ancora finite.

104

Caserma della guardia di finanza – Bari
14 settembre 2017, ore 09:13

«Bene, ispettore... ora se non le sp...»

«Non ho ancora finito, comandante» l'interruppi, lapidario.

«Che altro c'è?»

Il tono di Rucci era infastidito.

«Il caso della diciassettenne sequestrata, brutalizzata e stuprata da suo figlio» cercai di ricordargli in fretta «è collegato a due feroci omicidi, scoperti nei giorni scorsi, e di cui mi sto occupando, nei quali suo figlio potrebbe avere ricoperto un ruolo.»

Gli occhi di Rucci si riempirono all'istante di un gelo che riuscivo ad avvertire a pelle.

«Omicidi?»

Si sforzò di mantenere lo sguardo fisso nel mio, ma avvertivo che quella che promanava adesso era paura, non più sorpresa.

Per me era come avere finalmente fiutato il sangue della preda che da giorni inseguivo.

«Già. Altre due donne, di differente età, ammazzate l'una nel suo appartamento nella Città vecchia...» rallentai, cercando di scorgere la minima reazione sul volto dell'ufficiale «e l'altra sul litorale roccioso di Torre Quetta. La prima aveva superato la quarantina, l'altra invece era una studentessa di Giurisprudenza, madre di una bambina di soli cinque anni.»

Attendevo di capire se mi avrebbe chiesto ulteriori dettagli sulle due vittime. Il colonnello, invece, se ne restava in silenzio, rigido nella sua postura, con lo sguardo che saltellava tra me e la scrivania. Iniziò a mordicchiarsi le dita della mano sinistra, con evidente fare nervoso. Fu allora che mi accorsi di un dettaglio, al quale sino a quel momento non avevo fatto caso.

Non come avrei dovuto, perlomeno.

Un particolare che avrebbe potuto fare una differenza significativa nel prosieguo delle indagini.

In più, il gesto di Rucci mi aveva suggerito una precisa domanda che prima di allora non mi ero posto, e che una volta andato via dal suo ufficio avrei fatto bene a condividere quanto prima con il dottor Ditrona.

Ripresi ad aumentare la pressione.

«Strano, colonnello.»

L'uomo si destò all'istante dal suo estraniamento.

«Cosa è strano, ispettore?»

Il suo sguardo lasciava trapelare il timore di nuove, sconcertanti verità.

«Che lei non mi stia chiedendo nulla di quei due delitti, visto che le ho appena detto che suo figlio potrebbe esservi implicato.»

Rucci si accorse di aver commesso un grosso passo falso.

Una leggerezza che sarebbe potuta costargli cara.

Molto cara.

105

Caserma della guardia di finanza – Bari
14 settembre 2017, ore 09:29

«Io... io sono davvero... confuso, ispettore.»

"O forse qualcosa in più" pensai, continuando a stargli con gli occhi addosso.

«Posso immaginarlo. Quindi preferisce non sapere altro?»

«Il fatto è che... ho pensato di non poterle chiedere i dettagli salienti di quei due omicidi, essendo il padre dell'indagato principale.»

Sul mio volto comparve un'espressione sardonica.

«Principale?» gli chiesi.

Rucci fece uno sforzo sovrumano per non sgranare gli occhi.

Aveva appena commesso un altro, imperdonabile passo falso.

«E chi le ha detto che suo figlio è l'indagato... *principale*, colonnello?»

Il comandante non era più in grado di reggere la pressione emotiva sulla quale stavo agendo per fargli confessare tutto ciò che potesse sapere.

Sulle prime non rispose, cercando di non distogliere lo sguardo dal mio volto. Sapeva che se lo avesse fatto lo avrei interpretato nella maniera peggiore per lui.

«Ecco io... l'ho dato per scontato. Ma ha ragione, è evidente che devo aver perso lucidità. Parecchia lucidità. Non è da me, devo riconoscerlo. Quello che mi ha detto su mio figlio non è stata cosa da poco. Per un padre in generale, ma per un genitore che ricopre il mio ruolo lo è ancora di più. Immagino lo comprenda.»

Continuai a fissarlo, inesorabile.

«Ciò che le ho detto è che suo figlio potrebbe essere coinvolto nei due omicidi. Né più, né meno.»

«È per questo che quindi... non lo ha ancora arrestato?» azzardò Rucci, nel puerile tentativo di recuperare credibilità.

«Diciamo che mi serve ancora del tempo per inquadrare meglio alcune circostanze. E per farlo ho bisogno che suo figlio resti a piede libero. Sino a quando lo riterrò opportuno.»

Rucci annuì, fissando un punto nel vuoto.

«Può dirmi chi erano le due donne?» domandò.

«L'universitaria si chiamava Sara Altieri e, come le dicevo, era madre di una bambina di poco più di cinque anni. La seconda invece, più grande, si chiamava Ada Raisi» sottolineai.

Volevo che sapesse quanto fossi ormai certo di quello che avevo dedotto nelle ultime ore.

La risposta di Ditrona alla domanda che gli avrei posto di lì a poco, nonché la prova di laboratorio che avrei chiesto ai colleghi della Scientifica, avrebbero confermato in via definitiva quanto stavo ipotizzando.

106

Caserma della guardia di finanza – Bari
14 settembre 2017, ore 10:03

«Lei conosceva una delle due?» gli chiesi, imperturbabile.

Giocavamo ormai al gatto con il topo, ma io di sicuro non mi sarei stancato sino a quando non avessi ottenuto tutte le informazioni che volevo.

Rucci serrò la mascella, corrugando la fronte.

Il suo istinto di militare, e di combattente, confliggeva con ciò che il buonsenso gli suggeriva.

«Mi perdoni, ispettore, ma che domanda è?»

Il suo tono fintamente irritato non avrebbe sortito alcun effetto su di me. Lui sapeva benissimo che la mia curiosità era più che legittima.

«Perché, colonnello? La trova davvero tanto strana?»

Rucci respirò a fondo. Doveva decidere se venire definitivamente allo scoperto, o se restare ancora nascosto nella penombra della sua pretestuosa privacy.

«Considerando che suo figlio ha avuto a che fare con le due vittime non mi sembra di averle domandato chissà cosa, non crede? Magari anche lei, per qualche motivo che io ignoro, poteva conoscere l'una... o l'altra» sottolineai, ancora una volta.

Di fatto avevo mentito, visto che al momento non disponevo di alcuna prova che il figlio del colonnello fosse venuto in contatto con Ada. Ma questo Rucci, per sua sfortuna, né poteva saperlo, né avrebbe potuto appurarlo nell'immediato.

Lo vidi deglutire, preoccupato.

Fiutavo via via sempre più intensa la sua paura, incombente.

Da comandante del Gico sapeva bene a che gioco stessi giocando, ed era proprio la consapevolezza di non potersi sottrarre a quella sorte senza incorrere nelle relative conseguenze che lo annientava dentro. Rucci avvertiva sulla sua pelle cosa si provasse a essere messo alle strette. A trovarsi nella dir poco scomoda posizione dell'assediato. Quella nella quale lui aveva ridotto tanti pericolosi criminali nel corso della sua lunga carriera.

«No, ispettore, non conoscevo né l'una... né l'altra» sottolineò infine, con tono fermo, convinto che avrebbe in tal modo posto la parola fine al nostro incontro.

Restai con lo sguardo incollato sul suo volto sempre più sfibrato per lunghi, insopportabili secondi. Nessuno di noi diceva nulla, ma entrambi intuivamo che cosa l'altro stesse pensando.

«Bene» dissi per primo, spezzando il silenzio asfissiante che aveva fagocitato l'ufficio del comandante. «Credo che per il momento possa bastare, colonnello.»

L'uomo si limitò a un cenno di assenso.

Era evidente che non fosse per nulla sollevato dal fatto che stessi per togliere il disturbo. Una volta, infatti, che avessi varcato la soglia del suo ufficio i problemi sarebbero esplosi nella sua mente e nella sua coscienza, prima ancora che nella sua vita.

«La saluto, comandante» dissi, alzandomi. «Credo che ci rivedremo» aggiunsi, lapidario.

Tesi la mano per salutarlo.

«Lo credo anch'io, ispettore.»

Con un po' di titubanza Rucci ricambiò la stretta.

Il suo calvario personale era soltanto agli inizi.

107

Questura di Bari
14 settembre 2017, ore 11:37

Rientrando in questura per prima cosa mi premurai di lasciare a Linzeghi il campione che avevo prelevato di soppiatto dal portacenere del colonnello Rucci.

Non ci sarebbe voluto molto per ottenere i risultati.

Subito dopo telefonai al medico legale per porgli la domanda che mi era stata suggerita dall'incontro con il comandante del Gico.

«Salve, dottor Ditrona, perdoni il disturbo.»

«Buongiorno a lei, ispettore. Ci mancherebbe, conoscendola immagino che si tratti di una questione importante che non poteva aspettare.»

«Esatto.»

«L'ascolto, mi dica.»

«Ho letto il suo rapporto autoptico sul cadavere di Sara Altieri, e ovviamente mi è tutto sin troppo chiaro...»

«Ma...?»

«Ecco... vorrei sapere se esistano degli elementi in grado di suggerire se l'assassino di Sara sia destrorso o mancino.»

Un silenzio attento ammutolì la linea.

«Posso intuire il perché della sua domanda, ispettore, ma mi preme evidenziarle che fornire una risposta... diciamo il più possibile attendibile al suo quesito potrebbe rivelarsi assai rischioso.»

«Rischioso? Mi spieghi, la prego.»

Ditrona si concesse qualche altro istante di riflessione. Voleva essere certo di quel che mi avrebbe detto.

«Vede, ispettore... dovremmo partire perlomeno da un paio di ipotesi per azzardare una risposta... plausibile.»

«Ipotesi di che tipo?»

«Per esempio dobbiamo ammettere come ragionevole possibilità che la vittima conoscesse il suo omicida o che, in alternativa, fosse costretta in qualche modo, magari per colpa di qualcuno, a non poter reagire mentre veniva colpita.»

Le parole di Ditrona, al solito, possedevano un'estrema ragionevolezza.

«Vada avanti.»

«Ecco... in teoria, e le ripeto, ispettore, in teoria, sarebbe anche possibile azzardare un'ipotesi, ma le dico subito che proprio alla luce di quanto le ho premesso la stessa potrebbe risultare meno attendibile di quanto lei sarebbe portato a immaginare. In poche parole... per essere chiaro sino in fondo sarebbe poco più di una congettura.»

Comprendevo il tono prudente, quasi rammaricato di Ditrona, ma volevo capire sino in fondo ciò che, pur alla luce di tutti i suoi distinguo, riteneva fosse possibile.

Anche soltanto in linea teorica.

«Lo capisco, ma di questo non deve preoccuparsi, dottore. Ha fatto benissimo a chiarirmelo, al suo posto avrei fatto lo stesso. Gradirei comunque ugualmente che lei mi fornisse il suo punto di vista. Per quanto incompleto... o magari... azzardato.»

«Ecco, ispettore, ha detto bene, il quadro che le fornirei sarebbe incompleto... e azzardato. Credo che non avrei saputo definirlo meglio.»

«Stia tranquillo. Lei mi dica come la pensa. Di tutto quanto il resto me ne occuperò io.»

«Va bene, come preferisce. Le dico subito che, data la posizione in cui la ragazza è stata ritrovata, è evidente che l'aggressione sia avvenuta di lato. Né davanti, né tantomeno da tergo.»

«Certo, da dietro si può escludere data la zona del viso di Sara che è stata massacrata. Frontalmente è altrettanto impensabile perché in quel caso avrebbe dovuto essere bloccata con forza dalle braccia per evitare di parare istintivamente i colpi con le mani. Ma le braccia non mostravano lesioni, né le mani segni di traumi.»

«Esattamente, ispettore. Lei, al solito, vanta un'ottima memoria.»

«Il che porterebbe a ritenere che l'omicida le camminasse accanto. Da un lato, o dall'altro. E anche che Sara lo conoscesse, o comunque non avesse ragione di temerlo.»

«O che ancora, fosse costretta a stare in quella posizione per via della presenza di qualcuno, oltre l'omicida. Magari sotto la minaccia di un'arma.»

«D'altra parte, non essendo poi stata utilizzata, ritengo improbabile potesse esserci un'arma. Il tutto confermando, ancora una volta, che la ragazza conosceva il suo assassino.»

«Ottima deduzione, ispettore, a questo in effetti non avevo pensato subito.»

«Come si dice, dottore, a ognuno il suo.»

Di fatto l'ipotesi ventilata da Ditrona, per quanto ragionevole, alla luce di quanto avevo scoperto e intuito poteva essere esclusa con estrema probabilità.

«Tutto ciò premesso la domanda è...»

«L'assassino le camminava a destra o a sinistra?» lo anticipai. «È quello il nodo da sciogliere.»

«Ahimè sì, ispettore. Partendo dal presupposto che, date tutte le ipotetiche premesse evidenziate, il quadro possibile del quale stiamo discutendo è assoggettabile a successive smentite. Proprio perché in qualche modo incompleto e azzardato, come le dicevo.»

«Me ne rendo conto, ma ho tuttavia bisogno che lei mi spieghi cosa comporterebbero l'una e l'altra eventualità. Appurarlo potrebbe fare la differenza nella cattura dell'assassino di Sara, dottore.»

Avvertii il profondo respiro di Ditrona saturare la linea.

Come me sapeva che non poteva e non doveva essere consentito al killer della giovane mamma di farla franca.

«Se le cose stanno così... allora ascolti bene quello che sto per dirle.»

D'improvviso mi sentivo teso.

108

Questura di Bari
14 settembre 2017, ore 12:12

«Supponiamo che l'assassino fosse solo, e destrorso. Di certo avrebbe preferito camminare accanto alla vittima, sulla sua sinistra, visto che al momento di colpirla, dovendo usare la mano destra l'avrebbe istintivamente e più facilmente colpita sulla parte sinistra del volto, con una semplice rotazione del busto. Se, al contrario, fosse stato mancino, standole sulla sinistra, avrebbe avuto difficoltà a sorprendere la ragazza: sarebbe stata talmente vicina al suo braccio sinistro da vederlo sollevarsi per colpirla. E questo le avrebbe dato il tempo di reagire per proteggersi. Sin qui ci siamo?»

«Alla perfezione, dottore.»

«Bene. Nell'eventualità quindi in cui l'assassino fosse stato destrorso, e all'incirca anche della stessa altezza della vittima, vista l'angolazione con cui ha sferrato i suoi colpi, lei sarebbe poi caduta quasi certamente sul lato sinistro colpito, come infatti è avvenuto visto che è proprio lungo il lato sinistro di gambe e addome che ho riscontrato, in sede di esame autoptico, i segni di fratture e contusioni traumatiche dovute all'impatto del corpo contro i sassi del litorale roccioso.»

D'improvviso mi era tutto più chiaro.

Talmente evidente che anticipai Ditrona nella ricostruzione della seconda eventualità.

«Qualora invece l'assassino fosse stato mancino avrebbe scelto di camminare sulla destra di Sara, per le stesse ragioni che mi ha spiegato prima, ma specularmente, diciamo. A quel punto l'omicida avrebbe colpito più agevolmente sul lato destro del volto della ragazza, spingendola poi a cadere da quella stessa parte del corpo. Ma così non è. Ed è stata la parte sinistra del volto di Sara quella massacrata dall'omicida.»

«Dieci e lode, ispettore. Ma si ricordi, come le ho detto all'inizio, che queste ricostruzioni, tanto quanto le conclusioni che ne sono scaturite, prevedono delle ipotesi che in sede di autopsia non potevano essere in alcun modo avanzate. Ecco perché nel referto autoptico che le ho inviato non ci sono illazioni in questo senso. Ciò non toglie, d'altro canto, che in teoria, e le ribadisco soltanto in teoria, al momento, si potrebbe ipotizzare che l'omicida della signorina Altieri sia un individuo di pari altezza e destrorso.»

«Caro dottor Ditrona, lei non può neppure immaginare quanto il suo aiuto mi sia stato prezioso. Come ogni volta, del resto. La aggiornerò presto sulla conferma delle sue conclusioni. La saluto.»

«Attendo solo di conoscere quel nome, ispettore. A presto.»

Il medico legale non si era smentito neppure in quella delicatissima circostanza. I sospetti maturati durante l'incontro con il comandante Rucci sembravano trovare adesso conferme. Gli esami di laboratorio avrebbero provveduto tra poche ore a fornirmi certezze definitive.

Scongiurando ogni margine di errore.

109

Questura di Bari
14 settembre 2017, ore 12:37

Avevo appena chiuso la telefonata con il dottor Ditrona, quando il telefono del mio ufficio iniziò a squillare. Ero ancora sovrappensiero, concentrato sulle parole del medico legale, e non mi accorsi che si trattava di una chiamata interna.

Che non proveniva né dall'ufficio di Lomonaco né da quello di qualche collega della Scientifica.

Quando mi accorsi di chi si trattava era ormai troppo tardi.

«Sì?»

«Buongiorno, ispettore. L'aspetto tra cinque minuti nel mio ufficio, non mi faccia aspettare.»

Era la commissaria Roveri, e dal tono non sembrava essere granché di buonumore. Riuscivo a intuirne la ragione.

Pochi minuti dopo ero davanti alla porta del suo ufficio.

«Eccomi qua. Puntuale come aveva richiesto» dissi, risparmiandomi il mio solito tono irriverente.

Mi era bastata una semplice occhiata per capire che Elena Roveri stava affrontando forse uno dei momenti più difficili e travagliati degli ultimi tempi.

«Chiuda la porta.»

Non me lo feci ripetere.

Sebbene avessi intuito il motivo di una convocazione tanto sbrigativa, preferii attendere che fosse la commissaria a rompere il ghiaccio. Il suo volto era torvo come in poche altre occasioni.

«Mi dica come ha fatto» disse, atona.

I suoi occhi erano fissi sul mio volto, ma non c'era rabbia né risentimento nel suo sguardo.

«Immagino che si riferisca...»

«Immagina bene, ispettore. Ora mi dica, l'ascolto.»

In breve, le raccontai come fossimo giunti a scoprire che Alessandra Carmini fosse sua sorella, ma soprattutto in che modo avessimo poi inchiodato Tommaso Nitti alle sue responsabilità di stupratore domestico della figlia della sua convivente.

Più le snocciolavo dettagli sui comportamenti di sua sorella e del vile compagno che si era scelta, più la Roveri sgranava gli occhi.

Per la prima volta da quando la conoscevo l'intensità con la quale osservava le mie movenze e ascoltava ogni mia parola, mi creava... imbarazzo.

Già, imbarazzo.

L'ispettore Pantaleo messo a disagio dalla sua diretta superiore.

Se lo avessi raccontato a Lomonaco o a chiunque mi conoscesse un minimo, non sarei stato creduto.

Eppure quella mattina Elena Roveri aveva una strana luce negli occhi. Di chi cercava di capire come avrei potuto aiutarla a compiere un dovere cui sentiva di non potersi sottrarre.

«Mi spiace per non averla avvisata subito, commissaria, mi creda» cercai di giustificarmi, senza tono di circostanza. «Ma gli eventi si sono evoluti talmente in fretta che...»

«Come sta?» mi freddò, lasciandomi intravedere l'enorme sforzo che stava compiendo su se stessa per ricevere notizie di sua nipote.

E chissà, forse anche di sua sorella.

«Intende... Adelaide?» azzardai.

Confermò, in silenzio.

«Ne ha subite davvero tante. Troppe, commissaria, soprattutto per una ragazza della sua età. Quando Bellomo l'ha soccorsa era in fin di vita. Il chirurgo di Monopoli che l'ha operata ritiene comunque che se la caverà.»

Gli occhi di Elena Roveri si erano fatti d'improvviso lucidi.

Credo che non ne fosse neppure consapevole, vista la totale indifferenza che mostrava nel lasciarsi guardare in tutta la sua improvvisa fragilità. D'un tratto abbassò lo sguardo sulla scrivania.

Mi accorsi della lacrima che le era appena caduta dal mento solo grazie al riflesso del ripiano di cristallo sul quale si era infranta.

«Commissaria...» sussurrai «Adelaide è una ragazza molto forte. Proprio come sua zia.»

La Roveri non intervenne.

«Sarà un percorso lungo e molto difficile, da più punti di vista, inutile nasconderselo, ma sono certo che Adelaide ne uscirà vittoriosa.»

La Roveri sbuffò, cedendo a un sorriso amaro.

«Non l'ho neppure vista nascere, ispettore.»

Sulle prime non capii perché mi stesse rivelando una circostanza tanto personale. In fondo io ero lo sbirro sbruffone cattura criminali, dunque la persona meno indicata ad accogliere una confessione tanto intima. Ma in breve ne compresi la ragione.

Conoscendo il mio passato Elena Roveri parlava al ragazzo cresciuto in un orfanotrofio, sino alla maggiore età, che non avrebbe avuto difficoltà a comprendere sino in fondo l'intensità della profonda sofferenza che la stava annientando.

La commissaria, strano a dirsi, non temeva di mostrarmi la fragilità alla quale non era riuscita a sfuggire. Sapeva che, nonostante tutti i miei difetti, sarei stato uno dei pochissimi a non approfittarne. Mai e per nessuna ragione.

«La chiami, dottoressa. Ho restituito a sua nipote il cellulare che aveva lasciato a casa di sua madre prima di fuggire. Le mando subito il suo numero» le dissi.

«Per dirle cosa, ispettore?»

Il tono della Roveri era quello di una persona smarrita, che non faceva più mistero della sua sensibilità.

«La rassicuri che adesso non è più sola, e che ha una zia cazzuta come poche persone potrà conoscere nella sua vita» le sorrisi.

Scosse il capo, mentre si asciugava le lacrime con il dorso della mano.

«Si è persa la sua fanciullezza e la sua adolescenza, non si perda anche la sua maturità. Sua madre non l'abbiamo ancora avvisata che Adelaide è fuori pericolo, sana e salva.»

«Ma... ma come?!»

La commissaria era sinceramente sorpresa.

«Sì, ho pensato che le avrebbe fatto bene provare un po' più a lungo il dolore che ha causato a tante persone nel corso del... vostro passato.»

La Roveri sgranò gli occhi.

Adesso sapeva che ero al corrente anche di tutto ciò che era accaduto nella vita sua come in quella di sua sorella.

E non soltanto.

«Lei è davvero perfido, lo sa?»

Feci spallucce.

«Di solito usano altri complimenti per gratificarmi, ma devo ammettere che anche questo non è affatto male.»

La commissaria sorrise.

«E dei due omicidi, invece, che mi dice?» chiese, più seria.

Stavolta fui io a fissarla dritto negli occhi.

«Che presto cattureremo l'omicida. Ormai ha le ore contate, commissaria. Donato Rucci e chi lo ha aiutato a sequestrare Adelaide e a uccidere le due donne pagheranno caro tutto ciò che hanno commesso. Ha la mia parola di sbirro... gentiluomo» ironizzai.

«Su questo non ho alcun dubbio, ispettore.»

La Roveri ebbe un attimo di esitazione.

«Ora, commissaria... se non le spiace, con il suo permesso avrei un paio di pezzi di merda da sbattere dentro» le sorrisi, provocatorio.

Lei annuì, senza aggiungere altro.

Mentre mi apprestavo a uscire dal suo ufficio mi sentii chiamare.

«Sì?»

I nostri sguardi s'incrociarono al volo, in un abbraccio lontano eppure tanto vicino.

«Grazie, ispettore... grazie di tutto.»

«Chiami sua nipote, mi raccomando» le risposi, storcendo il capo. Attesi giusto il tempo del suo assenso silenzioso prima di richiudermi la porta alle spalle.

110

Questura di Bari
14 settembre 2017, ore 14:23

«Salve, ispetto', allora è tornato. Non l'ho vista arrivare» disse Lomonaco, affacciandosi sulla soglia del mio ufficio.

Aveva l'aria di un cane randagio che si aggirava per la questura, smanioso di sapere che cosa mi fosse accaduto in sua assenza. Non appena si era accorto che ero rientrato non ci aveva pensato due volte a farsi vivo.

«Allora, come è andata?» si affrettò a chiedermi.

«Se vai a prendermi un cappuccino credo che potrei dirti qualcosa.»

«Faccia conto che sono già tornato. Vado, prelevo e torno!»

Sorrisi.

Il confronto con Rucci da un lato mi aveva lasciato l'amaro in bocca, dall'altro invece mi aveva trasmesso una positività imprevista.

Come da copione, Lomonaco si dimostrò un fulmine. Lo vidi rientrare con quella luce negli occhi che sapevo di cosa fosse foriera.

«Grazie, uagliò,» gli dissi, prendendo il mio cappuccino bollente «ora chiudi la porta e siediti. Ne abbiamo di cose da dirci.»

Tacqui un momento, cercando di riorganizzare le idee. Dovevo decidere da dove fosse meglio partire con il mio aggiornamento.

«Il colonnello Simone Rucci è coinvolto in qualche modo in almeno due delle tre vicende» tagliai corto.

Lomonaco strabuzzò gli occhi.

«Non ci posso credere...» sussurrò, confuso.

«Già. Mi serve però ancora un'ultima conferma.»

Lomonaco non capiva, era comprensibile.

Sbrogliare la matassa, in effetti, non era stato affatto semplice, ma la mia fissazione per i dettagli, soprattutto per quelli apparentemente più insignificanti, aveva alla fine fatto pendere la bilancia dal lato a me favorevole.

Sapevo che è sempre lì, tra quei particolari, che spesso si annida la differenza tra risolvere un caso delicato e complesso e lasciarlo insoluto.

«No, ispetto'... la prego... mi dica che mi sta prendendo in giro!»

«Non sai quanto mi piacerebbe, Nico', ma su queste tre vicende non è possibile.»

«Quindi mi dica, che cosa c'entra il colonnello Rucci con questi delitti?»

«Con la scomparsa di Adelaide, in realtà, non molto. Se non soltanto indirettamente. Credo che il colonnello sospettasse da tempo le attitudini malate del figlio, avendo avuto a che fare con criminali ben peggiori di lui, da mattina a sera. Ed è possibile che abbia visto o appreso da terzi che il suo bastardello frequentava la figlia della Carmini.»

«Sul fatto che il figlio sia un verme schifoso non c'è dubbio.»

«Riflettendoci, tutto porta a ritenere che il trasferimento da Monopoli a Bari della famiglia Rucci al completo non sia stato uno spostamento casuale, come tanti altri.»

«In che senso?»

«Nel senso che la moglie di Rucci, che a quanto pare da un bel po' non è più tale, se non solo sulla carta, ha insegnato a Monopoli per molti anni. Quello è il suo paese di origine, ragione per cui era il comandante a fare su e giù da Bari, per lavoro. Presumo per motivi di comodità, almeno sino a quando il loro Dongiovanni in erba non è diventato maggiorenne.»

«In effetti il trasferimento di tutta la famiglia è avvenuto otto mesi dopo la morte della seconda ragazza scomparsa a Monopoli» osservò Lomonaco.

«Già, giusto il tempo per la professoressa Rucci di terminare l'anno scolastico e di chiedere il trasferimento qui a Bari, d'accordo con suo marito. Data la posizione del comandante non credo abbia avuto difficoltà a ottenerlo in tempi rapidi. È altamente presumibile che sia stato il colonnello a spingere per quel drastico cambiamento, o magari proprio quel lurido verme del figlio. Il comandante potrebbe essersi reso conto che il ragazzo, oltre ad aver ereditato la sua tendenza alla promiscuità, aveva sviluppato una naturale tendenza alla violenza, allo stupro e forse anche all'omicidio. E che quindi, dopo quello che poteva aver combinato con quelle due ragazze, fosse meglio cambiare aria il prima possibile. A proposito, dai nostri della Scientifica ancora niente?»

Lomonaco era frastornato.

Era rimasto concentrato su qualcosa che gli avevo detto, ascoltando a malapena ciò che gli avevo chiesto.

«No, ispetto', non ancora. E neppure da Giada. Mi ha detto che lei, Mario, Donato Rucci e la nuova fiamma di quel bastardo avrebbero pranzato insieme in un locale del centro.»

«Ottimo. Mi raccomando, Nico', tieni anche tu il cellulare sempre a portata di mano. Non si sa mai, potrei essere occupato in altro e non accorgermi di una sua chiamata.»

«Ispetto', se Giada dovesse trovarsi in pericolo la raggiungo pure di corsa o con un monopattino.»

Sorrisi, scuotendo il capo.

«Già ti vedo che sfrecci per le vie della Città vecchia a bordo di un monopattino. Sai che risate...»

Lomonaco incassò, anche lui divertito.

«Ispetto', mi scusi, lei prima ha parlato di promiscuità del comandante. Che intendeva?»

«Nico', quello che vuol dire "promiscuo". Nel senso letterale del termine. E cioè che il nostro caro amico colonnello del Gico nella sua vita privata pare che sia sempre stato un po'... disinvolto nelle sue frequentazioni.» Lomonaco era rimasto a bocca aperta.

«Hai capito a Rucci... E lei da chi lo ha saputo?»

«Lomo', mica soltanto tu hai dei cari amici negli altri corpi di polizia.»

«Sì, ispetto', ha ragione, sono un vero fesso, che domanda idiota. Proprio a lei poi...» sbuffò. «Quindi Rucci figlio ha ereditato dal padre il comportamento da *tombeur de femmes*. Solo che poi si è... evoluto, per così dire.»

«Se quella la chiami evoluzione...»

«Ho detto la seconda fesseria della giornata. Cercherò di risparmiarmi la terza.»

«Visto quanto abbiamo appurato servirebbe piuttosto capire se tra lui e il padre ci sia una non trascurabile differenza o meno.»

«E come intende scoprirlo?»

«Lo saprò molto presto, non preoccuparti, amico mio.»

Lomonaco incassò, silenzioso.

«Comunque, tornando alla storia della rispettabile famigliola dei Rucci, credo che quando le due ragazze scomparvero, il colonnello, che ti ricordo all'epoca non era ancora comandante del Gico, le avesse già viste in compagnia stretta di suo figlio, e che fu proprio quello a fargli scattare in qualche modo un campanello d'allarme. Del resto, essendo il padre doveva aver ravvisato qualcosa di strano nel suo comportamento per iniziare a nutrire dei sospetti. Ma sin qui, ti ricordo, siamo nel campo delle mere ipotesi. Almeno sino a quando non troveremo ulteriori riscontri, o conferme, alla mia ricostruzione dei fatti. Per ora diamola per buona.»

«Ispetto', la conosco ormai da anni. E quando dice così vuol dire che la versione che mi ha raccontato la possiamo già dare per definitiva, altroché.»

Glissai.

«Rucci doveva scegliere se approfondire i sospetti sul figlio, rinunciando alla sua carriera in rapida ascesa o...»

«Chiudere un occhio sulla faccenda. Anzi, tutti e due. Quando le due ragazze scomparvero, visto che anche lui presumo leggesse i giornali, il colonnello iniziò a nutrire il sospetto che suo figlio, tanto bello e irresistibile, potesse aver avuto qualcosa a che fare con le due sparizioni. Se non di peggio. Decidendo che fosse meglio a quel punto tagliare ogni ponte con Monopoli e dintorni.»

La conclusione abbozzata da Lomonaco era in linea con le mie supposizioni.

Per quanto non avessi ancora tutti gli elementi per esserne certo, tutto lasciava immaginare che le cose stessero in quei termini.

«Quando ho visto il comandante, stamattina, la prima cosa che ho pensato è che ci tenesse non poco, per non dire troppo, alla sua immagine e al suo aspetto fisico. Aveva quell'aria da "lasciatemi stare, so tutto io" che mi ha leggermente irritato.»

«E immagino che questo abbia contribuito a indirizzare la vostra chiacchierata su un binario a lei molto congeniale» sghignazzò Lomonaco.

«Non era difficile da ipotizzare» ammisi.

«Già, riesco anche a immaginare la scena della sua presentazione al comandante.»

Nicola se la rise, compiaciuto.

In quel momento il mio cellulare iniziò a squillare.

Lo posai sulla scrivania e risposi, premendo il tasto del vivavoce.

111

Questura di Bari
14 settembre 2017, ore 15:02

«Salve, ispetto', sono Linzeghi.»

Il tono di voce del sovrintendente capo della Scientifica lasciava presagire il peggio.

«Allora?» risposi, secco, guardando Lomonaco.

«Abbiamo trovato le due ragazze. Erano state buttate in un pozzo di una decina di metri, poi coperto con un grosso tombino di ferro, nascosto a sua volta dall'alta sterpaglia tutt'intorno.»

«Voglio sapere il prima possibile di chi cazzo è quel maledetto terreno e tutto quello che c'è sopra» latrai, sentendo la rabbia montare. Vidi Lomonaco annuire.

«Siete sicuri che si tratti di loro?»

«Ispetto', al momento non sono riconoscibili, ma si tratta senza dubbio di due individui femmine, di età presumibilmente pari a quella delle due ragazze scomparse anni fa.»

«Siete riusciti a capire come sono morte?»

«Entrambe presentano varie ossa rotte, alcune in più punti, ma presumiamo che per entrambe le fratture siano dovute al fatto che sono state buttate giù nel pozzo, quindi da un'altezza notevole, come le dicevo. Tutte e due, in ogni caso, hanno ancora delle corde intorno al collo.»

«Bastardi... Le hanno prima strozzate e poi gettate via

come sacchi della spazzatura» dissi, fissando un punto nel vuoto.

Lomonaco annuì, chiudendo gli occhi mestamente.

«Va bene. Adesso repertate tutto e, mi raccomando, fate ogni tipo di rilievo. Ovunque. Dovete scovare qualunque traccia che possa essere stata lasciata. Dobbiamo incastrare quel pezzo di merda di Rucci una volta per tutte, mi sono spiegato?»

«Sì, ispetto', non si preoccupi. Non ci sfuggirà niente. Quel lurido la pagherà.»

"E non soltanto lui" pensai, chiudendo la telefonata.

«Ora sappiamo che quel bastardo quasi certamente è anche un assassino, ispetto'.»

«Sì. Come anche che suo padre è più nella merda di prima. Molto, molto di più.»

112

Questura di Bari
14 settembre 2017, ore 15:21

«Ispetto', certo che se il colonnello fosse un assassino vorrebbe dire che il figlio avrebbe ereditato da lui anche l'istinto omicida, oltre a quello di Dongiovanni. Ma ci pensa?»

Le parole di Lomonaco mi diedero i brividi.

In effetti le possibilità che Rucci padre fosse lui stesso un killer, e non soltanto un fiancheggiatore o un complice del figlio, erano considerevoli. In teoria plausibili alla luce di quanto anticipato da Linzeghi al telefono.

«Non posso garantire che il colonnello non abbia avuto un ruolo, attivo o collaterale agli omicidi delle due ragazze svanite anni fa, ma voglio prima essere certo che né lui né suo figlio siano i responsabili dei due delitti dei giorni scorsi.»

Lomonaco restò non poco sorpreso.

Non erano quelle le parole che si aspettava di sentire. Non ebbe comunque il tempo di pormi ulteriori domande visto che per la seconda volta in venti minuti il mio cellulare prese a squillare.

Solo che ora il mittente della chiamata era qualcuno che conoscevo molto meglio di Emanuele Linzeghi.

«Ch'è successo, Giada?» risposi, alterato.

«Che lo stronzo di Rucci ha detto di doversene andare. Ha da fare, non ha detto cosa. Tra poco pagheremo il conto, non c'è più molto tempo. Io mi sono appartata in bagno per chiamarti. Cosa posso inventarmi per trattenerlo?»

«E lo chiedi a me? Sei tu l'aspirante sbirro, non io. Inventati qualcosa, noi stiamo arrivando.»

«Papà, ma che cazzo... aaah... ehi, ciao... no... niente... era solo mio padre... è un tipo un po' apprensivo... e anche... sì... un gran rompipalle» la sentii sottolineare, imbarazzata.

Molto probabilmente in bagno era appena entrata la ragazza con la quale si accompagnava Donato Rucci.

"Brava ragazza, ottima mossa. Sul rompipalle magari ne riparliamo di persona" esclamai, tra me.

Misi giù, intuendo che Giada non avrebbe continuato oltre la telefonata. Lomonaco attendeva solo mie istruzioni.

«Lomo', io ti aspetto giù. Allerta un paio di pattuglie dei nostri e falle convergere davanti al locale dove si trova Giada. Forza, sbrigati, non abbiamo molto tempo!»

Mentre scendevo i gradini della questura che dal quinto piano conducevano al pian terreno, ripensai per qualche istante alla definitiva conferma alle mie ipotesi che avrei ricevuto soltanto dopo le analisi della Scientifica sul mozzicone di sigaretta, sottratto dal portacenere del colonnello Rucci, e sull'oggetto prelevato da Bellomo dal luogo del sequestro di Adelaide.

A quel punto sarebbe mancato soltanto un ultimo tassello per completare il perverso mosaico di morte messo in piedi da chi, settimane prima, aveva congegnato gli omicidi di Ada e di Sara.

113

Piazza Mercantile
14 settembre 2017, ore 15:34

La volante guidata da Lomonaco e le altre due allertate dalla centrale operativa giunsero a distanza di pochi secondi l'una dall'altra davanti al locale, in piazza Mercantile, dove Giada, Mario, Donato Rucci e l'ignara ragazza che lo accompagnava si erano trattenuti dopo aver pranzato.

Vedendo sopraggiungere le pattuglie a sirene spiegate, Rucci aveva intuito che quei poliziotti fossero lì per lui. Ma prima che qualcuno di noi riuscisse a intervenire per bloccarlo, Giada diede dimostrazione della sua ormai innegabile stoffa da sbirro.

Accorgendosi che il giovane si era dato alla fuga lo aveva rincorso, raggiunto e poi atterrato con una mossa di full contact che aveva lasciato basiti tutti i presenti.

Lo ammetto, a cominciare dal sottoscritto.

Sapevo che mia figlia fosse pratica di arti marziali, era stata una delle prime cose che mi aveva confessato poco tempo dopo avermi conosciuto, ma non avrei mai pensato sino a quel punto.

Aveva agito con tanta freddezza e determinazione, in un momento così concitato, da sorprendere innanzitutto Rucci. Il quale non aveva avuto neppure il tempo di rendersi conto di cosa gli stesse accadendo. Si era ritrovato disteso per terra, urlando a squarciagola per via della gamba che Giada gli aveva spezzato nel bloccarlo con un calcio.

Il verme aveva cercato di inferirle dei colpi brandendo un coltello svizzero che teneva nascosto nella tasca del giubbotto, ma inutilmente visto che mia figlia li aveva schivati uno dopo l'altro, riuscendo ad atterrarlo in pochi secondi.

Dal canto mio, avevo avuto solo il tempo di raggiungere Giada, pronto a intervenire in suo aiuto. Ma non ce n'era stato bisogno, dato che lei aveva provveduto da sola a dimostrare a tutti i presenti, semplici passanti e colleghi in uniforme, di che pasta fosse fatta.

Lomonaco, al solito, fu il primo a stemperare a modo suo la tensione in quel delicato frangente.

«Ispetto'... alla faccia del cacchio! Questa mena! E pure forte. Li mortè!» esclamò, colpito e frastornato dalla scena ai limiti del surreale alla quale aveva assistito.

«Come si dice, Nico', tale padre...»

«Eeeh, ispetto', lo so, lo so... Ma mi sa che sua figlia è pure peggio...» commentò.

Lo fulminai con un'occhiata.

«Vabbe'... ovviamente... era... per diiire...» concluse, mentre scuotevo il capo.

Restandomene a distanza feci l'occhiolino e una smorfia soddisfatta a mia figlia. Mario le si avvicinò, ancora un po' interdetto. Si premurò di chiederle come si sentisse, e lo stesso fecero alcuni miei colleghi. Altri invece, con Lomonaco, provvidero ad ammanettare in fretta il lurido bastardo.

Mi avvicinai a lui, rimasto steso per terra, e prendendolo per la maglietta all'altezza del petto lo sollevai di prepotenza tra gli sguardi sorpresi di due dei miei colleghi, che lo sorreggevano dai lati per evitare che spingesse all'indietro con il busto per non rimettersi in piedi.

Gli assestai un sonoro ceffone in pieno volto.

Mi accorsi un istante dopo che un suo dente aveva dato forfait, ma la cosa non mi scalfì neppure.

Volevo che la smettesse di frignare.

Capivo il dolore per la gamba fratturata (e adesso anche per il dente saltato), ma quello sarebbe stato niente in confronto a ciò che ero certo gli sarebbe accaduto in carcere.

Giada e Mario, lui in particolare, mi guardavano con malcelato stupore. Non pensavano che avrei avuto voglia d'infierire su Rucci ormai ridotto in quelle condizioni.

Era evidente che non mi conoscessero ancora quanto Lomonaco.

Il quale, invece, dal canto suo, si godeva la scena come se fosse al cinema, con in mano il pacco gigante dei popcorn.

«Ma chi... chi cazzo sei tu?» cercò di urlare di nuovo Rucci.

I due colleghi alle sue spalle chiusero gli occhi nello stesso istante in cui lo colpii con un altro ceffone ben assestato.

«Forse non ti è chiaro che non devi urlare, brutta faccia di merda. Chi sono io sono cazzi miei, ma se non vuoi essere ricoverato in rianimazione nei prossimi trenta secondi, e per giunta senza più neppure un molare, smettila di fare uscire dalla tua lurida gola la voce da vermiciattolo che ti ritrovi.»

Lomonaco notò lo sguardo un po' smarrito di Mario Rovighi. Nonostante il fidanzato di mia figlia avesse già assistito a qualche mia... intemperanza, a Venezia, in più di una occasione, continuava a restare sorpreso dalla facilità con la quale riuscivo a usare le mani, preoccupandomi poco, o nulla, di essere un poliziotto.

Mario doveva ancora familiarizzare con il concetto che dal mio punto di vista sarei sempre stato un tutore della legge, ma mai dei pezzi di merda come Rucci.

Notando l'aria un po' spaesata del veneziano mi accorsi che Giada stava provvedendo a rassicurarlo.

«Non preoccuparti, Mario, lo sai che mio padre è un po'... così» gli sussurrò, facendo spallucce.

«Già, e infatti ero certo da chi avessi preso» le rispose lui, sospirando. Rovighi, nonostante le rassicurazioni di Giada, non aveva il coraggio di tenere lo sguardo fisso su di me.

Una circostanza che, pur nella tensione emotiva del momento, mi faceva comunque sorridere un po', dentro.

«Tranquillo, Mario, quel tipo è molto fortunato, credimi» aggiunse Lomonaco, sottovoce, indicando con un'occhiata Rucci.

«Fortunato?» replicò lui, stranito.

«Sì, te l'assicuro. È un bene che oggi l'ispettore sia di buonumore. Se non lo fosse stato, qui sarebbe arrivato il carro funebre, non l'ambulanza.»

«Ah...» fu l'unica cosa che uscì dalla bocca del veneziano.

Tornai a concentrarmi su Rucci.

«Pagherai caro per quello che hai fatto a Adelaide, e non soltanto a lei, te lo garantisco. Tuo padre stavolta non potrà fare un bel cazzo di niente per te, verme schifoso. Ora portatelo via, prima che gli fratturi anche il resto delle ossa.»

Un ultimo *schiaffetto*, però, non mi riuscì proprio di risparmiarmelo prima che Rucci si allontanasse, zoppicante, imprecando sottovoce. Lomonaco fece segno ai nostri due colleghi che sarebbe stato meglio affrettarsi a darmi ascolto.

Buonumore o meno, non scherzavo quando minacciavo di rompergli il resto delle ossa.

114

Questura di Bari
14 settembre 2017, ore 17:42

Dopo aver ringraziato mia figlia e Mario per il prezioso contributo, ero tornato nel mio ufficio con Lomonaco. Non prima, però, di aver avvisato tutti i miei colleghi che sino a comunicazione contraria nulla doveva trapelare sull'arresto di Rucci. E ovviamente, sulle modalità con cui era avvenuto.

Innanzitutto per via del fatto che né sua madre, né tantomeno suo padre dovevano essere avvertiti, se non al momento opportuno, e che sarei stato io e nessun altro a stabilire quando fosse giunto.

In secondo luogo, perché la Roveri non doveva apprendere che la presenza di Giada sul luogo dell'arresto del giovane stupratore era stata preventivamente concordata con il sottoscritto, o meglio, suggerita da me.

Eravamo rientrati da pochi minuti quando il volto compiaciuto di Linzeghi fece capolino sulla soglia della mia stanza.

«Allora?»

«Ci siamo, ispetto'. Questo è il rapporto dei miei. C'è tutto quello che aveva chiesto. Non si sbagliava» mi disse, soddisfatto.

«Bene. Ottimo lavoro, uagliò. Domattina colazione offerta a tutti i colleghi della tua squadra.»

Nicola annuì, sorridendo.

«Ovviamente paga Lomonaco.»

Il sorriso gli si spense sul volto come un fiammifero esausto.

Linzeghi e io scoppiammo a ridergli in faccia.

«Sì, sì, okay... bravi... chapeau» farfugliò, con un'irresistibile smorfia, mentre Linzeghi si congedava.

Gli esisti positivi degli esami di laboratorio che avevo richiesto con carattere di massima urgenza rientrando dall'incontro con il colonnello Rucci, nonché l'arresto di quel maiale del figlio, mi avevano messo di ottimo umore.

Presi il rapporto e ne lessi con avidità le conclusioni.

Quelle che mi avrebbero fornito le ultime, decisive risposte che non avevo ancora ottenuto.

Quando sollevai lo sguardo verso Lomonaco, rimasto a fissarmi in rigoroso silenzio, capii che il tempo degli inganni non era ancora finito.

Ce n'era ancora uno da portare a termine prima di catturare il killer che da giorni cercavamo.

115

Questura di Bari
14 settembre 2017, ore 18:03

«Ispetto'... e quindi? Adesso me lo dice che cosa sono quegli esami?»

Annuii, cedendo a un mezzo sorriso.

Lomonaco non poteva ancora spiegarsi il perché di tanta soddisfazione, ma presto avrebbe compreso. Se le cose fossero andate come mi aspettavo, la conclusione del caso sarebbe stata a portata di mano.

E dirompente.

Soprattutto per i vertici della guardia di finanza di Bari.

«Quando Bellomo ha liberato Adelaide, ha preso dal luogo dove la ragazza era sequestrata un bicchiere che Rucci aveva usato, poco prima di andarsene, per far bere qualche goccia d'acqua a quella poveretta.»

«Sì, e che lei ha poi dato a Linzeghi. Immagino che i risultati della comparazione delle impronte sul bicchiere con quelle rinvenute sullo zippo siano in quel rapporto.»

«Esatto. Ma c'è molto altro. Quando mi trovavo nell'ufficio del colonnello ho approfittato del fatto che si fosse assentato con una scusa per qualche minuto, e ho sottratto dal portacenere non ancora svuotato una delle cicche di sigaretta. Ce n'erano un'infinità, quindi non si sarebbe mai accorto che ne mancava una.»

«A conferma che il comandante è un accanito fumatore, e che potrebbe quindi essere lui il proprietario dello zippo.»

Lomonaco cominciava a trarre le logiche conclusioni da quanto emerso, ma stavolta l'inoppugnabile fondatezza delle sue deduzioni non avrebbe trovato una conferma altrettanto certa.

«In realtà, che fosse lui il proprietario lo avevo appreso dalla sua stessa voce.»

«In che senso? Non la seguo.»

Strizzai le labbra, prendendomi il tempo che mi serviva per rendergli tutto il più chiaro possibile.

«Nel senso che Rucci mi ha candidamente confessato di aver perso il suo zippo parecchi mesi fa.»

«Mesi fa... ma com'è possibile? Se il colonnello avesse frequentato casa di Ada da così tanto tempo, Giada e di sicuro anche qualche vicino lo avrebbero saputo. Invece nessuno ha mai parlato di altri uomini in casa della sua ex, se non di quel Livio De Santis.»

«Esatto. L'ex contrabbandiere era l'unico che sapeva del comandante e di Ada. Presumo che in qualche modo li avesse visti insieme, da qualche parte, e che avesse a quel punto capito che volente o nolente avrebbe dovuto farsi da parte nella vita della madre di mia figlia. De Santis conosceva bene il colonnello, perché in passato, non mi è stato difficile verificarlo, quando faceva il contrabbandiere era stato proprio Rucci ad arrestarlo per traffico illecito di sigarette. In più di una circostanza. Era per quel motivo che quel truffatore, a un certo punto, aveva mostrato una strana indecisione mentre lo interrogavo nel suo ufficio. Forse per un istante, pur di pararsi il culo ed evitare che lo gonfiassi di botte, aveva pensato di fare il nome del colonnello. Ma intuendo che la sua parola sarebbe contata poco, o niente, in confronto a quella del comandante del Gico, aveva alla fine ritenuto più sensato tacere. Non voleva avere altri guai con la guardia di finanza... non sapeva che gli erano già addosso da tempo, visto quello che combinava con i suoi amichetti truffatori ai danni di ricconi fessacchiotti.»

«Che storia, ispetto'... Ma chi le dice che quello in casa di sua figlia fosse proprio lo zippo del comandante? La presenza di un accendino di quel tipo potrebbe essere solo una coincidenza. O no?» Lomonaco aveva ragione, e giustamente cercava di mettere in discussione ogni mia affermazione. Così che potessero superare critiche sensate e legittimi dubbi anche in sede processuale. Nicola aveva però dimenticato un dettaglio dello zippo, non trascurabile, che mi aveva consentito di giungere alla verità prima di ogni analisi di laboratorio.

«Non proprio, Lomo'. Innanzitutto, se ricordi bene lo zippo ritrovato recava l'incisione stilizzata di uno strano animale.»

«Sì, ha ragione, mi ricordo.»

«Ripensando a quell'incisione non ti viene in mente niente?»

Lomonaco iniziò a sentirsi pressato, glielo leggevo nello sguardo.

«Rifletti bene sulla persona con la quale parlavo mentre venivo a sapere di quel dannato accendino.»

«Rucci... cioè il comandante del Gico, un reparto d'élite della guardia di fin...»

Il mio sguardo fisso sul suo volto lo aiutò ad accelerare il tempo di deduzione.

Lomonaco iniziò a scuotere il capo, lentamente.

«Nooo... porca tro... cioè, nel senso... ma sì... un grifone! È un leone alato, ed è il simbolo della guardia di finanza!»

«E di che colore è lo zippo, te lo ricordi?»

«Cazzo... è grigio antracite, il colore simbolo del corpo.»

«Bravo, lo vedi che quando vuoi...» gli feci l'occhiolino.

Nicola continuava ad annuire, silenzioso, come uno di quei cagnetti con il capo basculante che anni fa si vedevano spesso nei lunotti posteriori di molte auto.

«Quello zippo non poteva che essere il suo. Nessuno ha

mai visto il colonnello dalle parti di casa di Ada perché la loro storia era ancora agli inizi, e sai bene come me quanto lei fosse gelosa della sua privacy. Ma questo non vuol dire che non si frequentassero e non avessero iniziato una relazione da principio platonica. Ada non era certo una che correva in amore. E infatti, non c'erano messaggi romantici sul suo telefono, ricordi? Solo brevi note per confermare appuntamenti, come ne mandava a tanti altri numeri... In fondo era normale per una donna single con molti amici e amiche.»

Lomonaco confermò, ma adesso il suo cervello era alle prese con altri possibili collegamenti.

«Quindi anche la frase scritta da Ada potrebbe significare...» sussurrò a se stesso.

«Togli il potrebbe, Lomo'. Quella scritta è collegata a Rucci, senza alcun dubbio.»

Ripetei la frase ad alta voce.

> E se diventassi la tua miciona alata?
> Potrei chiamarmi Nerere, che ne dici?
> Di fatto, finalmente, dopo averne passate tante
> mi sento davvero tale...

«*La miciona alata...* cioè una leonessa alata, compagna di un leone alato: un grifone. Ada non ha mai nominato quell'animale perché non voleva suggerire indizi di alcun tipo a nessuno, a cominciare da Giada, sino a quando non fosse stata sicura della sua relazione con il colonnello. Dopo la fine di quella con De Santis, non voleva che nostra figlia potesse rimanerci male, o magari preoccuparsi per lei visto quante ne aveva già passate. Ma questo, ovviamente, non le ha impedito di confidarsi con se stessa tramite quel disegno e quella scritta.»

«E sì, ispetto', è così. Adesso è tutto più chiaro.»

«I dettagli, Nico'. I dettagli. Non dimenticarlo mai. Nelle tre vicende ce n'erano troppi che stonavano. E questo perché, contrariamente a quanto fosse logico immaginare, stavolta *non doveva esserci* un filo conduttore. Sarebbe stato sin troppo semplice.»

Lomonaco appariva di nuovo spiazzato dalle mie parole.

Non immaginava che fosse ancora troppo presto per restare di sasso sulla sua sedia.

116

Questura di Bari
14 settembre 2017, ore 18:34

«Ma perché "Nerere", ispetto'?»

Sorrisi appena.

Quella era la parte più romantica della drammatica morte di Ada.

Ci avevo messo un po' a capirlo, ma alla fine lo stemma appeso al muro sulla parete alle spalle del comandante, che svettava fiero sulla sua testa, in un gioco prospettico in grado di rendere tutto più chiaro e... *visibile*, mi aveva finalmente aperto gli occhi su più di un aspetto del disegno della mia ex.

«Sempre per via del corpo della guardia di finanza.»

«Scherza?»

«No... per niente.»

Lomonaco era troppo frastornato per replicare.

«E la spiegazione era ancora una volta in quel benedetto stemma. Vediamo se quando ti dico una cosa la memorizzi.»

«Ispetto', che mi fa pure le domande, adesso?»

«Stai calmo, non ti agitare. Ricordi che cos'è una crasi?»

Lomonaco tirò subito un sospiro di sollievo.

«Aaah... la crasi. Sì, certo che me lo ricordo. È la fusione di due parole, giusto?»

«E bravo, non sembra ma sei intelligente. E hai anche un'ottima memoria.»

Fece una smorfia, divertito.

«Sempre al suo buon cuore, ispetto'.»

«Be', nel caso di "Nerere" non c'è una vera crasi, ma la fusione delle prime due lettere del motto della guardia di finanza, una specie di acronimo, cioè: "NEc REcisa REcedit". Che in latino vuol dire "neanche spezzata recede". Era Ada quella che non avrebbe mai compiuto un passo indietro, nonostante la vita le avesse fatto tanti sgambetti in passato, cercando di farla indietreggiare, appunto, in più di un'occasione.»

Io ne sapevo qualcosa.

Lomonaco intuì al volo lo stato d'animo che adesso mi pervadeva, lui conosceva bene la mia storia.

«Ada sarebbe andata avanti a testa alta nella sua vita, caparbiamente, alla ricerca dell'uomo giusto con il quale condividere il resto del suo cammino. Ma senza annunci o facili entusiasmi. Purtroppo non poteva immaginare che...»

Una punta di amarezza mi sporcò prima la bocca, poi il cuore.

«E quindi lo zippo era del colonnello. Immagino che le analisi sulle impronte digitali lo abbiano confermato» tagliò corto Lomonaco, per distrarmi, indicando con lo sguardo il rapporto della Scientifica.

Annuii.

«Ma allora come avrebbe fatto il colonnello a perderlo in casa di Ada se lì non ci andava mai? Per giunta, lasciandoci sopra le sue impronte, nascosto in una posizione impensabile e sporco del sangue della sua ex. Non so se sono io che non ci arrivo, ma mi sembra che la cosa non abbia davvero alcun senso, ispetto'» concluse Lomonaco, stizzito.

I miei occhi s'illuminarono.

Senza volerlo Nicola si era dato la spiegazione che cercava.

117

Questura di Bari
14 settembre 2017, ore 19:03

«Nico', ci sei appena arrivato da solo. È esattamente quella la spiegazione che cercavi.»

«Quella... quale, ispetto'?»

Lomonaco di quel passo avrebbe avuto un coccolone.

«La tua frase di poco fa.»

«Quale delle tante?»

Non voleva darlo a vedere ma lo stavo facendo un po' penare.

E la cosa mi divertiva.

«Nico', che non aveva senso che quello zippo fosse lì, come tutto quanto il resto.» Mi feci più serio. «Era proprio così: *non aveva alcun senso*, Lomo'. Era quello il problema che non riuscivo a risolvere. Perché esattamente come te m'incaponivo nel voler capire come l'assassino avesse potuto far finire quello zippo con sopra le sue impronte digitali e il sangue di Ada in un punto tanto nascosto. Senza, però, che la stanza presentasse il minimo segno di colluttazione.»

Lomonaco continuava a restare in silenzio, cercando di capire dove volessi andare a parare.

«Mi costringevo a montare e a smontare possibili scenari del delitto di Ada, quando invece la spiegazione era né più né meno quella che hai detto tu. E cioè, che quello zippo in quella stanza *non aveva il minimo senso*. Punto. Il che implicava che dovessi cercare altrove la vera ragione di tutti quei dettagli fuori posto, e incomprensibili. Ma fuori dalla casa di Ada, non dentro.»

Lomonaco fece un respiro lungo secondi.

«Ispetto'... ma che bordello!»

Sghignazzai.

«Sì, hai ragione. In effetti di lineare nei tre crimini c'era ben poco. Ma un filo conduttore, invisibile eppure robustissimo, invece esisteva. Eccome.»

«E sarebbe, 'sto filo?»

«Tu hai troppa fretta, amico mio.»

«Ispetto', di 'sto passo quando uscirò dal suo ufficio mi dovranno fare un Tso per essere sicuri che non dia i numeri nei prossimi giorni. Soprattutto con Clara.»

Scossi il capo, divertito.

«Rifletti: se fosse stato il colonnello l'omicida di Ada, perché mi avrebbe parlato del suo zippo? Aveva appena appreso ciò che sarebbe accaduto a suo figlio, e presumeva che le brutte notizie non sarebbero finite lì. Dirmi dell'accendino perso sarebbe equivalso a una confessione, Lomo'. Non una mossa intelligente per uno come il comandante, che tutto potrà essere fuorché uno stupido o peggio un ingenuo.»

Lomonaco ascoltava, senza intervenire.

«In più, perché non c'era la minima traccia di sigarette o di altro del genere in casa di Ada? Da nessuna parte. Chi si porta uno zippo, che poi finisce pure per perdere, non può non usarlo mai, non trovi? Ma soprattutto, essendomi accorto che il colonnello si mangiava le unghie sino a farsi sanguinare le dita, com'era possibile che non ci fossero tracce del suo sangue su quel dannato accendino? C'erano tracce di quello di Ada ma non del suo. Perché?»

Lomonaco seguiva il filo del mio ragionamento con estrema attenzione, dandomi adesso ragione con via via più convinzione.

«La verità era che niente di tutto quello aveva senso. A meno che...»

Nicola a quel punto intuì l'unica spiegazione possibile.

«Non fosse stato qualcun altro a mettere lì quello zippo, dopo averlo sporcato del sangue di Ada, mentre faceva attenzione a non cancellare le impronte digitali del colonnello. Sistemandolo in un posto sì, nascosto, così da rendere tutto più credibile, ma sapendo anche che i poliziotti della Scientifica avrebbero rivoltato la casa alla ricerca di prove in grado d'inchiodare l'assassino.»

«Come in parte avevano già fatto, e avrebbero continuato a fare nelle ore successive se io e mia figlia non li avessimo preceduti.»

«Era una trappola» disse candidamente Lomonaco.

«Proprio così.»

Restammo in silenzio per lunghi secondi.

«"Una volta eliminato l'impossibile ciò che rimane, per quanto improbabile, dev'essere la verità" diceva Sherlock Holmes, mio caro Nicola.»

«E a quanto pare, ispetto', il vecchio Holmes aveva ragione da vendere.»

«Lo puoi ben dire, amico mio. Lo puoi ben dire. Sherlock ha sempre ragione» sottolineai, fiero di aver letto ogni pagina dei romanzi di quel genio della letteratura gialla che era sir Arthur Conan Doyle.

In quel momento qualcuno bussò alla porta.

118

Questura di Bari
14 settembre 2017, ore 19:52

«Avanti» dissi, curioso.

«Salve, ispetto'... c'è qualcosa che credo le interesserà parecchio sapere» disse Linzeghi, entrando. Aveva un'aria accigliata.

Scambiai un'occhiata al volo con Lomonaco.

Nessuno dei due capiva che cosa potesse essere successo da quando mi aveva consegnato il rapporto della Scientifica.

«Abbiamo scoperto che Donato Rucci aveva addosso un altro telefono, oltre al suo.»

«Che c'aveva dentro, i filmati delle porcate che faceva alle povere disgraziate che stuprava e torturava?» ringhiai.

Linzeghi spostò lo sguardo su Lomonaco.

Come se temesse la mia reazione a ciò che stava per rivelarmi.

«Ecco... a dire il vero, ispetto'... quel telefono non era il suo...» aggiunse Linzeghi, a voce bassa.

«E di chi allora?»

«Di Sara Altieri» rispose Linzeghi, imbarazzato.

In pochi istanti ricostruii quello che doveva essere accaduto giorni prima, sulla spiaggia di Pane e Pomodoro.

«Quindi è stato Rucci a rubare il cellulare di Sara. Quel verme la seguiva. Evidentemente era così ossessionato da lei, e dal fatto che non gli si concedesse, che ha pensato di sottrarle lo smartphone approfittando della sua distrazione, mentre andava a fare il bagno con mia figlia. E per rendere il tutto più credibile ha anche rubato i pantaloni di Giada, dove al contrario non c'era nulla di valore o d'interessante. Figlio di puttana.»

«Rubare lo smartphone di Sara era la maniera migliore per scoprire i suoi eventuali segreti» continuò Lomonaco.

«Che ha poi trovato, ispetto'» intervenne Linzeghi, timido.

«Di che parli?»

«Ecco... nel cellulare di Sara Altieri, in una cartella nascosta, neppure granché bene a dire il vero, abbiamo rinvenuto numerosi... filmati.»

Mi sentii gelare il sangue.

«Filmati di che tipo? Di cosa?» scandii, minaccioso.

«Sarebbe meglio dire di chi, ispetto'.»

«Emanue', sbrigati a dirmi di che si tratta, eccheccazzo!»

Linzeghi sospirò. Sapendo ciò che stava per confessarci, anch'io avrei avuto qualche difficoltà a parlarne.

«Della ragazza e di suo padre... mentre facevano sesso.»

Lomonaco cedette a un'espressione disgustata.

«Come potrà rendersi conto da solo, sembra che il padre non fosse al corrente di quei video. Riteniamo che la ragazza li abbia girati di nascosto, come se volesse immortalare... i loro momenti intimi, ma senza informare lui» spiegò Linzeghi.

«Altieri aveva ragione,» commentai per primo «la sua confessione è stata sincera. Tutto è nato da sua figlia, è stata lei il... motore degli eventi. E non è strano che abbia agito anche a sua insaputa.»

«Sì... il cellulare è stato sistemato in punti in cui sarebbe stato difficile, in quei momenti, per chi non ne fosse stato al corrente, accorgersi che stava filmando» chiarì Linzeghi.

«Fatta eccezione per chi ce lo aveva messo» osservò Lomonaco.

«Esatto. Da alcune cose che i due si dicono si capisce chiaramente che è Sara a dirigere il gioco, così da poter rendere le immagini le più visibili possibile. In alcuni di quei video il padre ammette di stare facendo una cosa indicibile, deplorevole, ma viene subito rassicurato dalla figlia che... sì, insomma... pensa bene di tornare a distrarlo a modo suo... diciamo così.»

«Dopo vedrò quei filmati» risposi a Linzeghi, pensando alle implicazioni che avrebbero comportato nelle indagini sull'omicidio. «Nessuno, e ho detto nessuno, per il momento ne faccia parola con Giada. Se lo viene a sapere vi sbrano. Prima o poi lo scoprirà, visto che ci sarà un processo e sarà difficile nasconderlo, ma sino ad allora deve restarne all'oscuro. Voglio avere il tempo per prepararla al colpo.»

Lomonaco e Linzeghi annuirono all'unisono.

«Se non altro adesso abbiamo il movente dell'omicidio di Sara» concluse Nicola.

«Grazie, Emanue', ora puoi andare. Tienimi aggiornato qualora dovesse spuntare fuori qualche altra novità.»

Quando Linzeghi se ne fu andato Lomonaco mi esternò i suoi nuovi, pressanti dubbi.

«Ispetto', a questo punto è lecito pensare che Rucci avrebbe riservato a Sara lo stesso trattamento che ha inferto a Adelaide.»

Mi presi qualche istante per riflettere.

«Credo che quello schifoso soffra di disturbi comportamentali nei rapporti di coppia. Una perizia psichiatrica, a tempo debito, ce lo potrà confermare. Ma prima ancora... qualcun altro.»

Lomonaco forse intuì a chi mi stessi riferendo.

«Pensaci: Rucci ha quasi ucciso una ragazza di diciassette anni, molto bella e provocante, che diceva di aspettare un figlio da lui, ma stando a quello che ci ha riferito Giada avrebbe desiderato avere una storia con Sara, che una bambina ce l'aveva già. Non lo trovi difficile da spiegare?»

«Sì... ha ragione. In effetti lo è, parecchio.»

«Credo che Rucci abbia considerato la rivelazione di Adelaide come un intralcio alla sua possibile love story con Sara.

Quando la figlia della Carmini gli ha confessato che il bambino che aspettava era il suo, anche se in realtà era di Nitti, il verme ha pensato che l'unica maniera per impedirle di rovinare i suoi piani fosse attirarla in trappola e sequestrarla in attesa di decidere cosa fare di lei. E del nascituro. Certo, avrebbe potuto ucciderla subito, come presumibilmente aveva già fatto anni fa con le due ragazze scomparse a Monopoli, ma evidentemente la questione del bambino gli ha creato qualche remora, anche se sembra impossibile. Ha quindi deciso di tenere sequestrata Adelaide, mentre la stuprava a suo piacimento, e nel frattempo architettava come far breccia nel cuore di Sara. Non sapendo quello che invece lei aveva in piedi con il padre.»

Tacqui.

Lomonaco non capiva il perché del mio improvviso silenzio.

«Che altro c'è, ispetto'?» mi chiese, preoccupato.

«C'è che Rucci non può avere agito da solo in tutto ciò che ha fatto. Prima a Monopoli, e poi qui a Bari.»

«Si riferisce al complice che ha cercato d'incastrare il padre? Forse Donato Rucci ha capito che il colonnello, avendo intuito qualcosa, prima o poi l'avrebbe sbattuto dentro, e così ha trovato qualcuno disposto a dargli una mano per portare avanti il suo piano e incastrare il padre. Qualcuno che potesse avere con lui un conto in sospeso. È possibile cioè che Rucci sapesse che il padre frequentava Ada e abbia così deciso...»

Lomonaco continuava a ignorare alcuni dettagli che invece andavano considerati per ottenere una visione d'insieme plausibile. Ma soprattutto, dimostrabile in sede giudiziaria.

«No, Nico', se le cose fossero andate secondo la tua ricostruzione più di una circostanza non si potrebbe spiegare.»

«Del tipo?»

«Lo scoprirai presto, abbi fede.»

«Sarà però d'accordo con me sul fatto che Rucci ha continuato a provarci con Sara sino a quando non ha deciso di rubarle il cellulare, scoprendo tutta la verità su di lei e su suo padre. La visione dei filmati lo ha fatto impazzire di rabbia, e con l'appoggio del suo complice ha attirato Sara in trappola la sera in cui è stata uccisa. Ricordo che Altieri ci disse che la figlia era molto tesa prima di uscire.»

Lomonaco ricordava bene.

«Sì, questo è altamente probabile. E lo è perché Rucci quasi certamente ricattava Sara. Immagino che intendesse barattare il cellulare della ragazza con un suo assenso ad andare a letto con lui. Presumo non una volta sola. Magari addirittura voleva spingerla ad avere una tresca stabile. Sara, però, non deve avere accettato, innescando la violenza di Rucci.»

«I due hanno finito per litigare» continuò Lomonaco «e lui all'improvviso l'ha colpita con una pietra. Che doveva avere già in tasca così da sfruttare l'effetto sorpresa. Pietra che ha poi gettato in mare cancellando l'esistenza dell'arma del delitto.»

«Non credo sia stato lui a colpire Sara, a essere sincero. Anche se questo, è ovvio, dovremo verificarlo» osservai, intuendo bene l'effetto che la mia affermazione avrebbe avuto su Lomonaco.

«Cioè pensa che l'omicida di Sara sia lo stesso di Ada?»

«Temo di sì. È in questo contesto che s'incastra perfettamente quanto mi ha spiegato Ditrona, stamattina. Pur con una serie di premesse e di distinguo che a questo punto possiamo ritenere superflui.»

«Spiegazioni di che tipo, ispetto'?»

«Sulla dinamica degli eventi, nel caso in cui l'aggressore fosse stato mancino, o meno. A quanto pare è difficile ritenere sia mancino, come invece è il colonnello Rucci. Che a questo punto può ritenersi definitivamente estraneo anche all'omicidio di Sara.»

Lomonaco era pensieroso. Il volto corrucciato, segnato da un evidente spaesamento, palesava con imbarazzante franchezza il mare di dubbi nei quali stava annaspando.

Non mi era difficile immaginare che cosa stesse pensando. Come anche quale fosse il quesito che lo dilaniava.

Un interrogativo a cui adesso occorreva fornire una risposta definitiva.

La più importante di tutte.

119

Questura di Bari
14 settembre 2017, ore 20:41

D'un tratto il volto di Lomonaco s'illuminò.

Ma non era per il motivo che immaginavo.

«Ispetto', prima che Giada la chiamasse al telefono, ora che mi ricordo, lei ha detto che il colonnello Rucci avrebbe in qualche modo potuto pensare di uccidere Ada. È così, oppure ho capito male?»

«È esattamente ciò che ho detto. E che continuo a pensare, nonostante abbia ormai escluso, in via definitiva, che possa essere lui l'omicida di Ada e di Sara.»

«Ma per quale motivo il colonnello avrebbe dovuto fare una cosa simile?»

«Per la stessa ragione per cui, se ha intuito qualcosa di ciò che combinava il figlio quando ancora vivevano a Monopoli, non ha poi deciso di denunciarlo e d'intervenire.»

«La sua carriera...»

Confermai, con malcelata amarezza.

«Credo che Ada avesse visto Donato Rucci in compagnia sia di Adelaide sia di Sara, forse magari proprio attraverso mia figlia, e che si sia resa conto che quel ragazzo non le piaceva. Quando Adelaide è scomparsa, Ada deve avere confessato i suoi sospetti a Rucci padre, dicendogli che mi avrebbe chiesto di fare qualche indagine discreta. Ma evidentemente Ada non sapeva il cognome del ragazzo... conoscendola, ed essendo la sua relazione con il colonnello agli inizi, non si sarebbe mai presa una tale libertà se avesse saputo che si trattava di suo figlio. A questo punto, il comandante avrà temuto di finire in un mare di merda, soprattutto dopo aver sviato i sospetti da Donato per tanti anni pur di non rovinarsi la carriera. Non poteva sapere che sarei comunque arrivato a suo figlio attraverso l'amica di Ada...»

«E sì... così tutto quadra. Altroché. Il timore che lei potesse scoprire la verità avrebbe rappresentato un ottimo movente.»

«Rucci non poteva certo prevedere che qualcuno l'avrebbe preceduto, per chissà quale altra ragione, salvando così, di fatto, sia lui sia il lurido verme di suo figlio da qualunque ulteriore rischio. Avrebbe continuato a fare finta di niente, certo che nessuno sarebbe mai e poi mai arrivato a sospettare di lui. Ma non sapeva che l'assassino aveva agito proprio per incastrare lui, rendendolo di fatto l'unico sospettato nell'omicidio della donna che frequentava. Sarebbe bastato lo zippo insanguinato a inchiodarlo.»

«Ispetto', ma se per assurdo non avessimo trovato lo zippo, come saremmo potuti risalire a Rucci padre?»

Sorrisi, sardonico.

«Sono certo che quel qualcuno, monitorando a distanza l'esito delle indagini, avrebbe fatto in modo da darci l'imbeccata giusta per farcelo ritrovare.»

«È un'eventualità molto plausibile» commentò Lomonaco, guardandomi con espressione soddisfatta. «Certo che... ne ha ricostruite di circostanze, ispetto'!» esclamò infine.

«Diciamo che ho dovuto ragionare in maniera un po' differente dal solito. Il tutto, s'intende, dovrà essere attentamente vagliato e valutato sino in fondo.»

«Solo che lei il nome dell'omicida, che immagino abbia ormai in testa, non me l'ha ancora fatto.»

Lomonaco mi sorrise, provocatorio.

Dal suo sguardo avevo capito che, in realtà, avesse già la risposta.

Voleva solo che fossi io a rivelargliela.

«È ormai sin troppo evidente che c'è una sola persona che avrebbe potuto avere interesse a salvare Rucci figlio, incastrando al contempo Rucci padre» osservò un attimo dopo, risparmiandosi il fatidico nome che da giorni rincorrevamo.

A dispetto di entrambi sarebbe stato qualcun altro a farlo, di lì a pochi secondi.

120

Questura di Bari
14 settembre 2017, ore 21:17

Il telefono del mio ufficio prese a squillare.

Risposi, premendo poi il tasto del vivavoce.

«Ehi, Bellomo, che è successo?»

«Niente di particolare, ispetto'. Solo che lei ci aveva chiesto di scoprire chi fosse il proprietario del terreno dove Rucci teneva sequestrata la ragazza.»

Lessi nello sguardo di Lomonaco una punta di delusione.

Immagino perché, preso da altre cose più urgenti, non aveva potuto dedicarsi anche lui a quella ricerca.

«Sì, infatti. E quindi?»

«Si tratta di una donna, tale Arianna Volpi, classe '77. È una professoressa di matematica, che prima insegnava in un liceo di Monopoli e che anni fa si è trasferita qui a Bari. Al liceo scientifico Scacchi.»

Fissai Lomonaco, parlandogli in silenzio.

Antonio Bellomo aveva appena rivelato a entrambi il nome dell'omicida di Ada Raisi e di Sara Altieri.

«Grazie, uagliò, sei stato prezioso come a solito.»

«Dovere, ispetto'. Ora stacco, vado a casa. A domani, e mi saluti Nicola.»

«Lo hai già fatto da solo. Sei in vivavoce.»

Ma Lomonaco era distratto. Si accorse a stento, e in ritardo, dei saluti che gli aveva inviato Bellomo, suo vicino d'ufficio.

Allungai al mio braccio destro il fascicolo della Scientifica che mi aveva consegnato Linzeghi.

«Vai a pagina dodici, e leggi le conclusioni dei primi esami condotti sulle due ragazze di Monopoli.»

Nicola eseguì, concentrato. Anche lui, adesso, conosceva la verità, ma volevo che si rendesse conto di un'ultima cosa.

Non avendo gestito in prima persona alcuni importanti sviluppi delle indagini, anche se non per colpa sua ma su mio ordine, non poteva aver presunto nulla prima di allora.

«Su entrambe le vittime sono state ritrovate tracce di Dna, presumibilmente sperma di Donato Rucci, ma anche i capelli di un terzo soggetto femminile la cui identità è in corso di approfondimento» lesse Nicola, sottovoce.

Subito dopo sollevò lo sguardo nella mia direzione, annuendo.

«Lomo', che ci scommettiamo che quei capelli appartengono alla professoressa Arianna Volpi, madre di Donato Rucci, moglie del comandante del Gico di Bari, Simone Rucci, e omicida di Ada Raisi e di Sara Altieri?»

«Non riesco ancora a crederci, ispetto'. Un'intera famiglia, di quel livello tra l'altro, votata ai peggiori crimini.»

Non commentai.

«La Volpi ha agito quindi per vendetta. Immagino per il fatto che il marito l'ha lasciata. Anzi, ha lasciato lei e il figlio.»

«In realtà, credo che la ragione sia antecedente. Una ragione che ha un illustre precedente. Quella del più diabolico essere umano con il quale abbiamo mai avuto a che fare.»

Il volto di Lomonaco impallidì all'istante.

«Carolina Ferri...» sussurrò, basito.

«La *dottoressa* Carolina Ferri, amico mio.»

«Già, ha ragione... la dottoressa Ferri.»

«Sebbene molto più in piccolo, e con tutti gli inevitabili distinguo, credo che Arianna Volpi volesse punire il marito per due ragioni.»

«Due?»

«La prima, come nel caso della Ferri, per averla ripetutamente tradita prima, durante e quando ormai il loro matrimonio era di fatto finito per sempre, come più d'uno mi ha confessato in camera caritatis. La seconda, forse più perversa, per punirlo di aver fatto da modello per il figlio, al quale credo sia legata da un legame talmente morboso e malato da giustificare tutte le nefandezze che lo ha aiutato a compiere.»

«Ispetto', capisco tutto, ma perché aiutarlo a uccidere quelle ragazze? Che cosa poteva guadagnarci la Volpi?»

Rimasi in silenzio a pensare.

Anch'io mi ero posto più volte quella domanda, dopo aver intuito che fosse la madre di Rucci l'assassino che cercavo.

«Mi sono fatto l'idea che lei lo aiutasse a eliminare quelle ragazze che temeva avrebbero potuto portarglielo via. Ovviamente, con la piena complicità del figlio. Il colonnello immagino sia sempre stato parecchio assente nelle loro vite, visto che era devoto anima e corpo alla sua carriera militare. Non avendo potuto impedire al marito di lasciarla, la Volpi ha cercato di tenere stretto a sé il figlio. Presumo che lei avesse saputo di Sara e di quello che la ragazza faceva con suo padre, attraverso gli sfoghi e i filmati mostrati dal figlio. Per questo ha deciso che doveva essere eliminata. Non avrebbe mai consegnato una donna del genere al suo rampollo, per il quale sono più che convinto abbia un'adorazione totale e perversa. Donato Rucci era più alto di Sara, dunque non può essere stato lui a ucciderla. Se fosse stato quel verme a colpirla l'avrebbe centrata dall'alto verso il basso, e la zona del viso massacrata sarebbe stata più in alto. Ditrona stamattina è stato assai chiaro: l'omicida della ragazza aveva molto presumibilmente la sua stessa altezza, proprio come la madre di Rucci. Mi è bastato qualche click nel nostro database per sapere vita, morte e miracoli di quella donna. Altezza compresa.»

«E così, quando la Volpi ha capito che il figlio avrebbe potuto lasciarla sola per iniziare una storia con Sara, l'ha attirata in trappola, forse proprio con il pretesto di barattare la restituzione del suo cellulare con la sua sparizione totale e definitiva dalla vita del figlio, e l'ha uccisa» concluse Lomonaco, ancora incredulo.

«Sì, credo che le cose siano andate più o meno così. Tutto questo sarà oggetto di ulteriori verifiche, ovviamente, ma ci sono dati e prove incontrovertibili che inchiodano ognuno dei Rucci alle proprie responsabilità. Sono comunque quasi certo che quando la Volpi capirà quale pena rischia il figlio confesserà sua sponte tutta quanta la verità. Dall'inizio. Dalle due ragazze di Monopoli, fino a Ada e Sara.»

Lomonaco lesse un'improvvisa titubanza nei miei occhi.

«Ispetto', non mi dica che c'è dell'altro ancora!»

Sorrisi appena, ero molto stanco e gli occhi iniziavano a bruciarmi.

«Giusto un'ultima curiosità: sai che sport pratica la mamma di Rucci, da anni?»

«Ispetto', e che c'entra ora lo sport della Volpi?»

«Aaah... uomo di poca fede. La Volpi, caro mio, pratica arti marziali. E anche a livelli discreti.»

Lomonaco si prese qualche secondo per fare il punto della situazione. Immaginava che non gli avessi dato una simile informazione senza motivo. D'un tratto i suoi occhi si fecero più vivaci.

«Ma sì... giusto, il femore rotto di Ada... Fanizzi disse che era stato spezzato verso l'interno, come se avesse ricevuto un calcio.»

«Esatto. Un calcio che l'ha poi fatta cadere per terra, e battere il capo sul pavimento...»

«Producendo quel piccolo bozzo sul parquet del soggiorno, di cui lei si accorse subito. All'inizio non capii perché lo stesse esaminando, ma ora... cazzo che storia, ispetto'...»

Feci spallucce.

Adesso era veramente tutto.

«Il colonnello, però, difficilmente potrà essere condannato» osservò Lomonaco, a ragione, alzandosi per andar via.

«È probabile, purtroppo. Ma di una cosa puoi star certo. La sua carriera finisce qui. Non si diventa generali di corpo d'armata con una pluriomicida e uno stupratore seriale in famiglia. Perché... a quanto ne so, loro stanno ufficialmente ancora insieme, giusto?» sorrisi, velenoso.

«Ispetto', lei è davvero diabolico. E la cosa inizia a preoccuparmi.»

«Ma finiscila e tornatene a casa, che è già tardi. Clara ti avrà dato per disperso.»

«Noooaaa... tanto lo sa che sto con lei. Piuttosto, quando arrestiamo la Volpi?»

«Mi premurerò di andarla a prendere di persona nel pieno della notte, con i colleghi che ci saranno di turno.»

«Ah, ma se è così...»

«No, Lomo', tu adesso te ne torni a casa dalla tua famiglia, okay?»

Nicola appariva deluso, e lo capivo.

Gli costava non seguirmi in un momento simile.

Ma lui, come al solito, aveva già fatto tanto per me e per mia figlia in quei giorni.

«Questa è una faccenda tra me e la Volpi. Lo è stata sin dall'inizio, sebbene ancora non sapessi di lei. Lo devo a Ada» sentenziai, con occhi cattivi. «Torna da Clara e dai tuoi figli. Domani ti aggiornerò su come è andata.»

«Come vuole, ispetto'. Allora... a domani.»

Nicola raggiunse la porta ma d'improvviso si arrestò, voltandosi.

«Quando dirà a Giada che ha catturato l'assassina di sua madre, l'abbracci forte da parte mia.»

«Grazie, amico mio. Lo farò.»

121

Questura di Bari
20 settembre 2017

La notte tra il quattordici e il quindici settembre, come anticipato da Pantaleo al suo braccio destro soltanto poche ore prima del blitz, l'ispettore barese eseguì in prima persona l'arresto della professoressa Arianna Volpi, madre dello stupratore seriale Donato Rucci e moglie di Simone Rucci, padre del giovane e comandante del Gico della guardia di finanza di Bari. Appena giunta alle orecchie dei giornalisti di cronaca nera più influenti della città, la notizia dell'arresto scatenò un enorme terremoto mediatico.

Scompiglio a cui, nel giro di un paio di giorni, ne seguì uno di proporzioni ancora più vaste, anche questo di natura giudiziaria, visto che il semplice sospetto di un'eventuale, per quanto indiretta, complicità con il giovane Donato Rucci da parte di suo padre indusse i vertici della guardia di finanza barese a sospendere a tempo indeterminato il colonnello Rucci da ogni suo incarico all'interno del corpo. Sino a quando la sua posizione non fosse stata chiarita sino in fondo, accertandone l'estraneità totale ai fatti, il comandante non sarebbe potuto rientrare in servizio.

I vertici della guardia di finanza intendevano fugare ogni dubbio sulla sua presunta innocenza, evitando che il minimo sospetto potesse macchiare lui e il suo operato nel reparto d'élite barese che aveva guidato negli ultimi anni. In molti, però, sin dalle prime ore successive alla sua sospensione iniziarono a far circolare pesanti voci sull'inevitabile incertezza del suo futuro lavorativo e personale. Negli ambienti più informati la convinzione era che la sfolgorante carriera del pluridecorato comandante fosse ormai giunta, in via definitiva e certa, al capolinea. Interrotta per sempre, e senza alcuna possibilità di appello.

Qualunque fosse stata la verità accertata sul conto del colonnello.

La sua inarrestabile ascesa professionale si sarebbe pertanto conclusa nella maniera peggiore possibile, con l'ignominia di un indelebile pesante discredito, che se anche non confermato dai fatti (eventualità in verità assai poco probabile), avrebbe comunque continuato a gravare su Rucci fino a che non fosse passato a miglior vita.

Circostanza che non tardò a verificarsi, come alcuni avevano temuto, solo pochi giorni dopo gli arresti dei suoi familiari.

All'alba del diciotto settembre infatti, e per ironia della sorte nel giorno del suo trentesimo anniversario di matrimonio, il colonnello Simone Rucci, ormai ex comandante del Gico della guardia di finanza di Bari, si suicidò.

Vestito per l'ultima volta in alta uniforme, l'ufficiale si sparò un colpo alla tempia con la sua pistola di ordinanza.

Ponendo fine alla sua vita di marito narcisista e fedifrago, e a una luminosa carriera militare ormai irrimediabilmente macchiata dal sangue delle vittime che non aveva saputo o non aveva voluto trarre in salvo.

122

Questura di Bari
23 settembre 2017, ore 08:45

«Buongiorno, ispetto', si può?» si annunciò Lomonaco, mentre teneva il mio cappuccino fumante in una mano e l'espressino per sé nell'altra.

«Vieni, Nico', entra. Come potrei rifiutare un'offerta tanto allettante?» scherzai.

Lomonaco aveva l'aria pensierosa.

Erano accadute un bel po' di cose nelle ultime settimane, e adesso cercava di dare un senso compiuto a tutto ciò che avevamo vissuto.

«Ieri c'è stato l'interrogatorio di garanzia della Volpi davanti al gip e al pm, giusto?»

Era chiaro che volesse sapere, più nel dettaglio, cosa fosse emerso nel corso del confronto fiume della moglie di Rucci con il giudice delle indagini preliminari.

«Esatto. Come sai c'ero anch'io. Volevo ascoltare con le mie orecchie che cosa avrebbe detto quella psicopatica squilibrata. E devo ammettere che ci avevo preso su parecchie cose.»

Nicola accennò un sì.

«Ispetto', non avevo dubbi. Per fortuna quando l'ha arrestata le ha fatto subito sequestrare il cellulare.»

«Qualcosa mi suggeriva che la storia della Ferri avrebbe potuto ripetersi. E infatti, lungo i bordi della pellicola di copertura dello smartphone della Volpi, Linzeghi e i suoi hanno rinvenuto chiare tracce di sangue sia di Ada Raisi sia di Sara Altieri. Quella pazza scatenata, dopo aver commesso i due omicidi, ha pensato bene di mandare al figlio stupratore le foto di ciò che aveva combinato, immortalando in primo piano i volti esanimi delle due donne.»

«Ma io non lo so, ispetto'... come si fa a essere tanto arroganti? Tanto presuntuosi e convinti di poterla fare franca.»

«Dal suo punto di vista, per quanto la cosa mi ripugni, aveva un senso pensarlo.»

«Crede davvero che l'avrebbe scampata?»

«Diciamo che, se non ci fossimo concentrati sul figlio, lei e quel bastardo avrebbero potuto restare anche stavolta impuniti. Pensaci, se avessero ucciso più in fretta Adelaide, e noi avessimo iniziato a pedinarlo soltanto dopo, non avremmo scoperto niente.»

Lomonaco annuiva.

«E di conseguenza non saremmo mai potuti risalire a tutto quanto il resto. Se anche nel corso delle indagini avessimo scoperto che Donato Rucci era il figlio del comandante del Gico, lo avremmo quasi certamente lasciato perdere. Almeno sino a quando non fosse emerso dell'altro in grado di reindirizzarci verso di lui. Per non parlare di quanto lontani saremmo rimasti dalle responsabilità della madre.»

«Infatti,» confermai «non sarebbe stato facile immaginarli colpevoli, data la professione del padre di Rucci.»

«A proposito del colonnello, lei crede che si sia suicidato perché colpevole?»

Mi presi qualche istante per riflettere bene.

Il quesito di Lomonaco era molto meno semplice e scontato di quanto si sarebbe potuto pensare.

«Di certo ha mentito a me, non confessandomi di conoscere Ada. E ha mentito a lei non dicendole del figlio. Se fosse stato un uomo sincero se la sarebbe giocata diversamente su ogni fronte. Credo che lui avesse fiutato qualcosa, e che abbia provato a risolvere il problema soltanto trasferendo tutta la famiglia a Bari. Non sappiamo cosa possa essersi detto con suo figlio, visto che non credo che quel bastardo lo confesserà mai. Ma forse lo ha avvertito che non avrebbe continuato a parargli il culo come molto probabilmente aveva fatto in passato. Salvo poi rendersi conto, da quanto gli diceva Ada, che il suo piano non stesse funzionando granché...»

«Rucci di sicuro aveva la madre che lo spingeva nella direzione sbagliata. La fine del matrimonio forse non era soltanto dovuta ai tradimenti del marito, ma anche ai sospetti che il colonnello nutriva sull'operato e le complicità della moglie» osservò Lomonaco, a ragione.

«Credo che quei tre fossero legati da ricatti incrociati che alla fine servivano a mantenere comunque una sorta di equilibrio tra loro. Di sicuro se la Volpi avesse pensato che il marito fosse al corrente, lo avrebbe ammesso davanti al gip pur d'infangare la reputazione di Rucci.»

«Vabbe'... tanto comunque gliel'ha rovinata lo stesso. E poi, ispetto', di fatto lo ha lasciato presumere ugualmente con tutto quello che ha raccontato.»

Nicola aveva ragione.

«Mi chiedo come mai la Volpi non abbia pulito poi il cellulare dai residui di sangue.»

«In realtà ha sostenuto di avere provveduto a ripulirlo. Ma è evidente che per nostra fortuna non deve averlo fatto per bene. Non immaginava che oggi si possono trovare tracce di sangue e di Dna da residui impercettibili a occhio nudo e anche a distanza di tempo... In ogni caso, i suoi capelli ritrovati sui corpi delle due ragazze uccise a Monopoli l'avrebbero inchiodata alle sue responsabilità.»

«E per fortuna, ispetto'... per fortuna. Mentre del figlio la Volpi che cosa ha detto?»

«Era terrorizzata che potesse essere accusato dei crimini che invece aveva commesso lei. Intuendo che il vermiciattolo avrebbe rischiato di beccarsi il carcere a vita, la madre ha spiattellato al gip tutto quello che aveva fatto, nei minimi dettagli: il calcio a Ada, la faccenda dello zippo, i colpi di pietra a Sara... Confermando tra l'altro in pieno le ipotesi del dottor Ditrona.»

«Ma come si è impossessata dello zippo?»

Ripensai alle parole ascoltate dalla viva voce della Volpi.

«Gliel'ha sottratto mentre dormiva, una notte che si era fermato a dormire da lei per salvare la facciata del matrimonio perfetto. Lo ha pulito per bene, ha fatto in modo da imprimere le impronte digitali del marito, che nel frattempo dormiva profondamente, dopodiché l'ha portato con sé la sera dell'assassinio di Ada. E poi lo ha spedito sotto la parete attrezzata.»

«E se non lo avessimo trovato per qualche motivo?»

«Ci avrebbe pensato lei a indirizzare gli inquirenti sulla famigerata prova della colpevolezza del colonnello, con una segnalazione anonima. Credo che, in realtà, la Volpi sapesse dentro di sé che il marito avrebbe comunque potuto essere scagionato dall'accusa di omicidio, visto che ci sarebbe stato difficile trovare un movente valido, ma...»

«... ma lei voleva innanzitutto distruggergli la carriera, sapendo che era quella la cosa a cui lui teneva più di ogni altra.»

«Proprio così.»

«Ma come ha fatto a entrare in casa di Ada senza essere notata?»

«Nico', questa era la cosa più semplice. La madre di mia figlia aveva tante amiche, chi poteva notare una donna che suonava il suo campanello in una sera come tante?»

«Già... in effetti... Mentre di Sara che cosa ha detto quella deviata?»

«Se Ada per lei era una vittima da sacrificare sull'altare della colpevolezza del marito, Sara era invece la sua peggiore nemica. La donna da eliminare a qualunque costo. E qualunque fosse stato il prezzo da pagare.»

«Ispetto', addirittura!»

«Mmh mmh. Quando la Volpi iniziò a capire che il figlio

si stava seriamente invaghendo, o forse addirittura innamorando di Sara, rischiò di andare fuori di testa. Il solo pensiero che il figlio avrebbe potuto mollarla per andare a vivere con Sara la tormentava. La Volpi non accettava che lui potesse abbandonarla. Per questo lo lasciava sfogare in tutte le sue perversioni, aiutandolo poi a liberarsi delle ragazze che minacciavano la libertà del vermiciattolo. Per lei aiutarlo a eliminare Luigia e Teresa, ammesso che non ce ne siano ancora altre da ritrovare, significava garantirsi la lealtà e l'amore incondizionato del figlio. Quello che suo marito non le aveva mai dato. Sapeva bene che il ragazzo era uno stupratore, e un maiale, ma era altrettanto cosciente di come non fosse un assassino.»

Lomonaco aveva un'espressione più disgustata della mia.

«Ma perché uccidere quelle due ragazze?»

«Perché come ti dicevo, secondo la Volpi nessuna doveva vantare pretese sulla vita del figlio. Per questo quando le ragazze perdevano la testa per lui, e finivano per attaccarsi a quel narcisista egocentrico schifoso in maniera morbosa, lei interveniva e le faceva fuori. Forte del fatto che possedendo quel terreno sperduto tra le campagne più nascoste di Monopoli, con un casolare diroccato da decenni al quale nessuno avrebbe fatto caso, tutto sarebbe stato più facile. Era il luogo perfetto per far sparire le aspiranti compagne del figlio. Lui le attirava lì, ne abusava come voleva, e poi chiamava mammina che faceva il lavoro sporco al posto suo, dopo che lui le aveva sedate pesantemente in modo che le poverine non reagissero mentre la Volpi le strangolava, per poi buttarle giù in quel pozzo profondo oltre una decina di metri. Là sotto chi avrebbe mai potuto ritrovarle, o avvertire la puzza della decomposizione?»

«Ispetto'... certo che tra Sara e il padre, e la Volpi e il figlio, c'è da vomitare.»

Lomonaco aveva ragione.

Non era facile capire, e tantomeno accettare, la morbosità di due relazioni che, per quanto assai differenti nei loro tratti essenziali, avevano comunque in comune i rapporti malati e distorti tra genitori e figli.

«Che dirti, l'animo umano è un universo insondabile che non credo sarà mai decifrato sino in fondo. Di sicuro, non da noi. Per quanto ci riguarda, ci limiteremo sempre e soltanto a verificare che non esistano crimini da perseguire. Su tutto quanto il resto sarà qualcun altro a giudicare, e a decidere.»

Nicola annuì, con il volto segnato dall'amarezza.

«Quindi, tornando a Sara, come andarono le cose quella sera?» mi chiese.

«Quando il figlio, da quanto aveva scoperto nel cellulare di Sara, si rese conto che non avrebbe mai potuto avere una vera relazione con lei, andò subito a sfogarsi con sua madre. Che immagino non poté credere alle sue orecchie. La sorte le stava servendo su un piatto d'argento la circostanza perfetta per riprendersi il figlio, e la sua devozione. A quel punto pensò bene di suggerire al bastardello di chiamare Sara e di organizzare un incontro con lei sul litorale roccioso di Torre Quetta. In un punto piuttosto buio dov'era certa che a quell'ora della sera non ci sarebbe stato nessuno, né ci sono videocamere di sorveglianza.»

«Il luogo perfetto per un brutale omicidio» mi anticipò Lomonaco.

«Solo che a quell'appuntamento non si presentò Rucci ma sua madre. La quale assassinò Sara poco dopo averla incontrata.»

Nicola continuava a rimuginare, atterrito da tutto ciò che aveva appreso.

«Ispetto', continuo a non capire come possa una donna, per giunta una rispettata e stimata professoressa di matematica, avere concepito dei piani criminali tanto spietati.»

Cedetti a un sorriso amaro.

«Amico mio... innanzitutto perché probabilmente da insegnante di matematica aveva dalla sua la logica e il metodo. Poi perché come hai detto era una totale insospettabile. Ma soprattutto, credo che la vera spiegazione l'abbia fornita proprio quella psicopatica in sede di interrogatorio. Credimi, il gip e il pm dopo averla ascoltata secondo me si sarebbero volentieri appartati per vomitare, potendo.»

«Mi scusi, ispetto', la spiegazione di cosa?»

«Del perché lei avesse questo rapporto con gli uomini e una considerazione tanto bassa invece delle donne. Pur essendo donna lei stessa.» Richiamai alla mente quella sua confessione. «Non che io voglia scusarla, ci mancherebbe, ma lo schema alla fine, purtroppo, resta sempre lo stesso: la vittima che diventa carnefice.»

«Cioè vuol dire che...»

«Alla domanda del gip sul perché si fosse macchiata di tanti crimini contro delle donne, la Volpi ha risposto, secca: "Perché gli uomini mi hanno resa quella che sono. E io mi piaccio così".»

«Così come?»

«Dai dodici sino ai diciotto anni la Volpi è stata usata come una specie di bambola gonfiabile, ma in carne e ossa, tanto da suo padre quanto dal fratello di lui. I due uomini hanno abusato di lei per anni, con la tacita complicità di sua madre. Non a caso, come uomo da sposare, ha poi scelto il colonnello, al quale ha fatto da geisha per decenni pur sapendo che la tradiva in continuazione. Lei ha sempre assecondato i voleri degli uomini della sua famiglia nella convinzione che questo la rendesse... *indispensabile*, e potente.»

«Sì... e ora capisco anche perché con suo figlio...»

«Esatto. Arianna Volpi godeva nel vedere gli uomini usare il loro potere sulle donne, convinta che, in realtà, fosse il contrario. E che fossero quindi le donne con il loro corpo e con la loro capacità seduttiva a dominarli.»

«Ispetto', ma allora perché decidere di rovinare il marito? Se alla Volpi stava bene che lui la tradisse e tutto il quanto il resto...»

Sorrisi, scuotendo il capo.

«È proprio questo il punto, Nico'. La Volpi ha pianificato la sua vendetta quando ha capito che il marito, tradimenti a parte, dopo aver conosciuto Ada avrebbe fatto a meno di lei per sempre. Sottraendole, di fatto, dopo tanti anni di matrimonio, quel potere che lei aveva sempre esercitato sul marito, come anche sul figlio. Prova ne è che lui abbia comunque deciso, per una ragione o per un'altra, di essere e di restare a lungo suo complice. Per la Volpi non era un problema che i due maschi della sua famiglia scopassero a destra e a manca con chi gli pareva, o che il figlio abusasse delle disgraziate che gli capitavano tra le mani, ma piuttosto il fatto che loro potessero fare un giorno a meno di lei. È questo che l'ha fatta inferocire sia quando Donato ha minacciato di lasciarla per cercare una relazione stabile con Sara, sia quando suo marito ha iniziato a frequentare assiduamente, e credo anche seriamente Ada. Il loro equilibrio... criminale, se vogliamo chiamarlo così, basato sui non detti e sulle silenziose complicità, non poteva e non doveva essere compromesso.»

Nicola sembrava finalmente convinto del come fossero andate le cose. Ma soprattutto, aspetto ancora più determinante per lui, del perché avessero seguito quel preciso corso.

«Ispetto', non so davvero cos'altro dire. È così avvilente constatare le miserie e le aberrazioni verso le quali l'essere umano riesce a spingersi che mi sento quasi un extraterrestre nell'avere una famiglia serena e normale.»

«Sì, Nico', ti capisco bene. E credimi, non sei l'unico. Per me è lo stesso. Non sai quante volte m'interroghi su cosa potrei ancora arrivare a scoprire in futuro. Diciamo solo che preferisco pensarci il meno possibile.»

Lomonaco non rispose.

Se ne restò muto, e seduto, con l'espressione torva, cercando di razionalizzare ancor di più ciò che aveva ascoltato.

Restammo in silenzio, chiusi nelle nostre rispettive riflessioni sino a quando il telefono del mio ufficio iniziò a squillare.

Riconobbi al volo quel numero.

«Pronto?» risposi, con il cuore in gola.
«Sì, ispettore... sono il dottor Lanfranchi. La chiamo da Villa Marica per avvisarla che...»
Impallidii. Il tono di voce del medico mi aveva raggelato.
Mi ripetei che dovevo restare calmo e lucido.
«Come sta mia nonna?» chiesi, sentendomi la voce mancare.
Lo sguardo di Nicola si era fatto d'improvviso attonito.
«Ecco... credo sia meglio che lei venga qui, ispettore. Il prima possibile.»
In un attimo un buio pesto e gelido m'ingurgitò.
Avvertii il mondo crollarmi addosso.
«Arrivo.»
Non ci fu bisogno di aggiungere altro. Poche manciate di secondi dopo io e Nicola viaggiavamo a bordo di una volante, a sirene spiegate e lampeggianti accesi, diretti a Villa Marica.
La nostra folle corsa contro il tempo era appena cominciata...

Finito di stampare nel mese di maggio 2025
per conto di RCS MediaGroup S.p.A.,
da Rotolito S.p.A., Via Sondrio, 3, Pioltello (Milano)
Printed in Italy